平家物語生成考

浜畑圭吾 著

思文閣出版

【目次】

《本書で引用したテキスト》

□「**延慶本**」…佐伯真一氏編『大東急記念文庫善本叢刊　延慶本平家物語』全六巻（汲古書院、昭和五七～五八年）

□「**長門本**」…麻原美子氏・小井土守敏氏・佐藤智広氏編『長門本平家物語』全四巻（勉誠出版、平成一六～一八年）

□『**源平盛衰記**』…市古貞次氏・大曽根章介氏・久保田淳氏・松尾葦江氏校注『中世の文学　源平盛衰記』一～六（三弥井書店、平成三年～継続刊行中）、渥美かをる氏解説『源平盛衰記　慶長古活字版』全六巻（勉誠社、昭和五二～五三年）を適宜参照した。本書では『盛衰記』と略記する。

□「**南都異本**」…『古典研究会叢書　南都本南都異本平家物語』（汲古書院、昭和四七年）、山内潤三氏「彰考館蔵南都異本平家物語」（『高野山大学論叢』第二号、昭和四一年）を適宜参照し、私に読み下した。

□「**四部合戦状本**」…高山利弘氏編『訓読四部合戦状本平家物語』（有精堂出版、平成七年）。本書では四部本と略記する。

□『**源平闘諍録**』…福田豊彦氏・服部幸造氏『源平闘諍録――坂東で生まれた平家物語』上下（講談社、平成一一～一二年）

□「**南都本**」…『古典研究会叢書　南都本南都異本平家物語』（汲古書院、昭和四七年）

□「**屋代本**」…麻原美子氏・春田宣氏・松尾葦江氏編『屋代本高野本対照　平家物語』全三巻（新典社、平成二～五年）

□「**竹柏園本**」…『天理図書館善本叢書　平家物語　竹柏園本』上下（八木書店、昭和五三年）

□「**百二十句本**」…水原一氏校注『新潮日本古典集成　平家物語』上中下（新潮社、昭和五六年）

□「**城一本**」…國學院大學図書館蔵古活字版寛永五年刊城一本を私に翻刻。

□「**城方本**」…『平家物語　附承久記』（国民文庫刊行会、明治四四年）

□「**覚一本**」…高木市之助氏・小沢正夫氏・渥美かをる氏・金田一春彦氏校注『日本古典文学大系　平家物語』上下（岩波書店、昭和三五年）

※右の諸本については、適宜句読点・濁点を付し、異体字は改めた。

■『**玉葉**』…宮内庁書陵部編『図書寮叢刊　九条家本玉葉』全一三巻（明治書院、平成六～一三年）

■『**山槐記**』…『増補史料大成　山槐記』全三巻（臨川書店、昭和四〇年）

■『**兵範記**』…『増補史料大成　兵範記』全四巻（臨川書店、昭和四〇年）

■『**吉記**』…『増補史料大成　吉記』全二巻（臨川書店、昭和四〇年）

■『**明月記**』…『冷泉家時雨亭叢書　明月記』全五巻（朝日新聞社、平成五～一五年）

■『**吾妻鏡**』…黒板勝美氏編『新訂増補国史大系　吾妻鏡』（吉川弘文館、昭和三九～四〇年）

※右の資料については、適宜句読点を付し、異体字は改めた。

平家物語生成考

はじめに

一　本書の問題意識

物語は、成立し享受されていく過程で享受者の意志や社会的、文化的な影響を受けた結果、多種多様な伝本が生まれていく。とりわけ平家物語は、単なる本文異同ににとどまらず、様々なヴァリエーションを生み出していった。室町期の平家作者伝承を記す『平家勘文録』(1)によれば、藤原成範作とされる平家物語に「仏法の詞」が多く含まれていたために、高野山や粉河寺、四天王寺などに広く流布したという。「仏法の詞」がちりばめられていたから流布したのか、それとも流布するためにちりばめたのか、恐らく双方向の関係であったろう。享受と改変の繰り返しから、様々な平家物語が生まれていったのである。

本書の目的の一つに、そうした繰り返しの実態を明らかにすることがある。それぞれの編者は平家物語を様々に解釈し、独自の物語に仕立てるべく、趣向を凝らしている。その材料は、過去の遺産であったり、あるいは時代の新しい息吹であっただろう。本書では諸本の比較を通してそうした伝本独自の表現や記事、改変された部分をあぶり出し、平家物語生成の実態を追究していく。伝本独自のものは伝本が作りあげたものと見なして〝生成〟としているが、先行の平家物語を改変して新たな物語へと〝展開〟させたものも、その伝本が何かしらの思惑を持って〝生成〟させたものである。治承寿永の源平争乱という〝歴史〟を題材に様々なヴァリエーションの

〝物語〟を作り上げたその動機は何であったのか。諸本も一つの〝物語〟と捉えるならば、様々な平家物語がどのような思惑によって生み出されたのかということを考えてみる。それは、物語が生み出されていった〝場〟の解明にも繋がっていくだろう。(2) そうした物語を享受し、再解釈した人々の姿を捉えてみたいのである。

本書は読み本系諸本がその対象の中心であるが、目的が諸本の生成を明らかにすることである以上、語り本系諸本における展開も、新しい物語の〝生成〟として、その輪郭をとりおさえておくつもりである。

二　本書の構成

本書は第一編から第五編で構成されている。

第一編では「延慶本平家物語と『宝物集』」として、延慶本の基盤の一つに『宝物集』を想定している。『宝物集』に見られる様々な比喩因縁が、延慶本の生成基盤となっていることにはすでにいくつかの指摘があるが、第一章では燈台鬼説話をとりあげて延慶本と長門本・『盛衰記』での、比喩因縁の用い方の相違について考察し、同じ題材でも扱い方によって全く意味合いの異なる比喩となることを検討する。第二章では維盛の遺児六代が父のために熊野へ参詣する箇所をとりあげる。延慶本はここで六代の述懐という形で『宝物集』を持ち込んでおり、その引用の様態を明らかにする。

第二編では「長門本平家物語の展開基盤」として、先行の平家物語を長門本がどのように改変したかということを考える。第一章では、他文献にも多く見える位争い説話が長門本には特異な形で持ち込まれており、その意図を明らかにする。第二章も、広く知られている弘法大師の三鈷投擲説話について、長門本がどのような基盤の上に展開したのかということを検討し、従来荒唐無稽と考えられてきた長門本の独自記述の源泉を探る。

第三編は「南都異本平家物語と熊野三山」として、維盛の熊野参詣記事での独自記事について考察する。従来とりあげられることの少ない伝本であるが、南都異本の独自記事は熊野と深い関わりを示すものであり、生成の〝動機〟と〝場〟について考察する。

第四編は「『源平盛衰記』と地蔵信仰」としている。『盛衰記』が他本に比べて、多くの地蔵関係記事を有していることについては、これまでほとんど検討されていない。そこで第一章では西光による廻地蔵安置説話について、その内実を考察する。これは付章「西光と五条坊門の地蔵」とあわせて、近世に隆盛する西光地蔵安置伝承へと繋がるものである。第二章では、延慶本が大日の霊験説話とする忠快赦免説話を、『盛衰記』が地蔵の霊験説話へと改変したことについて、その展開の背景を考えてみたい。そして第三章では、重衡の遺族に関わる「髑髏尼物語」をとりあげる。重衡の救済の問題に地蔵がどのように関わっているのか考えてみたい。第四章は地蔵を扱ったものではないが、東下りにおける「長光寺参詣物語」は、第三章の重衡の問題と関わるため、検討する。『盛衰記』の地蔵関連記事の検討によって、その生成基盤の一端を明らかにすることができると考えている。

第五編「「共通祖本」の生成基盤」では、想定本として「旧延慶本」と「旧南都異本」について考察する。第四編までは、現存本を考察の対象としたが、現存本から一段階さかのぼって「共通祖本」を想定し、その段階での生成過程をおさえておきたい。より広く読み本系諸本の性格を考えるためである。まず第一章で延慶本と長門本の共通祖本「旧延慶本」を扱い、院政期から鎌倉中期にかけて隆盛した阿育王の八万四千塔信仰が与えた影響について考える。第二章では長門本と南都異本の共通祖本「旧南都異本」をとりあげる。『高野物語』をその生成基盤と考え、維盛救済のために「旧南都異本」が用意した方法について考えてみたい。

第一編から第五編までの考察を通して、それぞれの編者が、どのような基盤の上に、どのような動機を絡めながら、新しい〈平家物語〉を紡いでいったのかという問題に取り組んでみたい。

（1）『続群書類従』第一九輯下。

（2）武久堅氏「『平家物語』生成論の研究史、二十世紀一〇〇年の展望」（山下宏明氏編『平家物語の生成　軍記文学研究叢書』、汲古書院、平成九年）には、「生成の全過程」として、「時」と「場」と「人」による「仕組みと過程」をおさえなければならないという指摘がある。

第一編　延慶本平家物語と『宝物集』

第一編では、延慶本において『宝物集』との関係が指摘されている二つの記事をとりあげる。平家物語と『宝物集』については、すでに多くの先行研究があるため、ここで概観しておきたい。

平家物語の基盤の一つとして『宝物集』を早くから指摘しているのは、『参考源平盛衰記』である。平家物語中で流罪となる父康頼のあとを追ってきた基康に対して、「若尚シモ康頼ヲ恋シト思食レム時ハ、一年書注シテ進セ候シ、往生ノ私記ヲ御覧候ベク候」（延慶本第一末廿七「成親卿出家 付彼北方備前へ使ヲ被遣事」）と述べていることから、従来、この「往生ノ私記」が『宝物集』ではないかという推定がなされてきた。しかしここでは『宝物集』との関わりから延慶本本文の生成を考えるため、そうした問題には触れない。

後藤丹治氏[1]は『戦記物語の研究』所収の「初期の平曲を論じて灌頂巻研究に及ぶ」と題した論考で、灌頂巻の設定は『宝物集』に拠ると述べており、佐々木八郎氏[2]も後藤の説を支持している。さらに渥美かをる氏[3]が「四部合戦状本平家物語灌頂巻「六道」の原拠考」において、四部本の灌頂巻が片仮名古活字三巻本・七巻本・九巻本のいずれかによって成立したとし、『宝物集』諸本を整理した小泉弘氏[4]も、四部本と近似するのは第二種七巻本のみであるとする他は、ほぼ渥美氏と同様の見解を示す。

これに対して、延慶本との近似性を唱えたのは武久堅氏[5]であった。武久氏は、延慶本全巻と『宝物集』との対比の結果、「小原御幸」の記事については四部本から延慶本という成立は成り立たず、延慶本のほうが『宝物集』に近いと述べる。こうした渥美・武久両氏の説を受けた水原一氏[6]は、四部本との近似箇所は延慶本でもみとめられ、武久氏の延慶本による考証が有効であるとし、『宝物集』伝本は渥美氏が重視する初期諸本ではなく、七巻本や武久氏の提示する久遠寺本等の広本系で考えていくのが『宝物集』研究の成果に叶っているとも述べた。

もちろん、このような過程で、高橋俊夫氏[7]のように、平家物語と『宝物集』は近似してはいるが直接関係は言えないとし、何らかの共通する唱導資料によるのではないかという慎重な見解も見える。しかし今井正之助氏[8]が延慶本・四部本との詳細な比較検討の結果として、結局そうした唱導資料は『宝物集』のある古本にたどりつくとしており、どの伝本がどう関わるのかという相違はあるものの、現在では平家物語と『宝物集』の関係を認める方向に落ち着いていると言えるだろう。

こうした問題をさらに押し進め、延慶本と『宝物集』の関係を明らかにしたのは山田昭全氏[9]である。氏は平家物語の「卒塔婆流」は延慶本の作者が『宝物集』の蘇武と康頼歌の配置の近さからヒントを得て創作したものだとし、語句レベルに至るまで検証した。卓見であり、従うべきものであると思う。さらに延慶本の『宝物集』引用には「直接引用」「構想引用」「翻案」の三パターンがあるとし、詳細にその関係を考察している[10]。氏の研究により平家物語の、特に延慶本における『宝物集』の関わり方が明らかになりつつあると言ってよいだろう。本編はそうした先学の学恩に負うところ大であるが、さらに踏み込んで延慶本が『宝物集』をどう取り込み、そして他本ではどのように展開していったのかということを考えてみたい。

（1）後藤丹治氏『改訂増補 戦記物語の研究』（大学堂書店、昭和一九年〈昭和一一年版を改訂〉）。
（2）佐々木八郎氏「平家物語灌頂巻私考――成立に関する試論――」（『日本文学研究資料叢書　平家物語』、有精堂、昭和四四年〈初出『学苑』昭和一六年四月号〉）。
（3）渥美かをる氏『軍記物語と説話』（笠間書院、昭和五四年〈初出『愛知県立大学文学部論集』第二〇号、昭和四四年〉）。
（4）小泉弘氏編『古鈔本宝物集』研究篇（角川書店、昭和四八年）。
（5）武久堅氏『平家物語成立過程考』第四章「『宝物集』と延慶本平家物語」（おうふう、昭和六一年〈初出『人文論究』昭和五〇年六月号〉）。
（6）水原一氏『延慶本平家物語論考』第二部「資料的関連」のうち「宝物集との関連」（加藤中道館、昭和五四年）。
（7）高橋俊夫氏「延慶本平家物語説話攷――宝物集との関係をめぐって(上)――」（『國學院雑誌』第七六巻第一一号、昭和五〇年）、「延慶本平家物語説話攷――宝物集との関係をめぐって(中)――」（『國學院雑誌』第七七巻第七号、昭和五一年）。
（8）今井正之助氏「平家物語と宝物集――四部合戦状本・延慶本を中心に――」（『長崎大学教育学部人文科学研究報告』第三四号、昭和六〇年）。
（9）山田昭全氏「平家物語「卒塔婆流」の成立――延慶本作者が宝物集に依って創作した――」（『文学・語学』第一六二号、平成一一年）。
（10）山田昭全氏「宝物集と延慶本平家物語――引用に三態あり」（『大正大学研究紀要』第八五輯、平成一二年）。

第一章　燈台鬼説話の位置

はじめに

延慶本平家物語第一末廿五「迦留大臣之事」は、いわゆる「燈台鬼説話」と呼ばれるものであり、長門本・『盛衰記』にも同話が見える。同様に『宝物集』にも見え、従来、平家物語の依拠資料となった可能性が指摘されてきた。本章ではまず『宝物集』諸本との比較を通して三本の生成過程を明らかにする。そして、延慶本がこの説話を鹿ケ谷事件で流罪となった成親・成経父子の物語の例話としているのに対して、長門本と『盛衰記』が、俊寛・有王主従の物語の例話としているという配置の違いについても考えてみたい。

はじめに先行の研究を整理しておく。平家物語と『宝物集』については先述したので、燈台鬼説話に関するもののみ挙げる。まず水原一氏(1)はその位置について、延慶本では父子の情の物語、長門本・『盛衰記』では異境の流人を尋ねあてるという意味づけがあるとした。延慶本と長門本・『盛衰記』の相違を指摘しており、首肯すべき点の多い論である。また山下宏明氏(2)は、延慶本の配置は本話と例話の間に「ねじれ」があると指摘している。しかし本章ではこれが本当に「ねじれ」であるかどうか、再検討したい。そして山下哲郎氏(3)は、依拠関係については触れていないが、燈台鬼説話は平家物語において、長門本・『盛衰記』のような俊寛説話の例証としての方が意味を持つとしており、高橋貞一氏(4)もこの説を支持している。例話の示し方の妥当性については、位置の問題から述べたい。また、河原木有二氏は、平家物語にあるような燈台鬼説話は『宝物集』に初めて採られたとしており、近年では山田昭全氏が、『宝物集』の一～三巻本には見られない迦留大臣の迦留寺建立説を七巻本が持っており、延慶本も同様にそれを持っていることから、延慶本は七巻本から燈台鬼説話を引用したとし、さらに河原木氏と同様にこの説話は『宝物集』が初見であるとしている。(5)(6)

こうした先学の研究を踏まえて本章は、平家物語諸本の中、延慶本・長門本・『盛衰記』の三本が燈台鬼説話をそれぞれどう配置しているのかということを改めて捉えなおしてみたい。特に、延慶本の配置が「ねじれ」ているのではなく、長門本や『盛衰記』の位置と異なるのも一定の目的があるからであり、十分例証としての意味を持つものであるということを検証してみたい。

一　諸文献の燈台鬼説話との比較

延慶本では、鹿ケ谷事件の発覚によって流罪と決まった藤原成経が、妻子と別離の悲しみに暮れたという話の後に、この説話が続いている。

昔迦留大臣ト申ス人ヲハシキ。遣唐使ニシテ、異国ニ渡テ御ワシケルヲ、何ナル事カ有ケン、物イハヌ薬ヲクハセテ、五体ニ絵ヲ書テ、額ニ燈ガヒヲ打テ、燈台鬼ト名テ、火ヲトモス由聞ケレバ、其御子ニ弼宰相ト申ス人、万里ノ波ヲ凌ギ、他州ノ雲ヲ尋テ見給ケレバ、燈鬼涙ヲ流シテ、手ノ指ヲ食切テ、カクゾ書給ケル。

我是日本花京客　汝即同姓一宅人
為父為子前世契　隔山隔海恋情辛《ネンゴロナリ》
経年流涙蓬蒿宿　遂日馳思蘭菊親
形破他州成燈鬼　争帰旧里棄斯身

ト書タリ。是ヲ見給ケム宰相ノ心中何計ナリケム。遂ニ御門ニ申請テ帰朝シテ、其悦ニ大和国迦留寺ヲ建立スト見タリ。彼ハ父ヲ助ツレバ孝養ノ第一也。是ハ其詮モナケレドモ、親子ノ中ノ哀サハ、只大納言ノ事ヲノミ悲テ、アケクレ泣アカシ給ケリ。

「迦留大臣」という人物が遣唐使となり、大陸へ渡ったところ、燈台鬼にされ、息子弼宰相が尋ねて来て再会するという大筋では、三本とも一致している。燈台鬼説話が様々な文献に見られるということはすでに先学の研究によって指摘されているところであるが、まず、延慶本の燈台鬼説話と諸文献のそれとを比較してみたい。

燈台鬼説話の最も早い例とされる『和歌色葉』(7)には次のようにある。

六　かわつなくいてのやまふきさきにけりあはましものを花のさかりに
かわつとは上にいへり。いてのやまふきとは或書云、昔橘大臣諸兄ゐて寺をつくりて、金堂の四面の廻廊のめくりに款冬をうえて、廊のうちに水を湛て花さかせて水にうつしてみるへきやうをかまへたりけるに、寺供養日おもはさるに讒言をゝひて、みまかりにけれは、やまふきの花を水にうつしてみる事もなくてやみにけることをよめる也云々。或人云軽大臣玉井の光明寺をつくりてやまふきをうへたりけるに、その堂を丙寅の日供養したりける故に唐土にわたりけるか燈台鬼につくられたりけるかといひつたへたり。諸兄とはきゝをよはすと云々。

『古今和歌集』一二五番歌「かわつなく」の注であり、橘諸兄が井手寺に山吹を植えたことを詠んだものだと伝えている。そこで「或人云」として、山吹は「軽大臣」が「玉井の光明寺」に植えたのであり、諸兄ではないのではないかという異伝も記している。この「或人云」として記された異伝とほぼ同様のものを、他の『古今和歌集』の古注釈書に見いだすことができる。たとえば、鎌倉末期から南北朝期にかけての成立とされる、毘沙門堂本『古今集注』(8)には、

山フキハアヤナ、サキソハナミムトウヘケル《ム》君カコヨヒコナクニ
注之アヤナ、サキソト云ハ無益ニナサキソト云也此歌ハ右大臣橘諸兄ノ山城国井出寺ヲ建立シテ款冬ヲ栽タリ、仍井出ノ大臣トハ此人事也、内大臣高向《タカムコノ》迦留同国ニ光明山寺ヲ造テ、仍井出寺ノ款冬ヲウツシテノチ、諸兄ノ許ヘ見ニオハセヨト、云ヤリタリケレハ、今夜ユカムトシテコサリケルニヨメル也、迦留ノ大臣ノ歌也、コナクト云ハコヌニト云心也（後略）

とある。これは一二五番歌ではなく、一二三番歌に対する注であるが、光明山寺を造り、井出寺の款冬を移し植えた「高向迦留」が橘諸兄を招いたが、来なかったので「迦留ノ大臣」が詠んだとする。『和歌色葉』のような「燈台鬼」という記述はない。ただし毘沙門堂本『古今集注』の注目すべき点は、迦留大臣を「高向迦留」とする点であるが、これについては後述する。さらに、天理図書館蔵『古今集延五記』(9)（室町期成立）にも次のような注がある。

一、あやなゝさきそ
無益《ヤク》ニナサキソト也、此歌ハ諸兄《モロエノ》大臣ノ歌也、山城ノ井手寺光明寺此寺ヲ建テ山《セン》水ニ山フキヲウヘタリ其時高向《タカムコ》ノ迦留《カルノ》大臣此山フキヲ来テ見ント約束シテ不レ来時ニヨメリ、今ノ井手ノ玉水其故跡也

編者である堯恵は、二条家流を引き継いだ堯孝の弟子である。毘沙門堂本『古今集注』では招かれたのは橘諸兄であったが、ここでは迦留大臣となっている。そして迦留大臣を「高向ノ迦留」としている点はおさえておきたい。このように、一二三番歌と一二五番歌に同源と思われる注があり、それが錯綜している様が確認できる。両書とも、『和歌色葉』のように、「燈台鬼につくられたりけるか」とはしていないものの、まったく別の伝承というわけではなく、相違点の多い類話ということになるだろう。そして『和歌色葉』より具体的に、まとまった形で記しているのが『宝物集』である。延慶本の当該説話が、『宝物集』に依拠したものであるということはす

でに指摘されているが、『宝物集』本文を挙げると次のようになる。(10)

軽の大臣と申ける人、遣唐使にて渡りて侍りけるを、如何成事か有けん、物いはぬ薬をくはせて、身には絵を書、頭には灯台と云物をうちて、火をともして、灯台鬼と云名を付て有と云事を聞て、其子弼宰相と云人、万里の波を分て、他州震旦国まで尋行て見たまひければ、鬼泪をながして、手の指をくひ切て血を出してかくぞ書給ひける。

我是日本花京客　汝即同姓一宅人
為レ父為レ子前世契　隔レ山隔レ国恋情辛
経レ年流レ涙蓬蒿宿　逐レ日馳レ思蘭菊親
形破二他州一成二灯鬼一　争帰二旧里一寄二斯身一

是を見給ひけん子の御心、いかばかり覚え給ひけん。さて、唐の御門にこひとりて、日本国へぐして帰り給へりとぞ申ためり。子ならざらむ人、他州震旦まで行人侍りなんや。此事日本紀以下諸家の日記にみえず。さ程の人、名をしるさず。無不審にあらず。遣唐使の唐にとゞまるは、清河の宰相・安倍の仲麻呂等也。但大和国に軽寺と云所あり。彼大臣帰朝の後建立といへり。能々定説［を］可尋也。

ここでは吉川本を挙げた。延慶本とほぼ同内容であり、表現も似通っている。延慶本の燈台鬼説話が『宝物集』に依拠しているとする説は首肯できるものであるが、次節において『宝物集』諸本との関わりをもう少し詳しく検討する。

鎌倉末期から室町初期の成立とされる『五常内義抄』(11)には、これまでのものとは違う燈台鬼説話が見られる。

文集云、道州ノヒキ人ヲ燈台鬼トナサレテ、毎《マイ》年国ノ年貢ニヲ、ヤケヘマイルナラヒ也、然ル間、生ナカラ親ニヲクレ、子《コ》ニ別レテ、悲ム事極ナシ、爰ニ揚成《セイト》申人（彼）国ノ守《カミ》ト成テ後、此事ヲ悲テ、大宅《ヲヽヤケ》ヘ歎《ナキ》奉テ、宣《セン》旨ヲ申下テ、燈台鬼ヲ留ラレヌ、道州ノ民《タミ》、老タルモ若モ喜事無レ限、人トナレル事ヲエタリ、彼国ノ村民子孫ノ末ニ至ルマテ、若揚成ノ恩ヲワスレヤセンスラン、是ヲワスレサランカタメニ、人毎《コト》ニウメル子ニ、皆揚ノ字ヲ片名ニ付テ、揚成ノ恩ヲワスレジトタシナミケリ、恩ヲ恩タルヲ重クスル事如レ此、抜（彼）国ノ人ノ歌ニ云ク

君コスハヲヤニモ子《コ》ニモ別路《ワカレチノ》ウカリシヤミニ猶《ナヲ》マヨハマシ

冒頭に「文集云」とある通り、これは『白氏文集』巻三「道州民」を基にしたものである。これについて山下哲郎氏(12)は、外面的な類似点はないが、『宝物集』の燈台鬼説話と潜在的な関連があるのではないかとしており、納得のいくものであろう。後述するが、『宝物集』は孝子譚の中に当該説話を配置しており、『五常内義抄』も親子の別離を主題としている。燈台鬼説話は〈親と子の物語〉として広く認知されていたということになる。

十四世紀に入ると、『帝王編年記』(13)のような歴史書にも燈台鬼説話が引かれてくる。

今年。遣唐使高向玄利為二灯台鬼一。詩云。

吾斯日本両京賓　汝亦東城一宅人
謂其子玄衡為レ子為レ親前世契　一離一会此生因
経レ年落レ涙蓬蒿宿　送レ日馳レ思旦暮新
形破二他州一為二灯鬼一　争帰二故里一捨二茲身一

これは巻九「斉明天皇六年」の記事であるが、迦留大臣が「高向玄利」とされており、『宝物集』・平家物語の簡略化した形となっている。斉明天皇の六年、つまりは六六〇年の出来事として記されている。こうした、説話や注釈、歴史叙述として広く展開する燈台鬼説話が古辞書にも記されてくるのは当然のことであろう。『下学集』(14)（文安元＝一四四四年成立）は「軽大臣」として項目が立てられている。本文は、『宝物集』・平家物語とほ

ぼ同文であり、その影響が考えられるが、古辞書にこうした形で載っているということは、燈台鬼説話がある程度世間に認知されていたことを示している。また、神代から永享八年（一四三六）までの年代記である『東寺王代記』(15)も、

或記云。推古天皇御代。迦留大臣遣唐使ニ渡ケルカ。灯台基《（ママ）》ニナサル。其後皇極女帝御代。迦留大臣ノ息弼宰相入唐囲碁ト云々。

と、簡略化した燈台鬼説話を引いている。

以上、管見に入った燈台鬼説話を平家物語と比較した。延慶本は、やはり『宝物集』に依拠したものであると考えてよいであろう。そして同時に、燈台鬼説話が様々な分野に広く浸透していたということも確認した。最後にもう一つ、そうした燈台鬼説話の流布を裏付けるかと思われる興味深い資料を挙げておきたい。

綿百量、願主大法師聖勝生年五十一、
建保三卯月廿六日法橋康弁作（花押）

これは、興福寺西金堂に納められている龍燈鬼像の胎内にあった銘である(16)。「大法師聖勝」という僧の願によって、建保三年（一二一五）に運慶の三男康弁が造像したことがわかる。この像は、治承四年（一一八〇）の南都焼討によって焼失した興福寺再建の一環として納められたものだと考えられるが、この像と一対とされる天燈鬼像とをあわせた解説として、『奈良六大寺大観』(17)では、

仏前に燈を捧げる鬼形という構想がこの時の創意にかかるものかどうかは明らかではなく、類品は残っていない。中国には古く「燭奴」「燈婢」といって、木彫の童形、女形に燈を持たせた燭台があったといい（『開天宝遺事』）、この女形を鬼形に替えたものが古代寺院になかったとはいいえない。

としている。仏前に燈を捧げる鬼形という構想についてであるが、古い中国の例は燈を〝持たせた〟例であり、

龍燈鬼像のように頭に載せたというものではない。仏前に燈を捧げるという構想は古くからあり、それが天燈鬼像のように、燈を〝持たせる〟という形となったと考えられるが、龍燈鬼像のような〝頭に載せる〟という構想とは別である。つまり、この像の制作者康弁は、像を造る際にその想像力や構想力をかきたてるような〝情報〟に接していたと考えられるだろう。龍燈鬼像造立以前に成立し、龍燈鬼像と酷似した描写を持つ『宝物集』はその〝情報〟の一つではなかっただろうか。燈台鬼説話が広く流布していたこと、『宝物集』が唱導に使用されていたことなどを考え合わせると、決して無理な推測ではあるまい。

すなわち、延慶本は、そうした〝情報〟が広く流布し、像として造られるような状況の中で、『宝物集』とほぼ同文でこの説話を取り入れたということになるのである。しかし、平家物語といっても、長門本・『盛衰記』は延慶本とは異なる姿勢でこの説話を取り入れている。そこで、次に平家物語諸本間の相違を、『宝物集』との比較を通して考えてみたい。

二　『宝物集』諸本との関係

平家物語三本（延慶本・長門本・『盛衰記』）の燈台鬼説話を考えるにあたって、それに最も近い本文を持つとされる『宝物集』と比較する。それは、延慶本と長門本・『盛衰記』における位置の相違が本文にも影響を及ぼしていることを確認するためであるが、どこに、どのような形で引用するかということを明らかにすることは、編者の引用態度に繋がるとも考えているからである。『宝物集』には多くの伝本があるが、ここでは一巻本・二巻本・三巻本・吉田本・吉川本・光長寺本・久遠寺本の七本を使用する。

（１）長門本の時代設定

まず注目すべきは、長門本のみが、迦留大臣が唐へ渡った時を「推古天皇の御宇」とし、息子の弼宰相が渡唐した時を「皇極天皇の御時」とする点である。第三十三代推古天皇天皇の在位は、五九二年から六二八年であり、第三十五代皇極天皇の在位は、六四二年から六四五年である。つまり、六世紀後半から七世紀中頃に設定されているわけだが、こうした独自の時代設定を考える手がかりとして、久遠寺本が本文の「カルノ大臣」に、「高向《タカワノ》玄理《ハルマサ》」という左傍注[18]を施していることに注目したい。これは他の伝本には見られないものである。

高向玄理は七世紀中頃に活躍した学者・官人である。『日本書紀』推古天皇一六年（六〇八）九月の記事に、唐へ渡ったことが記されており、孝徳天皇白雉五年（六五四）にも再度渡唐し[19]、現地で没したことがわかっている。つまり、長門本の設定とほぼ同じ時代の人物が、久遠寺本では同一人物とされているのである。なぜこうしたことが起きているのだろうか。

結論から先に述べるならば、迦留大臣を高向玄理に比定する説があり、長門本の「推古天皇の御宇」「皇極天皇の御時」という時代設定はそうしたことを背景としていると考えられる。つまり、長門本と久遠寺本の両記事は、共通の基盤から発生したものであり、前節で挙げた毘沙門堂本『古今集注』が、「高向迦留」、『古今集延五記』が、「高向《タカムコ》ノ迦留《カルノ》大臣」としているのも、そうした共通の言説の存在を裏付けていると考えられる。

そして、これもすでに確認したが、『帝王編年記』が「遣唐使高向玄利為㆓灯台鬼㆒」として、これを皇極天皇が重祚した斉明天皇の六年（六六〇）の記事としていることも、同様であろう。また、前節で挙げた『東寺王代記』も「推古天皇御代」「皇極女帝御代」としてあり、高向玄理迦留大臣比定説の流入が考えられる。つまり長門本の独自設定はそうした伝承を背景としているということになる[20]。長門本のこのような一見突飛ともとれる文言が、その評価を下げてきた所以であったと推察されるが、それは実は先行の伝承に基づいた記述であったということを指摘しておきたい。

長門本の独自設定は、燈台鬼にされた理由にも現れている。延慶本は「何ナル事カ有ケン」として、その理由を不明としており、『宝物集』諸本も同様である。『盛衰記』も特に記していないが、長門本は、

遣唐使にわたりて、おんやう道をならひ、ゑんていをつくし奥儀をきはめて、帰朝せんとせし時、おんやうのゑんけん、日域へわたさん事をおしみて、

として、陰陽道の奥儀が日本へ渡ることを恐れたため、となっている。何らかの伝承と関わりがあると考えられるが、未詳である。

（2）長門本と光長寺本『宝物集』の近似

さらに、燈台鬼の描写にも、語句レベルの相違が見られる。迦留大臣は後に、弼宰相と会った際、詩を示すが、それは「物イハヌ薬」を飲まされ、口がきけなくなったからであり、延慶本・『盛衰記』・『宝物集』諸本はこれを記すが、長門本は記していない。また、燈台鬼に火が点されたことを、延慶本は「火ヲトモス由聞ケレバ」としているが、一巻本『宝物集』・『盛衰記』・長門本は記していない。そして、燈台鬼は「手ノ指ヲ食切テ」詩を書くのだが、この表現は長門本には見られない。このように、長門本は語句のレベルでも、延慶本と著しく異なっている。本文の近似から先行研究においては共通祖本が想定されている長門本と延慶本であるが、この相違は注目すべきだろう。また次に、燈台鬼が弼宰相に示した詩についてであるが、ここでも長門本と延慶本は異なっている。

【延慶本】
我是日本花京客

【長門本】
吾是日本花京客

汝即同姓一宅人
為父為子前世契
隔山隔海恋情辛《ネンゴロナリ》
経年流涙蓬蒿宿
遂日馳思蘭菊親
形破他州成燈鬼
争帰旧里棄斯身

汝則同姓一宅人
成レ祖成レ子前世契
隔レ山隔レ海慕情辛
経レ年落レ涙蓬蒿宿
累レ月馳レ思蘭菊親
形壊二他州一成二燭鬼一
何還二旧里一捨二此身一

長門本の、延慶本と相違する箇所を四角で囲った。『盛衰記』にはこれほどの相違点は見られない。詩そのものの意味はほとんど変わっていないが、ここでの表記に注目すると、次に示す光長寺本『宝物集』（以下、光長寺本）の本文が長門本に近似している。

吾是日本華京客《ノカクタリ》
汝《ハ》復同姓一宅《ノ》人《トナリ》
成レ祖成《トルコトハ》レ子前世《ノ》契《ナリ》
隔レ山隔レ海《テ》基《シノブ》情《コヽロ》苦《ネンゴロナリ》
経《テ》レ年落《ナガシ》レ涙宿《ス》二蓬蒿《ホウコウニ》一
累《カサネ》レ月《ヲ》馳《ハシ》レ思《ヲ》親《シム》二蘭菊《ニ》一
形壊《テ》二他州《ニ》一成二燈鬼《ト》一
何還《シテカテ》二旧里《ニ》一捨《テム》二此《ノ》身《ヲ》一

光長寺本にも延慶本との相違点を四角で囲むと、異同の多いことがわかる。他の『宝物集』諸本はほとんど延慶本と変わらないが、光長寺本のみ著しい相違を見せている。しかし、長門本と光長寺本とを比べてみると、その相違点が近いことに気付く。具体的に示すと、他本すべてが「為父為子前世契」とするところをこの二本のみが、「成レ祖成レ子前世契」としており、そしてこれも他本のすべてが涙を「流」すのに対してこの二本は、「落」としているのである。また、延慶本で「遂レ日」思いを馳せるとするところを長門本・光長寺本では、「累レ月」て思いを馳すとしており、「争帰旧里棄斯身」を「何還二旧里一捨二此身一」とするのも、長門本と光長寺本のみである。

もちろん、語句の一致が見られるというだけで、ただちに長門本と光長寺本との間に直接関係があると断じることはできない。しかし、これだけ延慶本との相違箇所が一致する二文献が存在するということは、他にこのような詩を持つ燈台鬼説話が存在し、長門本も光長寺本もその流れを汲むものではないか、と考えることはできるであろう。

つまり、長門本は、延慶本以外の文献の燈台鬼説話を参考にしてこの説話を記した可能性があり、長門本の編著者に、延慶本のような燈台鬼説話をそのまま引き写しにするつもりのなかったことがわかるのである。

(3)「孝養」の文脈

最後に説話の結末部について考えておきたい。延慶本が、

是ヲ見給ケム宰相ノ心中何計ナリケム。遂ニ御門ニ申請テ帰朝シテ、其悦ニ大和国迦留寺ヲ建立スト見タリ。彼ハ父ヲ助ツレバ孝養ノ第一也。是ハ其詮モナケレドモ、親子ノ中ノ哀サハ、只大納言ノ事ヲノミ悲テ、アケクレ泣アカシ給ケリ。

として、その後日譚を語り、成親・成経父子に関連づけているのに対して、長門本は、

宰相、是を見てこそ、我父かるの大臣とはしり給しか。俊寛か主従こそ、かの弼の宰相の父子にちかはさりける物をや。「これはあり王丸か」との給ふにこそ、しゅんくはん僧都とはしられける。かれは、万里の波濤をしのきてたうとまてわたり、これは、千里の山川をわけて、いわうか島へたつねけり。むかしいまはことなれとも、徳をしやすする志これおなし。父子主従はかはりたれ共、思をほうする心は一なり。

としており、延慶本のような後日譚はなく、俊寛と有王になぞらえる独自の記事となっている。『盛衰記』では、「宰相ハ我父ノ軽大臣共知ケレ」という簡潔な一文を記すのみである。

注目すべき点は、延慶本がこの説話を「孝養ノ第一也」としているところである。『宝物集』では一巻本以外の伝本に、子供でもなければ、はるばると海を渡って行くだろうか、といった本文があり、延慶本と同様、「孝養」の説話として扱っていることがわかる。また、『宝物集』における燈台鬼説話は、何が宝かという問答の中で、〝子が宝である〟とする一連の説話の中にあり、その前後に「孝養」の説話が配されていることからも、そうしたモチーフの説話であると考えられる。延慶本がこの説話を「孝養」とする点において、やはり『宝物集』と近い関係にあると言えるだろう。

そして次に、迦留寺建立説についてだが、これは、長門本や『盛衰記』には見えない。延慶本と『宝物集』のみ一致する記事であるが、『宝物集』の中では、吉田本・吉川本・光長寺本・久遠寺本に見られるものである。興味深いのは、『宝物集』の吉田本・吉川本・久遠寺本が「能々定説ヲ尋ヌベキ也」とし、光長寺本は「不審」として懐疑的だが、延慶本では「見タリ」として『宝物集』より積極的に取り入れている点である。迦留寺が実際に大和国に存在した古代寺院であることは、『日本書紀』などから確認することができる[21]。中世にはすでに廃寺となっていたようであるが、この「見タリ」と先行文献の存在を匂わせて燈台鬼説話を取り入れる延慶本の姿勢については、平家物語のもう一つの迦留大臣記事から考えてみたい。延慶本で示すと次の箇所である。

廿一日、摂政ヲ止奉リテ、松殿ノ御子、大納言師家トテ十三ニ成給ケルヲ、内大臣ニ成シ奉テ、ヤガテ摂政ノ詔書ヲ下サル。折節大臣アカザリケレバ、後徳大寺ノ左大臣実定、内大臣ニテオワシケルヲ、暫ク借テ成リ給タリケレバ、「昔ハカルノ大臣ト云人アリキ。是ヲバカル、大臣ト云ベシ」トゾ、時人申ケル。カヤウノ事ヲバ大宮ノ大相国伊通コソ宣シニ、其人ヲハセネドモ、申人モアリケルニヤ。

これは、第四・廿九「松殿御子師家摂政ニ成シ給事」に見られる記事で、木曽義仲と手を結んだ藤原基房が、我が子師家を摂政とするために、当時欠員のなかった大臣を後徳大寺実定より借りたのであるが、そのことを「時人」が、「カルノ大臣」と「カル、大臣」をかけて、皮肉った場面である。諸本では、長門本・『盛衰記』・南都本が同様のことを記しているが、語り本系諸本にはその記述がない。この一件については、『愚管抄』(22)巻第五も「又大臣ノ闕モナキニ実定ノ内大臣ヲ暫トテカリテナシタレバ、世ニハカルノ大臣ト云異名又ツケテケリ」としている。また、『玉葉』では寿永二年十一月二十三日条に「内大臣非二解官一、借用云々」、「借官始レ之」としており、官を借りるという先例のなかったことが確認できる。さらに『百練抄』(23)第九「安徳」寿永二年十一月二十一日にも同様の記述が見られ、『吉記』では、「大臣借用未聞此例」、「乱世之政可驚事歟、又前殿下今度罪科何事哉」とやや強い調子で「前殿下」基房を非難している。

このように、師家借官事件は、前代未聞の椿事であり、『吉記』が記す通り、「乱世之政」であったわけだが、注目したいのは、延慶本がそこで「昔ハカルノ大臣ト云人アリキ」と迦留大臣を持ち出し、さらにすでに故人である「大宮ノ大相国伊通」が言いそうなことだ、と言った人があったとしている点である。なぜ、ここで皮肉として引用され、故人である藤原伊通の名が挙がってくるのだろうか。伊通は平家物語において、何か所か名前の出てくる人物であるが、その人となりを示す記事はない。しかし『平治物語』上「信西の子息尋ねらるる事 付けたり除目の事並びに悪源太上洛の事」(24)に次のような話がある。

太政大臣伊通公其比左大将にておはしけるが、才学優長にして、御前にても常におかしき事を申されければ、君も臣も大にわらはせ給ひ、御遊もさむるほど也。「内裏にこそ武士共のし出したる事もなくて、官加階を成るなれ。人をおほく殺たる計にてくわんかかひをならんには、三でう殿の井こそ人をはおほく殺したれ。なと其井は官は成ぬ。」と咲ける。

これは、平治の乱を起こした藤原信頼が、味方についた公家や武士に、官職を与えたことについての言葉である。そこで伊通は、人を多く殺すことで官職が貰えるのならば、戦闘で多くの人が飛び込んだ三条殿の井戸こそが、官職を貰うべきだろうと皮肉っている。さらに物語は伊通を、「才学優長にして、御前にても常におかしき事を申されければ、君も臣も大にわらはせ給ひ、御遊もさむるほど也」としているのである。つまり、そうした皮肉を頻繁に口にする人物であったということであり、平家物語の記述と通底するものがある。また、『古今著聞集』には、同僚四人が中納言に昇進したにもかかわらず、自分だけが留められたことに腹を立て、すべての官職を返上し、檳榔毛の車を大宮面で打ち壊したという話[25]があり、気性の激しい人であったこともうかがえる。[26]この話は有名であったらしく、『十訓抄』や『古事談』『今鏡』にも引かれている。

つまり先例のない異常事態であった師家借官事件を皮肉る材料として、迦留大臣が引かれ、さらにそれを気性の激しい、皮肉屋としてよく知られている伊通が言いそうなことであるとする設定は、平家物語がこれを、人々が納得する、よく知られているものという認識の下に引用したことを示している。そのことはまた、燈台鬼説話が広く世上に流布していたということをも示しているのである。このように、平家物語（読み本系諸本）は軽大臣を別の記事でも取り入れている。こうした積極的な姿勢は、延慶本の、迦留寺建立説を「不審」としない姿勢と共通するものがあるだろう。

平家物語の燈台鬼説話が『宝物集』から持ち込まれたのは間違いない。そして大枠では同様だが、延慶本と長門本とでは、本文に大きな違いがあるということになる。さらにこうした相違は、取り込んだ場所でも大きく異なっている。そこで次に、これら三本に見られる燈台鬼説話の文脈上の意味とその役割について考えてみたい。『盛衰記』は延慶本と表現上の大きな違いはないが、取り込んだ場所に関しては長門本と同様のため、延慶本と長門本・『盛衰記』ということになる。

三　延慶本の方法

延慶本における燈台鬼説話の位置については、成経が父成親に会うことができなかった本話に対してこの例話では、弼宰相は父大臣に会うことができており、そこには「ねじれ」があるという山下宏明氏の論を先に挙げた(27)。つまり、本話と例話の結末が一致していないということだが、確かに山下氏の述べる通り、延慶本における結末は異なっている。山下哲郎氏や高橋貞一氏が長門本や『盛衰記』の方が例話としては意味を持つとするのも、そうした「ねじれ」がない本話・例話の関係を評価しているからであろう。そこで、『宝物集』と平家物語三本の結末を整理すると次頁の表のようになる。

延慶本では本話と例話の結末が一致していないのに対して、長門本・『盛衰記』では、有王が俊寛を訪れたという点で例話と一致し、有王は俊寛を連れ戻していないという点でもまた一致している。この〝連れ戻した〟という点は、延慶本が「遂ニ御門ニ申請テ帰朝シテ」としているのを指すが、長門本・『盛衰記』はこれを記さず、出会った二人のその後については言及していないので、本話に沿う形となっているのである。そして長門本では、「宰相、是を見てこそ、我父かるの大臣とはしり給しか。俊寛か主従こそ、かの弼宰相の父子にちかはさりける物をや」としてこの俊寛主従こそがまさに弼宰相父子と同じであるとし、その一致を述べている。延慶本の話末評語は「是ハ其詮モナケレドモ」として、父成親を訪れることができなかった、連れ戻すことができなかったと

『宝物集』	延慶本	長門本・『盛衰記』
弼宰相は軽大臣を訪ねた。	本話 成経は成親を訪ねていない。 ⇔ 例話 弼宰相は迦留大臣を訪ねた。	本話 有王は俊寛を訪ねた。 = 例話 弼宰相は迦留(軽)大臣を訪ねた。
弼宰相は軽大臣を連れ戻す。	本話 成経は成親を連れ戻していない。 ⇔ 例話 弼宰相は迦留大臣を連れ戻す。	本話 有王は俊寛を連れ戻していない。 = 例話 弼宰相は迦留(軽)大臣を連れ戻していない。

いう点を指摘し、ただ成経は父親のことをのみ思って泣き暮らしたとしている。長門本のように本話と例話を積極的に一致させようとする姿勢が延慶本にはなく、『宝物集』の意図に沿う形となっている。『盛衰記』ではその正体が判明したことを記すのみである。つまり延慶本のみが本話とは逆の結末になる例話ということである。従来はこれを「ねじれ」ととり、長門本や『盛衰記』の形の方が例話としては意味があるとしてきたわけだが、はたしてそうであろうか。すべてが一致する場合だけが例話として機能するわけではないだろう。たとえば延慶本には次のような記事がある。

今度ノ御産ニサマ〳〵ノ事共有ケル中ニ、目出カリケル事ハ、太上法皇ノ御加持、有ガタカリケル御事也。昔シ染殿ノ后ト申シハ、清和ノ国母ニテ、一天下ヲナビカシ給ヘリシ程ニ、紺青鬼ト云御物ノケニ被取籠テ、世中ノ人ニモサガナクイワレサセ給事侍ケリ。智証大師ノ御時ニテオワシマシケレバ、様々ニ加持セラレケレドモ、不叶シテヤミ給ニケルニ、今ノ法皇ノ御験者ニ御物ノ気ノ讖嫌事、返々目出クゾ覚ヘシ。

これは第二本八「中宮御産有事　付諸僧加持事」の例話で、中宮徳子の御産の際に現れた物怪を後白河院が加持で追い払った後に続くものである。ここでは清和天皇の国母染殿后に、紺青鬼という物怪が取り憑いた際、智証大師が様々な加持をしたが効き目がなかったとし、それに比べて今の後白河院の加持は素晴らしいものであるとしている。つまり本話とは反対の結末の例話だが、ここではあえて反対の例話を示すことで、今の後白河院の加持の素晴らしさを一層高めることに成功している。もう一つ記事を挙げる。

昔景行天皇ノ第二御子、小雄皇子、異国ヲ平ゲニ下リ給ケルニコソ、ヲトメノ形ヲカリテ、賊ノ三河上ノ武智ヲバ滅シ給タリケレ。ナドヤ是ハ、昔今コソ異ナラメ、我御身ヲ滅シ給ケム。先世之御宿業ヲ奉ル察一シコソ哀ナレ。

これは第二中十一「高倉宮都ヲ落坐事」で、挙兵が発覚した以仁王が邸宅から女装して脱出した後に配されている例話である。ここでは女装をして三河上武智を討つことに成功した小雄皇子を例として挙げ、「ナドヤ是ハ」以下、小雄皇子と同様に女装したが、失敗した以仁王を「哀ナレ」としている。ここでも本話とは結末の異なる例話を挙げることで、クーデターに失敗した以仁王の哀れさを一層高めている。このように、本話の結末とは反対の結末の例話を挙げることが、本話のテーマをより強調し、その性質を高めることになっている。延慶本の燈台鬼説話は逆説の例話として取り込まれたのであり、「ねじれ」ではないということになる。

つまり、弼宰相が迦留大臣を訪れ、そして共に帰国したという成功の例話を示すことで、父成親を訪れることも、そして連れ戻すこともできなかった成経の〝悲しみ〟が一層高まっているということになる。長門本・『盛衰記』は、俊寛の物語の例話とし、〝遠くの流人を訪ねあてる〟という点に注目し、説話に改作を加えることで本話に沿うような例話となっている。しかしそうであるなら、有王が最後に都へ帰ったとする本話に沿うように弼宰相も日本へ帰さなければならないはずだが、ここではそうはなっていない。これらに対して延慶本は、本話とは結末の異なる説話を例話とするという、逆接的な手法を取っているということになるのである。

おわりに

前節で述べたように、燈台鬼説話の本来のモチーフは「父子の孝養」であるから、ここでは〝父子の物語〟が語られるはずである。しかし、長門本や『盛衰記』はこの説話に積極的な改作を加え、俊寛・有王主従の説話としている。長門本・『盛衰記』ではそのモチーフが変えられたと理解すべきであろう。延慶本は『宝物集』を引き写しにしているようでありながら、本話と例話のモチーフを通底させているのである。

そして、前段の第一末廿四「丹波少将福原へ被召下事」の最後に、妹尾太郎兼康の思惑を知って以後、何も聞かなくなった成経に対して「哀也シ事也」とし、「迦留大臣之事」の最後でももう一度、「親子ノ中ノ哀サハ」とする。「哀」という感情で延慶本は、成経物語と燈台鬼説話とを繋いでいるのであり、〝逆説の例話〟はその「哀」を一層高めるための有効な方法であったということになる。これは語り本系諸本では異なっている。兼康の答えに対する成経の、日本は六十六か国あっても備前備中間で一二日もかからないはずだという返答は読み本系諸本とほぼ同じだが、燈台鬼説話ではなく「阿古屋之松」の話を展開し、〝父子の物語〟の要素が薄くなっている。

延慶本の形と長門本・『盛衰記』の形のどちらかに優劣をつけるということはできない。ただし延慶本の「逆説の例話」という方法には注意しておきたい。延慶本が『宝物集』の「孝子譚」からこの説話を引用し、本話である成親・成経父子の物語の哀れさを高めるという方法は、唱導の場でもよく用いられていたと考えられるからである。つまりこの、『宝物集』を引用して作成した一連の〝父子の物語〟に唱導的な方法を看取したいのである。根拠となる資料を挙げる。

　　　　　　　　後鳥羽御事ニ可□
蘇武之仕胡塞十九年還本国事
　胡国ニ被致罷レ不還事　　寛元五年聖憲為之
　　　　　　　　　　　玄源円成等○[以前]為之　云々

東大寺図書館所蔵の宗性上人資料の中に『春華秋月抄草』(28)と題する二十三冊の記録がある。願文や表白も載せるが、唱導の記録でもある当該文献の第十七に載せられている記述である。寛元五年（一二四七）の法会において、安居院の聖憲によって行われた唱導説法の記録である。「後鳥羽御事」とあるように、後鳥羽院は八年前の延応元年（一二三九）に崩御し、仁治三年（一二四二）に追号されている。詳細は不明だが、後鳥羽院の追悼法要であったと考えて間違いあるまい。そこで聖憲の語った「蘇武之仕胡塞十九年還本国事」は、蘇武が胡国に捕らえられ、長期にわたる拘束を経て帰国した、いわゆる蘇武説話を指していると考えられる。そして「胡国ニ被致罷レ不還事」は、蘇武と同時期に捕まったが帰国がかなわなかった李陵の話を指すのだろう。つまり聖憲は、故郷に帰ることができた蘇武とできなかった李陵の話を語ることで、帰洛を遂げることなく僻遠の地隠岐で崩御した後鳥羽院の哀れさを語ったのである。後鳥羽院の哀れな晩年（本話）を語るために、本話に沿う李陵の説話（例話）だけでなく、逆の結末である蘇武説話（例話）をも引用することで、さらなる効果を狙ったのだろう。

蘇武説話が平家物語にも取られていることはよく知られている。成経と同様に鬼界ヶ島に流された康頼のいわゆる「卒塔婆流」の例話としてである。従来研究の盛んな記事であるが、次に読み本系三本（延慶本・長門本・『盛衰記』）と覚一本の本文を話末の部分のみ、対観表として次頁に挙げる。

康頼の卒塔婆流と蘇武の雁書とを比べて共通点、相違点を「彼」「是」で述べる形はよく指摘されることだが、

延慶本　第一末三十二「漢王ノ使ニ蘇武ヲ胡国へ被遣事」	長門本　巻第四「蘇武事」	『盛衰記』巻第八「漢朝蘇武」	覚一本　巻第二「蘇武」
蘇武ハ入テ胡国ニ一、繋ゲテ賓雁ニ於書ヲ一而、再翫ビ林苑之花ヲ一、		蘇武ハ漢家ノ勅使也、一紙ノ筆ノ跡雁金雲井ヲ通、	漢家の蘇武は、書を雁の翅につけて旧里へ送り、
康頼ハ栖テ小島ニ一、流テ蒼波ニ於歌ヲ一而、遂ニ見ル故郷之月ヲ一。		康頼ハ本朝ノ流人也、二首ノ歌ノ詞ハ卒都婆浪路ヲ伝タリ。	本朝の康頼は、浪のたよりに歌を故郷に伝ふ。
彼ハ漢明ノ胡国、是ハ我国ノ油黄、	かれは胡国、是はいわうか島。		
彼ハ唐国ノ風儀ニテ思ヲ述ル詩ヲアヤツリ、是ハ本朝ノ源流ニテ、心ヲ養フ歌ヲ詠ズ。			
彼ハ雁ノ翅ノ一筆ノ跡、是ハ卒塔婆ノ銘ノ二首ノ歌。	かれは、かりのつはさ、是は、そとはの面。かれは一筆、是は二首の歌。		かれは一筆のすさみ、これは二首の歌、
彼ハ雲路ヲ通ヒ、是ハ浪ノ上ヲ伝フ。彼ハ十九年ノ春秋ヲ送リ迎へ、是ハ三ケ年ノ夢路ノ眠リ覚タリ。	かれは雲路を通し、是は浪のうへをつたひ、かれは十九年を、をくりむかへ、是は三年の夢、さめにけり。	彼ハ十九ノ春秋ヲ送迎、是ハ三年ノ月日ヲ明シ暮シケリ。	
李陵ハ胡国ニ留リ、俊寛ハ			

小島ニ朽ヌ。 上古末 代ハカハリ、 境ヒ遼遠ハ隔レドモ、 思心ハ一ニシテ、 哀ハ同ジ哀也。	ありかたかりける事ともかな。 上古末代、昔今、 世はかはり、 さかひはへたたれとも、 思はひとつにて、 あはれにそおほえける。	上代末代時替リ、 漢家本朝所異ナレドモ、 タメシハ同ジカリケリ。 理ヤ彼ハ天道哀ヲ垂給ヒ、 是ハ神明恵ヲ施シ給ヘバナリ。	かれは上代、これは末代、 胡国、鬼界が島、 さかひをへだて、 世々はかはれども、 風情はおなじふぜい、 ありがたかりし事ども也。

注目すべきは延慶本に付した二重傍線部である。「李陵ハ胡国ニ留リ、俊寛ハ小島ニ朽ヌ」という一文は延慶本にしかない。話の展開としてはまだ俊寛は生存しているのでこれは延慶本の先取りだが、後鳥羽院の法要の時のように、李陵と同様に僻遠の地で亡くなった俊寛をここで述べており、前掲の宗性上人の資料と同じ構成である。文末に「思心ハ一ニシテ、哀ハ同ジ哀也」とするように、本話と例話を同じ結末（卒塔婆の漂着、雁書の到達）として結ぼうとしていることには注意せねばならない。もはや二つの形に優劣をつけるのではなく、唱導の実態をこの二つの形の背景に見るべきであろう。

本章では延慶本の『宝物集』摂取の方法を考察した。延慶本の『宝物集』摂取の意図を明らかにするためにも、その他延慶本と『宝物集』の一致記事の検討はさらに進められねばならない。次章でも『宝物集』を引用した延慶本の独自記事を検討する。

(1) 水原一氏『延慶本平家物語論考』(加藤中道館、昭和五四年)三二九〜三三〇頁。
(2) 山下宏明氏「『平家物語』の説話受容」(『文学』第四九号、岩波書店、昭和五七年)。
(3) 山下哲郎氏「軽の大臣小攷――『宝物集』を中心とした燈台鬼説話の考察――」(『明治大学日本文学』第一五号、昭和六二年)。
(4) 高橋貞一氏『平家物語延慶本長門本新考』(和泉書院、平成五年)一〇八頁。
(5) 河原木有二氏「燈台鬼説話をめぐって」(『語学と文学』第二五号、平成七年)。
(6) 山田昭全氏「平家物語「卒塔婆流」の成立――延慶本作者が宝物集に依って創作した――」(『文学・語学』第一六二号、平成一一年)。
(7) 古辞書叢刊刊行会編『和歌色葉』(雄松堂書店、昭和四九年)。
(8) 片桐洋一氏編『毘沙門堂本 古今集注』(八木書店、平成一〇年)四六頁。なお本文には一行目と二行目の真下に「向《ムコノ》」という不審な記述がある。本文中の「高向《タカムコノ》」と一致するが(どちらも「ム」は補筆か)本文には関わらない記述と考え省略している。
(9) 秋永一枝氏ほか編『古今集延五記 天理図書館蔵』(笠間書院、昭和五三年)八八〜八九頁。なお同書の一二五番の注には毘沙門堂本『古今集注』とはまったく異なる説が記されている。
(10) 小泉弘氏ほか校注『新日本古典文学大系 宝物集 閑居友 比良山古人霊託』(岩波書店、平成五年)二八〜二九頁。なお本文には底本(吉川本)の明らかな脱落を他本で補った箇所があり、新日本古典文学大系に倣い補入部分には[ ]を付している。当該説話の該当部分は瑞光寺本・九冊本によって補われた。
(11) 太田次男氏編『古典文庫 五常内義抄』下(昭和五四年)二六一〜二六二頁。本文は適宜改めた。
(12) 前掲注(3)山下氏論文。山下氏は『白氏文集』の「矮土」が日本に馴染みのない語であるとされ、『五常内義抄』がそれを翻案するにあたって悲劇である「燈台鬼」を選んだところに、『宝物集』との潜在的な関連を指摘している。

(13)『新訂増補国史大系』第一二巻、一三一頁。

(14)『冷泉家時雨亭叢書　簾中抄　中世事典・年代記』(朝日新聞社、平成一二年)四九〇頁。

(15)『続群書類従』第二九輯下、一〇頁。

(16)『大日本史料』第四編之一三「龍燈鬼像胎内銘」、八八〇〜八八一頁。

(17)『奈良六大寺大観』第八巻「興福寺　二」(岩波書店、昭和四五年)五二頁。

(18)本文と同筆であると考えられる。

(19)孝徳天皇と皇極天皇は近い代であるので、錯綜したと考えられる。

(20)燈台鬼説話は、時代が下るにつれ、変容した姿を見せてくる。室町末期の唱導説話集『因縁抄』(『古典文庫』、昭和六三年)は、「推古天皇ノ時、迦留大臣ト云大臣、有之。而ニ、推古天皇、彼大臣ヲ渡唐サセテ、善時ヲ習ハセントス」として、長門本のような高向説の流入が見られるが、さらに、囚われの身となっていた迦留大臣を助けるために、弼宰相が、「唐土一番ノ囲碁打」と囲碁勝負をするという設定が加わっている。これは、『江談抄』などにある、「吉備大臣入唐説話」との混交であると考えられるが、そうしたことについてはすでに、小林幸夫氏が「燈台鬼――連歌師と野馬台詩伝承――」(『説話・伝承学』第六号、平成一〇年)で、①ストーリーに類似点が多い、②『下学集』に燈台鬼と吉備大臣が並んで記されている、という点を挙げて指摘している。さらに、同じく唱導書である、『金玉要集』(伊藤正義氏監修『磯馴帖』村雨篇所収、和泉書院、平成一四年)にも燈台鬼説話が見られ、

日本軽大臣ト申シ、行遣唐使ニ、不過不帰。人伝云、作灯台鬼一ト。其子弼宰相、密ニ聞之一祈念ス。我早成唐使(遣唐使)一ト、渡唐ニ見父ヲ二云々。為二孝養ノ一故ニ、仏神哀(釜)之一。已ニ当遣唐使ニ、日本ノ宝ヲ大国ニ渡シ玉フ物ノ数ス、

但馬紙　淡路墨　上総鞦　武蔵鐙　能登谷　河内鍋　長門牛　陸奥馬　備後鉄　備中刀　越前綿　美作八丈　石見細布

此等ヲ唐土ノ国王ニ奉リキ。

とある。傍線を付したように、献上品を持参するという設定が加わっている。このように、燈台鬼説話は、様々な展開を遂げており、長門本もそうしたものの一つであると考えられる。

(21)『日本書紀』巻二九「天武天皇朱鳥元年丙戌」(『新訂増補国史大系』第一巻下所収、三八六頁)。
(22)『日本古典文学大系　愚管抄』(岩波書店、昭和四二年)二六一頁。
(23)『新訂増補国史大系』第二巻所収、一一一頁。
(24)永積安明氏ほか校注『日本古典文学大系　保元物語 平治物語』(岩波書店、昭和三六年)一九七〜一九八頁。
(25)『古今著聞集』一六七「伊通公中納言に任ぜられず恨みに堪へずして辞職の事」(『日本古典文学大系』所収、一五五〜一五六頁)。
(26)伊通の人物像については、すでに、久保田淳氏(『新古今歌人の研究』、東京大学出版会、昭和四八年)、村上學氏「傍系人物三人」(『説話と軍記物語　説話論集』第二集、清文堂出版、平成四年)、田仲洋己氏「藤原俊成の藤原基俊への入門をめぐって――伊通と雅定――」(『岡大国文論稿』第二四号、平成八年)などの詳細な論がある。
(27)前掲注(2)山下氏論文。
(28)東大寺図書館所蔵〈113／121／23―15〉。本文は私に翻刻した。当該資料を扱った先行研究として、石井行雄氏「後鳥羽院と蘇武譚と――承久兵革の音を聴く」(『春秋』第三〇七号、平成元年)がある。

【本章で使用した『宝物集』のテキスト】

【一巻本】…月本直子氏・月本雅幸氏編『古典籍索引叢書　宮内庁書陵部蔵本宝物集総索引』(汲古書院、平成五年)、【二巻本】…簗瀬一雄氏編『碧冲洞叢書　校合二巻本宝物集』(臨川書店、平成七年)、【三巻本】…山田昭全氏・大場朗氏・森晴彦氏編『宝物集』(おうふう、平成七年)、【九冊本】…吉田幸一氏・小泉弘氏校訂『古典文庫　宝物集』(昭和四四年)、【吉川本】…小泉弘氏・山田昭全氏ほか校注『新日本古典文学大系　宝物集　閑居友　比良山古人霊託』(岩波書店、平成五年)、【光長寺本】…小泉弘氏編『古典文庫　中世古写本宝物集』(昭和四六年)、【久遠寺本】…小泉弘氏編『貴重古典籍叢刊　古鈔本宝物集』(角川書店、昭和四八年)所収の影印を翻刻した。なお、二巻本は江戸期書写のものだが、簗瀬氏の解説に、一巻本とは兄弟関係であり、「宝物集の原形を考へるについて、二巻本は一巻本におとらぬ資料価値を持つものである」とあるので、使用する。第二章でも同様の本文を使用する。

第二章　「六代高野熊野巡礼物語」の展開

はじめに

維盛の子六代が、文覚上人の奔走で助命された一連の物語については、従来『六代御前物語』『六代君物語』との関係が問題となってきた。しかし本章でとりあげる、赦免後の六代による高野熊野参詣の物語は、『六代御前物語』『六代君物語』に一致する記事はない。父維盛の遺跡を尋ねて高野山から熊野三山を巡るこの物語を諸本で欠くものはないが、延慶本は独自の記事を投入している。そこで本章は、この独自の展開を遂げた延慶本「六代高野熊野巡礼物語」をとりあげ、まずは依拠資料と思われる『宝物集』の利用実態をおさえ、次にその再編集の意図に迫りたい。

管見の限りでは延慶本のこの物語の意義づけに関する先行研究は少なく、全体の評価として水原一氏[1]が、六代の旅は父維盛を弔う旅であるとともに、延慶本に「諸国一見」とあることから遺跡訪問・故霊供養・説話採訪の旅でもあったとする。独自記事と『宝物集』の関係については、今井正之助氏[2]や山下哲郎氏[3]がすでに指摘しているが、本文形成の具体的な考察はされていない。また、平成十二年に千葉大学に提出された小番達氏の学位請求論文「延慶本平家物語の方法――浄土思想関連記事を基軸として――」（「千葉大学学術成果リポジトリ」で公開、平成二十六年現在）は、本章と同じ箇所を扱っているが、小番氏の指摘に新しい点を加えたいと考えている。

一　『宝物集』と延慶本「六代高野熊野巡礼物語」の比較

（1）『宝物集』諸本との比較

六代は、鎌倉を憚る母に出家を勧められるが、延慶本では「文学奉惜一テ、急モ剃リ奉ラズ」として出家をせず、文治五年（長門本・四部本は文治四年）三月に山伏姿となり、高野山から熊野へかけて巡礼の旅に出る。しかし、延慶本・覚一本では、高野山に着いた六代と滝口入道との会話は描かれず、すぐに熊野へ向かっているのに対して、諸本では、ここに入道との会話が入る。そして延慶本では「本宮證誠殿ノ御前ニテ、祖父小松内大臣、父惟盛ノ御事、今更ニ被思出ツヽ、スズロニ涙ヲモヨヲシ給ケリ」という独自記事に続いているのである。これは、第二本廿一「小松殿熊野詣事」において重盛が「本宮證誠殿ノ御前ニテ啓白セラレケルハ」とあるのを受けており、さらに同様に本宮に参詣した維盛が、第五末十六「惟盛熊野詣事　付湯浅宗光ガ惟盛ニ相奉ル事」において、

相構テ本宮ニカ、グリ付給テ、證誠殿ノ御前ニツイ居給シヨリ、父ノ大臣ノ、「命ヲ召テ、後世ヲ助給ヘ」ト申給ケム事思食出テ、カヽルベカリケル事ヲ覚給ケルニコソト哀也。

と父のことを思い出す記述を、ここでは六代が述べたものである。延慶本は重盛・維盛・六代の、小松家による本宮證誠殿参詣を確認したことになる。

その後、六代は新宮と那智を巡り、浜宮王子で維盛の供養をしているが、そこで六代の言葉として次のような延慶本の独自記事が見える。

「①弥陀ハ無上念王ト申シトキ、宝海梵志ノ勧ニヨテ空王仏ヲ拝シ、出家ノ形ヲ現ジテ法蔵比丘ト申キ。其劫之間修テ、極楽浄土ヲ設ケテ、一切衆生ヲ迎ヘズトイハヾ、正覚ヲトラジトチカヰ給ヘリ。六方ノ諸仏モ、

同ク広長ノ舌ヲイダシテ、證誠シ給ヘリ。而ヲアミダ仏ト成給テ、②極重悪人無他方便ノ誓願タガヘズ、過去聖霊九品ノ台ヘ迎給。何況ヤ出家菩提心ノ功徳オハセザラムヤ。③出家ノ功徳経ニハ、「無量罪アリ。出家無量ノ功徳ヲウ」トイヘリ。此故ニ善財童子ノ菩提心ヲヲコシ、ヲバ、弥勒大士、師子ノ座ヨリオリテ、光明ヲ放テ拝ミ給ケリ。「是則童子ノ貴キニハアラズ、菩提心ノ貴ガ故也」ト宣ケリ。④宝積経ニハ、「菩提心ノ功徳、若シ色アラバ、虚空ニ満テゾ有マシ」ト云ヒ、彼ヲヲモヒ是ヲ思ヒアワスルニ付テハ、サリトモ悪世ニハ輪廻シ給ワジモノヲ。我身又是程訪ヒ奉ル。争カ仏モ哀ト思召ザルベキ。草ノ影ニモウレシクコソ思給ラメ」ナド、涙ニムセビテノ給ヘバ、「アミダ仏モ忽ニ影向シ給ラム」ト、身ノ毛竪テ哀也。

第六末廿三「六代御前高野熊野へ詣給事」の記述だが、他本にこのような六代の述懐はない。熊野本宮の阿弥陀の前生についての記述だが、前述の通り今井正之助氏や山下哲郎氏によって九冊本『宝物集』が出典であるとされている。そこで、『宝物集』と一致する記述に①～④の傍線を付した。延慶本は、①②を『宝物集』の巻七（久遠寺本・第二種七巻本、二巻本・三巻本は巻下）から、③④を巻四（三巻本は巻中）から引用している。さらに主要な『宝物集』諸本と比較してみると、①～④の記述で一致するものは左のようになる。

一巻本……③④（③は傍点部分なし）
二巻本……①③（③は網掛け部分と直後の「此故ニ」なし）
三巻本……①③④（①の網掛け部分「空王仏」に該当する記述なし）
久遠寺本…①～④（①の網掛け部分が「宝蔵仏」）
九冊本……①～④
吉川本……①～④

一～三巻本には欠けている記述がある。また、久遠寺本は、ほぼ一致するのだが、①の網掛け部分の「空王仏」が「宝蔵仏」となっている（二巻本は「くしわうぶつ」）。当該話の源泉である『悲華経』では「宝蔵仏」(4)となっているのだから、久遠寺本の記述は正しい。また、『三国伝記』巻第四第十三「悲華経法蔵比丘ノ事　明二阿弥陀之因位一也」(5)にも『悲華経』に取材したと考えられる阿弥陀前生譚があり、「冊提嵐国」の大臣「宝海梵士」の子「宝蔵」が出家する箇所には、

忽チニ家ヲ出テ発心修行ノ身ト成リ、現身ニ成道セリ。即チ童ンベノ名ヲ不《ズ》レ改《アラタメ》宝蔵仏ト名ク。時ニ宝海梵子我ガ子ノ仏ニ成リ給ル事ヲ悦ンデ、宝蔵仏ノ許《ミモト》ニ詣《モフデ》給フ。

と、その名を「宝蔵仏」としている。また、覚鑁に仮託された『孝養集』(6)にも、『悲華経』からの引用として、

昔此世界を散提蘭国と名く。其時に国王御坐き。御名をば無上念王と申き。彼王法蔵仏に逢奉て誓を立て曰。我仏に成たらんに。十方世界の女人我名を聞て菩提心を発して念仏せば。女身を転じて往生せしめんと宣へり。然るに彼無上念王と申は今の阿弥陀仏なり。

とする。記事の繁簡はあるが、「宝蔵仏」以外は両文献とも『宝物集』と同じ内容のものであり、『悲華経』に取材したこの話は、「宝蔵仏」の勧めによって阿弥陀の前生である「無上念王」は出家したという内容で流布していたと考えられる。(7)

しかし、二巻本・九冊本・吉川本『宝物集』、延慶本の「空王仏」もまったくの誤りというわけではない。「空王仏」は『法華経』「授学無学人記品」第九にもその名が出てくるが、阿弥陀如来との関わりは『観仏三昧海経』巻第九に記される。かつて「空王仏」のもとで修行し、悟りを得た「四比丘」の一人が「西方有国。国名極楽。仏号無量寿。第三比丘是」(8)とあり、阿弥陀である。これは『宝物集』と関係の深い『往生要集』にも巻中・巻下で引用されており、『宝物集』も巻第四で「弥陀は空王仏を拝して仏道をなり」としている。「無上念王」の前生譚とはまったく異なるが、阿弥陀の前生が「空王仏」によって悟りを得たという『観仏三昧海経』に取材し

た前生譚も、一方で流布していたのである。

しかし、二巻本・九冊本・吉川本『宝物集』や延慶本のように『悲華経』の前生譚に「空王仏」が入っている例は、他に見あたらない。阿弥陀の前生譚がこの二つだけではなく、かなり多くあったことが問題となっていたらしく、明の袾宏による『阿弥陀経疏鈔』(9)巻三には、阿弥陀の前生が多く見えるがどれくらいあるのかという問に、諸経典から八点挙げられている。

二悲華経云無量劫前有転輪王名無諍念供養宝蔵如来時王発願願成仏時国中種種清浄荘厳仏与授記過恒河沙劫西方世界作仏国名安楽彼国王者今阿弥陀仏是。（中略）六観仏三昧第九経云空王仏時有四比丘煩悩覆心空中教令観仏遂得念仏三昧彼第三比丘今阿弥陀仏是。

ここでは該当する箇所のみを挙げた。「二」として『悲華経』が、「六」として『観仏三昧海経』が挙げられている。他に「一　法華経」「三　大乗方等総持経」「四　賢劫経」「五」は「四」と同じ『賢劫経』、「七　如幻三摩地無量印法門経」「八　一向出生菩提経」として、それぞれで説かれる阿弥陀の前生を掲出している。つまり、数多くある阿弥陀の前生譚の中に、「宝蔵仏」によるとする『悲華経』系前生譚と、「空王仏」によるとする『観仏三昧海経』系前生譚が存在し、二巻本・九冊本・吉川本『宝物集』はその二系統の混態であり、延慶本もそれを引き継いだと考えられる。

二巻本・九冊本・吉川本『宝物集』の、阿弥陀の前生を「空王仏」とする記述は誤りではない。しかしそれは、『悲華経』系と『観仏三昧海経』系の混態を示しているということになり、九冊本と吉川本が、つまりは第二種七巻本が延慶本に最も近いということになる。

次に傍線部を①②と③④に分け、『宝物集』をどのように引用したのかを考える。

（2）〝善知識の重要性〟から〝阿弥陀の利益〟へ

熊野本宮證誠殿の阿弥陀には、『熊野の本地』に代表される天竺摩訶陀国を舞台とした説話とは別に、「珊提嵐国」を舞台とする『悲華経』に発した一説があったとされている。そして、延慶本の生成基盤にも後者の説があったという指摘がある。(10) 確かに延慶本には、第一末卅「康頼本宮ニテ祭文読事」に、

窃惟レバ、本宮證誠殿者、昔シ珊提《サンダイ》嵐国之主ジ、申シ時無上念王一ト、発給シ菩提心一ヲ以後、五劫思惟ノ大願已成就シ坐シテ、今安養浄土ノ教主、来迎引摂之妙体也。

とあり、また、第五末十七「熊野権現霊威無双事」にも、

中ニモ證誠大菩薩者、三部之中ニハ蓮花部ノ尊、五智之中ニハ妙観察智、宝蔵比丘之弘誓ニ酬テ、儲ヶ安養九品之浄刹一、任テ無上念王之本懐一ニ、繋念一称之群類ヲ導給。

と、『悲華経』に取材したと思われる記述があるので、延慶本は同じ説に拠っている『宝物集』の当該記事を違和感なく引用したと考えられる。そこで次に、『宝物集』（吉川本、以下『宝物集』の引用はすべて同じ）の当該記事を前後を含めて引用し、一致する延慶本の本文との対観表を示す。

『宝物集』巻第七	延慶本
［天竺に一人の上人あり、］道心堅固にしてひとへに仏道をもとめ、歩まば蟻の子の足にさはらん事をおそれ、眠ては大象の尾にかゝはらむことをし悲しみ、朝には講宴を行ひ、夕には経論を誦す。やうやく年序つもりて、人、仏のごとくに帰す。一人の若き女、常に聴聞のために来る。聖人自然にみなれて、愛念をなして、こまかにかたらふに、	

女人こたへて云、「我に心ざしあらば、僧の姿をあらためて、男に成たらばあふべし」といひければ、心ざし浅からざるがゆへに、すでに優婆塞の姿に成て、本意をとげつ。人、是を聞て帰依せざるがゆへに、衣食の二事かけぬ。かるがゆへに、山の鹿をころして、肩にかけて市に出てうりて、夫妻が世路をわたる。ある日、弓箭をさげて鹿をとらむが為に山へゆく道に、むかし同朋の羅漢ゆきあひて、涙をながして恥しめ、かなしみ、をしへければ、即、弓矢をきりすてて、又出家遁世して行ひて、そのたびつゐに須陀洹果を得たり。これをもて、

①弥陀は刪提嵐国の無上念王と申しし時、宝海梵士のすゝめによりて、空王仏を拝して、

今西方の教主とあらはれ給ふ。

阿闍世王の逆罪をおかせりし、耆婆大臣がをしへによりて、釈尊の御弟子と成て、つゐに霊山の聴衆につらなる。僧法が僧行をすくひ、頼光が知光をみちびく、善知識と申べきなり。

①弥陀ハ無上念王ト申シトキ、宝海梵志ノ勧ニヨテ空王仏ヲ拝シ、

A出家ノ形ヲ現ジテ法蔵比丘ト申キ。其劫之間修テ、

B極楽浄土ヲ設ケテ、一切衆生ヲ迎ヘズトイハヾ、正覚ヲトラジトチカヰ給ヘリ。六方ノ諸仏モ、同ク広長ノ舌ヲイダシテ、証誠シ給ヘリ。

而ヲアミダ仏ト成給テ、

極重悪人の、善知識にあひて得脱せる事、少々かんがへ申べき也。②	極重悪人無他方便ノ誓願タガヘズ、過去聖霊九品ノ台へ迎給。②C

※『宝物集』の［　］内は、『新日本古典文学大系』が底本である吉川本にない部分を九冊本で補った箇所

還俗した天竺の上人が、「同朋の羅漢」に出会ったことで再び出家を遂げ、ついに「須陀洹果」にまで至り、「阿弥陀」も、さらに「阿闍世王」もそれぞれ「善知識」によって救われたとしている。『宝物集』の最後の一文にあるとおり、これらはすべて「善智識」の重要性を述べるものである。

ところが延慶本は『宝物集』からこの記事を引用した時に、編集を施している。まず『宝物集』が傍線部①で、「空王仏を拝して」という記述の後に太い傍線部「今西方の教主とあらはれ給ふ」と阿弥陀となったことを示す記述を続けるのに対して、延慶本は二重傍線部Aのように、「出家ノ形ヲ現ジテ法蔵比丘ト申キ」という出家段階の一文を加えている。『悲華経』では確かに「無諍念」は宝蔵によってまず修行に入り、その後阿弥陀になったとされている。『宝物集』は出家し、修行した過程を省略しているが、延慶本はそこで「出家」という語とともに在俗の身であった王が僧となったことを補い、同じく在俗の身から出家となった維盛と類比させているのである。「出家」を重視した延慶本が、維盛に合わせて加えた一文であると考えられる。

そして、次の二重傍線部Bで延慶本は、阿弥陀の四十八願の中の第十九願を思わせる一文を加えているが、(11)これは阿弥陀が衆生の救済を誓ったものである。つまり、極楽往生を望めば臨終の際必ず来迎して浄土に引摂するというこの誓願を引用して、維盛の往生を確信するということになる。さらに、延慶本は『宝物集』が「善知識」の重要性を述べている最後の一文、「極重悪人」に続く網掛け部分「善知識にあひて得脱せる事、少々かんがへ申べき也」という一文を、二重傍線部C「無他方便ノ誓願タガヘズ、過去聖霊九品ノ台へ迎給」と「阿弥陀

の誓願」の方向へ編集したと考えられる。

つまり延慶本は、『宝物集』の本文を引用しながらも「善知識」を主にはせず、『観無量寿経』に説かれる「九品往生」を持ち出し、極悪人でも必ず往生できるとする〝阿弥陀の利益〟を述べる方向に展開したと考えられる。ただし延慶本は「善知識」を軽視しているわけではない。熊野の押し出しを図り、さらにそこで「出家」を遂げた維盛の往生を約束することを優先させたのである。

（3）「出家」と「菩提心」の功徳

傍線部③④は延慶本が『宝物集』の記述を入れ替えて引用しており、表にすれば左のようになる。

『宝物集』巻第四	延慶本
	何況ヤ出家菩提心ノ功徳オハセザラムヤ。
④宝積経には、「菩提心の功徳、もし色	
あらましかば、虚空に満なまし」といひ、	
秘密蔵経には、「はじめの菩提心、よく重々の十	
悪をのぞく。いはんや、第二、第三、第四をや」	
とおしへ、	
③出家功徳経には、	③出家ノ功徳経ニハ、
「在家は	
よく無量の罪あり、	「無量罪アリ。
出家又無量の功徳をうる」といへり。	出家無量ノ功徳ヲウ」トイヘリ。
このゆへに、善財童子の	此故ニ善財童子ノ
菩提心をおこし給ひしをば、	菩提心ヲヲコシ、ヲバ、
弥伽大士は師子の座よりおりて、光明をはなちて	弥勒大士、師子ノ座ヨリオリテ、光明ヲ放テ

おがみ給ふ也。
童子のたつときにはあらず、
菩提心のたつときゆへ也。

拝ミ給ケリ。
「是則
童子ノ貴キニハアラズ、
菩提心ノ貴ガ故也」ト宣ケリ。
④宝積経ニハ、「菩提心ノ功徳、若シ色アラバ、虚空ニ満テゾ有マシ」ト云ヒ、彼ヲヲモヒ是ヲ思ヒアワスルニ付テハ、サリトモ悪世ニハ輪廻シ給ワジモノヲ。我身又是程訪ヒ奉ル。争カ仏モ哀ト思召ザルベキ。草ノ影ニモウレシクコソ思給ラメ」ナド、涙ニムセビテノ給ヘバ、「アミダ仏モ忽ニ影向シ給ラム」ト、身ノ毛竪テ哀也。

前述したように、延慶本が重視したのは「出家」であったが、対観表の延慶本冒頭に「何況ヤ出家菩提心ノ功徳オハセザラムヤ」とあるように、「出家」に伴う「菩提心」にも言及している。延慶本が『宝物集』を引用する際に記事の編集を行っていることは明らかにされており[12]、当該物語もその一つであろう。対観表に示した『宝物集』の記事は、『往生要集』巻上大文四の三に見えるものであるが[13]、まったくの同文というわけではなく、傍線部③の『出家功徳経』から引用したとする記述はない。延慶本が唐突に「無量罪アリ」とする、意味のとりにくい箇所は、本来は「在家は」「出家は」という対比であったことがわかり、やはり『宝物集』に拠っていると言える。

「出家」によって計り知れないほどの功徳を得ることは、『永久年中書写出家作法』[14]にも、

次可説出家ノ功徳ヲ

其詞云出家之功徳経教ノ説雖多シト先出シテ一両ノ□ヲ信心ヲ可奉令深ク満ラム四天下ニ羅漢ヲ百年供養セムヨリハ出家受

戒ノ功徳ハ勝ト彼ニ云ヒ、或ハ出家受戒ノ功徳勝タリ造ニモ八万四千ノ塔ヲ或一日一夜ノ出家修道ノ□徳ヲ以テノ故ニ二
　百万劫不ト堕悪道ニ説給ヘリ

とある。これは永久年中（一一一三〜一八）に抄出書写されたという女性のための「出家作法」の書であり、「出家」の功徳は、僧を供養するよりも、塔を造ることよりも勝っているとし、一日一夜でも修行をすれば二百万劫にわたって悪道には堕ちないと説いている。

そして続く善財童子の記述は『往生要集』(15)にも見えるが、

　また弥伽大士は、善財童子の已に菩提心を発せるを聞いて、即ち師子座より下り、大光明を放ちて三千世界を照し、五体を地に投げて、童子を礼讃せり。

としている。延慶本は「弥勒」とするが、これは『華厳経』「入法界品」の、先に菩提心を発したと語る善財童子を「良医弥伽」(16)が拝したとする記述に取材したものであるから、「弥伽」が正しい。また傍線部④の『宝積経』の引用は、『宝積経』巻第九十六の「菩提心功徳　若有色方分　周遍虚空界　無能容受者」(17)を、『往生要集』(18)も、「宝積経の偈に云く、菩提心の功徳にして　もし色・方の分あらば　虚空界に周遍して　能く容受する者なけん」と引用し、続けて「菩提心には、かくの如き勝れたる利あり」としている。『往生要集』が「菩提心」を述べるために引用した記述を、『宝物集』は文章を変えて引用し、さらに延慶本がそれを「菩提心」の功徳を述べるために『宝物集』から引用したと考えられる。

つまり延慶本は、こうした「出家」の功徳と、悟りを得たいという「菩提心」の功徳を『宝物集』から引用して示し、冒頭に「何況ヤ出家菩提心ノ功徳オハセザラムヤ」という一文を加え、引用の後を「彼ヲヲモヒ是ヲ思ヒアワスルニ付テハ、サリトモ悪世ニハ輪廻シ給ワジモノヲ」（二重傍線部）と結んでいるのである。また、「彼」「是」という語り口にも注意しておきたい。

延慶本の六代は、父維盛が「出家」した功徳、そしてそれに伴う「菩提心」の功徳によって救済されたと考えている。つまり、六代にとっての熊野参詣は、父の遺跡訪問ということに加えて、本宮證誠殿の〝阿弥陀の利益〟と「出家」の莫大な功徳を再認識するための旅でもあったということになる。

二　他の諸本における「六代高野熊野巡礼物語」の展開

延慶本とは異なり、六代の出家にはあまり関心を払っていない諸本は、六代の造形に力を注いでおり、たとえば千葉知樹氏(19)は「稚児的な美しさ」と指摘する。確かに当該物語に限らず、平家物語には六代の美しさを強調する描写が多く見られるが、同時に父維盛の姿も重ねられている。そこでまずは、延慶本も含めた平家物語諸本全体において、六代の場面で維盛が意識されている箇所を確認しておきたい。

責テノ事ニ、手箱ヨリ黒キ念珠ノ少ヲ取出テ、「何ニモナラムマデハ是ニテ念仏申テ、極楽ヘ詣レヨ」トテ、若君ニ献リ給ヘバ、母ニハ、「只今離マヒラセナムズ。何クニモ父ノオワシマサム所ヘゾ参リタキ」ト宣ケルニゾ、イトヾ哀ニ思シケル。今年ハ十二ニコソナリ給ヘドモ、十四五計ニミヘテ、ナノメナラズウツクシクテ、故三位中将ニ少モ違給ハネバ、「穴悲ヤ。アレヲ失テムズル事ノ悲サヨ」トオボスニ、目モ晩心モ消テ、夢ノ心地ゾセラレケル。

延慶本第六末十七「六代御前被召取事」の記述だが、密告により北条時政の軍勢に連行される際の六代の描写である。「父ノオワシマサム所」と維盛に触れられているが、傍線と二重傍線とに分けたように、美しさの描写に加えて維盛との相似が意識されている。諸本では四部本が同様の記述を持っている。

また長門本では、

は、こせんは、くろき念珠の少き、とりいたして、「われをは、たゝいまわかるとも、これにて念仏申て、ちゝのありせん所へ生れむ、とねかひ給へ」との給へは、わか君、念珠とり、「いかならん所にてもあらはあれ、父御前のましまさむ所へそ生れたき」との給へは、いとゝ人々、涙もせきあへす、なきあへり。わかきみ、十二にそ成給ける。御せいもふときに、御かたちもなのめならすうつくしくそ、御心たちもつき〳〵しく、わりなくましましけり。

（巻第十九「六代御前事」）

とあり、母の「ちゝのありせん所」という言葉に続いて六代も「父御前のましまさむ所」にとし、美しさの描写（傍線部）も見えるが、延慶本・四部本のような維盛との相似は見えない。屋代本・百二十句本・覚一本も同様である。このように、平家物語の六代には、諸本を問わずその美しさの描写と父維盛の姿の投影が見られるのだが、諸本のほとんどは、当該物語において、二人の相似を主張するのである。引き続き長門本を挙げる。

先、高野にまいりて、時頼入道かあんしつにたつね入て、「我は、しか〳〵のものなり。父の成はて給けん事の、きかまほしくて、きたりたり」と宣へは、時頼入道、かく宣をきゝてより、権亮三位中将の、身なけ給しも、たゝいまのやうにおもひ出て、あはれなり。この山ふし、少も三位中将にたかはす似給へり。ありしはしめよりをはりまての事、こまかにかたり申けれは、このやまふしとも、涙もかきあへす。

（巻第十九「志太三郎先生義憲自害事」）

高野山を尋ねてきた六代の姿を見た滝口入道は、父維盛に似ていると述べる。四部本もほぼ同文であり、屋代本・百二十句本は異同はあるが二人の相似を述べる記述を持っている。覚一本には見えない。これが延慶本では、

高野山へ詣給フ。父ノ善知識シタリシ滝口入道ニ尋値テ、父ノ御行末、遺言ナンド委聞給テ、且ハ彼ノ跡モユカシトテ、熊野へゾ被参ケル。本宮證誠殿ノ御前ニテ、祖父小松内大臣、父惟盛ノ御事、今更ニ被思出ツヽ、スゾロニ涙ヲモヨヲシ給ケリ。

と、高野山からすぐに熊野へ向かい、本宮證誠殿で六代が祖父重盛と父維盛のことを想起しているが、諸本のよ

うな相似についての記述はない。さらに諸本は、この巡礼の場面で六代の美しさを盛んに述べてくる。例を挙げると、六代の姿を見た母が延慶本では、

母上ハ是ヲ見給テ、「世ノ世デアラマシカバ、今ハフルキ上達部、近衛司、スキビタイノ冠ニテゾ有マシ」ト宣ケルコソ、余事トハ覚シカ。

とするところを、長門本は、

見たてまつりては、これほとうつくしき人を、やつしたてまつらんことのかなしさよ。世のよにてありせは、今は、近衛司にてこそ、あらましかは、なとおほすそ、あまりの事なりける。

（巻第十九「志太三郎先生義憲自害事」）

とする。四部本もほぼ同文である。また、屋代本では簡潔に「貌《ミメ》姿《スカタ》弥《イヨ》〱厳《ウツクシ》ク無クレ類《タクヒ》見ヘ給ヘリ」とし、百二十句本もほぼ同文で、「みめかたち、いつくしくたぐひなく見え給へり」とする。覚一本は傍線部が移動しているが、長門本・四部本とほぼ同文で、

みめかたちいよ〱うつくしく、あたりもてりかゝやくばかりなり。母うへ是を御覧じて、「あはれ世の世にてあらましかば、当時は近衛司にてあらんずるものを」との給ひけるこそあまりの事なれ。

（巻第十二「六代被斬」）

となっている。いずれもその美しさが述べられているのである。

延慶本でも、六代は巡礼前に「年ノ積ニ随テ、皃形心様、立居ノ振舞マデ勝テオハシケレバ」（長門本・四部本も同じ）とされ、美しさに言及しているところもあり、全体としては共通しているが、巡礼の際には諸本のように繰り返し述べられることはない。延慶本が「出家」を主題とするのに対して、諸本は本巡礼記事においてもその美しさや、父維盛像の投影といった六代像の造形に力を入れているということになる。

三　六代の「出家」

父維盛が「出家」を遂げたこと、そして「菩提心」を発したことを想起し、その功徳を語る延慶本の六代は、「我身又是程訪ヒ奉ル。争カ仏モ哀ト思召ザルベキ。草ノ影ニモウレシクコソ思給ラメ」と述べた後、阿弥陀仏の影向を約束する。そして「諸国一見」のため、「山々寺々」へ修行に向かうが、諸本ではすぐに都へ帰っている。延慶本は父の遺跡を訪問するだけではなく、「出家」の功徳を六代に再認識させる目的もあったのである。

それは、帰洛後に延慶本が「其後高雄ニテ出家シ給テ、三位禅師トゾ申ケル」と、六代の出家を明確に記すのに対して、諸本が、「高雄の辺に栖給ふ。三位禅師の君とぞ申ける」（本文は長門本巻第十九「志太三郎先生義憲自害事」、四部本・覚一本なし）とするのみで、延慶本のような具体的な出家の記述がなく、「三位禅師」と呼ばれたことのみを記していることにも表れている。六代の「三位禅師」という呼称は、後代の資料だが『高野春秋編年輯録』(20)にも、

　号二三位禅師一。案。六代法師俗名平高清。文治元年就二文覚之悃訴一免二生害一。

とある。また、『吾妻鏡』建久五年四月二十一日条に、

　廿一壬子。故小松内府孫子維盛卿男。六代禅師自二京都一参向。所レ帯二高雄上人文学書状一也。偏依二恩化一。継レ命之間。於二関東一。更不レ存二巨悪一。剰亦於下遂二出家一遁世上哉之由。属二因幡前司廣元一申レ之云々。

とあり、二重傍線部に出家した旨が記され、「六代禅師」と呼ばれていたとしている。そうすると諸本の六代はいつ出家したのかという問題が生じるが、延慶本のような明確な記述はない。しかし、左の記述が見える。

　柿衣、袴、負なと認めて、うつくしけなる髪を、肩のまはりよりをしきりつゝ、文覚上人に、いとまこひて、修行にいて給にけり。

長門本を挙げたが、四部本もほぼ同文であり、屋代本・百二十句本・覚一本も異同はあるものの、ほぼ同じ記述である。巡礼前に鎌倉の目を気にした母が、六代に出家を勧めた後の記述である。傍線を付したように髪を肩までで切り、山伏姿になって巡礼に旅立つというものである。このような形を出家と考えてよいかどうかということもあるが、勝浦令子氏[21]の指摘を参考にしたい。勝浦氏は『栄花物語』巻第二十七[22]において彰子が僧から戒を受けた際、

いみじう、つくしげに、尼削ぎたる児どもの様にておはします。御髪上げさせ給へりし御有様にもよろづ見えさせ給。

として、髪は「尼削ぎ」のようなものであったのが、巻第三十六の頼通による法成寺新堂供養の記事では、「ひたぶるにぞ削ぎすてさせ給へる」と完全に剃髪した状態となっていることから、摂関期の貴族女性の出家には「尼削ぎ」から「完全剃髪」へという二段階を経る場合があったとしている。さらに勝浦氏はそうした「尼削ぎ」状態の尼を「見習い尼」とみており、完全な出家ではないとする。六代を女性の出家作法の場合に当てはめる是非が問われるが、髪を肩で切った「尼削ぎ」のような姿の六代が、半僧半俗の状態であるということは十分に考えられるだろう[23]。

つまり延慶本の六代は、熊野において父の「出家」とその功徳を再認識した後、自らも出家したことになる。他の諸本では「出家」の功徳よりもその美しさや父維盛との相似といった六代像の造形に展開したため、六代の出家については関心が薄くなったと考えられる。「うつくしけなる髪」という表現もまた、前節で述べた〝六代の美しさ〟にあたる。

おわりに

六代が美しく、その造形に父維盛の姿が投影されることは、諸本に共通している。しかし熊野参詣の記事において、維盛の救済の確認として〝阿弥陀の利益〟と、「出家」「菩提心」の功徳を述べているのは、延慶本のみである。延慶本は『宝物集』を基にして、その救済の論理を明確にしたと言えよう。その際、巻の異なる記事を前後入れ替えるという編集も行っている。そしてそれは、維盛が入水の際、滝口入道から聞かされた説法とも一致するものであった。

つまり延慶本は、熊野参詣が六代にとっては帰洛後の出家の契機となったと位置づけるつもりであったと考えられる。帰洛後、延慶本のみが、六代の出家を明記するのは、そうした意図をもつ再編集の結果である。同時に六代の論理的な解説によって享受者は、維盛が往生できたということを理解するのである。対して他の諸本では、参詣を出家の契機とは位置づけておらず、物語全体に共通する六代の美しさ、父維盛との相似という点を強調しているということになる。

こうした延慶本の独自の改変は、一連の六代の物語を考える上で、大変興味深いものである。かつて水原一氏[24]が、『六代御前物語』の後半部分の欠如について、「高野系に属する滝口入道の物語（横笛譚か）をも採録しようとして果たさなかった跡である」としたことに関連する。『六代御前物語』がその形態や表現などから一種の語り物の速記であるとする見方は、六代の物語が唱導の話材として語られていたことを示している。

また、長谷寺再会までの六代の物語を観音利益の物語として捉え、『言泉集』や『観音利益集』との重なりを述べる春日井京子氏[25]の指摘や、小林美和氏[26]の勧進聖重源配下の念仏集団の関与についての指摘などは、そうした物語群が平家物語の生成資料であるか、抄出したものであるかの問題はあるものの、六代の物語が唱導の格好の話材であったことを示している点は動かない。そして延慶本編者が六代の巡礼物語にさらに筆を入れ、出家へと導く独自の物語へと再編集したのも、そうした展開の一環なのである。平家の嫡流という貴種でありながら、変転する時代に翻弄された幼子が父の跡を尋ねて高野から熊野を巡る物語が、多くの人々の涙を誘ったであろうことは想像に難くない。そこでは維盛と六代の、確実な往生が望まれたのである。

平家物語が『宝物集』を基にしていくつかの記事を補ったことは間違いない。第一章では燈台鬼説話を、第二章では「六代高野熊野巡礼物語」における六代の述懐を中心に考察した。前者が延慶本・長門本・『盛衰記』の三本にあることから、説話自体は現存本をさかのぼる時点ですでに存在していたと推察できる。一方後者はまったくの独自記事であるから、現存延慶本で補われた可能性が高い。しかし補入段階については他の、『宝物集』と一致する記事も含めて慎重に判断せねばならないだろう。

平家物語諸本の中でも『宝物集』との関係が最も濃厚なのは延慶本であるといえる。『宝物集』引用の理由としては、やはり唱導の観点から考察することでその一端が明らかになるであろう。『宝物集』の抜き書き本が多く残っていることは周知のとおりであるが、平家物語、とりわけ延慶本生成の周辺にもそうした抜き書きの（あるいは完本の）『宝物集』があったのだろう。そして時には燈台鬼説話のように唱導の現場で語られたものとほぼ同じ形で本文を生成し、そしてまた時には六代の述懐に見えるように、救済の論理的な裏付けとして本文に持ち込まれたと考えられるのである。

（1）水原一氏校注『新潮日本古典集成　平家物語』下（新潮社、昭和五六年）巻第十二「断絶平家」頭注三八三頁。

（2）今井正之助氏「平家物語と宝物集――四部合戦状本・延慶本を中心に――」（『長崎大学教育学部人文科学研究報告』第三四号、昭和六〇年）。

（3）山下哲郎氏「延慶本平家物語「祭文」についての覚書」（水原一氏編『延慶本平家物語考証』一、新典社、平成四年）。

（4）『悲華経』巻第二「大施品第三の一」（『大正新修大蔵経』第三巻「本縁部」所収、一七五・一八〇頁）には、「爾時如来与二百千無量億那由他声聞大衆一止二頓此林一。時転輪王聞下宝蔵仏与二百千無量億那由他大声聞衆一。次第遊行至中閻浮林上。爾時聖王便作二是念一。我今冨下往二至於仏所一。礼拝囲繞供養恭敬尊重賛歎上。（中略）卿等当レ知。閻浮提内有二転輪聖王一名二無諍念一。有二大梵志一名曰二宝海一。即其聖王之大臣也」とある。

（5）池上洵一氏校注『中世の文学　三国伝記』上（三弥井書店、昭和五一年）。『三国伝記』の当該記事については、山田昭全氏が、『宝物集』を「間接的典拠」としている。標題説話からヒントを得て、他の文献から採取したという（同氏「宝物集と三国伝記――玄棟は一巻本宝物集を見ていた――」『埼玉学園大学紀要（人間学部篇）』第三号、平成一五年）。

（6）『続浄土宗全書』一二、三三二頁。

（7）『聖財集』（寛永二〇年版本）にも「又悲華経《ケ》ノ中ニ此事見タリ、無浄念王ニ一千ノ王子アリ、大臣宝海梵志ノ子ヲ宝蔵ト云、修行シテ成仏ス《シ玉フ》、宝蔵仏ト名ク無浄念王ヲ勧テ菩提心ヲ発サシム、王浄土ノ成仏ヲ誓ヒ共ニ四ノ願ヲ発シ給ヒキ、一千ノ王子モ同ク浄土ヲ取ル、宝海梵志ハ五百ノ大願ヲ発シテ、穢土ノ成仏ヲ誓ヒ給フ（後略）」とある。また、『太平記』巻第三十九「法皇御葬礼の事」において、崩御した光厳院に対して様々な作善を行う光明院について、子の宝蔵が親である宝海の善知識となった孝にも勝るとある。

（8）『大正新修大蔵経』第一五巻、六八九頁。

（9）『卍新纂大日本続蔵経』第二三巻（国書刊行会、昭和五一年）六五二頁。

（10）牧野和夫氏「熊野本地譚の一側面」（『中世文学』第二五号、昭和五五年）・「延慶本『平家物語』と「熊野山〈本〉縁起」」（『軍記と語り物』第三四号、平成一〇年）、山本ひろ子氏「鬼界が島説話と中世神祇信仰――延慶本『平家物語』と『源平盛衰記』をめぐって――」（佐伯真一氏ほか編『日本文学研究論文集成　平家物語・太平記』、若草書房、平成一一年〔初出『ORGAN』第三号、昭和六二年〕）。

（11）伊藤唯真氏「阿弥陀信仰の基調と特色」（同氏編『民衆宗教史叢書　阿弥陀信仰』、雄山閣出版、昭和五九年）には、「来迎引摂」と「往生極楽」の思念が、平安時代以降の阿弥陀信仰の発展に大きく関わったとある。

（12）武久堅氏「『宝物集』と延慶本平家物語――身延山久遠寺本系祖本依拠について――」（『平家物語成立過程考』第一

編第四章、おうふう、昭和六一年（初出『人文論究』昭和五〇年六月号））、前掲注（2）今井論文も同様のことを述べている。
（13）山田昭全氏は『新日本古典文学大系　宝物集』一五一頁の脚注二三～二五において、『宝積経』『秘密蔵経』『出家功徳経』を調査し、『宝積経』と『秘密蔵経』についての記述は『往生要集』の記事の「孫引き」であるとしている。
（14）『京都大学国語国文学資料叢書　出家作法　曼殊院蔵』（臨川書店、昭和五五年）を翻刻した。その際、白土わか氏「永久年中書写出家作法について」（『仏教学セミナー』第二一号、昭和五〇年）を参考にした。
（15）石田瑞磨氏校注『日本思想大系　源信』（岩波書店、昭和四五年）一〇八頁。
（16）『大正新修大蔵経』第九巻、六九二頁。
（17）『大正新修大蔵経』第一一巻、五四二頁。
（18）前掲注（15）と同じ。
（19）千葉知樹氏「六代説話論――六代像への考察を中心に――」（『軍記と語り物』第三三号、平成九年）。
（20）『大日本仏教全書』一三一。
（21）勝浦令子氏「尼削ぎ攷」（『シリーズ女性と仏教　尼と尼寺』、平凡社、昭和六四年）。
（22）松村博司氏ほか校注『日本古典文学大系　栄花物語』下（岩波書店、昭和三九年）二六四頁。
（23）『新日本古典文学大系』『平家物語全注釈』『新潮日本古典集成』では、六代は出家したと判断されている。また、竹柏園本では章段名として「小松六代出家事」となっている。
（24）水原一氏『平家物語の形成』「維盛・六代説話の形成」（加藤中道館、昭和四六年）。平野さつき氏が紹介した早稲田大学図書館蔵『六代君物語』（『軍記と語り物』第二四号、昭和六三年）にも、いくつかの説教が挿入されており、叡山圏での唱導の材料であった可能性が指摘されている。
（25）春日井京子氏「『六代御前物語』と『平家物語』六代説話」（『学習院大学人文科学論集』第四号、平成七年）。
（26）小林美和氏「延慶本平家物語における文覚・六代説話の形成」（『論究日本文学』第三九号、昭和五一年）。

第二編　長門本平家物語の展開基盤

延慶本との本文の近似からその兄弟本とされている長門本は、全二十巻のやや特異な伝本である。すでに松尾葦江氏が指摘している通り、伝本が七十数部残されており、林羅山など近世知識人の興味の対象であった。松尾(1)氏は、

重要なことは、現存伝本中の最善本、もしくは書写を最も遡った一本においても、長門本は本文改編の意欲と不完全さを露わにした本だということである。

としている。確かに長門本には本文脱落箇所や未整理とも思われる部分があり、整った伝本とは言い難い。しかし第二編では、「本文改編の意欲」を最大限汲み取り、長門本の再評価に繋げたいと考えている。

そこで第一に取り組むべきは長門本の独自記事の再検討であろう。すなわち、長門本が本文を改変した際に設定した枠組みを捉えることである。これまで長門本の独自記事には、出典未詳のものが多く、構成も曖昧であるとされてきた。そうしたことが長門本の評価を下げてきた所以であると考えられる。しかし、川鶴進一(2)氏が、

むしろ記事構成に矛盾や齟齬をずさんともいえる形で残しながらも、あるテーマを核に改変を試みようとする編者の志向と表現との連動を読み取るべきであろう。

とするように、積極的に長門本の〝筋〟を掘り起こしていくべきだろう。本書でもすでに第一編第一章で、燈台鬼説話に付された「推古天皇の御宇」「皇極天皇の御時」という時代設定が高向玄理・迦留大臣比定説を背景とした記述であったことを明らかにした。本編では、さらに検討を加えてみたい。具体的には第一章で位争い説話を、第二章で三鈷投擲説話をとりあげる。いずれも諸文献に見える著名な説話だが、長門本は独自な構成と本文を有しているため、「長門本平家物語の展開基盤」として、その展開の様態を押さえたい。延慶本から離れてどのような物語を目指したのかということを考るためである。

（1）　松尾葦江氏「長門本現象をどうとらえるか」（『國學院雑誌』第一〇七巻第二号、平成一八年）。
（2）　川鶴進一氏執筆「長門本」（大津雄一氏ほか編『平家物語大事典』、東京書籍、平成二二年）。

第一章　位争い説話の展開

はじめに

第一章では、長門本巻第十五「惟仁親王御即位事」「恵良和尚砕レ脳事」「柿下紀僧正真済事」を検討する。平家物語が、寿永二年の後鳥羽天皇即位に関して、文徳天皇の後継争いである惟喬・惟仁親王の位争い説話（以下位争い説話）を先例として引くのは周知のことであるが、長門本は他本に比べ構成が異なっている。仮に①〜③として分割し、次に示す。

①〈位争い説話〉（「惟仁親王御即位事」「恵良和尚砕レ脳事」）
②〈真済教化説話〉（「柿下紀僧正真済事」）
③〈応天門放火説話〉（「柿下紀僧正真済事」）

実際の章段は（　）内に記したが、論展開の都合上、①〜③に分けた。①〈位争い説話〉は諸本に見えるが、②〈真済教化説話〉、③〈応天門放火説話〉は他本には見えない。つまり後日譚である②③を記すのは長門本のみということになる。

次に、長門本の本文を示す。

①〈位争い説話〉

昔、田邑帝と申御門まし〳〵ける。皇子十二人、姫宮十七人そまし〳〵ける。第一の王子をは、惟高の親王と申。御母は、紀氏、三国町と申けるとかや。御門、此御子を、ことにいとおしくおほしめしけれは、「春宮にたゝせ奉て、御位をもつかせたてまつりたく」おほしめしけれとも、惟仁親王とて、后の腹にてまします。后の御父は、白河大政大臣良房公、天下の摂政として、御後見にておはしける上は、世の人のおもく思ひ奉りて、この御子、東宮に立給ふへきを、御門、猶、惟高親王を、いとおしき御事におもひわつらはせ給ひて、「惟高の御子、惟仁の御子の御方をあはせて、十番のくらへ馬有へし。其勝負に付て、東宮には、たゝせ奉らん」と、おほせ下さる。惟高の御かたには、よきのりしりをめしあつめて、寮の御馬をも、よきをゑりたてまつらせ給へは、「一定、勝給ふへし」と、人思ひけり。御母の妹に、柿本の紀僧正真済と申は、東寺の長者にて、貴人御祈りし給ひけり。惟仁の親王の御方よりは、「相撲の節有へし」と仰下さる。御祈りの師には、比叡山に恵良和尚とて、慈覚大師の御弟子にて、めてたき上人、御祈りし給ひけり。和尚は、比叡山の西塔に平等坊と云坊にて、大威徳の法をそをこなひ給ける。惟高の親王の御方よりは、六十人か力もちたりと聞えし、名虎兵衛佐といひける人を、出されたりける。惟仁親王の御方には、能雄少将とて、なへての力の人なりけるをそ出されたりける。方々の御祈師、肝膽を砕き給ひけり。其日に成しかは、名虎はもとより大力なりけれは、能雄の少将を提て投けるを、見物の人々、「あはや」とおもひけるほとに、能雄、一丈はかりなけられて、つくとして立たりける。やかて寄合て、ゑ声を出してからかひけり。競馬は、右近の馬場にて侍けるに、和尚は、番の勝負を、知度おもひ給ひて、右近の馬場より平等坊まて、人を立置給ひける事、櫛のはのことし。勝負を云伝ふること、無レ程聞えけり。惟高の御方、引つゝけて、四番勝にけり。

（「惟仁親王御即位事」）

和尚、是を聞給ひて、「今六番つゝけて、こなたかたすは、惟仁親王、勝給ふへからす。四番すてに、彼御方勝ぬれは、後の頼なし」とおほして、年来所持の独古を以て、自御頂をつき破て、脳を取出して、炉檀の火に、をき給たりけれは、絵像の本尊、大威徳の水牛、たちまちに声を出してほへたりけり。夫よりして、ひきつゝけて、惟仁親王御方、六番勝にけり。又、相撲の節にも、惟高の御方の名虎、負にけり。能雄少将、勝にけれは、惟仁、位に即せ給にけり。清和の御門と申は、すなはち彼御門の御事也。御門、無二本意一おほしめし給ひし事、かきりなし。其時、「三超」と云落書あり。御兄惟高、惟修、惟彦、此三人の親王をこえて、春宮に立給ふ事を、落書にしたりけるなり。此君、御年三十にて、御くしおろして、水尾と云所にましまして、をこなひすまし給ひて、次の年、失させ給ひにけり。水尾の天皇とも申けり。(「恵良和尚砕レ脳事」)

②〈真済教化説話〉

惟高御祈の師、柿下の紀僧正真済は、此事を鬱しおもひて、恵良和尚の御弟子をそ、とりうしなひける。平等坊の座主、慈念僧正と申人は、和尚の末の門弟にてまし〳〵けり。彼僧正、尊勝陀羅尼を満て、延行道しておはしけるに、庭上にほれ〳〵と有者の、ほろ〳〵としたるものをきて、老法師の、眼をそろしけなるか、うすくまりゐたりけるを、僧正、「たゝものにあらす」と、見給ひけれは、「あれは、なにものそ」と問給けれは、「吾は真済なり。和尚の御弟子をは、末まてとり奉らんとおもひて、僧正を思懸たてまつりて、うかゝひ侍るほとに、尊勝陀羅尼を、たつとくしゆせさせ給へるを、聴聞仕て、悪念忽にとけて、信心発り侍れは、此よしをしらせ申さんとて、見え奉る也。今は御弟子と成て、縁をむすひたてまつるへし。御弟子の中に異様のもの出来らは、我とおほしめすへし」と云て、失にけり。僧正は、真済のあらはれて出しことを、不思儀におほして、年月を送り給ふに、兵部卿の親王と申人の、御子の若君を具したてまつりて、僧正の御もとにおはして、弟子になして、かへり給ひける。「此君の食物をは、あれより奉るへし」とて出給けれは、僧正、心得すおほしめしけるほとに、京より、若君の御めし物とて、大豆をくらせ給ひけり。此若君、大豆より外はめさゝりけれは、僧正、おほしめしけるは、「真済の、異様のもの出来らは、われとしれとの給ひしかは、此君は、紀僧正の再誕」とそ、知給ける。出家の後は、鳩の禅師とそ、人申ける。

（「柿下紀僧正真済事」）

③〈応天門放火説話〉

文徳天皇、惟高親王を春宮の位に即奉り給はぬこと、心もとなくおほしめして、左大臣信公をめして、「東宮を、しはしやりて、惟高をなして後に、清和にかへしつけ奉らはや」とは、おほせあはせられけれは、「東宮とならせ給て、たやすく難レ改候」と申せしかは、不レ及レ力そありける。此大臣信公は、嵯峨の天皇の御子北辺の大臣と申て、河原の大臣とをるの御兄也。東宮、位に即給ひて後、貞観八年閏三月十日夜半に、大納言善男、応天門を、やきてけり。西三条右大臣良相公と、心を合て、此門を焼事を、堀川関白基経公の、宰相中将にてまし〳〵けるに仰て、被レ宣けるを、宰相中将、「大政大臣はしり給へり」と申給けれは、大納言、「大政大臣は、偏に仏法に帰して、朝議をしる事なし」と申されけれは、宰相中将、「無二宣下一は、たやすく難レ行」とて、大相国の直廬にまし〳〵て、此由を申給けれは、相国おとろき給て、「左大臣は、君の御為に、奉公の人也。いかてか無二左右一、とかをこなひ侍へき」とて、退散して、留め給ひけり。堀川関白と申は、白川大政大臣忠仁公の御をいなから、御子にし給たりけり。後には照宣公と申。平等坊の座主は、延昌僧正也。慈念は御いみ名也。尊勝陀羅尼にて、往生し給へる人也。されは「帝王の御位は、凡人の申さんには、よるへからす。天照太神正八幡宮御計なれは、四宮の御ことも、かゝるにこそ」とそ、人々被レ申

（「柿下紀僧正真済事」）

ける。

③が『大鏡裏書』と一致することはすでに指摘されているので[1]、本章では①と②を中心に考えてみたい。まず、①では、恵亮の壇所を「平等坊」（本文を四角で囲った）としていることを問題とする。「平等坊」は①で二か所、②で一か所、③で一か所、計四か所記されている。

次に問題とすべきは後日談である②〈真済教化説話〉を配していることである。その後に③〈応天門放火説話〉が配されているのだが、続けて「平等坊の座主は、延昌僧正也。慈念は御いみ名也。尊勝陀羅尼にて、往生し給へる人也」（傍線部）と記されている。③〈応天門放火説話〉は『伴大納言絵詞』で有名な事件の記事であり、慈念僧正とは関係がなく、話の順序としては、③の前に記述されるべきものであるが、これも「平等坊」に関する記述であることに注目したい。

筆者は、長門本が四か所「平等坊」を持ち込み、①〈位争い説話〉と②〈真済教化説話〉を併記していることにその編集意図がうかがえると考えている。本章では、本来平家物語が有していたであろう位争い説話を、長門本がどのように展開させたのかということを確認し、その基盤について検討してみたい。

一　平等坊の慈念僧正延昌

恵亮の壇所を具体的に記すものとして、『盛衰記』の「宝幢院」が、先行の諸注ですでに指摘されている[2]。『宝幢院検校次第』『叡岳要記』『阿娑縛抄諸寺縁起』等によれば宝幢院は恵亮の創建であるから、設定としては妥当といえるが[3]、長門本のように「平等坊」とする記述は管見の限りでは見あたらず、特異である[4]。早くに福田晃氏によって、「平等坊」が長門本、『曽我物語』の太山寺本、仮名本の位争い説話に見えるとされているが、指摘にとどまる。また、先行の諸注釈書を確認すると、次のようになる。

1、村上美登志氏校注『太山寺本曽我物語』巻第一「惟喬、惟仁競馬の事」（和泉書院、平成一一年）一六頁

注一

天台山の平等坊　中国の天台山に擬して、本朝の比叡山をいう。「平等坊」は『長門本平家物語』に見える。

2、市古貞次氏ほか校注『日本古典文学大系　曽我物語』（岩波書店、昭和三九年）五一頁頭注二五・二九

西塔の平等坊　諸本によって、底本の「ひやまとうはう」を改む。

天台山平等坊　ここでは比叡山をいう。

「平等坊」に指摘はあるものの具体的な追究はなされていないと言ってよい。そうしたなかで、長門本に持ち込まれた四か所の「平等坊」のうち、二か所が慈念僧正延昌を指していることは大きな手掛かりとなるだろう。よって、まずは「平等坊」と慈念僧正の関わりについて考えてみたい。

「平等坊」が西塔の一坊であることは容易に想像できるが、前出の『宝幢院検校次第』には、「延昌僧正（山下座主義海代平等房）天慶六年正月廿六日任レ之。八年任二律師一。九年十二月任二座主一。治四年。慈念僧正是也」とあり、延昌が恵亮創建の宝幢院の検校であったことがわかる。この後、覚実（平等坊大僧都）、延源（平等房法印）、経源（平等房）、良性（平等房法印）と「平等坊」出身と思われる人物が検校となっており、「平等坊」は西塔宝幢院の検校を輩出する一坊であったと考えられる。『宝幢院検校次第』の中から「平等坊」出身者の記述を抽出すると次のようになる。

延昌僧正（山下座主義海代平等房）　天慶六年正月廿六日任レ之。八年任二律師一。九年十二月任二座主一。治四年。慈念僧正是也。

覚実権少僧都　長承三年十一月任レ之。六十五歳。十二月五日拝堂。治十三年。久安二年五月三日入滅。七十七。平等坊大僧都。春宮大夫公実猶子。

延源権少僧都　長寛二年任レ之。永万元年七月廿一日辞退。治二年。快修弟子。美濃権守藤光実子。平等房

法印。
経源法印　建久九年六月十四日依㆓院宣㆒補㆑之。治三年。平等房。中納言経定息。左大臣経宗猶子。延源法印弟子。
良性法眼　承久三年八月補。十六。治七年。二位大納言忠良子。経源法印弟子。平等房法印。

延源、経源、良性は直接の師弟関係にある。『宝幢院検校次第』で出身坊名を記す四十一名の検校のうち、最も多くの検校を輩出しているのは「東陽坊」（七名）であり、次が「平等坊」（五名）である。つまり延昌以来、「平等坊」は弟子達に受け継がれ、それぞれの坊主が「平等坊大僧都」「平等房法印」と名乗っていたと考えられる。「平等坊」を名乗る人物は現実には複数いたということであろう。しかし、『阿娑縛抄明匠等略伝』には、

平等坊座主。十五 諱延昌。諡号㆓慈念僧正㆒。　浄土寺座主。廿五 明救。平等房ノ弟子。

とあり、「平等坊」として立項されているのは延昌である。浄土寺座主明救を「平等房ノ弟子」とするところを見ると、「平等坊」で想起される人物は延昌であったと考えてよいであろう。同様のことは『阿娑縛三国明匠略記』の、

平等房　慈念僧正。諱ハ延昌。内供。仁観律師受法ノ弟子。

という記述からも言える。(5)「平等坊」で立項されるのは延昌ということになる。延昌が「慈念僧正」と諡号され、相当の高僧であったことはよく知られているが、さらに参考として次の資料を挙げておきたい。

御引出物。遍照僧正戒牒慈覚大師御判在之。妙香院前大僧正于時法印取之。直親王御前被置之。次僧正城興寺御分御引出物。慈念僧正杵摺貝硯蓋置之。平等房経源法印持参献宮僧正。僧正取之被置親王御前。次大宮大納言起座。撤御引出物賜蔵人大進宗行。并々両人共出西中門畢。次還御。

これは『門葉記』「入室出家受戒記一」に見える、承元二年（一二〇八）後鳥羽院の皇子道覚法親王が入室し

た際の記事である。重要なのは、六歌仙の一人である遍照僧正の戒牒と共に、引出物となっているのが「慈念僧正杵」であるということである。これは延昌が使用していた、あるいはそう伝えられている金剛杵と思われるが、こうした法具が残され、法親王の入室という公の場において「御引出物」とされるということは、鎌倉初期、延昌が台密の高僧として崇敬されていただけではなく、半ば伝説化されていたことをも示している。(6)さらに、その「慈念僧正杵」を持参したのが『宝幢院検校次第』に見える「平等房経源法印」であり、「平等坊」出身者にはこうした品が伝えられていたとも考えられるのである。

「平等坊」からすぐに延昌を想起させる背景には、このような伝説化された延昌像の生成があった。そしてそれは真済が教化される説話が生成されていく背景でもあったと考えられるのである。そこで次に②〈真済教化説話〉を検討し、①〈位争い説話〉とどのように繋がっているのかを考えてみよう。

二　「和尚の末の門弟」

①〈位争い説話〉とその後日譚②〈真済教化説話〉を繋ぐ重要なポイントとして、まず恵亮と延昌の関係が挙げられるだろう。それは恵亮は験比べで生前の真済と争い、延昌は怨霊となった真済と対したからである。ここで多くの弟子の中から選ばれる理由が問題となる。前節で西塔宝幢院の検校としての恵亮と延昌の繋がりを確認した。しかし、そうした表面的な繋がりの指摘だけでは、この二つの説話が繋がる意味は浮かびあがってこないだろう。

そこで本節は長門本の「平等坊の座主、慈念僧正と申人は、和尚の末の門弟にてまし〳〵けり」という一文に注目する。怨霊となった真済が恵亮の弟子達を狙うということであるが、これは①〈位争い説話〉と②〈真済教化説話〉を繋ぐ重要な設定である。延昌が恵亮の「末の門弟」であったとするが、藤島秀隆氏は生没年の問題から実際の師弟関係はなく、「恵亮の門流の誰かに師事したと考えられる」としている。(7) 直接関係はないのだから、この場合の「末」は末席のといった横の意味ではなく、末流のという縦の弟子ということになるだろう。確かに『天台座主記』の慈念僧正の項は「師主　祚昭内供　仁観律師受法弟子」とし、『真言伝』も「玄昭律師ノ弟子也」として、恵亮との関係は見あたらない。しかし、『門葉記』にはその関係を示すような記述が見える。

以為西塔宝幢院検校為規模云々

恵亮（西塔院主初大楽大師　信乃国人）――慈念（平等房座主僧正。諱延昌　院主　加賀国江沼郡人）

これは妙法院門跡の系譜であるが、恵亮と延昌が結ばれている。(8) 先述したように、恵亮と延昌の間には年代的な問題から実際の関係はなく、『宝幢院検校次第』でも両者の間には七人の検校がいるため、これは事実を反映しているものとは思えない。また②〈真済教化説話〉の類話で、すでに先学によって紹介されているが、承安四年（一一七四）成立とされる叡山文庫蔵『密教相承次第』裏書にも同様の記述がある。(9)

明救　座主僧正、寛弘四年七月五日入滅、号浄土寺座主、延昌《慈念僧正》弟子、兵部卿有明親王五男、昔真済外甥紀皇子之遺恨、受天狐身、恵亮門徒、臨延昌室伺短、聞僧正誦尊勝陀羅尼、発心誓言、依此呪脱悪趣、方生人間、以某年月日参大師室、可成弟子、当其約期、親王随弟子付僧正明救是也、前生有苦行遺之産、童後不受穀漿只煎豆為食云々、

ここでも延昌を「恵亮門徒」としている。管見の限りでは長門本と一致する記述はこの二資料しか見いだせない。繰り返すが、二人に実際の師弟関係はない。しかしそうした状況で『門葉記』や叡山文庫蔵『密教相承次第』裏書にあるような系譜が記されてくるのは、両者の間に共通した性格があったからと推察される。村山修一氏も「熾盛光法」「不動法」等を盛んに行った延昌を、「密教的持呪者としての風貌あり（ママ）、恵亮より伝統の持経者

の一面を有する」としている。(10)

つまり、長門本が延昌を恵亮の「末の門弟」とするのは、事実誤認ではなく、また言葉足らずな表現でもない。いずれも西塔宝幢院の検校であったという皮相的な関係だけではなく、共通する要素を持つ二人として認識されていたことの表れであろう。前節で述べたように延昌が台密の相当な験者であったことを示すような「金剛杵」が残されていること、位争い説話において恵亮が独鈷で脳を砕いた人物であることなどからも、両者を繋げる素地があったと考えられるのである。長門本の記述はこうした伝承を背景として持つということになる。

三　尊勝陀羅尼の効験

前節では恵亮と延昌の共通性を指摘したが、ここでは真済に対する方法について検討したい。位争い説話における恵亮は、「大威徳法」を以て真済との験比べに勝っている。一方〈真済教化説話〉における慈念僧正は、「尊勝陀羅尼」を唱えて教化したとなっており、前掲『密教相承次第』裏書も同様である。そこで新たな資料を挙げて考察してみたい。

応永八年（一四〇一）の奥書を持つ叡山文庫蔵『密宗聞書』である。長文だが全文を引用する。(11)

一大威徳法事

永、大威徳法ハ人魔降伏法也。人魔トハ、死霊生《イキ》霊等也。コレヲ治スルニハ此法ヲ用ル也。柿ノ本貴僧正高尾法師也、染殿ノ后キニ着キタリシ時キ、相応和尚ニ加持スベキ由仰セラル。和尚我ガ力斗テハ叶難ク候。先登山仕テ、本尊ニ此由ヲ談合スベク申スト云々。即登山シテ不動ニ此由ヲ申サレケルニ、不動ノ仰云、「貴僧正ハ我ガ七代ノ行者也。汝ハ六代ノ行者也。叶ベカラズ」ト云々。和尚、「サテハ本尊ハ彼僧正一人ヲ利益セント云御願ニテ候歟。余リニ利益狭ク候ナン」ト種々ニ歎キ申サルル時、不動仰云、「サテハ祈ルベキ様《ヤウ》ヲ汝ニ教ヘン。先ツ物ヲ給ル通法ナレバ、不動ノ法ヲ以テ祈レ。又彼ノ僧正ヲ恥シムルベキ様ハ、貴僧正程ノ人ノ霊ニ成テ、人ヲ悩ス。口惜次第ナント云ハヾ、邪気ハ体ヲ顕スヲ難儀トスル故ニ定テシヲ〱ト成ルベシ。ソコニテ大威徳ノ呪ヲ以テ祈ルベシ。然ラハ即時ニ落ツルベキ也。我力ヲ合スベシ」ト仰ラルル故ニ、此如ク祈ルニ様モ無ク祈リ落レリ。サテ彼僧正祈リ落サレテ、ヨロ〱トシテ石山辺ニタ、スミケルニ、金色ノ尊勝タラ尼流レ出タリ。流ニ付テ源ヲ尋ヌルニ、西塔南谷平等房ノ手水桶ノ本ヨリ流レケリ。サテ不思儀ノ思ヲ成テ、縁ノ下ニテコレヲ見ル。延昌座主ノ御手水ツカワセ給ヒケルニ、吐出シ玉フ水、金色ノ梵字ノ尊勝タラ尼ト成テ出ケリ。サテ初夜ノ時分ニ成ケル間、初夜ノ御行法有ケル時、彼僧正御後《ウシロ》ノ障子ヲ開《アケ》ケリ。座主御覧ジテ、「汝ハ何者ゾ」ト。答テ云、「真済《シンセイ》ニテ候」ト。「真済ハ既ニ去タリ。何ソ来ランヤ」。又答云、「僧正御行法余リニ殊勝ニ候テ、参リテ候。御加持ニ預リ候テ、来生ニ御弟子ト成テ山門ノ仏法灯ヲ挑ケ候ワン」ト申ス。「サラハソレヘ寄ルヘシ」トテ、左ノ脇机ノ本へ呼ヒ玉ヒテ加持シ玉ヘリ。然後、僧正云ク、「喜入テ候。サラハ御暇《イトマ》申候テ、今七年候テ参候テ御弟子ニ成リ申サン」トテ去ケリ。然ルニ或ル公家ノ人一人ノ子ヲ設ケタリ。自愛甚シ。家中ノ者トモニモ申含メケルハ、「何事ニテモ少童ガ所存ノ如ク有ルベシ。聊モ背クベカラズ」云々。或時、彼ノ児、人ノ肩ニ乗テ遊給ケルガ、「門へ出ヨ、大道ニテ物見テ遊ハン」ト云々。門へ出タレハ、此　彼《ココカコシヘ（ママ）》ト申サルル間、必児ノ存ノ所、違ヘズシテ行ケル程ニ、比叡山へ登ル。当児ノ教ヘニ任セテ行程ニ、「平等坊ノ縁際ニテヲロセ」トテ座主ノ御前へ参給シニニ、座主ハ即御心得有テ、「イシク約束違ヘズ来リ給ヘリ」ト仰セラレテ、御弟子豪慶ヲ召テ、「児ノ初登山ニテ有ルニ、何ニカ持テ成スベキ」ト仰セラレケルニ、「何ニテモ候ハス」ト申セハ、「護摩ノ五穀也トモチト進ラセヨ」ト仰セラルル間、折敷ニ五穀ヲチト入テ進ケリ。サテ児ノ親父ハ嫡子ナル故ニ、俗ニ成シテ家ヲ続セント思ケレトモ、免ニ直ニ座主ノ御弟子ト成ル上ハ力無シトテ、延昌座主ニ進ラレケリ。出家ノ後号ハ明救座主。記ニモ貴僧正ノ後身ト注セリ。智者ノ終《ハラ》イカメシキ力也。此ノ貴僧正ハ恵亮ニ祈ラレ、恵亮入滅ノ後ハ相応ニ祈ラレ、山門ヲノミ敵《カタキ》ト思ワルカ、尊勝タラニノ流ニ依テ、山門ナレハコソカヽル貴《キ》人モ御坐セトテ反邪帰正シタル也。又云、延昌座主十六才ノ御時、相人短命ノ由勘ヘ申ス。西坂ニテ役ノ行者ニ値テ、寿命経相伝シ玉ヒテ、八十才マテ持チ玉ヘリ。次第相伝ノ、寿命経ノ奥書ニ見タリ。私云、惣持院供養ノ日記ニハ、散華真済東大寺永ノ柿下貴僧正若初ハ高尾法師ニテ有ケル云々。

大谷大学図書館に蔵されているものはすでに小峯和明氏によって翻刻されているが、叡山文庫蔵のものはまだ紹介されていない。これは「大威徳法」について引かれたもので、相応和尚が「大威徳ノ呪」で以て真済を追い落としている。相応和尚の後日譚は著名なものであり、『拾遺往生伝』巻下一、『阿娑縛抄明匠等略伝』、『宝物集』巻第二、『真言伝』巻第四、『古事談』巻第三、『天台南山無動寺建立和尚伝』等に見え、いずれも大威徳の呪となっている。「大威徳」は『阿娑縛抄』「大威徳」の項において、その先蹤として、恵亮の験比べが挙げられており、また『覚禅抄』「大威徳上」は「或書云。大威徳明王者。降二伏スルヲ人魔ヲ一為レ本ト」としている。(12)『密宗聞書』の冒頭に「大威徳法ハ人魔降伏法也。人魔トハ、死霊生《イキ》霊等也」とあることからも、「大威徳」が相手を降伏する、打ち破る法であったといえるだろう。つまり真済は、恵亮にも相応にも「大威徳」の力によって降伏されたということになる。

『密宗聞書』の注目すべきはその続きである。追い落とされて「ヨロ〳〵」としていた真済の怨霊が出会ったのは、流れてくる「金色ノ尊勝タラ尼」でありそれを辿って行くと、「西塔南谷平等房」の手水桶に行き当たったとするのである。そしてその手水を使っていたのが延昌であったとしている。真済はこの延昌によって教化され、やがて生まれ変わった明救は弟子となったとする。

この『密宗聞書』の構成は『今昔物語集』巻第二十「天竺ノ天狗、聞海水音渡此朝語　第一」とよく似ている

（稲垣泰一氏よりのご教示）。同話の梗概を記すと、天竺の天狗が震旦へ渡る途中、海水の流れから「諸行無常是生滅法　生滅々已　寂滅為楽」と聞こえてくる。不思議に思った天狗が震旦から日本までその海水を追っていくと、淀川から宇治川、琵琶湖へと辿りつき、さらに遡ると比叡山の横川に至った。そして天狗がこの法文が流れてくる由来を側にいた天童に尋ねると、これは比叡山で修行する僧の厠の水であると答える。比叡山の尊さに教化された天狗は比叡山の僧となることを誓って消えるが、その結果として次のように続く。

其ノ後、宇多ノ法皇ノ御子ニ、兵部卿有明ノ親王ト云フ人ノ子ト成テ、其ノ上ノ腹ニ宿テナム生タル。誓ノ如ク法師ト成テ、此ノ山ノ僧ト有ケリ、名ヲバ明救ト云フ。延昌僧正ノ弟子トシテ、止事无ク成リ上テ、僧正マデ成ニケリ。浄土寺ノ僧正ト云ヒケリ、亦大豆ノ僧正トモ云ヒケリトナム語リ伝ヘタリト也。

ここで延昌の弟子、明救として生まれ変わった天竺の天狗が『密宗聞書』の真済にあたる。前掲『密教相承次第』裏書に「受天狐身」とあるのはその証左であろう。『密宗聞書』は『今昔物語集』の同話のような型を用い、延昌によって教化される説話に再構成したと考えてよい。

次に「尊勝陀羅尼」について検討しておく。その効験については、まず『宝物集』巻第四の記述を挙げる(13)。

延暦寺座主延昌は、尊勝陀羅尼の功徳によるがゆへに、極楽の往生をとげたり。尊勝陀羅尼の功徳は、現世にもめでたく侍るめる。九条右大臣殿師輔、二条大宮あはらの辻にて百鬼夜行にあひて、尊勝陀羅尼みてて、鬼難をまぬかれたまへり。西三条大将常行は、若君の時、神泉苑の前にて百鬼夜行にあひてける。乳母の、小袖の頸に尊勝陀羅尼をぬひくゝみたりけるにぞ、たすかりたまひて侍りける。まして地獄の中なりとも、いかゞ阿防羅刹といふとも、かたさりたてまつらざらんや。

冒頭の一文は長門本と同じだが、その後に九条師輔と西三条常行が「尊勝陀羅尼」のために鬼の難を免れたとしている。こうしたことについてはすでに松本治久氏が(14)、『今昔物語集』『打聞集』『古本説話集』『江談抄』等を比較検討し、「尊勝陀羅尼」が「百鬼夜行」のようなものに対して効き目があったとしている。つまり、真済もそうした「百鬼夜行」的なものとして認識されていたということになるだろう。「大威徳」とあまり差のない効験だが、もう一つ重要な説話を示しておきたい。『沙石集』巻第七・十八「愚痴の僧ノ牛ニ成タル事」は、布施を貰うだけで修行をせず牛になった僧が、「尊勝陀羅尼」と口にすると元に戻ることができたとする。本文中には「尊勝陀羅尼コソ信施ノ罪ヲバ滅スナレ」とあり、(15)「尊勝陀羅尼」は毎日唱えることでその効験に与ることができるとされている。そして『日本古典文学大系』はその後に「拾遺」として十二行古活字本の本文を挙げている。(16)

（前略）此経ノ説相ハ、忉利天ニ、善住トイフ天子有ケリ。園ニ出テアソビケルガ、空ニ音アリテ、告テ云ク、善住天子七日アテ命終シテ、畜生ノ身ヲウクル事七度、後ニ大地獄ニ落テ、出ル期不レ可レ有トイフ。是ヲキキテ、恐レカナシミテ、帝釈ニ此ヨシヲ申ス。帝釈定ニ入テ見給ニ、云ガ如ク成ベシト知テ、仏ノ所詣デ、、此事ヲ申給キ。仏尊勝陀羅尼ヲ説テ、帝釈ニサヅケ給。是ヲ又善住天子ニ授テ、七日スギテ、天子ヲ具シテ来レト仰ラレシ、陀羅尼也。一返耳ニフルレバ、諸ノ罪障滅シ、地獄・餓鬼・畜生・閻羅王界ヲ浄メ、病ヲノゾキ、命ヲ延ベ、福ヲ増ス。毎日二十一返誦スレバ、諸ノ信施ノ罪消テ、命終シテ極楽ニ往生スト、説ケリ。亡者ヲ極楽ニヲクルトモ、説レタリ。サレバ諸寺諸山ニ是ヲ誦ス。高野山殊ニ此陀羅尼ヲアガメ誦ス。心アラン人、在家出家、是ヲ習ヒ誦スベシ。病ヲ除キ、寿命ヲノべ、福徳来リ、極楽ニ生ズ。何事カコノ陀羅尼ニ、カケタル事有哉。畜類モ聞テ罪キユ。亡魂又タスカル。尤信ジ誦スベシ。コノ真言ヲ書テ、幢ノ上ニ置ニ、其風ニアタリ、其チリヲ、フキカケラレタル畜類人倫等、猶罪ヲケツト云ヘリ。

「尊勝陀羅尼」は一度耳にふれたら、一切の悪業が消え、亡魂も救済されるという。『沙石集』のこうした説話の背景に、『仏頂尊勝陀羅尼経』の「天帝此仏頂尊勝陀羅尼。若有人聞一経於耳。先世所造一切地獄悪業。悉皆消滅当得清浄之身」[17]という記述があるのは明らかであり、『渓嵐拾葉集』巻第十九「尊勝仏頂真言修瑜伽法」にもそうしたことが引かれている。もちろん、「尊勝陀羅尼」以外にもこうした効験を示す法があると考えられるが、「大威徳法」「大威徳ノ呪」と比べたときに大きく異なるのは、「大威徳」が降伏する、追い落とすために力を発揮するのに対して、「尊勝陀羅尼」は救済、教化する点である。前掲の『密宗聞書』が、話末に「此ノ貴僧正ハ恵亮ニ祈ラレ、恵亮入滅ノ後ハ相応ニ祈ラレ、山門ヲノミ敵ト思ワルカ、尊勝タラニノ流ニ依テ、山門ナレハコソカヽル貴《キ》人モ御坐セトテ反邪帰正シタル也」（傍線部）と記すように、「大威徳法」によって破れた①〈位争い説話〉の後に「尊勝陀羅尼」によって救われる②〈真済教化説話〉を配している長門本の構成は、単に後日譚というだけではなく、敗者真済を救済する目的があったと考えられる。①〈位争い説話〉に②〈真済教化説話〉を配したのが長門本であるのか、それとも長門本が先行のそうした形のものを利用したのかは判定できない。しかし、少なくとも、この併記した形を採用したこと、そして③〈応天門放火説話〉の後の「平等坊」記述などから考えると、長門本には「平等坊」で①〈位争い説話〉関連の記事を繋ぐ意図があったと考えたい。

おそらく長門本は、『密宗聞書』のような「大威徳法（呪）」によって追い落とされた真済が「尊勝陀羅尼（呪）」によって救済されるという構成を持つ文献を参照したのであろう。したがって、長門本を真済教化伝承の流れの中に位置づけることができる。

本節ではこれまで未詳とされてきた独自記事の基盤を明らかにし、再編集の目的を検討した。位争い説話においては長門本の編者は、まったくの創意から本文を作成したのではなく、様々な資料を基にしていたのである。そこで次に、長門本における位争い説話の独自記事二点の基盤を指摘し、その補強としておきたい。

四　長門本の独自記事の源泉

（1）惟喬親王生母三国町説

二点の独自記事のうち、一点目は惟喬親王の母を紀氏出身の「三国町」とすることである。長門本本文では「御母は、紀氏、三国町と申けるとかや」（①〈位争い説話〉傍線部a）としているが、『尊卑分脈』では惟喬親王の母は「静子」「三条町」となっており、三国町は惟喬親王の娘とされている。加えて『尊卑分脈』は『古今和歌集』に入集と記述している。確かに『勅撰作者部類』に三国町は立項されているが「仁明天皇更衣紀名虎女」とあり、母とはなっていない。つまり惟喬親王の母は静子でおおむね一致しており、長門本の記述は事実に反する。(18) しかし、『古今和歌集』の古注釈を確認してみると、長門本と一致する記述がいくつか見える。

1、『古今集延五記』（秋永一枝氏・田辺佳代氏編『古今集延五記　天理図書館蔵』所収、笠間書院、昭和五三年、九八頁）

一　みくにのまち　女也　惟喬親王《コレタカノ》母名虎ノ女

2、『古今秘注抄』巻第三・夏歌（新井栄蔵氏編『曼殊院蔵古今伝授資料』第一巻所収、汲古書院、平成一年）

三国町、大納言名虎卿娘也、惟高親王母也
やよやまて山ほと、きすこと伝むわれ世の中にすみわひぬとよ
ヤヨヤマテトハヤ、シハシマテト云也、稍待《せふタイ》ト書也、惟高親王ハ文徳天皇第一皇子、染殿ノ后ノ御腹ノ御子東宮ニ立給ヘリ。今ノ清和天皇是也、三国町コレヲナケキテ死タル名虎卿ノ許ヘ言伝シトヨメルト也、コトツテトハ言伝ト書也

3、『古今私秘聞』（赤羽淑氏編『ノートルダム清心女子大学古典叢書』所収、昭和四五年、三九頁）

やよやまて山郭公―やよハよひかけたる心也。やよ時雨なと云如シ。曰《ヤヨ》此字也。母《父イ説》ニをくれて嘆ノ時よめり。時鳥ハ冥途ノ鳥ナレハ也。やよ或説八夜不用。やよハ成敗の詞ニモ通セリ。みくにの町ハ惟喬親王ノ母名虎女也。地蔵十王経云、炎魔王宮ノ門関ノ樹ニ二ノ鳥アリ。一ハ無常鳥、是ハ郭公也。一ハ抜《ハツ》目鳥、是ハ烏也。郭公ハ人間界ニ出テ人命短ク無常ナル事ヲ驚ケト告也。鳴声ハ別遁都幾寿ト鳴也。此字ノ意ハ、ワカレノカレヨスヘテイクハクノイノチソト也。如斯無常ヲ告ル鳥ナレハ冥途ヘカヘラハ父《母》ノ先立タル所ヘ行テ告ヨ、我ハ、ヤ此世ニ住侘ヌト也。父《母》ノオハスル所コソ恋シケレト也。烏ハ人間ノ怪《ケ》異《イ》異ヲ告テ祈念ヲセヨト驚ス也。

1〜3のいずれにも「三国町」が名虎の娘、惟喬親王の母とされており、長門本の記述と一致する。2『古今秘注抄』には惟仁親王立太子に失望した三国町が、時鳥に、亡くなった名虎への言づてを頼んだという位争い説話の後日譚とも言うべき記述も見られる。位争い説話が広く流布していたことは他文献を閲すれば明らかであり、当然様々な後日譚も発生したと考えられる。長門本との直接関係の判定は難しいが、独自記事の背景に、こうした文献の存在を考えてもよいだろう。(19)次に『古今和歌集』の古注釈との一致をもう一点指摘する。

（2）真済三国町兄妹説

長門本は本章冒頭でとりあげた①〈位争い説話〉本文傍線部bに見るように、「御母の妹に、柿本の紀僧正真済と申は」として、真済を惟喬親王の妹としている。「妹」は母方の男兄弟、つまりは伯父（叔父）を指し、三国町が真済の姉か妹ということになるが、これも『尊卑分脈』『紀氏系図』等の系図類から史実でないことは明らかである。しかし、『蓮心院殿説古今集註』(20)には「みくにの町　仁明天子更衣　正五位下紀伊権守貞登朝臣母也、喜僧正妹也」とあり、また曼殊院蔵『古今鈔』(21)にも、

みくにのまち　仁明更衣正五位下貞登母紀利貞女　喜僧正妹

とあって、三国町を紀僧正の妹としている。『密教相承次第』裏書にも「昔真済外甥紀皇子之遺恨」とあり、外の甥、つまりは伯父（叔父）となる。(22) これも長門本との直接関係を述べるものではないが、こうした文献から長門本が採用した可能性も考えられるだろう。本文傍線部ａの惟喬親王生母三国町説もあわせて考えると、長門本は惟喬親王の母方の家系を記述する際、『古今和歌集』の古注釈のような文献を基にした可能性が高い。

長門本の独自記述は史実に照らし合わせると一致しない点が多い。しかし物語における記述が史実に合致していないからといって、マイナスの評価をされるのは妥当ではないだろう。どのような文献や伝承を背景として持っているのかという基盤の解明と、編集の方法を明らかにすることの方が建設的である。長門本にはそうした取り組みが求められている。

おわりに

以上、長門本の、位争い説話に併記された真済教化説話を中心に考察した。位争い説話に恵亮の壇所として「平等坊」が設定されるのは、真済を教化する高僧、平等坊慈念僧正延昌による真済教化説話と連関している。そして、最後に平等坊慈念僧正延昌に関する一文を再度記すのも、「平等坊」を強調するためであると考えられる。つまり、位争い説話において恵亮本人とは関係のない「平等坊」を壇所とするのは、後日譚である真済教化説話の影響である可能性が高いのである。参照した資料をそのまま引用したのかどうかは判定できないが、長門本には記事を一か所にまとめる傾向がある。たとえば巻第五「厳島次第事」における厳島関係記事、巻第十七「維盛高野熊野参詣同被レ投レ身事」における維盛関係記事がそうだが、そうしたことを考慮すれば、長門本が位争い説話に関する資料を収集し、意欲的に、この一連の記事を再編集したと考えられるだろう。そして位争い説話に真済教化説話を繋げたところに長門本の編集意図をうかがうことができる。「大威徳法」によって験比べに破れ、憤死した真済を救うのは延昌の「尊勝陀羅尼」であった。長門本が位争い説話に真済教化説話を繋げた意図は、真済の救済を目的としていたと考えられる。

長門本が資料を収集して取り組んだのは、真済がどのようにして救済されたのかというその論理の提示であった。唱導において、どのようにすれば救済されるのかということは受け手の最大の関心事であっただろう。救済についての論理的な裏付けを記す長門本の姿勢には、唱導的方法が意識されていると言える。そして、そこからは平家一門の救済だけでなく、敗者全般に向けられた救済の眼差しをも読み取るべきであろう。

（1）水原一氏は「応天門放火説話」と「三超の謡」は『大鏡裏書』からの採用としている（「惟喬・惟仁位争い説話について(上)——軍記における傍流談の考察——」『(駒澤大学)文学部研究紀要』第三三号、昭和五〇年）。

（2）麻原美子氏編『長門本平家物語の総合研究』下（勉誠社、平成一〇年）、一〇八〇頁の脚注は「平等坊　盛衰記「宝幢院」」とし、『曽我物語』の注では、御橋悳言氏『曽我物語注解』（『御橋悳言著作集』三、続群書類従完成会、昭和六一年、一四頁）が、「西塔の平等坊　源平盛衰記に西塔宝幢院に作る。平等坊にはあらざるべし。西塔は比叡三塔の一なり。三塔の条を見るべし」としている。

（3）『宝幢院検校次第』は『群書類従』第四輯「僧官補任」、『叡岳要記』は『群書類従』第二四輯、『阿娑縛抄諸寺縁起』は『大日本仏教全書』四一所収（二八四〇頁）。

（4）『西塔院堂舎僧房記』（東京大学史料編纂所蔵）の「十如院」の項には、「平等坊と旧号す。（中略）茲の院相伝に曰く慧亮和尚の住坊と。閼伽井有り。獨鈷水と名す。和尚嘗て独鈷杵を以て刺し出す所と云々」とあるが、正徳四年（一七一四）の成立であり、ここではとりあげない。

（5）『阿娑縛抄明匠等略伝』は『大日本仏教全書』四一（三三三頁）、『阿娑縛三国明匠略記』は『大正新修大蔵経』図像部第九巻（九四五頁）所収を使用した。このほか、『僧綱補任抄出』上、『西山国師絵伝』、『大日本史料』一編十六所収

「太宰府神社文書」にも「平等坊」と慈念僧正が記されている。

（6）『門葉記』は、『大正新修大蔵経』図像第一二巻所収。酒向伸行氏は『天狗信仰の成立と台密――真済の問題を中心として――』（『御影史学論集』第二三号、平成一〇年）の中で、『続本朝往生伝』六の遍照伝、『今昔物語集』巻十九―一を挙げて、遍照が歌人として優れていただけでなく、物の怪や天狗に対して験力を発揮する台密の僧であったとしている。そうすると、『門葉記』で遍照と慈念僧正が併記されてくるのは興味深い。

（7）藤島秀隆氏「『三国伝記』巻七「天台座主延昌僧正事」をめぐって」（『國學院雜誌』第八三巻第三号、昭和五八年）。

（8）『天台座主記』は渋谷慈鎧氏編『天台座主記』（第一書房、昭和四八年、三八頁）、『真言伝』は『大日本仏教全書』一〇六（一九五頁）、『門葉記』は『大正新修大蔵経』図像部第一二巻（三七八頁）所収を使用した。管見の限りでは延昌の師を恵亮とするものは見あたらない。

（9）『密教相承次第』裏書（叡山文庫天海蔵791）は、松田宣史氏「台密血脈譜裏書の尊意・平燈・明救説話」（『古代中世文学論考』第五集、新典社、平成一三年）が紹介している。

（10）村山修一氏『皇族寺院変革史――天台宗妙法院門跡の歴史――』（塙書房、平成一二年）一八頁。

（11）『密宗聞書』（叡山文庫天海蔵309）は小峯和明氏（「仏教文学のテキスト学――唱導・注釈・聞書――」『日本の仏教』第五号、法蔵館、平成八年）が大谷大学本を紹介している。本書では叡山文庫本を翻刻したが、適宜書き下し、表記を改めたところがある。

（12）『阿娑縛抄』「大威徳上」（『大日本仏教全書』三九所収、三五九～三六〇頁）には験比べと共に相応和尚の説話も引かれている。『覚禅抄』は『大日本仏教全書』四九所収（二八一頁）。

（13）小泉弘氏ほか校注『新日本古典文学大系　宝物集　閑居友　比良山古人霊託』（岩波書店、平成五年）一八五～一八六頁。

（14）松本治久氏「『百鬼夜行』説話の検討」（『並木の里』第三一号、平成元年）、同氏「「百鬼夜行」説話についての検討――その２」（『並木の里』第三三号、平成二年）。

（15）渡邊綱也氏校注『日本古典文学大系　沙石集』（岩波書店、昭和四一年）三一五頁。

（16）同右書、四九六頁。

(17)『大正新修大蔵経』第一九巻、三五〇頁。

(18) 惟喬親王と三国町については安藤亨子氏が「惟喬親王と三国町とをめぐって――物語との関わりを中心に――」(『語文』第三九輯、昭和四九年)の中で考察している。安藤氏は、三国町は三国氏出身で貞登の母であり、惟喬親王の母「三条町」に引かれた可能性を指摘し、「山郭公」から、山に隠棲した親王のイメージが起こり、書き加えられたのではないかとしている。

(19) その他にも、三国町を仁明天皇更衣とする古今注として、『三秘抄古今聞書』(『中世古今集注釈書解題』一所収、赤尾照文堂、昭和四六年)、『古今問答』(『天理図書館善本叢書』和書之部第五六巻『和歌物語古註続集』所収、八木書店、昭和五七年)、『古今和歌集抄出』(『東京大学国語研究室資料叢書』第九巻所収、汲古書院、昭和六〇年)、『耕雲聞書』(『古今集古注釈書集成』所収、笠間書院、平成七年)、『蓮心院殿説古今集註』(『中世古今集注釈書解題』四所収、赤尾照文堂、昭和五九年)、『古今和歌集聞書』(前掲『東京大学国語研究室資料叢書』第九巻所収)、『古今鈔』(『曼殊院蔵古今伝授資料』第四巻所収、汲古書院、平成八年)があり、三国町を惟喬親王の娘とする古今注として、『難波津泰諶抄』(『曼殊院蔵古今伝授資料』第六巻所収、汲古書院、平成四年)、『古今集聞書』(同第五巻所収、汲古書院、平成三年)がある。また、三国町の娘が文徳天皇后であるとする古今注として、毘沙門堂本『古今集注』(『毘沙門堂本古今集注』所収、八木書店、平成一〇年)、『古注』(『曼殊院蔵古今伝授資料』第一巻所収、汲古書院、平成二年)がある。

(20)『中世古今集注釈書解題』四(前掲注19)。

(21)『曼殊院蔵古今伝授資料』第四巻(前掲注19)。

(22)『密教相承次第』裏書には、真済が「受天狐身」たとしている。長門本には真済を「天狐」「天狗」とする記述はないが、慈念僧正と対面したときの様子を、「庭上にほれ〳〵と有者の、ほろ〳〵としたるものをきて、老法師の、眼をそろしけなるか、うすくまりゐたりけるを」としており、これが天狗の化身の姿ではないかと考えられる。真済が天狗となったことは有名であるが、『拾遺往生伝』巻中一(『日本思想大系』所収)では「小さき僧」、『大法師浄蔵伝』(『北野誌人　北野文叢』下所収)では「鵄」と天狗の化身の姿で現れている。また、『十訓抄』(『古典文庫』所収、上巻二五〜二九頁)には、「フルトヒ(古鳶)」が童に打たれているところを助けた法師が、やがてその化身である「コトヤウナル法師」「老法師」に出会う説話が記されている。これも天狗の化身と考えられ、長門本の記述と類似している。

第二章　三鈷投擲説話の展開

はじめに

第二章では、長門本が先行平家物語を改変し、独自の展開を見せたものとして、三鈷投擲説話をとりあげてみたい。前章の位争い説話・真済教化説話と同様、その展開基盤を明らかにすることが目的である。

長門本巻第五「厳島次第事」には、厳島縁起の一部として弘法大師の三鈷投擲説話が見える。三鈷投擲を事前に察知した厳島大明神が、妹「よど姫」に金松を植えさせたというものである。高野開山説話の一つとして多くの文献に取られているものであるが、長門本の内容は他に比して特異なものと言えるだろう。

長門本の管理者として厳島聖を想定した砂川博氏[1]は、この箇所は「弘法大師の威徳」についてはそれほど見られず、厳島側からの関与が強く押し出されているとした。確かに帰朝後、大師が再び参籠しているのだから、厳島側からの押し出しは相当のものであると判断できるが、三鈷投擲説話については、「弘法大師の威徳」を認めておきたい。そして、その前後も含めた厳島縁起の依拠資料を指摘したのは、黒田彰氏[2]である。「田中貴子氏教示」として金沢文庫蔵『厳島大明神』（内題「厳島大明神日記竈門白山一体御事」、以下『厳島大明神日記』）を長門本の依拠資料とした。釼阿写とするこの『厳島大明神日記』は、平成八年に『金沢文庫の中世神道資料』（金沢文庫編）として影印・翻刻が出されており、牧野和夫氏[3]が全海写とする別の一本の紹介もしている。牧野氏は書写者釼阿と全海の周辺を精査し、九国二島から北条得宗家の日元貿易独占を背景に展開した西大寺流によって「極楽寺」ないしは「称名寺」に蔵されたとしているが、その伝来経路の解明は大変に魅力的である。さらに牧野氏は本資料の平家物語流入時期を「長門本延慶本共通祖本」に近い一時期と見定めている。

書写者に関する問題も重要であるが、ここでは『厳島大明神日記』から長門本が取り込んだ三鈷投擲説話の性格解明を目的とする。依拠資料である『厳島大明神日記』とほぼ同文であり、検討の結果は『厳島大明神日記』の性格でもあるのだが、本章では三鈷投擲説話の展開史の中で長門本（『厳島大明神日記』）がどう位置づけられるのか、また、『盛衰記』の同説話とはどのように異なるのかということを中心に考えてみたい。

一　平家物語諸本における三鈷投擲説話

まず平家物語における当該説話を確認しておく。長門本は巻第五「厳島次第事」の長大な厳島縁起の後に見える。

①《大師入唐》
その証拠、弘法大師に密宗のわたる事は、此神の御願なり。鎮西竈門峰を去て、此島にうつらせたまふ事は、しかしなからこのこゝろさしの故也。されは弘法大師、此神にむまれあひまいらせ給へり。弘法と申は、漢家本朝代々の賢人也。東方朔、太公望、黄公石、弘法と申是也。賢王代に出給ふ時は、ともに出てつかへ、愚王代に出給ふときは、すなはち逃かくれて出給はす。しかるに我朝に、弘法むまれ給ひて、今此真言をつたへ給ふ。御入唐の時は、先いつく島にまうてゝ、七日参籠あて、「ねかはくは、我密宗をつたへんとおもふこゝろさし、こんせつなり。三十三の願の中に、第一の御願のことくは、我に力をそへさせたまへ」と、きせい申させ給ふ。大明神、あらたに御たいめんあて、「我、神武天皇御代の、たちはしめに、供御のみね

なるか故に、かまと山に居すといへとも、是を去て此島にうつりたる事、しかしなから、此法を興行のためなり。とく〳〵御入唐あるへし。我現して力をそへ奉へし」と云々。

②《閼伽の桶飛来》

仍弘法入唐をとけたまひて、恵果和尚にあひ奉て、しんこむの奥儀をきはめて、帰朝せんとし給ひし時、天台山に上、あか水を取て、桶に入て、天になけらる。くろ雲来、是を巻あけて、我朝高野の峰にをく。いまのおくの院のあかの水、是なり。此黒雲と申は、いつく島の御いもとの、よと姫の威現也。

③《三鈷投擲》

又大師、三鈷をなけ給ふへき事を、厳島先立て、知見ありけれは、御いもと淀姫に仰て、御父沙竭羅龍王にまいらせて、西門の金松を申、高野山にうへをかれぬ。しかるに大師、三鈷をなけ給ふとて、ちかひてのたまはく、「此さんこの、おちつきたらん所を、我なかき在所」と、ちかひ給ふに、三鈷飛来て、かの金松にかゝる。仍、此峰にすみ給ふ。いまの三鈷松、是なり。

④《大師、厳島に法花経等を納める》

大師、是程まて、執し給ひし峰なれは、まことに、両部の山にてそありける。弘法帰朝の時も、先、厳島に参詣あて、大明神に、金泥法花経一部、唐鞍、瑪瑙の枕、たらえう、此等をまいらせられけり。かのたらえうに、本地の文をかゝれけり。

本体観世音　常在㆓補陀落㆒
為㆑度㆓衆生㆒故　示㆓現大明神㆒

ある岩の下にかくして、おさめをかる。秘密第一の秘所にて、人、是をしらす。大ゑんきにつけて、高野山に、是をつたへてしれる人、一人はかりあるへしといへり。かやうに、仏法をかねてまもり給へる神明なり。

慈悲くはう大にして、誓願自余に超過し給へり。かくのことく、れいけん厳重の神にましますあひた、院も御しん敬、ましますにや。

弘法大師の関わる箇所を①～④に分けた。論展開の都合上、本文には傍線を付している。③《三鈷投擲》は『厳島大明神縁起』のそれとほぼ同文だが、他文献に見える三鈷投擲説話と比べても特異な設定・表現と言える。次に『盛衰記』の本文であるが、巻第四十で維盛が出家を決意し、そこで滝口入道の説法を受けた後に続く。

1《大師入唐》

高祖大師ハ大権化現也。讃岐国多度郡人、俗姓ハ佐伯氏、母ノ夢ニ天竺ヨリ聖人来テ我懐ニ入ト見テ妊テ、生ム子也。生産ノ後、四天大王蓋ヲ取テ随従シ給ヘリ。石淵勤《ゴン》操僧正ニ師トシ事ヘテ、初ニハ虚空蔵求聞持ノ法ヲ学シ、終ニ廿ノ歳出家ノ沙弥ノ十戒ヲ受、名ヲ教海ト云、其後改テ如空ト称ス。具足戒ノ時又改テ空海ト号ス。延暦二十三年甲申五月ニ遣唐使正三位藤原朝臣賀能カ舩ニ乗テ、入唐シテ青龍寺ノ恵果和尚ニ謁スル日、和尚笑ヲ含テ云、我兼テ汝カ来事ヲ知レリ。相待コト久シ。今始テ相見大ニ好々々、汝ハコレ非ス二凡従一第三地ノ菩薩也。内ニ大乗ノ心ヲ具シ、外ニ小国ノ僧ヲ示ス。為タリ二密教之器一。悉ク可シ二授与一トテ、五部灌頂誓水ヲ灑キ、三密持念ノ印明ヲ授テ両部ノ曼陀羅、金剛乗教二百余巻、三蔵付法ノ道具等与畢テ云、「我此土ノ縁尽タリ。不能二久住一汝速ニ本国ニ帰テ天下ニ流布セヨ」ト。

2《三鈷投擲》

空海和尚行年三十四、平城天皇御宇大同二年丁亥八月帰朝ノ舟ヲ泛《ウカフ》ル日、発願祈誓シテ曰、「所学ノ教法秘密撰所感応ノ地アラハ、此三鈷到点セヨ」トテ、日本ニ向テ抛上給ニ、遥ニ雲中ニ飛入テ東ヲ指テ去ニケリ。和尚行年三十三、嵯峨天皇ノ弘仁七年丙申、高野山ニ登給フ。道ニアヤシキ老人アリ。和尚ニ語テ云、「我ハ是丹生明神、此山ノ山神也。恒ニ厭ヒ二業垢一、久得道ヲ願フ。今方ニ菩薩到来シ給ヘリ。妾カ幸也」ト云テ山ノ中心ニ登テ御宿所ヲ示シテ刈掃所ニ、海上ニシテ抛所ノ三鈷光ヲ放テ爰ニ在。秘法興隆ノ地ト云事明也。

3《多宝塔建立》

依之和尚、慈尊三会ノ暁ニ至マテ密蔵ノ炬《トモシビ》ヲ挑《カヽゲ》ンタメニ一十六丈ノ多宝ノ塔婆ヲ建立シテ、過去七仏ノ所持ノ宝剣ヲ安置シ給ヘリ。事奇特也。法ノ効験也。女人影ヲ隔テ、五障ノ雲永クオサマリ、僧俗心ヲ研テ三明ノ月高晴タリ。誠ニ穢土ニシテ浄土ヲ兼、凡夫ニシテ仏陀ニ融ス。難レ有聖跡也。賢クソ女房君達ヲ留置給ケル。引具シ給タリセハ争カ此霊場ヘモ御参有ヘキ。御心強《ツヨ》カリケル御事ハ然ヘキ御得脱ノ期《ゴ》ノ至リ御座、永離三悪ノ峰ニ登リ、生仏不二ノ覚リヲ開給ヘキニコソ」ト細々ト申ケレハ、

《大師入唐》《三鈷投擲》《多宝塔建立》の1～3に分けた。当該記事については源健一郎氏の論がある。[4] 源氏は、『盛衰記』が独自に法輪寺縁起を増補し、「宗論」の記事が削除された理由を、南都僧道昌の扱いを基軸として考察している。法輪寺縁起が道昌伝といってよい形態であること、削除された「宗論」が道昌の名誉を貶めかねないものであることなどを挙げ、南都の真言に対する立場からの描出であるとする。その際、『盛衰記』が弘法大師伝を参照したとし、特に『高野大師御広伝』に依拠したと見ている。

『高野大師御広伝』の一致箇所はまとまった形ではないため、寄せ集めて『盛衰記』のような本文が形成されたと考えられる。延慶本にも三鈷関係の文言は見えるが、長門本のようにまとまった形ではなく、高野の名所巡りの一つとして記されているため、本章では『盛衰記』を手掛かりにして長門本の本文を考えてみたい。

二　三鈷投擲の目的

長門本と『盛衰記』の相違点は二点ある。一点は空海が三鈷を投げる際の「請願」の言葉である。二重傍線部であるが、長門本では「此さんこの、おちつきたらん所を、我なかき在所」とし、『盛衰記』では「所学ノ教法

秘密撰所感応ノ地アラハ、此三鈷到点セヨ」とする。『盛衰記』は直前に恵果の言葉として「汝速ニ本国ニ帰テ天下ニ流布セヨ」とあり、また直後に「秘法興隆ノ地ト云事明也」とあることから、空海の請願が真言流布の土地選定を目的としていることは明らかである。一方長門本には『盛衰記』のような本文はない。「我なかき在所」をどう解釈するかによるが、参考として他の三鈷投擲説話から請願の言葉を抽出したものを次に表として挙げる。（5）

文献名	本文
『阿波国太龍寺縁起』	擲テ二三股ヲ於紫雲ニ一。トシ二生身入定ノ地ヲ一。
『金剛峯寺修行縁起』	我カ所ノ二伝ヘ学フ一秘密ノ聖教。有ラハ二流布相応之地一者。早ク到テ可レシト点レス之。
『秘密家宗体要文』	海上之間祈二請ス勝地ヲ一。
『大師御行状集記』	所学ノ教法依テ二秘蔵ニ一択フレ処ヲ。於テ二吾朝ニ一若シ有ラハ二感応ノ地一到テ点セント二此ノ三鈷ヲ一。
『本朝神仙伝』	本朝の勝れたる地をトひたるに、
『弘法大師御伝』	所ノレ学フ秘教若シ有ハ二相応ノ地一者。我斯ノ三鈷飛ヒ到テ而点着セヨト。
『打聞集』	我定ニ入テ弥勒ノ御世マテ有ヘキ所ニ此五古落……
『高野大師御広伝』	所レ学教法秘密。若シ有ハ二感応ノ地一者。我カ斯ノ三鈷飛ヒ到テ而点着セヨト。
『東要記』	我所二伝学一秘密聖教。有二流布相応之地一者。早到可レ点レ之。
『大師行化記』	我所二伝学一秘密聖教。有二流布相応之地一者。早到可レ点レ之。
『弘法大師御伝』	我所伝学秘密聖教。有流布相応之地者。早到可点之。
『大師伝記』	入唐受持之密教帰朝流布之弘誓一。而投二三股一可レ示二縁地一者。
『真言伝』	所学ノ秘教若相応ノ地有ハ。此三鈷飛至テ兼テ其所ヲ点著セヨトテ。

『高野大師行状図絵』	我ヵならうところの秘法。若シ相応の地あらば。吾此三鈷飛至てとゞまるべしと。
『高野物語』	我学スル所ノ秘密教。流布相応ノ所アラバ。早到テ点ゼヨトテ。
『弘法大師行状記』	吾ヵ習ところの秘密の教法もし流布相応の地あらば。今投ルところの三鈷。早クいたりてその所を点ずべし。
『三国伝記』	我レ学所ノ秘教若シ相応ノ地アラバ此ノ三鈷飛ビ至テ留ルベシ。
『高野興廃記』	為レ占二真言流布地一。
『大師行状附匡房卿申状』	我ガ習フ所ノ秘法。若シ相応ノ地アラバ。我此三鈷飛至テ留ルベシト。
『高祖大師秘密縁起』	我が習所の密教流布相応の勝地あらば。此三鈷先にいたりて点ずべし。

成立年の古いものから並べている。多くは『盛衰記』のような流布地選定型である。しかしわずかではあるが網掛けを施した箇所で「入定」のための土地を選定するものも見える。空海の「入定」問題が高野山にとって重大事であることは言を俟たない。寄せられる様々な疑義に反論する『弘法大師御入定勘決記』のような文献はもとより、大師伝中でも入定中の空海の姿を見たという観賢僧正の説話が盛んに語られている。つまり長門本の三鈷投擲説話の「我なかき在所」も、入定のための「なかき」土地であろう。長門本の場合、高野山の重大事を担うのが三鈷であった。

三　相伝される「三鈷」

長門本の三鈷投擲説話は入定地選定型であり、それを担うのが三鈷であった。そこで本節では、製作され、相伝されていく「三鈷」の実態を解明し、入定地選定型の背景を考えてみたい。

三鈷が龍猛菩薩から龍智、金剛智、不空、恵果を経て空海に相伝されていったということは大師伝をはじめ、

様々な文献に見ることができる。たとえば『東要記』には、

或記云。弘法大師両部大法請ケ畢テ。我朝本国ニ祈二禱スル勝地ノ有無一ヲ之間。吾本国ノ方ニ見二ル紫雲ノ立一ツヲ。爰ニ大師指二シテ紫雲ノ処一投二ク此ノ三股一ヲ。此ノ杵ノ落ル処ニ建二立ス大塔一ヲ。高十六丈。檀ノ廻一面。広八段。内ニ安二置ス胎蔵ノ五仏一ヲ各丈六ナリ。此ノ杵ハ者南天竺金剛智授二不空一。々々授二恵果一。々々授二空海一。々々授二僧正真然一。々々安二置金剛峯寺中院一云々。

とある。空海から真然へと伝えられ、金剛峯寺の中院に収められているとしており、菊地勇次郎氏が(6)「三鈷」は真言宗の正統を示すものであるとするのも容易に首肯できるだろう。菊地氏の指摘する『高野山勧発信心集』の「湛空上人三古事」にからむ三鈷相承問題は、『宝簡集』二十所収「修明門院令旨」「僧湛空金銅三鈷送文」「金銅三鈷相伝事書案」「金銅三鈷相伝記」「僧真教書状」「金銅三鈷送文等添状礼紙書」に詳しい(7)。白河院から修明門院を経て順徳院、そして仁和寺の一宮尊覚法親王へ伝わるはずであったものが誤って公雅法印の娘左衛門督局が生んだ三宮に伝わったという記述は興味深い。小野流から院の血縁を経て天台僧湛空へと伝わり製作された「三鈷」の相伝の経緯が明らかとなっている。しかし、製作・相伝された「三鈷」は一つではない。湛空三鈷問題に関連して、次に資料を挙げる。

（端裏）
高野三股記　以御室御自筆本書写之

（本文）
此三股者、南天竺龍猛菩薩授龍智菩薩。々々授金剛智三蔵、々々授大弁正不空三蔵、々々授恵果阿闍梨、々々授空海大和尚矣、大和尚受学両部大法畢、我大日本国祈禱勝地有無之間、吾本国方見紫雲立、爰大和尚指紫雲立処、投此三投(股)、々々落処建立大塔、安置金剛界五仏、弘法大師授僧正真然、々々安置金剛峯寺

中院、々々別当定観奉持之、定観授大法師雅真、々々授仁海、々々奉持及六十余年、寛徳二年三月十五日記

正嘉二年戊午歳三月十五日、奉拝見此三股、即書写之、此記昔御室御筆也、以檀紙折紙被書之、其三股長一尺二寸、不知何金、不似普通金銅也、其内虚歟、軽従勢分者也、故御室常被仰出云、近日有誑惑僧、称此三股持一杵、而云、従修明門女院伝給此三股之由云々、且便宜之時、可被尋申女院云々、今親拝之、宿縁尤可悦矣、此箱被入加如意宝珠幷不空三蔵御筆ノ入ル経袋也、宝珠之袋皆以錦縫籠之、不能開之、三蔵御筆之袋、亦被縫籠之、不及披見也、黒漆箱被入之、重々皆有御室御封也

如意宝珠血脈

不空三蔵、恵果阿闍梨、空海和尚、真然、定観、雅真、仁海

已上

仁和寺御室自筆（寛徳二＝一〇四五年記）のものを慶政が正嘉二年（一二五八）に書写し、識語を加えた『高野三股記』である。[8]御室自筆記事の相伝系統は真然から定観、雅真を経て仁海まで記されている。その後仁和寺に相伝されたということになるのだが、誤って三宮に相伝された三鈷に付せられていた銘文の日付も「寛徳二年三月十五日」であった。そして注目すべきは、慶政の識語である。慶政は正嘉二年三月十五日に、伝来の「三鈷」を見たあとこれを写したとしており、傍線を付したようにその形状に関心を示している。さらに「故御室」の言葉として、波線部に修明門院より伝わった「三鈷」を所持しているという「誑惑僧」の存在が指摘されている。[9]当然、複数の「三鈷」が存在することは不都合であり、仁和寺側としては修明門院伝来の「三鈷」は偽物という認識であったのだろう。この修明門院伝来の「三鈷」は『宝簡集』所収の諸文献にある三宮経由の「三鈷」と推察される。そしてこの仁和寺伝来の「三鈷」は、誤って伝えられたため相伝できなかった仁和寺の一宮尊覚法親王の周辺で、新たに製作されたものではないだろうか。[10]

製作された「三鈷」は複数存在したらしく、『拾玉集』にも、

さりともとおもひ〳〵て祈けむこゝろの根よりはなそさきそむ

という歌の詞書に「文治六年に公衡中将祈禱成就之後、遺巻数返事之次皆水精念珠弘法大師三鈷等送給、つゝめる薄様にかきつけて侍歌」とある。[11]「三鈷」自体が信仰の対象となっていたのである。

さらにこの『高野三股記』で注目したいのは、二重線を付した「此箱被入加如意宝珠并不空三蔵筆ノ入ル経袋也」という記述である。「三鈷」と同じ箱に保管されたのは如意宝珠と不空三蔵筆の経典を入れた袋であった。不空三蔵は「三鈷」が相伝された八祖の一人だが、如意宝珠は『弘法大師御入定勘決記』に、「以下真言宗之祖師ノ所ノレ被ル二付属セ一如意宝珠ヲ上」、「而以二此ノ宝珠ヲ一可キレ被ルレ付二属セ于大師後身ノ菩薩ニ一条最有ル二其処《コトハリ》一也」と記されるものである。つまり、製作された「三鈷」は、空海の入定の証拠となる「如意宝珠」とともに保管されていたということになる。

小野流に伝わった「三鈷」が仁和寺には伝わらなかったため、仁和寺側は新たに製作したと考えられる。「三鈷」も「如意宝珠」同様、信仰の対象となっていたことは間違いあるまい。『盛衰記』のような流布地選定型とは別に、長門本のような入定地選定型が成立した背景には、こうした「三鈷」に対する信仰の発生と拡大があったと考えられる。

四　「金松」「三鈷松」成立の背景

相違点の二点目は、三鈷が落ちた場所である。長門本では、「三鈷飛来て、かの金松にかゝる。仍、此峰にすみ給ふ。いまの三鈷松、是なり」とある。『盛衰記』では「刈掃所ニ、海上ニシテ抛所ノ三鈷光ヲ放テ爰ニ在」となっている。長門本が「金松」に掛かっていたと具体的に示すのに対して『盛衰記』は特に場所を記さない。

長門本はこれが「いまの三鈷松」であるとする。大師伝等で確認してみると以下のようになる。

①『金剛峯寺修行縁起』康保五年（九六八）

為ニレ建二立センカ伽藍一ヲ截二リ払フ樹木一ヲ之間。樹ニ夾二テ彼ノ於レテ唐ニ所レノ投ル三鈷一ヲ厳然トシテ而有リ。

②『大師御行状集記』寛治三年（一〇八九）

聊芟《カリ》掃フ之間。彼ノ抛二ル海上一ヨリ三鈷今在二リ此ノ処一二。

③『弘法大師御伝』永久年間（一一一三〜一七）

為ニレ結二構センカ仁祠一ヲ截二リ払フ樹木一ヲ之時。於二テ唐土一ニ所レノ投ル三鈷懸二レリ樹間一二。

④『高野大師御広伝』元永元年（一一一八）

為ニレ結二構センカ仁祠一ヲ截二リ払フ二樹木一ヲ。於二テ唐土一ニ所レノ投ル三鈷懸二ル樹間一二。

⑤『東要記』大治年中（一一二六〜三一）

為レ建二立伽藍一截二払樹木之間。更ニ彼ノ於レ唐ニ所レ投ル三古厳然而有リ。

院政期頃までを抽出した。「或伝ニ曰」といった、先行大師伝からの引用と思われるものは除外したが、『盛衰記』と同様、落下した所を木の間、もしくは樹木を切り払った所としている。しかし、長門本のように落下点を「松」とする形も他の資料に見える。

影堂前二許丈有一古松、枝条瘦堅年歳遐遠、寺宿老云、大師有唐朝、占有縁之地、遥擲三鈷、飛彼万里之鯨波、掛此一株之龍鱗、聞此霊異、永人感傷、称為結縁、折枝拾実、無不斎待為帰路之資、

『白河上皇高野御幸記』は寛治二年（一〇八八）二月の白河上皇御幸の記録である。[12]二十八日に御影堂を訪れた際、その前にある「一古松」の説明を寺の「宿老」から受けている。さらに注目したいのはその話を聞き、「霊異」を感じて結縁のために枝や実を採取したという記述（二重傍線部）である。三鈷だけでなくその落下点

である「松」も信仰の対象となっているということであろう。また、『山槐記』保元三年（一一五八）九月二十九日条には、

抑御影堂前有四五尺許松樹、相尋由緒之処、昔大師御入唐之時、向本朝方令抛独鈷給、独鈷入雲来懸此樹、仍令占此地給之由、内供所被示也、本此樹大樹也、然頃年枯失了、其後近年自旧根又生長云々、

とある。同年八月十一日に譲位した後白河院が九月二十五日に精進を始め、二十七日に出発、二十九日には登山したものだが、そこでも三鈷が落下したのは「松樹」であるとする。そしてその松は、一度枯れたものが「旧根」より再び生えたものとしている。これは『高野物語』の巻第五にも「三鈷ノ留リタリケル松樹ノ本ニゾ御庵室ハ作ラレテ侍ケル。今ノ御影堂此所也。三鈷ノ松トテ今ニ侍ルハ。彼樹今ハ枯テ二度生カハリニケルトゾ承ル」と見えるものと同様であり、これも落下点である松に対する関心の表れと考えられる。

つまり、三鈷だけではなく、落下点である場所が「松」とされ、信仰の対象となっていったということになる。『真言伝』にも「彼唐国ニシテ投給シ三鈷宛然トシテ松ノ上ニ懸レリ」とあり、『弘法大師行状記』は「緑松の梢にかゝれり」、大和大蔵寺本『高野大師行状図絵』も「彼三鈷のかゝれりし松の本をしめて御庵室をつくられけり。今の御影堂是也」とするように、大師伝の中でも次第に「松」がその落下点として記されるようになる。前掲の『高野物語』には「三鈷ノ松」とされているが、これはすでに信仰の対象として定着していたことを示す、熟した表現と言えるだろう。

また、『風雅和歌集』巻第十六雑歌中一七八九番歌に、高野へ参詣した阿一上人が、「同山にのほりて三鈷の松をみて」という詞書きで、

これそこのもろこし舟にのりをえてしるしをのこす松の一もと

と詠んでおり、「三鈷の松」がすでに名所となっていることがうかがえる。(13)『高野興廃記』にも「御影堂前の松に

落ち止む故、三鈷松と云ふは是なり」という記述が見えるが、長門本の「いまの三鈷松、是なり」とするのも同様であろう。阿一上人が「これそこの」とするのは、落下点としての松が広く認識されていたからである。また、正徹門下正広の『松下集』一一七三番[14]には、

西琳寺とて律院の庭に、高野の三鈷の松の種を昔うへられ侍し、大木になり侍る、其室の住持たんさくを出し、一首と所望有に

高野山三鈷の種を松の室庭にもうつす和歌の浦なみ

とある。三鈷松に対する信仰の発展した形といえるだろう。

このように投擲した「三鈷」に対する信仰は、やがて落下点である「松」にも向けられ、『松下集』の種のように、各地に伝播していったと考えられる。「三鈷松」とは信仰拡大の過程で発生した表現であり[15]、長門本の「金松」という表現も、こうした経緯を背景として成立したものと考えられる。

おわりに

長門本が入定地選定型へと展開していったのには、伝承から現実に製作され相伝されていった「三鈷」に対する信仰が基盤としてあったのだろう。また「金松」という表現の誕生の背景にも落下点に対する関心から発生した「松」への信仰があったと考えられる。厳島が関与したのは「金松」を植えたという点であるが、直前の「閼伽の桶」にしても、飛来の手助けをしたということになっている。「弘法大師の奇蹟」に関与したことが厳島の主張ということになる。長門本の採用した『厳島大明神日記』には、相当強く「弘法大師信仰」が打ち出されているとと言えるだろう。

第二章では長門本の特異な三鈷投擲説話について考察した。依拠資料である『厳島大明神日記』との接触が

「長門本延慶本共通祖本」の段階か、長門本の段階かは不明だが、三鈷投擲説話の展開史の中でも特異なこの二文献の生成環境についても検討しなければならないだろう。従来、延慶本との比較で用いられることの多い長門本だが、その特異な設定や表現の生成基盤の解明が求められている。

(1) 砂川博氏『平家物語新考』第一章第一節「長門本平家物語と厳島聖」（東京美術、昭和五七年〔初出『鳥取大学教育学部研究報告』第二一巻第一号、昭和四五年〕）。
(2) 『中世の文学　源平盛衰記』三（三弥井書店、平成六年）巻第一三補注三九。
(3) 牧野和夫氏「長門本『平家物語』巻五「厳島次第之事」をめぐる一考察――『竈門山宝満大菩薩記』を介して――」（『実践国文学』第五巻第一〇号、平成八年）。
(4) 源健一郎氏「源平盛衰記と南都の真言宗――巻第四十、法輪寺縁起の増補と「宗論」削除の理由を探る――」（『軍記と語り物』第三二号、平成八年）。
(5) 『本朝神仙伝』（『日本思想大系』所収、二六一頁）、『打聞集』（『打聞集　研究と本文』所収、笠間書院、昭和四六年、二四二頁）、『真言伝』（『大日本仏教全書』一〇六所収、五一頁）、『三国伝記』（『中世の文学　三国伝記』上所収、三弥井書店、昭和五一年、一六二頁）、『高野興廃記』（『大日本仏教全書』一二〇所収、一一七頁）、その他の弘法大師伝は長谷寶秀氏編『弘法大師伝全集』第一～一〇巻所収（ピタカ、昭和五二年）を使用した。
(6) 菊地勇次郎氏「飛行三鈷――高野山勧発信心集について――」（『かがみ』第七号、昭和三七年）。
(7) 『大日本古文書』家わけ第一「高野山文書之一」。引用に際して表記は一部改めた。
(8) 『高野三股記』（宮内庁書陵部編『図書寮叢刊　伏見宮家九条家旧蔵諸寺縁起集』所収、明治書院、昭和四五年）。書写者を慶政とするのは同書の解題に従った。
(9) 『宝簡集』二〇所収『金銅三鈷相伝記』には、「於是有正信上人云者、為致衆生之化導、被請諸人兮説法、称御遺物、賜此宝杵」とある。『高野三股記』が記す「誑惑僧」とは「正信上人」すなわち聖信房湛空のことであろう。
(10) 『宝簡集』二〇所収『金銅三鈷相伝事書案』に「蓮台寺寛空僧正模此三鈷、鋳作入三衣筥、被持納蓮台寺了、少僧亦たのだろう。

復如此持之」という記述が見える。仁和寺の別当、法務であった寛空の製作を記すものだが、これは蓮台寺に伝えられ

(11)　和歌史研究会編『私家集大成　中世Ⅰ』（明治書院、昭和四八年）。

(12)　『増補続史料大成』第一八巻（臨川書店、昭和四二年）。

(13)　國枝利久氏・千古利恵子氏『京都府立総合資料館本　風雅和歌集』（和泉書院、平成九年）。「三鈷松」という熟した表現は名所巡りの文脈では使い勝手がよかったのだろう。延慶本第五末一一「惟盛高野巡礼之事」では「其後滝口入道先達シテ、堂塔巡礼シ給フ。三鈷ノ松、大塔ヨリ始テ詣給ニ、或ハ秘密修行之所モアリ、或ハ即身頓悟之崛モ有、或ハ説法集会之庭モアリ、或ハ習学鑚仰ノ窓モアリ」とする。また、謡曲〈高野物狂〉では三鈷松の下でシテ・高師四郎が主君平松春満と再会する。

(14)　和歌史研究会編『私家集大成　中世Ⅳ』（明治書院、昭和五一年）。

(15)　『今昔物語集』巻第一一「弘法大師始建高野山語　第卄五」（『日本古典文学大系』所収）では三鈷の落下点を「檜《ヒノキ》ノ中」にある「大《オホキ》ナル竹ノ胯」とする。また『打聞集』六（前掲注5『打聞集　研究と本文』所収）にも「一本檜中大ル方マタニ五古ウチ立テタリ」とある。同書所収、黒部通善氏「今昔物語集震旦部考——中国仏法伝来説話と打聞集——」（一一一～一一三頁）によれば、『今昔物語集』と『打聞集』には共通の説話源が想定されるとあるが、管見の限りでは他に落下点を「檜」とするものは見あたらない。多くが「松」とする中で「檜」は特異であり、その意味も考察すべきだが、今後の課題としたい。ただし、落下点に対する関心という点では一致するだろう。

第三編　南都異本平家物語と熊野三山
――「維盛熊野参詣物語」をめぐって――

はじめに

盛んに取り組まれている読み本系諸本の中でも、彰考館蔵南都異本は近年とりあげられることの少ない伝本である。しかし読み本系諸本の生成において、南都異本は重要な位置を占めていると考えている。以下、研究史に即してその問題意識を述べておきたい。

南都異本は『参考源平盛衰記』でその存在が指摘されていたが、山田孝雄氏(1)は早くにそれを第三門として「零本にして未だ性質の明らかならぬもの」に分類した。南都異本研究停滞の大きな原因は、これが巻十のみの一冊であるというところにある。十二巻の残欠本と考えられてきたわけだが、その内容については、渥美かをる氏(2)が天台宗の僧侶が自宗宣伝のために潤色したものとし、大筋でこれを継承した山内潤三氏(3)は、「戒文」の場面での浄土教色や高野御幸における高野信仰の表出も指摘している。さらに具体的な解明に取り組んだのは佐々木巧一(4)

氏である。佐々木氏はまず、「小宰相入水」の記事の諸本を比較し、そこで強調されている法華信仰を、渥美氏や山内氏の主張する天台宗僧侶の自宗宣伝のためのものではなく、平安時代から鎌倉時代にかけての一般的な法華信仰の表出と捉えている。さらに、女性である小宰相が往生するためには法華経第五巻をとりあげるのが最も合理的であり、南都異本作者は、「合理的描写の設定に常に意欲的」とする。続いて重衡に対する法然の説教の記事を他本と比較した結果、南都異本は戒の意義について深い関心を示しているとして、これは戒を軽んずる徒に対する批判的な立場の表出ではないかとし、単純な専修念仏唱導譚ではないと断じており、南都異本作者を南都在住の浄土信仰に深い理解を示す知識僧（人）としている。確かに通行本で、本来巻九に位置する小宰相の記事が巻十に組み込まれていることについては一考すべきであろう。そして佐々木氏が小宰相や重衡に注目したように、南都異本の特徴は特異な宗教記事にあり、その検討が南都異本成立の事情に迫るには最も有効であろう。松尾葦江氏[5]が、南都異本の性格を「多角的に拡大」されたものとし、素材の提供や、宣伝目的だけが原因とは考えがたく、その意図を考えるべきであるとしていることも、同様の問題意識と考えている。

また、南都異本は長門本と近似した本文を持つため共通祖本が想定されており、そうした諸本論の中で言及されることが多い。本書でも第五編でそうした共通祖本について述べるが、松尾氏と同様に共通祖本を想定する武久堅氏[6]は、それを「旧南都異本」と名付けている。武久氏は南都異本成立の編者に、僧尼社会の文芸志向と熊野についての深い知識、愛着を持つ持経法師を想定する。その中で、『熊野山略記』を挙げていることには特に注目しておきたい。

繰り返すが、巻十のみの零本であるためか、平家物語研究において南都異本は積極的にとりあげられることは少ない。長門本との共通祖本については近年、阿部昌子氏[7]が精力的に取り組んでいる。共通祖本についての見解は第五編で述べるが、南都異本については、その特異な宗教記事の検討を継続すべきであろう。南都異本の生成基盤の解明は、その形態の問題にも直結すると考えている。つまりは、当初より巻十のみであったのか、それとも、他本が欠けてしまったのかという問題である。

その先駆けとして、維盛による熊野那智参詣の記事について検討してみたい。構成は長門本と一致するが、独自記事が挿入されており、南都異本の性格解明のためには有効であると考える。この記事を扱った先行の研究はほとんど見えないが、その中の山籠もり記事について、山下宏明氏[8]が南都異本の解説で触れており、「密教的な唱導の匂いが濃」いとしている。その後、武久氏[9]が山籠もりの記事と『熊野山略記』の記事とが一致することを指摘している。本編はそうした成果を踏まえ、南都異本におけるいくつかの那智関係記事を検討する。南都異本が独自記事を加えた際にどういった文献や伝承を基にしたのかということを明らかにし、編集を施した意図を考えてみたい。

一　熊野三山参詣の経路

まず、熊野三山をどのような経路で参詣するのかという点において、諸本間に異同が見られる。そのため、それぞれの経路を整理し、その中での南都異本の位置を見定めておきたい。はじめに文献によって確認しうる熊野三山参詣の経路を確認しておく。

『中右記』元永元年（一一一八）閏九月二十二日の記事は、同月七日に出発した白河上皇の参詣情報を、都にあった藤原宗忠が聞いて記したものである[10]。

> 後聞、昨日申時参着本宮、先被奉灯明、今日寅剋供養一切経、御導師忠尋已講、今夜宿本宮、廿三日参御新宮、廿四日参那智御山、（後略）

後日聞いた情報ということになっているが、本宮に到着した後、二十三日に新宮、二十四日に那智とあり、詳しい道程は不明であるが、上皇一行は「本宮―新宮―那智」という順序で参詣している。次の、後鳥羽院の参詣に従った際の藤原定家による『後鳥羽院熊野御幸記』には、参詣路が詳細に記されている。(11) 同書は建仁元年（一二〇一）のものであり、十月十六日に本宮へ到着し、證誠殿・両所権現・若宮等に参詣している。定家自身は病気であったようであるが、歌会が催され、その他「種々御遊」があったとしている。二日後の十八日、「天明拝宝前出川原乗船」として出発した一行は、「未一点許著新宮」として本宮同様の御遊がなされており、翌十九日に那智へ向かう。

十九日、天晴、遅明出宿所又赴道輿持来、仍猶乗也、伝馬等僅参、師沙汰送、先達侍等乗之、山海眺望非無興、王子数多御坐（此道又）、未時参著那智、（御参那智事）先拝瀧殿、嶮岨遠路、自暁不食無力、極無術、次拝御前入宿所、小時御幸云々、日入之程参宝前（奉幣）、御拝之間（伝供事）也、又取祝師禄了、次令供神供御別当取儲之、公卿次第取継、一万十万等御前殿上人猶次第取継之、予同取之、次入御、々経供養所取例布施、次験クラヘ云々、此間私奉幣、退下宿所、深更参御所、例和歌訖退下、二座也、一ハ明日香云々、窮屈病気之間毎事如夢、

那智でも本宮・新宮と同様に歌会が催されており、後鳥羽院一行の経路も「本宮―新宮―那智」ということになる。また、足利義満の室北野殿が応永三十四年（一四二七）十月に参詣した際、先達を務めた住心院僧正実意の記録『熊野詣日記』(12) においても、本宮から川を船で下り、新宮に到着、熊野灘沿いに浜の宮まで南下し、そこから北上して那智に到着している。

参詣経路を確認しうる三文献のいずれもが、「本宮―新宮―那智」としている。もちろん、こうした経路以外に参拝することも現実的には可能ではあるが、上皇や将軍家の参拝には実意のような先達が先導しているはずであり、「本宮―新宮―那智」という経路が正式なものであったと考えられる。

以上の結果を踏まえて諸本間の参詣経路の相違を検討してみたい。平家物語諸本における経路は三種類に分類

される。

A　本宮――雲取紫金ノ峰――那智――――新宮……（延慶本）

B　本宮――新宮――雲取、しこのみね――那智……（長門本・四部本・『源平闘諍録』）

C　本宮――新宮――佐野松原――那智……（南都異本・『盛衰記』・語り本系諸本）

延慶本のみ、本宮の次に那智へ参詣している。すでに確認したように、こうした経路を示すものは見えず、特異な経路といえる。延慶本は本宮から那智へ向かう際、「雲取紫金ノ峰ト云ハゲシキ山ヲ越テ」としており、本宮と那智を直接結ぶ雲取越えをしたと考えられる。この道は後鳥羽院一行も通っており、前出『後鳥羽院熊野御幸記』の翌日の条に見える。

廿日、自暁雨降、（甚雨蓑笠）無松明待天明之間雨忽降、雖待晴間弥如注、仍営出一里許行、天明風雨之間路窄、不及取笠、著蓑笠輿中如海、如林宗、終日超嶮岨、心中夢未愚如此事、雲トリ・紫金峰如立乎、（紫金越事）山中只一宇有小家、左衛門督宿之、予相替入其所、如形小食了、又出衣裳、只如入水中、於此辺適雨止了、前後不覚、戌時許着本宮付寝、此路嶮難過於大行路、不能遑記、

ただし傍線を付したように、雲取越えをしてはいるが、後鳥羽院一行は「本宮―新宮―那智」と参詣を終えた帰路であり、延慶本の維盛のように往路として通ったわけではない。三山参詣の帰路としては、元来た道を引き返して本宮まで戻る場合[13]もあったが、後鳥羽院一行のように引き返さず、直接本宮に通じる経路（雲取越え）をたどる場合もあった。後者をとった場合、「雲トリ・紫金峰」を通ることになり、「此路嶮難過於大行路、不能遑記」という相当な難路であったことがうかがえる。延慶本の「雲取紫金ノ峰」という「ハゲシキ山」を越えたとの記述と一致するものである。

この「雲取紫金ノ峰」とは、広義には本宮より南東に広がる小雲取山・大雲取山（紫金山）を指す。ただし

「雲取紫金ノ峰」を越えて、といった場合、本宮と那智を結ぶ道を「小雲取越え」「大雲取越え」と呼ぶため、この経路を通った際に記されることが多い。「小雲取越え」は本宮を出て、請川（現・田辺市本宮町請川）から小雲取山を越え、上長井（現・新宮市熊野川町上長井小和瀬）までを指し、「大雲取越え」はその続きとして、上長井から那智山までを指す。一例を挙げると、『山家集』中雑に「雲取や志古の山路はさておきて小口が原の淋しからぬか」（七九七〇）とある。[14]「小口が原」が小雲取山と大雲取山の間を流れる小口川の上流、現在は熊野川町西と呼ばれる一帯を指し、小雲取越えの途中にあることから、西行の通った道は小雲取越えであり、「雲取」と「志古」を越えていったものと推察される。[15]つまり、「雲取紫金ノ峰」を越えてとあるときは、本宮と那智を結ぶ雲取越えを通ったと考えてよい。

しかし、諸本においては、延慶本の他にもこの「雲取紫金ノ峰」を記すものがある。経路Bであるが、長門本の本文を挙げる。

本宮を出て、新宮へつたひ、雲取、しこのみねといふ、かゝたる山を分すきて、やけいの露にそほぬれて、神のくらを、伏おかみ、なちへまいり給ひけり。

傍線を付したように、長門本は新宮から那智へ向かう際に「雲取、しこのみね」を越えたとしている。これは、四部本・『源平闘諍録』も同様である。つまり、「雲取、しこのみね」が新宮と那智の間にあることになる。また、長門本は巻第四「熊野参詣事」においても、「ほむ宮をいて、こけちをさしたるまねをして、新宮へつたふ。雲取、しこのみねと申、けはしき山こえて、なちへまうてつゝ」としている。鬼界ヶ島に流された康頼らが熊野に見立てた山々を参詣するところである。この箇所は四部本は欠巻であるため確認できず、『源平闘諍録』は熊野勧請の記事自体がない。その他の諸本にも見えない記述であるが、長門本は一貫して新宮と那智の間に「雲取、しこのみね」を置くということになる。この場合維盛は大きく迂回して那智へ向かうことになり、現実的には難しい経路となる。後鳥羽院や西行の例からも、「雲取紫金ノ峰」を越えてと記す場合は、本宮と那智を結ぶ、雲取越えを通ったと判断した方が実際の地形には合致しており、経路Bは非現実的な行程ということになる。

対して、南都異本・『盛衰記』・語り本系諸本の経路Cは、本宮から新宮、そして那智へという大筋は経路Bと同じだが、新宮と那智の間に「雲取、しこのみね」を記さず、「佐野松原」を挟む。南都異本の本文を挙げる。

　本宮を出でて苔路を差して、新宮へ伝し奉て、十二所権現を始て、飛鳥大行事、神蔵、次第に拝み廻ぐりて、夫れ自り佐野松原指し過て、野楸の露に袖濡し、途旅の苔踏み均して那智御山へも着きたまひぬ。

新宮を出て、熊野灘沿いである「佐野松原」を通り那智へ向かっている。『熊野詣日記』によれば、実意は新宮のあと熊野灘沿いの「はまの宮」を通っており、南都異本と同様の道と考えられる。つまり、南都異本を含む経路C（『盛衰記』・語り本系諸本は、本宮から新宮へ向かう際、船を使っておりさらに現実的）が最も現実的な経路を示すものであるということになる。

二　「那智」の称揚とその背景

那智へ到着したあとの本文は、延慶本に比して長門本・南都異本は一致しており、共通祖本を想定することができる。那智の様子を長門本・南都異本は「三山の景気、何も取々なりと雖も、当山殊勝たり」（南都異本）と本宮・新宮に対して「殊勝」とする。四部本もほぼ同文であり、『盛衰記』も「那智御山ハ穴貴ト」とするが、那智山を特に称揚しない伝本もある。しかし、那智が本宮・新宮とは異なる扱いを受けるのは平家物語だけではなく、他文献でも確認することができる。

鎌倉期に成立したとされる『宴曲抄』の「熊野参詣」(16)には、本宮・新宮と参詣したあとに那智へ参り、「那智の御山は安名尊、あの飛龍権現御坐」としている。『盛衰記』に近い表現であるが、同じ宴曲の「滝山等覚誉」(17)

にも、

滝山等覚の霊地は、南海の北に影をうかへ、熊野権現の瑞籬は、北城の南に光を垂、願を三の山をならへ、大慈の峰徳高く、日月出て朗に、大悲の滝あはれみふかく、波濤を湛て鎮なり、わきては斗藪の苔の衣に、法水を、漏さすうるほすのみか、すへては、参詣の花の袂に、恵の露を広くそゝく、されは歩を運人は、皆、栄花の色あさやかに、心をいたす袖の上に、和光の月そやとるなる、那智の御山は忝なく、別山嘉名の勅なれは、いとも賢きみことのり、累代の眉目也、社壇の甍は十三所、利生方便の数おほく、所は蜜厳の浄土にて、胎金両部の水清し、境は不老の幽洞、葉県三壺の霜うすく、雲居に漲る白浪は、無熱池ひとつの流なり、天の河瀬を堰下す、そも牽牛や渡るらん、曇ぬ空を引分て、誠の誓を憑つゝ、忠仁公の籠しは、国母を祈為なれや、

とある。飛瀧権現の別名と考えられる「滝山等覚」に「誉」をつけて称揚したものであり(18)、他にも那智山を題材とした「同摩尼勝地」という宴曲がある。「熊野参詣」とは異なり、特に那智山をとりあげて一曲とするのは、那智山が独立した性格を持っていることを示していよう。こうした文言は霊地称揚の定型とも考えられるが、次の『初例抄』の記事も、那智の特異性を示すものである(19)。

熊野僧綱例。

長快。寛治四二月廿五日叙二法橋一。上皇初熊野詣別当賞也。永久四十一月十一日転二法眼一。同五年十一月六日、転二法印一。同院熊野詣賞也。今度有二御塔供養一。保安三年十一月死去。熊野僧綱以レ之為レ初。

那智山僧綱例

法橋静誉。仁平三年二月十六日叙。保元元入滅。于レ時常住一和尚アサリ也。

「那智山僧綱例」は仁平三年（一一五三）に、恐らくは鳥羽法皇による御幸の賞として与えられたものであろ

う。[20]「熊野僧綱例」「那智山僧綱例」と立項されており、那智の、熊野三山における特異な立場を表している。こうした那智の立場を考える上で有効な資料として、実意『熊野詣日記』の記事がある。[21]

二日、天晴、辰のはしめに御奉幣あり、次第いつものことし、この御神も十二所権現、三山おなしけれとも、飛滝権現をくハへて十三所の御社なり、飛滝ハ、当山の地主として、本地千手観音にてわたらせ給、観音ハ、これ慈悲の体にてましませは、所願相応の地にあらハれて、三の御山の利生を当山ニて成就せしめ給物なり、御奉幣おハりて申あけのゝち、如意輪堂に御まいりありて、それより滝もとに参御、南御所さま自筆にあそハされたる御経金経門にこめらる、この砌ハ、むかし権化の先徳秘経を安置し給し所なり、口伝ある物をや、那智こもりの僧御らんせられて、御あし下さる、からすときんにうち衣のすかた、おもひ入たる風情なり、三の御山ハとり〱なれとも、ことに神さひたるハこの御山なり、（後略）

北野殿が参詣した応永三十四年（一四二七）十月二日の記事である。本宮・新宮と参詣を済ませた一行は那智へ向い、実意は飛瀧権現とその本地千手観音について述べたあと最初の傍線にあるように、三山参詣の所願は那智で成就すると述べている。また、次の傍線では、三山の中でも那智が特に「神さひ」ているとする。那智を称揚する平家物語諸本と重なる記述であるが、那智が本宮・新宮に対して、所願を成就させるという点で特別な位置にあったことがわかり、さらには三山参詣の経路は、やはり那智が最後であるということも示しているのである。

以上、長門本・南都異本等、那智が称揚される伝本の背景について考察した。南都異本は、現実的な参詣の経路、称揚の文言を記す諸本に含まれている。『盛衰記』や語り本系諸本も同様であるが、南都異本はさらに那智関係の独自記事を加え、編集を施したと考えられる。次に南都異本独自の記事を検討し、その背景にある文献、伝承を明らかにする。

三　「那智三山」の称揚

南都異本の独自記事でまず注目したいのは、那智の飛瀧権現の本地が千手観音であることを明らかにしたあと、長門本・『盛衰記』が滝の描写に移るのに対して、その間に挟まれている以下の記事である。

衆生に苦有り。三、我名を称へ、不往不捨不取正覚と誓せたまひて、憑しく、東には妙法最勝の峰、一乗法花の読誦、能々深く、南を望ば、蒼海漫々として春風白浪を翻し、霊恩の浅からざるに像れり。西には光峰峨々として、摂取不捨の光明憑もしく北を顧ば、雲、青山を隔てて松の緑も幽にて、翠岱の霊水聳へたり。神徳至高事を表す。

特に注意したい箇所に傍線を付した。那智山周辺の描写であるが、東には「妙法最勝の峰」があり、西には「光峰」があるとして、「神徳至高」とする。長門本にはこれよりあとに、

妙法さいせうか峰を、おかみ給ふに、昔、仏、せつほふし給ひし、きをんしやうしや、きつことくおんも、これにはすきしと、見えたりけり。

とあるが、「光峰」が抜けており、南都異本の文章とは異なっている。「妙法最勝の峰」は妙法山と最勝峰の二つを指しており、妙法山は那智の滝の南西に位置し、妙法山阿弥陀寺が存する。絵解きに使われたとされる『熊野那智参詣曼陀羅』においては常に左上に描かれている。(22) 実意『熊野詣日記』十月二日条は那智の飛瀧権現、千手観音の解説に続けて、

妙法山、最勝の峰、光か峰なと、てあり、妙法山ハ、空摂和尚法花経をかき、供養して塔婆に安置せられたる、千仏涌出しましく〳〵けるとかや、最勝の峰ハ、智証大師最勝王経を講読し給て、御神に奉り給しかハ、霊瑞あらたなり、光か峰ハ、同大師大乗経をおさめ給けるに、瑞光をはなし給ゆへに、光か峰と申とかや、

かれをき、、これをきこしめすも貴くて、この地をふみまします機縁宿習のほとをそ、おほしめされける、

とする。また、時代を下る資料ではあるが、『熊野山略記』（以下『略記』(23)）にも、

那智山者、仁徳天皇御時、光カ峯ノ山ノ腰自戌時、始テ十二所権現指光ヲ、至卯時賀利帝母女神母女幡ヲカサシテ、三年三月内裏ニ神変ヲ顕シ御座ス、詫曰、我権現三御山ト可顕御座之由、有神告、于時天皇熊野山御山臨幸、指光顕ハシ御坐セ十二所権現ト令祈請申給フ所ニ、飛瀧権現未《ヒツジノ》方ニ有池、名八功徳池ト、加里帝母女以錦袋、千里（佐野イ）浜砂ヲ一夜内持来テ埋畢《ヲハル》、彼ノ所ヲ指シテ自光峰、十二所権現天下給フ所ニ十二社壇ヲ奉遷作者也、件ノ池ノ底ニ大蛇二在之、為蛇身得脱、五部大乗経ヲ彼池ニ奉入所也、光峰者那智山丑寅方也、彼光峰上池ヨリ智澄（空勝上人イ）大師金光明経ヲ奉沈《シツメ》、其故ニ光ヲ放テ衆生利益シ給フ故、先峰ト名者也、其池ノハタエ那智山ノ死亡ノカウヘハ、皆人モヤラネトモ、行ク昔ハ池ニテアリケレトモ今ハ山トナレリ、故ニ名光峰ト也、

又滝ノ戌亥角ニ高山アリ、最勝王経一部、裸形上人書テ奉納此峰、号最勝峰ト、十二所権現御社ノ後ヲハ名妙法山ト、空勝上人一字三礼ニアソハサレテ、法花経一部石塔ニ奉納ス、此塔ハ阿育大王ノ八万四千基ノ其一也云々、蓮寂上人供鉢《クハチ》ヲトハシテ乞米ヲ、三時ニ胡摩（護）ヲ焼キ八千枚ヲタカル、其遺跡ヲヲウテ至于今、ヲキトヲル船ノ上分ヲ官米御米不曽取之、空勝上人十八日毎ニ一山人ノ為孝養講経ヲ被行、即観音化身ト云々、付之妙法最勝光峰ト三山ヲ名也、加里帝母神母女モ、自摩訶陀国権現ト同ク天下給フ神也、

とある。『熊野詣日記』に比べると記事の量が多い。妙法山の名前の由来を『熊野詣日記』『略記』ともに、空摂和尚（空勝上人）が法華経を埋めたためとしており、南都異本の「一乗法花の読誦、能々深く」という記述と通底するものがある。また、「最勝の峰」は『略記』に「滝ノ戌亥角」とあることから、滝の西北、那智山の一部と考えられる。その由来について、『熊野詣日記』は「智証大師」円珍が最勝王経を講読したためとし、『略記』

は円珍ではなく「裸形上人」とする。[24]いずれにしても、最勝王経由来の山であるということになる。そして、「光峰」については、『略記』に、「光峰者那智山丑寅方也」とあるように那智の東に現在も「光ヶ峰」として存するが、智証大師円珍（『略記』は空勝上人とも）が大乗経（『略記』は金光経）を納めたことで光が発したので「光峰」と名付けたとしている。また、『略記』は十二所権現光臨の地でもあるとするのである。『略記』がそのあとに「秘所」としてこの三つの山を再掲していることなどもあわせると、この三山は那智、時には熊野全体の始原伝承を担う重要な聖地であったと考えてよい。

那智を称揚、あるいは描写する際にこの「那智三山」もあわせて記述するのが一つの型であったと考えられるが、宴曲「滝山等覚誉」[25]のような、明らかに那智の滝を称揚する作品にも、

弘法大師のかたみには、妙法山の石の室、又、金の阿字の水澄て、自本不生の字体なれは、今にみたれすとこそきけ、伝教慈覚当山に、論談莚をとゝのへて、法味を手向奉る、智証大師は此嶺に、最勝講を修せしかは、千仏御頭を出して、眉間の光を地を照す、鳩槃多鬼の滝より、此善如竜王来て、幢を捧け奉る。鷲峰一会の儀式も、是には過しとそ思ふ、仏頭山と号するも則此山なり、白毫かゝやく光か峰、経を講せし所をは、最勝とも又申なり、

と、やはり三山が記されている。また、弘治三年（一五五七）に「良源」という人物が、荒廃していた那智十二所権現を再興するために作成した「十二所宮殿再興勧進状」[26]にも、

勧進沙門　　敬白
請特諗貴親聊賤分六十万数札、依緇素助成再興十二所宮殿状
盖聞一代年暮鶴林戴霜、三会春遠竜花満白矣、痛哉迷例凡夫、恨哉薄福我等、適歓以決最之信解信難信之法、以無差之信智入難入之門、常恒不辞胼眠、多年嘯夜月汲深谷之水、熾盛不倦艱難幾日、当寒風攀遠山之尾、

抑当山弥陀善逝補処大士、千手千眼観自在尊下地給寂光之土則是砌也、三面岑聳而三身霊窟浮眼前、南向蒼波漫々而隔補陀洛山真如実相之前、観音浄土不可求此山之外也、加之妙法山青松吹和梵韻、最勝嶽花木色添厳玉葉耀、光明嶺破無明之暗、金波浮飛瀧沐煩悩之垢、寔是阿那婆連多龍王之栖、併飛瀧薩埵之非宮池乎、

（後略）

とある。南は「蒼波漫々」とあり、那智こそが観音の浄土であるとする。そして、「妙法山」「最勝嶽」「光明嶺」を挙げて、それぞれ文飾を凝らしている。勧進状という文献の性格から考えても、やはり那智の滝にこの三山を記すことが、那智称揚の一つの型であったと考えられる。単に詳細な自然描写と片付けるべきではない。

つまり、南都異本独自の那智の描写も、こうした「那智三山」称揚の型に則ったものということになる。那智の称揚のみならず、三山称揚も盛り込む南都異本は、他本に比べて那智に近いと言えるだろう。特定はできないが、『略記』のような那智に関する文献を基にして再編集されたことは疑いない。次にもう一か所、南都異本の独自記事を挙げ、南都異本の再編集の意図に迫ってみたい。

四　山籠もり修行と「後生」

南都異本には、那智の滝の描写に続いて、所願成就の那智にふさわしく、「寂静円戸に歩を運び、霊川の玉水に頭を傾る志、神明何とか納受無かるべし」と独自本文があり、続けて、そうした維盛に対して「仏陀、争か憐みたまはざるべき」と、これも独自の本文が加えられている。そして、「山籠為たる人々の南無と唱ふる声を聞は、後生ぞ憑く覚へ」として、那智山に籠もる修行者の様子をも描いている。その後、千手観音を拝し、以下の記事が続く。

心静かに入堂し、大なる古木を便して廻したまひし、不可説の草庵一宇有り。拝殿と号して彼先師大師の行

ひたまひし根本の梠法を思出てて哀なり。(27)爰に勤者と名けて五人有り。其の体聊か違へり。怪みの思ひ成て古衆の僧に子細を問はる。僧語て云く、此所に山籠と名て六十人有り。①其の中に勤者とて五人有り。中に新衆二度下るとて二人有り。二七日間断食無言なる故に姿た痩せ衰たり。此の行と申は今生を捨て後生を思る故に、彼の六道の苦を兼て受尽す物なり。②寒熱の二を表して寒事も勝熱事も切るなり。③断食無言は畜生の魂に代か、斯殊勝の聖跡なる間、三代の帝も此の所をは伝行したまひけり。親へ花山法皇始行したまひて其の跡を追ひ、今に絶こと無とぞ語ける。又別所と号して、六十人、集会の道場に有り。清涼殿を学て七間四面に造られたり。然ば彼二間御本堂、此の所に坐とかや。何々にも心も詞も及ばず。(28)

まず注目したいのは二重傍線の箇所である。五人の勤者のうち様子の異なる者がいたため、維盛が「古衆の僧」に尋ねるが、「古衆の僧」の解説では、断食のため「姿た痩せ衰たり」とする。この修行に関しては、『略記』に以下のような記事が見える。(29)

一、滝山参籠衆定時勤行者、如意輪堂幷拝殿両所各三時御勤、陀羅尼衆鐘楼日没出仕。於滝下千手堂三時、拝殿例時、初後夜、御仏性幷番頭番子、長日法華読誦、又、於滝本長日各二七ヶ日断食、号新衆二度下、又先達、古衆、小先達、長日勤行也、

すでに武久堅氏によって指摘されている文献であるが、南都異本読解のために再度検討する。傍線を付したように、南都異本と同様「拝殿」が見え、さらに修行として「二七ヶ日断食」が行われており、修行者が「新衆」「二度下」と呼ばれている。(30)維盛が尋ねた僧の「古衆」も『略記』に見える。(31)

一、参籠衆没理四度勤者、如載先段、長日滝本勤行也、最初参籠衆是号新客、二七日三七日遇種々礼法、其後入山籠者也、但本山籠衆満衆六十六人参籠之時者、或二年或三年行新客滝守、闕入山籠者也、次新客列山籠是号大山籠、次大山籠以後、或物陀羅尼衆、或交供養法衆、若無闕時者不被入之、大山籠陀羅尼供養

法衆等、中先令行没理《ホリ》四度勤者也、没理者没沉空之理也、
四度勤者、
先新衆　二七日断食　預流果聖者
次二度下　二七日断食　一来果聖者
次小先達　滝本衆世間役勤仕仁也、不還果聖者
次古衆　滝本堂拝殿奉行也、阿羅漢果聖者
所作已弁仁也、号没理古衆
長日先達（彼岸籠者越家役、夏中者多分没理古衆役、）一代教主表示也、

参籠の修行を「没理四度勤」と称し、修行に入るまでの過程が記されている。参籠者は「六十六人」が定員であったとされており、南都異本の「六十人」とは若干異なるが、人数が欠けなければ、「新客」と呼ばれる修行者は「没理四度勤」に入ることができないとされている。その「没理四度勤」も、「新衆」「二度下」の十四日断食を終えたあと、「小先達」となり、最後に「古衆」となるとされている。ここで留意すべきは、それぞれの段階に付された聖者である。「預流果」「一来果」「不還果」「阿羅漢果」とそれぞれに比定されているが、これらは『瑜伽師地論』に見えるものであろう[32]。

云何修果。謂四沙門果。一預流果。二一来果。三不還果。四最上阿羅漢果。此中云何名㆓沙門㆒。云何名ㇾ果。謂聖道名㆓沙門㆒。煩悩断名ㇾ果。又後生道或中或上。是前生道所生之果。問何故建㆓立如ㇾ是四果㆒。答対㆓治四種諸煩悩㆒故。

修果には「四沙門」があり、「預流果」「一来果」「不還果」の三段階を経て、「四最上」である「阿羅漢果」に至るとされている。そしてこの記事の後に「永断㆓一切煩悩㆒究竟建㆓立最上阿羅漢果㆒。」ともある。すなわち那智

の「没理四度勤」は、瑜伽行派の行う修行と同様、「新衆」から「古衆」へと発展段階的に進むものであり、『略記』が記すように、「古衆」はすべてを為し終えた「所作已弁」であり、滝本堂、拝殿の奉行として「没理四度勤」を差配していたと考えられる。つまり、維盛が尋ねた「古衆」の僧は、その最終段階に至った僧であったということになる。南都異本が『略記』のような那智山籠修行の詳細を記した文献を基にしたのは間違いない(33)。

　このような修行の記事を、南都異本が加えた意図については、もちろん、那智において重要な修行であったということもあるだろうが、維盛の問に那智の僧が答えるという形が、高野山奥の院に参詣した際の維盛と老僧の対話という形（第五編第二章）と近似しており、同様の編集と考えられる。

　そこで次にこの修行の性格に注目してみたい。維盛の問に対して僧は、先掲南都異本本文の傍線部①「此の行と申は今生を捨てて後生を思る故に、彼の六道の苦を兼て受尽す物なり」とし、この修行は「後生」のために行われるものであると答えている。一方、『略記』(34)は、この修行について、まず、

　窃以滝山参籠行者ハ、三途八難ノ業障無業《トシテ》而不果、五衰無常之苦患、無苦《トシテ》而不受、

としている。「三途」については、『摩訶止観』(35)巻第一上に、

　日増月甚起二上品十悪一。如二五扇提羅一者。此発二地獄心一行二火途道一。若其心念念欲レ多二眷属一。如二海呑レ流如二火焚レ薪。起二中品十悪一。如二調達誘レ衆者。此発二畜生心一行二血途道一。若其心念念欲レ得下名聞二四遠八方一称揚欽詠。内無二実徳一比中賢聖上。起二下品十悪一如二摩犍提一者。此発二鬼心一行二刀途道一。

とある、「火途道」「血途道」「刀途道」、つまりは「地獄道」「畜生道」「餓鬼道」を指す(36)。「三途八難」で記されることが多く、『今昔物語集』巻第二「波斯匿王娘善光女語　第廿四」では、善光女が前生では盤頭末王の妻として仏の天冠に如意宝珠を納めたとき、「此ノ功徳ニ依テ生レム所ニハ中天ニ不会ズ、三途八難ヲ離レム(37)」と願ったとし、今生では果報を得たとする。そして、『往生要集』等で説かれる、六道においては天人ですら逃れるこ

とのできない「五衰」の苦しみを受けないとしている。南都異本の「六道の苦を兼て受尽す物なり」という記述と重なるものである。また、次の「寒熱の二を表して寒事も勝熱事も切るなり」という本文（傍線部②）も、『略記』(38)の、

然間九夏三伏之炎暑、鎮流シ焦熱之汗、玄冬素雪之寒夜、殊沈ム紅蓮之氷ニ、十進九退之難行、唯一無二練行也、

という記事と重なる。「炎暑」「寒夜」を通じてなされる修行であるということと、南都異本の、「寒事」にも「勝熱事」にも堪える修行であるとすること、そして次の「断食無言」（傍線部③）と続く構成も、『略記』では「両句断食之間」とあり、一致している。『略記』そのものではないにしても、かなり近い内容を記した文献を基にしたと思われる。さらに南都異本は、そうした修行を、僧が維盛に語るという形に編集したのである。

南都異本はこのような山籠もりの修行を示して維盛に「後生」を思わせており、この記事の直前に独自本文「山籠為たる人々の南無と唱ふる声を聞は、後生ぞ憑く覚へ」を記し、さらに修行を見た直後に、「其の夜は滝本の千手堂に御通夜有て、夜と共に後生の事を祈たまひけるに」と那智の千手堂で維盛が「後生」を祈るという独自本文をも加えて、山籠もり記事の編集と連動させているのである。

妻子への愛執断ちがたく、高野から熊野三山を巡礼してきた維盛にとって、「後生」こそ願うべきものであった。南都異本は、そうした維盛に対して、「後生」を思わせるために、煩悩を断つ「没理四度勤」を見せるという趣向を挿入し、さらにその前後に「後生」という文言を独自に加えたと考えられるのである。

おわりに

三山参詣の現実的な経路を記し、那智を称揚する諸本の中で、南都異本はさらに独自の記事を加えている。そ

の独自記事は、従来指摘されていた山籠もり修行記事以外の箇所でも『略記』のような文献を基にしているということを明らかにした。特に、妙法山・最勝峰・光峰の三山を「那智三山」という新しい枠組みで捉え、那智関係文書で称揚される型を南都異本にも見いだした。これは、南都異本が平家物語諸本の中でも最も那智に近いということを示しているのだろう。長門本との共通祖本である「旧南都異本」から展開した南都異本が、どのような形で那智と関わったのかという問題はこれから解明されていかなければならない。

そして、南都異本は単に記事を加えるだけではなく、所願成就という那智の性格にあわせて、「後生」を願う修行を選び、維盛に修行僧がそれを説くという形に編集したことも明らかにした。那智関係の文献を基にして南都異本編者が挿入した修行記事は、維盛救済のための論理的な裏付けであった。どのようにして維盛は妻子への恩愛を断ち切ったのか、そして往生を遂げたのかという問題に対して、南都異本は那智の論理で答えたのである。南都異本は長門本とは趣向を変えて、那智での維盛救済を図っているという、これもまた唱導性の濃いものであった。

長門本との共通本文も考察されなければならない重要な問題だが、本編の「はじめに」で述べた通り、南都異本の特異な宗教関係記事の検討が、その形態の問題解明にも繫がるだろう。南都異本は残欠本なのか、それとも当初から巻十のみの一巻であったのかということである。本編で扱った独自記事に見る、那智との濃厚な関係は、南都異本が当初から熊野に関わる巻十のみの作製であったことを示しているのではないだろうか。他の独自記事の検討も必要であるが、南都異本には未だ多くの可能性があり、これからの研究の進展が期待される。本編ではその一端を示した。

（1）　山田孝雄氏『平家物語考』（勉誠社、昭和四三年〔明治四四年の複製版〕）二〇〇頁。

(2) 渥美かをる氏『平家物語の基礎的研究』(三省堂、昭和三七年) 一四八頁。
(3) 山内潤三氏「彰考館蔵南都異本平家物語」(『高野山大学論叢』第二号、昭和四一年)。
(4) 佐々木巧一氏「平家物語「南都異本」の性格(一)――「小宰相入水」譚に見られる法華信仰――」(『野洲国文学』第三〇・三一号、昭和五八年)、「平家物語「南都異本」の性格(二)――「戒文」説話に見られる法然義――」(『野洲国文学』第三二号、昭和五八年)。
(5) 松尾葦江氏『平家物語論究』(明治書院、昭和六〇年) 二九〇頁。
(6) 武久堅氏「平家物語「旧延慶本」の輪郭と性格――南都異本との関係――」(『平家物語成立過程考』、おうふう、昭和六一年、一九七頁〔初出『広島女学院大学論集』第三〇集、昭和五五年〕)。
(7) 阿部昌子氏「南都異本『平家物語』の本文考察――問題提起を目的として――」(『論輯』第三八号、平成二二年)、「南都異本『平家物語』の成立に関する一考察――長門本との関連を考える――」(『論輯』第三九号、平成二三年)。
(8) 山下宏明氏『平家物語研究序説』(明治書院、昭和四七年) 三七頁。
(9) 前掲注(6)論文。
(10) 『増補史料大成　中右記』五(臨川書店、昭和四七年)。
(11) 永島福太郎氏ほか校注『熊野那智大社文書』第五(続群書類従完成会、昭和五二年) 一六八～一六九頁。
(12) 五来重氏編『山岳宗教史研究叢書　吉野・熊野信仰の研究』(名著出版、昭和五一年)。
(13) 小山靖憲氏『熊野古道』(岩波書店、平成一二年) 一五七頁。実意『熊野詣日記』の北野殿一行は、このルートをとっている。
(14) 風巻景次郎氏ほか校注『日本古典文学大系　山家集 金槐和歌集』(岩波書店、昭和三三年)。
(15) 同右書、一七二頁の頭注九七七には、「志古―大雲取と小雲取との間に小口川が流れその辺を志古という」とある。
(16) 『冷泉家時雨亭叢書　宴曲』上(朝日新聞社、平成八年) 四六三頁。
(17) 『冷泉家時雨亭叢書　宴曲』下所収『拾菓集』(朝日新聞社、平成九年) 四九頁。
(18) 他に、『冷泉家時雨亭叢書　宴曲』上下には『拾菓集』「南都霊地誉」、『拾菓抄』「文字誉」などがあり、また「別紙追加曲」として「聖廟霊瑞誉」が収載されている。「巨山竜峰讃」「同砌修意讃」などの「讃」と同様に、「誉」は称揚の言葉と考えられる。

(19)『初例抄』（『群書類従』第二四輯所収）一一頁。

(20)時代は下るが、『熊野年代記』（前掲注12『山岳宗教史研究叢書　吉野・熊野信仰の研究』所収）の仁平三年には「正月十一日熊野御幸」とある。また、宮家準氏の『新装版日本歴史叢書　熊野修験』（吉川弘文館、平成八年）四八頁には、「那智山には古来各地から数多くの滝籠りの山伏が修行に訪れていた。そのせいか、仁平三年（一一五三）鳥羽法皇が熊野詣の時、三山それぞれで功労者に僧位を贈った際、本宮、新宮では常住僧のみが受けたのに対して、那智山では常住の尊誉と共に客僧の尊済が阿闍梨の位を授けられている」とある。宮家氏の指摘と『初例抄』の当該記事との関係は不明であるが、那智の特異性は指摘することができる。

(21)前掲注(12)と同じ。

(22)黒田日出男氏は『熊野那智参詣曼陀羅』に描かれる妙法山を那智山の聖なる世界の「最後の到達地点」「山上他界＝浄土」としている（同氏「熊野那智参詣曼陀羅を読む」『思想』第七四〇号、岩波書店、昭和六一年）。

(23)『熊野那智大社文書』第五（前掲注11）一〇五頁。

(24)「裸形上人」は、熊野関係文献に頻出する。たとえば真福寺蔵『熊野三所権現金峯山金剛蔵王縁起』（『真福寺善本叢刊』第一〇巻所収、臨川書店、平成一〇年）には、「孝昭天皇御時、新宮熊野、走三疋熊。猟師是与欲射熊追、於西北山石上現三枚鏡時、是与断捨弓箭。裸形聖人出来、三枚鏡上造覆家、三十一年行之」として、熊野三山成立伝承に関わっており、また、同書の那智の箇所でも、「裸形聖人、戊午歳、自神鞍那智南浦和多所、自南海中清浄水湯流出。裸形聖人沐浴此湯之時、千手観音、自大海中飛入飛出、東方之時、河大海流入、千手観音河中飛入飛出」とする。

(25)『冷泉家時雨亭叢書　宴曲』下所収『拾菓集』（前掲注17）。

(26)『熊野那智大社文書』第五（前掲注11）一三九頁。

(27)「先師大師」は、直前の高野参詣記事において「大師」とあることから判断して、弘法大師を指すと考えられるが、那智関係の文献に同様の記述は見られない。ただし、那智修行の「七先徳」として「裸形上人、彼(役)行者、伝教、弘法、智証、叡豪、範俊」（『神道大系』神社編四三所収『熊野神廟記』）の七人がたびたび那智関係の文献に見える。

(28)『熊野山略記』には「夏中勤行」として、「参籠六十人」が穀物を断ち、菜食のみの修行をするとあり、修行場を「安居別所」としている。清涼殿を「七間四面」とする記述は『拾芥抄』（『大東急記念文庫善本叢刊中古中世篇　類書Ⅱ』所収、汲古書院、平成一六年）にも「清涼殿《セイリヤウ》〈云中殿又云内殿七間四面〉」とある。また『略記』の「堂舎并奇巌霊水事」には、千手堂に「又内裏二間観音〈花山法皇奉納巌崛、奉祈禁裏其儀、于今不断絶、二間夜居本尊也〉」とある（〈　〉は割注）。

(29)『熊野那智大社文書』第五（前掲注11）一二六頁。

(30)「二度下」の読みは不明。南都異本（『古典研究会叢書』下巻、一一二五頁）には「二度下ルトテ」とある。

(31)『熊野那智大社文書』第五（前掲注11）一二六～一二七頁。

(32)『大正新修大蔵経』第三〇巻（昭和三五年〈昭和二年の再版〉）四四五頁。

(33)那智の滝における修行については、後世のものではあるが『那智山滝本旧記』（五来重氏編『山岳宗教史研究叢書　修験道史料集』西日本篇所収、名著出版、昭和五九年）にもその詳細な作法が記されている。

(34)『熊野那智大社文書』第五（前掲注11）一三〇頁。

(35)『大正新修大蔵経』第四六巻（昭和三七年〈昭和二年の再版〉）四頁。

(36)親鸞『御草稿三帖和讃』（『真宗聖教全書』五、拾遺部下所収、大八木興文堂、昭和一六年）に「三途苦難ながくとぢ」とあり、「三途」の左訓に寛政一一年刊本は「地獄、餓鬼、畜生なり」とある。

(37)山田孝雄氏ほか編『日本古典文学大系　今昔物語集』二（岩波書店、昭和三三年）一六二頁。

(38)『熊野那智大社文書』第五（前掲注11）一三〇頁。

第四編　『源平盛衰記』と地蔵信仰

延慶本・長門本に近い本文を持ちながら、同時に多くの独自記事をも持つ『盛衰記』には、これまで様々な評価が下されてきた。『盛衰記』の編者には、先行する平家物語の本文をそのまま継承する気は無く、独自の展開を目指したことは、その書名からも明らかである。本編では、その独自の展開を支える基盤の一端を明らかにしてみたい。『盛衰記』の世界の輪郭を押さえることが目的である。

そこで手がかりとしたいのが、地蔵関係記事である。『盛衰記』に地蔵に関する記事が多いということについては、これまでほとんど顧みられることはなかった。地蔵信仰がそれほど特異なものでなかったこともあるだろう。しかし、延慶本における地蔵の用例が二例、長門本が三例であるのに対して、『盛衰記』が十九例（章段名を含めると二十例）というのは、記事の多さということだけに起因するものではない。その詳細については次章で述べるが、章段別にはまったくの独自記事は四章段、諸本で類似する記事はあるものの『盛衰記』独自の改変が加えられているものが四章段、諸本で共通するものが一章段である。

本編では、『盛衰記』独自記事である巻第六「西光卒都婆」を第一章でとりあげ、付章として、近世にまで展開する西光の地蔵安置伝承を、『沙石集』を中心に追う。そして、改変記事である巻第四十六「時忠流罪忠快免」を第二章で、巻第四十五「重衡向二南都一被斬」・第四十七「髑髏尼御前」を第三章でとりあげる。源平の争乱劇に織り込まれた地蔵の働きを探ってみたい。

第一章　西光廻地蔵安置説話の生成

はじめに

『盛衰記』は巻第六で鹿ケ谷事件での西光父子の処分が終わった後に、一字下げで「西光卒都婆」と称する独自の地蔵説話を載せている。首謀者の中で最も早く、そして最も過酷な処分を受けた西光が、生前後世のために七か所それぞれに六体の地蔵を安置していたとするものである。以下に本文を挙げる。

或人ノ云ケルハ、「今生ノ災害ハ過去ノ宿習ニ報ベシ。貴賤不レ免二其難一、僧俗同ク以テ在レ之。西光モ先世ノ業ニ依テコソ角ハ有ツラメドモ、後生ハ去トモ憑シキ方アリ。当初難レ有願ヲ発セリ。七道ノ辻ゴトニ六体ノ地蔵菩薩ヲ造奉リ、卒都婆ノ上ニ道場ヲ構テ、大悲ノ尊像ヲ居奉リ、廻リ地蔵ト名テ七箇所ニ安置シテ云、「我在俗不信ノ身トシテ、朝暮世務ノ罪ヲ重ヌ。一期命終ノ刻ニ臨ン時ハ、八大奈落ノ底ニ入ランカ。生前ノ一善ナケレバ、没後ノ出要ニマドヘリ。所レ仰者今世後世ノ誓約ナリ。助レ今助レ後給ヘ。所レ憑者大慈大悲ノ本願也。与レ慈与レ悲給ヘ」トナリ。加様ニ発願シテ造立安置ス。四宮川原、木幡ノ里、造道、西七条、蓮台野、ミゾロ池、西坂本、是也。タトヒ今生ニコソ剣ノサキニ懸共、後生ハ定テ薩埵ノ済渡ニ預ラント、イト憑シ」トゾ申ケル。

従来のこの説話（以下、当該説話）に関する研究は、地蔵信仰の側からと『盛衰記』の側からの二方面に分けられるが、前者の研究成果の方が多い。地蔵信仰の側からの研究[1]としては、まず近世六地蔵との安置場所の相違が問題となってきた。近世以降流行する、①六地蔵（大善寺）、②鳥羽地蔵（浄禅寺）、③桂地蔵（地蔵寺）、④常盤地蔵（源光寺）、⑤鞍馬口地蔵（上善寺）、⑥山科地蔵（徳林庵）と、『盛衰記』との場所の違いである。たとえば寛文五年刊『扶桑京華志』巻之二には、木幡の「六地蔵堂」について、以下のような記事を載せている[2]。

在二木幡ノ邑一ニ相伝西光法師毎二七道一ニ構二フ一宇一ヲ造二テ六体ノ地蔵一ヲ而置ク焉所謂ル四ノ宮河原木幡ノ郷造道西七条蓮台野菩薩池而（ママ）坂（西カ）本是也見二源平盛衰記一。按スルニ今謂二フ六地蔵一者西七条蓮台野西坂本無シテレ有之而有二常盤山科一ニ蓋以二テ山科亦台山ノ麓一ナルヲ謂二之ヲ西坂本一ト不妄ナラ也。常盤ノ地蔵旧有二ル蓮台野一ニ歟。（後略）

『盛衰記』の「六体ノ地蔵」の安置場所と、「今謂フ二六地蔵一者」として寛文五年（一六六五）時点での六地蔵とを比較し、考察を加えたものである。『盛衰記』にある「西坂本」は「山科」のことであるとし、「蓮台野」は「常盤」へ移ったとしている。その正否は不明であるが、『扶桑京華志』も近世六地蔵の起源として『盛衰記』の当該説話を挙げている。以降、真鍋広済氏[3]や高取正男氏[4]、五来重氏[5]も、六地蔵巡礼の起源としてこの説を継承、角川書店刊『日本地名大辞典　京都市』も採用している。また、『盛衰記』の特異な安置場所については、磯村有紀子氏[6]がこれを「洛外六地蔵」とし、「現実の世界の境界」であったとする。さらに兵藤裕己氏[7]も、一遍が住した片瀬の地蔵堂が「境界」であったことと関連して当該説話をひいており、『盛衰記』の七か所を「境界」と見ている。

以上のように、これまでは安置場所の問題にその関心が集中しており、『盛衰記』の問題として考察が加えられることは少なかった。管見の限り『盛衰記』論は、砂川博氏[8]と山下宏明氏[9]の論のみである。しかし砂川氏の論は複数の登場人物の最期の検討を通して『盛衰記』の性格に迫ろうとするものであり、本説話の扱いはその中の一例に過ぎない。また山下氏の論も主眼は一字下げの記事にあり、当該説話もその一例であって、成立については述べていない。

そこで本章では、『盛衰記』の西光廻地蔵安置説話がどのような文脈の中で生成されていったのかということを明らかにしたい。

一　西光廻地蔵安置説話の独自性

(1)『盛衰記』における地蔵記事

前述したが、『盛衰記』における「地蔵」の用例は全十九例であった。これは、九章段に分けることができる。はじめに確認しておきたい。

まずまったくの独自場面の四章段は以下の通りである。はじめに①巻第六の当該説話が挙げられる。当該説話の同話・類話は管見の限り見あたらない。次に、②巻第十「赤山大明神」では赤山大明神の説話自体が独自であるが、大明神の本地を「地蔵菩薩」としている。さらに③巻第十三「入道信㆓同社㆒幷垂迹」では清盛の信奉する厳島の縁起が語られ、その眷属の一つの本地が「地蔵」であるとする。最後に④巻第二十一「小道地蔵堂」では、石橋山合戦に敗れた頼朝が、敗走中に小道越にある「地蔵堂」に匿われ、命を助けられたとなっている。

次に、諸本で類似する記事はあるものの『盛衰記』独自の改変が加えられているものが四章段ある。まず⑤巻第二「清盛息女」では定朝七代の孫院賢法橋が「芹谷の地蔵堂」を造ったとする。長門本のみ重なるものであるが、長門本では「定朝七代の孫」がなく、「院賢」も「証賢」となっている。「証賢」については未詳である。次に⑥巻第四十五「重衡向㆓南都㆒被斬」では、重衡斬首の後、遺体を引き取るために大納言典侍によって木工允友時に付けられた中間が「地蔵冠者」であり、引き取って帰ったとする。ここまでは延慶本・長門本・屋代本・百二十句本も同様であるが、重衡に対して「六十余ノ僧」が「若シ悪道ニ赴《ヲモムキ》御座《ヲハシマス》ヘクハ地蔵ノ悲願仰《アヲヒテ》給へ。

抜苦《ハック》与楽《ヨラク》慈悲深ク大悲抜苦ノ誓約《セイヤク》アリ」と述べるのは『盛衰記』だけである。また、⑦巻第四十六「時忠流罪忠快免」では、教盛の子忠快律師が「地蔵菩薩」を信仰していたため、頼朝の夢に地蔵があらわれて助命を願い、その結果許されたとする。しかし延慶本ではこれがほぼ同内容でありながら、地蔵ではなく「大日如来」であり、地蔵の霊験譚ではなくなっているのである。[10]明らかに『盛衰記』は地蔵に対して興味を示している。そして⑧巻第四十七「髑髏尼御前」も同工のきらいがある。平家の残党狩りの結果、重衡の子が蓮台野で首を斬られるが、そこに偶然居合わせた長楽寺の印西が、その母（重衡の北の方）を蓮台野の地蔵堂で出家させる。この母はやがて「髑髏尼」と呼ばれる。延慶本・長門本にもこの髑髏尼説話があるが、両本では出家するのは経正の北の方であり、蓮台野の地蔵堂も記されない。また、語り本系の城一本にも髑髏尼説話があり、『盛衰記』と同様、首を斬られるのは重衡の子であるが、地蔵堂の記述はない。『盛衰記』が記す蓮台野の地蔵堂は当該説話の「七ヶ所」の一つを意識したものと考えられ、当該説話と連動した改変と言える。

最後に諸本共通の例として、⑨巻第五「成親以下被召捕」がある。鹿ケ谷事件の発覚により監禁された成親が、重盛を見て「地獄ニテ罪人ノ地蔵菩薩ヲ奉ㇾ見ランモ」と述べる。これは諸本とも同様である。

以上が十九例、九章段であるが『盛衰記』が地蔵に興味を示しているのは間違いないだろう。特に①巻第六の当該説話や⑥巻第四十五「重衡向㆓南都㆒被斬」、⑦巻第四十六「時忠流罪忠快免」は地蔵霊験譚であり、⑧巻第四十七「髑髏尼御前」でも積極的に地蔵を描こうという姿勢がうかがえる。他本に比べて『盛衰記』における用例数が多いのは、地蔵に対する関心の表れと見て間違いないだろう。

当該説話には同話・類話が見えず、『盛衰記』に地蔵を積極的に描こうという姿勢が見られることなどから、当該説話は『盛衰記』による独自説話である可能性が高い。

（2）「或人」によって語られる独自記事

そして、さらに当該説話の独自性を検討する材料として、その枠組みに注目したい。当該説話は「或人ノ云ケルハ」という形で始まり、「トゾ申ケル」で締めくくられている。『盛衰記』が「異説」「或説」「一説」などを冒頭に配して独自の記事を展開していることについては、すでに松尾葦江氏の指摘がある。(11)「或人」も同様であるが、本項では当該説話の独自性を検討するため、具体的に本文を挙げて考察してみたい。

『盛衰記』において「或人」の枠組み（「或人ノ云ケルハ」「或人ノ申ケルハ」「或人ノ申サレケルハ」「或人ノ語ケルハ」）で始まる記述は全部で十一例（当該説話を含む）ある。表にすれば、左の通りである。

巻	章段名	記事の概要
第一	兼家三妻錐　独自	嘲された忠盛の様子を「或人」が問い、「或人」が、兼家の三人の妻の騒動を述べる。 a **「或人ノ申ケルハ」** b **「又或人ノ語ケルハ」**
第一	禿童　独自	「或人」が賢臣八葉大臣が禿童を放って民の愁いを聞いた話を語る。 **「或人ノ申ケルハ」**
第六	西光卒都婆　独自	「或人」が西光による六地蔵安置の説話を語る。 **「或人ノ云ケルハ」**
第十七	始皇燕丹・勾践夫差	「或人」が高漸離の正体を始皇帝に教える。 **「或人云ケルハ」**
第二十四	南都合戦焼失　独自	平家と南都の対立を見て、その原因を訊く者に対して「或人」が答える。 **「或人ノ申ケルハ」**
第三十三	還俗人即位例	後鳥羽天皇の即位を聞いた平家方が義仲の擁する北陸宮即位の可能性について、還俗して即位した例を「或人」が述べる。 **「又或人申サレケルハ」**

第三十四	信西相㆓明雲㆒言		延暦寺に保管されている座主職についての予言の書である「文一巻」を、生前明雲は確認し、五十三歳で死ぬことがわかっていたとする。 「或人ノ云ケルハ」
第三十六	鷲尾一谷案内者	独自	鷲尾三郎について「或人」が、摂津国の住人で難波次郎に領地を横領された者とする。 「或人ノ云ケルハ」
第三十八	重衡京入定長問答	独自	大路を渡されている重衡を見て、「或人」が南都焼き討ちのことを語る。 「或ル人ノ申ケルハ」
第四十三	平家亡虜	独自	知盛と教盛が沈んだ海を見つめる武者について、「或人」がこれは知盛の侍で、生け捕りを避けるために、浮かんできたら射殺するようあらかじめ知盛が命じていたと語る。 「或ル人ノ申ケルハ」

延慶本・長門本・四部本・屋代本・百二十句本・覚一本と比較したところ、『盛衰記』の完全な独自記事は八例（七章段）であった。巻第一「兼家三妻錐」にはａ・ｂ二例ある。当該説話である巻第六と同様に一字下げの記事は巻第四十三のみであるが、巻第四十三も「一説云」で始まる記事の中にあり、厳密には当該説話とは異なる。残りの三例は、他本に記述自体はあるものの、『盛衰記』が「或人」に語らせる形でまとめているものである。以下詳述する。

巻第十七「始皇燕丹・勾践夫差」では、筑を打っている者が、実は命を狙う高漸離であると「或人」が始皇帝に教える。長門本・四部本・屋代本・百二十句本・覚一本にはないが、延慶本はこれを「高漸離ヲ見知タル人」が語っている。また、巻第三十三「還俗人即位例」では、後鳥羽天皇の即位を聞いた平家方が義仲の擁する北陸宮即位の可能性について、還俗して即位した例を「或人」が述べている。これが延慶本では地の文、長門本では時忠と兵部少輔尹明の言葉となっており、四部本は欠巻である。語り本系では屋代本には記事がなく、百二十句本・覚一本では時忠の言葉となっている。『盛衰記』が「或人」の言葉として改変したと考えられる。そして巻第三十四「信西相二明雲一言」では、延暦寺に保管されている座主についての予言の書を、生前に明雲が確認していたと「或人」が語る。延慶本・長門本には記事がなく、四部本は欠巻である。語り本系では、屋代本・百二十句本・覚一本が先行する明雲流罪の場面に地の文として記している。

まったく独自の記事を持ち込む際に枠組みとして設定されている八例と、他本にも見える記述を「或人」が語る形にしている三例を検討した。つまり「或人ノ云ケルハ」で始まる当該説話は『盛衰記』独自である可能性が高い。

『盛衰記』が独自記述を持ち込む際の特徴と、前節で確認した地蔵に対する関心を考えあわせると、やはり、西光が六地蔵を七か所に安置したという特異な当該説話は『盛衰記』の独自であると考えられる。他本に比べて『盛衰記』が地蔵を押し出してくる背景については、後に述べる。

『盛衰記』は西光救済のために当該説話のみを配したわけではない。当該説話では西光に「一期命終ノ刻ニ臨ン時ハ、八大奈落ノ底ニ入ランカ」と述べさせている。先述したが、巻第四十五「重衡向二南都一被斬」でも重衡に対して「悪道」に堕ちた際は地蔵を頼むよう僧が述べている。つまり、地蔵による救済は堕地獄の可能性を示唆するものであり、当該説話も西光の堕地獄の可能性を示す文脈のなかに置かれている可能性がある。

二　『盛衰記』における西光堕地獄の可能性

当該説話で西光に「一期命終ノ刻ニ臨ン時ハ、八大奈落ノ底ニ入ランカ」と述べさせた『盛衰記』は、西光の堕地獄の可能性を示唆する記述を随所に加えている。当該説話によって西光の堕地獄の可能性と救済を主張するだけでなく、西光の描写、西光に対する評言にもそうした意図に沿って記述を加えている『盛衰記』の文脈を、ここで確認しておきたい。

まず、『盛衰記』巻第六「西光父子亡」で口を割かれた西光が松浦太郎高俊によって斬首された後の記述に独自の評言が見える。以下、引用する。

見聞ノ者中ニ、「哀、西光法師ハ詮ナキ悪口シテ、口ヲ割ル、ノミニ非ズ、終ニ被レ切ヌル無慙サヨ。倩事ノ心ヲ案ズルニ、雖二冠古一猶居レ頭、雖二履新一尚踏レ地。嗔レル拳シ不レ当二笑顔一、故不レ如レ順。下ニ居テ嘲レ上、愚ニシテ賢ヲ蔑ニシテ、カク被レ死ヌルコソ不便ナレ。同罪ニテコソ有ラメドモ、余ノ輩ハ角ハナシ。或ハ流サレ、或ハ被レ禁テコソ有ニ」ト申ケレバ、不敵ノ者モ有ケリ、「終ニ切ラル、者故ニヨクコソ云タレ。無事ナラバコソ」ト云者モ在ケリ。聞レ之耳コソバユク思者ハ、立退人モ多カリケリ。

「見聞ノ者中ニ」という枠組みは、「或人ノ云ケルハ」という枠組みと同工である。その中で西光の処断が過酷であったことの原因として、傍線を付した部分を用意する。「雖二冠古一猶居レ頭、雖二履新一尚踏レ地」は、古くても冠はかぶるものであり、新しくても靴は履くものであるという上下の区別を例えたものである。先行の諸注(12)にある通り、『史記』十二「儒林列伝(13)」の「冠雖レ敝、必加二於首一。履雖レ新、必關二於足一。何者、上下之分也」が淵源であろう。『史記』では殷の湯王と周の武王の行いが臣下として不当であったことを論ずる際に引かれている。つまり西光も「分」をわきまえなかったという文脈である。しかし『盛衰記』がこれを直接『史記』から引いたたかどうかは明らかではない。『太平御覧』巻第六九七「服章部一四　履(14)」にも、

六韜崇候虎曰今周伯昌懐仁而善謀冠雖弊礼加於首履雖新法以践地可及其未成而図之

とあり、所謂類書からの引用の可能性が高い。また、次の「嗔レル拳シ不レ当二笑顔一、故不レ如レ順」も西光の姿勢を批判するものである。これは『五燈会元』巻第十五「智門光祚法嗣　雲台因禅師(15)」が基であるが、宋の王洋撰『東牟集』巻六・七言絶句「遺興(16)」に「嗔拳笑面」という形で引用されるなど、広く流布していた格言であった。

『盛衰記』はこうした文言を「見聞ノ者」に語らせる形で取り込み、他の逮捕者よりも過酷な処断が下ったことの理由としている。つまり、西光堕地獄の可能性として、西光の悪行を強調する必要があったと考えられる。

こうした叙述は、西光の子息師高・師経も討たれて一門が滅亡した後にも見える。延慶本が「「サミツル事ヨ〳〵」トゾ、人々申アヘリシ」（長門本もほぼ同文）とするところを、「左見ツル事ヨト云者ハ多ケレ共、ホムル人コソ無リケレ」と傍線部のような独自記述を加えて、父子の悪行を強調している。また、当該説話の直前にも西光について「其心大ニ奢ツヽ、其官其職ニアラネドモ、さらに「「不ㇾ在二其位一不ㇾ謀二其政一」ト云事アリ。相構テ人ハ身ノ程ノ分ヲ相計テ可二振舞一トゾ申合ケル」という記述を加え、さらに「「不ㇾ在二其位一不ㇾ謀二其政一」ト云事アリ。相構テ人ハ身ノ程ノ分ヲ相計テ可二振舞一トゾ申合ケル」としている。「申合ケル」の主体が不明だが、「或人」や「見聞ノ者」という枠組みの中で評言を加えてきた『盛衰記』の特徴から考えると、これも同工のものと考えた方がよいと思われる。ここでも前掲の独自記述と同様、分をわきまえない西光に対する批判が展開されている。傍線を付した「不ㇾ在二其位一不ㇾ謀二其政一」は『論語』に見える記述だが、(17)天文二年（一五三三）写の類書『玉函抄』(18)に「不ンハ在二其ノ位一イニ不ㇾ謀《ハカラ》二其ノ政《マツリコトヲ》一」とあり、室町末期写とされる『金句集』「臣下事」(19)にも以下のように見える。

文曰　君闇《クラ》ク臣諛《ヘツロ□□ハ》　危亡《キボウ》不ㇾ遠

論語曰　不ハ在《アラサレ》二　其ノ位一ニ不ㇾ謀《ハカ》ラ二其ノ　政《マツリコト》一ヲ

政要論　国之《ノ》将ニ二奥貴《オウキ》一在リ二諫《カン》臣一ニ家之《ノ》将ニ二盛貴《セイキ》在《ナラント》二　諫子《カンシ》一

孔子曰　姦《カン》人在ㇾレハ朝《チヤウ》ニ　賢者ハ不ㇾ進

前後の記述も引用したが、「臣下」に関わる文言を集めた中に「論語曰」として引かれている。『盛衰記』はこうした類書を使って独自記述を加えてきたと言える。

『盛衰記』は西光の悪行をより強調することで堕地獄の可能性を示唆する文脈となっている。もちろん、西光に対する批判は『盛衰記』に限らず平家物語諸本でも、確認することができる。また平家物語だけでなく、史料からもうかがうことができる。たとえば『百練抄』承安三年三月十日条[20]には西光が木幡堂で供養を行った際に「月卿雲客」が参列し、舞楽も行われたことが記されているが、これに対して「世称二過差一」とする。西光の振る舞いが分に過ぎたものであったということであろう。また、鹿ケ谷事件の処分を記した『玉葉』安元三年六月一日条には、

一日、巳己天晴、辰刻人伝云、今暁、入道相国坐八条亭、召取師光法師法名西光、法皇第一近臣也、加賀守師高父、禁固之、被問年来之間所積之凶悪事、幷今度配流明雲、及讒邪万人於法皇、如此之間、非常不敵事等云々。（後略）

とある。兼実にとって西光は「凶悪」であり、「非常不敵」であった。『盛衰記』の記述はこうした先行する西光の負のイメージを拡大したものと言える。これは一見、救済とは異なる視点のように思われるが、堕地獄の可能性があるという『盛衰記』の西光造型のために加えられた記述であり、そうした西光であるからこそ、最終的には地蔵による救済が必要であるという文脈となっている。当該説話の救済の姿勢と、悪行を強調する姿勢は相反するものではなく、『盛衰記』の一貫した姿勢のもとに展開されているのである。

三　西光と地蔵

堕地獄の可能性のある西光についてさらに注目したいのは「一期命終ノ刻ニ臨ン時ハ、八大奈落ノ底ニ入ランカ」の後に続く「生前ノ一善ナケレバ」という記述である。出家の身でありながら「在俗不信」であり、「朝暮世務ノ罪」を重ねた西光の懺悔である。当該説話には同話はなく、唯一例話と言ってよいのは神宮文庫本『沙石集』巻第二[21]の次の説話である。

西光入道、平相国ノ為ニ首ヲハネラレシ事、何ニ妄念モ有ツラム。夢ニ五条坊門ノ地蔵負給テ、浄土ヘヤラ

ムト思ヘバ、其ノ善業モナシ。地獄ニ入ランモ悲シ。我レヲ憑タリ。何ニスベキトテ、泣テ立給ト見エケリ。
　五条ノ坊門ノ地蔵ハ、西光ガ造リ奉レリト云ヘリ。

『沙石集』の流布本の一本である神宮文庫本独自の説話である。当該説話と大きく異なる点もあるが、清盛の命で西光が六地蔵を造像したとする近世の六地蔵安置伝承と比べると、まだしも当該説話に近い。この神宮文庫本『沙石集』については、付章で詳述するが、注目すべきは二重傍線を付した「其ノ善業モナシ」という地蔵の西光に対する評価である。「善業」がないため、「地獄ニ入ランモ悲シ」とされる『沙石集』の西光は当該説話と同じであり、「善」がないということが地蔵と繋がる要因と考えられる。地蔵関係の説話を集めた『地蔵菩薩霊験記』巻第二「同蔵縁房蘇生事」[22]で同様の例を確認しておきたい。

中古比叡山千手院ニ有《リ》レ僧。蔵円房ト名ク。信州善光寺ニ下向シテ居住ス。此ノ人天質武勇ニシテ邪見放逸ナリ。三業ノ所作悪ナラザルハナシ。然ルニ無常遷流ノ習、俄ニ病ヲ受ケ程ナク死去ス。三日ヲ経テ忽ニ生活ス。心地如《ク》レ常ノ本復シテ、向《テ》レ人《ニ》語テ曰ク南無地蔵菩薩ト数返称念シテ、吾既ニ冥官ノ門ニ至ル時青衣ノ官人一巻ノ書ヲ捧テ白馬ニ乗テ来ル眷従三人アリ。皆ナ青衣ナリ。一人ハ持《チ》レ縄《ヲ》一人ハ持《チ》レ鉾《ヲ》一人ハ提《グ》レ幡《ヲ》。彼ノ官人召《シ》レ我《ヲ》、大ニ忿瞋シテ曰ク、汝一生ノ間、全ク一毛ノ作善ナシ。然ルニ依テ大地獄ニ可《シ》レ堕《ス》云云。冥官以《テ》レ縄《ヲ》堅ク令《ム》レ縛。行コト如レ電《ノ》。其ノ間ノ呵責更ニ無《シ》レ暇。時ニ冥官急キ自《リ》レ馬下テ敬礼跪ク。此ニ地蔵菩薩来現シタマイテ即チ一行ノ文ヲ誦タマフ。即チ毎日晨朝入諸定ノ偈也。冥官等各合《セ》レ手《ヲ》皆跪《キ》レ地《ニ》、信受シケル時ニ地蔵菩薩琰王ノ使者ニ向テ曰ク此ノ法師ヲ吾ニ許スベシ。時ニ使者等拝謝シテ白サク兎角ハ薩埵ノ御心ニ任セ申スベシト。アレバ地蔵御手ヲ伸べ、汝早ク古里ニ帰ルベシトテ蔵円房ヲ官舎ノ門外ニ出シ南方ヲ指サシ、早ク本国ニ帰リ、此文ヲ誦シテ永ク苦界ヲ出ルコトヲ願ヘトテ御手ヲ放チ給ノトキ、蔵円夢ノ覚タル心地シテ活ヌ。自《リ》レ爾《シ》以後ハ悔《イ》二前非《ヲ》一発《シ》二大願《ヲ》一、一向無上道ヲソ慕ケル。角テ塵世ニ交レバ、又邪念ノ起ヤセント三宝ニ帰依スル身ハ早ク此ノ世ヲ辞スルコソ本意ナルベシト善光寺ハ三井寺ノ末寺ナレバ、彼ニ遁レテ行ヒスマシテ、三尊来迎ヲ待シガ、終ニ願ノ如ク正念ニ住シテ滅ニ入ルトナシ、未来ノ程頼母敷ゾ覚フ。

比叡山の僧蔵円房は僧でありながら「天質武勇ニシテ邪見放逸」であった。そのため、冥途で「青衣ノ官人」に「汝一生ノ間、全ク一毛ノ作善ナシ」（二重傍線部）と言われている。その結果は、「然ルニ依テ大地獄ニ可《シ》堕《ス》云云」であった。「作善」が少しもないということが、「大地獄」へ堕ちる要因であることは間違いない。しかしこの後、蔵円房は地蔵によって救済されている。また、『今昔物語集』巻第十七「聊敬地蔵菩薩得活人語　第廿四」(23)でも源満仲の郎等が「心猛《クシテ》殺生《ヲ》以《テ》業《トス》、更《ニ》聊《ニモ》善根《ヲ》造《ル》事无《シ》」という状態であったとする。この郎等にも善は「聊《ニモ》」なかったのである。そして冥途へ赴いた際、自らも「我《レ》、一生《ノ》間、罪業《ヲノミ》造《テ》、善根《ヲバ》不修《ザリキ》」と述べ、「然《レバ》、罪、敢《テ》可遁《キ》方无《カラム》」としているが、最終的には地蔵によって蘇生されている。

速水侑氏(24)は民間での地蔵信仰の隆盛について、民衆には生活上の問題から「堕地獄は必定」という意識があったためとする。しかし、それは民衆に限らず、生前にまったく「善」を施さなかった者が等しく享受しなければならない問題であったと言えよう。『盛衰記』は「生前」に「善」のない西光に「一善」を積ませることで、救済の道筋をつけたと考えられる。『盛衰記』は廻地蔵を造ることで、西光の「善」を主張するわけだが、試みに『盛衰記』における「善」を検索すると次の表のようになる。

巻一	9	巻二	0	巻三	9	巻四	0	巻五	6	巻六	1	巻七	3	巻八	2
巻九	4	巻十	1	巻十一	1	巻十二	3	巻十三	0	巻十四	0	巻十五	0	巻十六	0
巻十七	4	巻十八	6	巻十九	0	巻二十	1	巻二十一	0	巻二十二	0	巻二十三	2	巻二十四	2

巻二十五	0	巻二十六	0	巻二十七	0	巻二十八	1	巻二十九	2	巻三十	3	巻三十一	4	巻三十二	1
巻三十三	0	巻三十四	1	巻三十五	0	巻三十六	2	巻三十七	0	巻三十八	0	巻三十九	7	巻四十	3
巻四十一	1	巻四十二	2	巻四十三	0	巻四十四	2	巻四十五	8	巻四十六	1	巻四十七	0	巻四十八	6

「善」だけでなく「善悪」や「善者」「善政」も含めて抽出したが、「十善」や「善知識」などは除外している。結果九十八例であった。そのうち『盛衰記』独自の部分で、興味深い記述を以下に詳述する。

鬼界ヶ島に流罪となった平康頼が卒塔婆を海に流す、巻第七「康頼造二卒塔婆一」には、次のような記述がある。

行ニ百行アリ、国土ヲ治謀、善ニ万善アリ、生死ヲ出ル勤ナリ。卒塔婆ハ万善ノ随一、諸仏是ヲ歓喜シ、孝養ハ百行ノ最長、竜天必ズ哀愍ス。漫々タル海上、塩路遥ノ波ノ末、必左トハ思ハネド、責テモ母ノ悲サニ、角シテコソハ祈ケレ。

「孝」が百行の本であり、「善」の始めとする記述は、康頼の母を想う気持ちと重ねて用いられていると考えられる。これは、たとえば『玉函秘抄』[25]で「孝百行之本　衆善之始也」とするものを基にした記述である。また、巻第九「宰相申二預丹波少将一」にも、

誠ニ人ノ親トシテ子ノウレヘ歎ヲ見聞ン程ニ、身ニシミ肝ヲ焦ス事、何カハ是ニマサルベキ。為レ善者ニハ天報ズルニ福ヲ以シ、為レ非者ニハ天報ルニ殃ヲ以スト承ル。縦異性他人ナリ共、カヽル折ニ当テハ広大ノ慈悲ヲ可レ施、況ヤ御一門ノ端ニ結テ、カ程ニ歎申サンニ、争カ御憐ナカルベキ。

とあるが、傍線を付した部分は『玉函秘抄』[26]に、「為善者天報以福　為非者天報以殃」とある。成経を、舅である教盛が言葉を尽くして弁護する際に引用されている。そして巻第十二「静憲鳥羽殿参」には、清盛を非難する記述として次のようにある。

> 是ハ偏ニ天魔入道ニ入替テ、其家ノ正ニ亡ンズル也。御歎ニ及バズ。只今コソ角渡ラセ給トモ、伊勢太神宮、八幡大菩薩、殊ニハ君ノ憑ミ思召ル、山王七社、両所三聖、ヨモ捨果進セ給ハジ。災妖不レ勝二善政一、夢怪不レ勝二善行一ト申事侍バ、只先非ヲ悔サセ給ヒ、人民ニ恵ヲ施シ、政務ニ私アラジト思召バ、天下ハ忽ニ君ノ御代ニ立返、悪徒ハ必水ノ泡ト消失ン事疑ナシ。

「善政」「善行」は「災」や奇怪な事柄を退けるとする傍線部の記述は、やはり『玉函秘抄』(27)に「災妖不勝善政夢怪不勝善行」として見えている。『盛衰記』がこうした類書を使用して本文を加えていったことは間違いないだろう。そしてその目的は、「善」を主張することにあったのである。

類書からの引用によらず、主張を展開している箇所もある。巻第三十六「福原忌日」には、源氏による一の谷の平家攻撃の直前に次のような記述がある。

> 就レ中或経ニハ、「忌日ニハ亡者、必焔魔宮ヨリ暇ヲ得テ、旧室ニ来テ子孫ノ善悪ヲ見ルニ、善ヲ見テハ悦咲、悪ヲ見テハ歎泣」ト云文アリ。源氏モ此意ヲ得タリケルニヤ、「情ヲ忌日ニ籠ケル優也」ト、讃ヌ人コソナカリケレ。

傍線を付した部分の出典は不明であるが、「或経ニハ」という語りの中にあることを考えると、これも『盛衰記』の独自記述であろう。ここでは、死者は忌日に子孫の「善悪」を確認し、「善」を見ては喜び笑い、「悪」を見ては歎くとしている。また、巻第四十四「癩人法師口説言」では、

> 年闌タル癩人ノ鼻声ニテ語ルヲ聞ケハ人ノ情ヲ不レ知。法ヲ乱ルヲハ悪キ者トテ不敵癩ト申タリ。去レ共此ノ病人達ノ中ニモ不敵タルモアリ。不敵ナラサルモアリ。又直人ノ中ニモ善者不善モコモ〳〵也。世ノ習ヒ人ノ癖也。

としている。前世の悪行の報いによると考えられていた「癩人」にも「不敵ナラサル」者もあったとし、また病

にかかっていない「直人」の中にも「善者」とそうでない者がいるとする。それが、「世ノ習ヒ人ノ癖」であるとしている。

『盛衰記』には、「善」を主張する文脈があると言ってもよいだろう。当該説話が、「一善」もない西光に「善」を積ませようとするのもこうした文脈に沿ったものであると考えられる。

生前にわずかな「善」もないと懺悔する『盛衰記』の西光には堕地獄の可能性があり、それを救うことができるのは地蔵菩薩であった。しかし当該説話は一体の地蔵に帰依するのではなく、「六体ノ地蔵」を七か所に配してその利益を仰いでいる。そこで次に「六体の地蔵」、つまりは六地蔵の利益について考えてみたい。

四　六地蔵の利益

本来一体の地蔵が六体に増えた要因としては、たとえば『私聚百因縁集』巻第四「第五　閻王地蔵本迹之事　付喬提長者」(28)に「成二テ六地蔵一ト化二ス六道一ヲ」とあるように、六道それぞれに対応するためであったことが挙げられる。また、守覚法親王の『秘鈔』の注書である『白宝口抄』巻第九十二「地蔵法下　六地蔵事」(29)は次のように記す。

蓮花三昧経云

光味地蔵。牟尼地蔵。諸龍地蔵。救勝地蔵。護讃地蔵。不休息地蔵。

又云

檀陀地蔵。宝珠地蔵。宝印手地蔵。持地地蔵。除蓋障地蔵。日光地蔵。

十王経云

預天賀地蔵　左持如意珠。右手説法印。利諸天人衆

放光王菩薩　左執持錫杖。右手与願印。雨雨成五穀

金剛幢地蔵　左持金剛幢。右手施無畏。化修羅。靡幢
金剛悲地蔵　左手持錫杖。右手引接印。利傍生諸衆
金剛宝地蔵　左手持宝珠。右施甘露印。施餓鬼飽満
金剛願地蔵　左手閻魔幢。右手成弁印。入地獄教主。文

或云
第一地獄　大定智悲地蔵　左持宝珠。右持錫杖　地蔵菩薩。世流布白色声聞形之尊也
第二餓鬼　大徳清浄地蔵　左宝。右与願　宝掌菩薩也。亦名宝手菩薩也
第三畜生　大光明地蔵　左持宝珠。右持如意　宝処菩薩也
第四修羅　清浄無垢地蔵　左持宝珠。右持梵篋　宝印手菩薩也
第五人道　大清浄地蔵　左持宝珠。右施無畏　持地菩薩也
第六天道　大堅固地蔵　左持宝珠。右持経　堅固意菩薩也

傍線を付したように「蓮華三昧経」と「十王経」がその思想的な拠り所である。しかし、現存の『蓮華三昧経』（妙法蓮華三昧秘密三摩耶経）には該当するような記述はなく、その奥書[30]に、

応永三十四年丁未五月二十七日賜御本奉書写之処也祐空上人曰弘法大師御請来之御経曰仍秘蔵無極也爰良助親王於多武峰二帖被流製見如彼注右六地蔵本縁委悉也云与此経不同歟追之可尋之是乗蔵房隆清御相伝之秘本也深秘深秘不可有他見云々
金剛最弁坂本安養寺明了上人

とある。「最弁」という人物が書写したものだが、別に「六地蔵本縁」を詳細に載せる『蓮華三昧経』のあったことを記している。儀軌類において、その性格や持つ物、名称などが一致しておらず、曖昧であったことがうか

がえるが、それだけ六地蔵に対して関心が寄せられていたとも考えられる。そしてその関心は、一体の地蔵の救済よりも、より度合いの高い六地蔵のそれに向けられていたということは間違いない。

『盛衰記』の当該説話は西光救済のためにそうした六地蔵を用意し、さらにそれを廻地蔵の形で造像する。西光の造像した「六体ノ地蔵菩薩」については従来、二つの説が提示されている。「卒都婆ノ上ニ道場ヲ構テ、大悲ノ尊像ヲ居奉リ」という部分の解釈であるが、真鍋広済氏[31]は「墓場のほとりに仏道修行のためにお堂を作り」、その堂に六体の地蔵を安置したとする。「卒都(塔)婆」を「墓場」と考え、「道場」を「お堂」と解釈したわけだが、これに対して五来重氏[32]は「もとは卒塔婆一本を柱として、一本柱の上に六角形の仏龕をのせ、その一面ごとに一体ずつの石地蔵を入れたもので、地蔵は六方を監視することになる」とし、「六体ノ地蔵菩薩」は一本の卒塔婆の上にのる形で造像されたものとする。確かにこの形の卒塔婆については、星野俊英氏[33]・小林靖氏[34]・町田茂氏[35]・持田友宏氏[36]などの調査と報告がある。卒塔婆の上にのる「仏龕」の部分を「道場」と呼べるかは不明であり、『盛衰記』中当該説話の一例を除く四十七例の「道場」の例でも用例はなかったが、妥当な解釈と考えている。「道場」が必ずしも建造物としての「お堂」のみを指すとは限らない。たとえば『法華経』「化城喩品　第七」[37]に、

見下大通智勝如来処二于道場菩提樹下一坐二師子座一。諸天龍王乾闥婆緊那羅摩睺羅伽人非人等恭敬囲繞上。及見四十六王子請三仏転二法輪一。

とある。大通智勝如来が菩提樹の下で悟りに至り、それを諸天や龍王等がとりまいている。ここでは、悟りに至った菩提樹の下が「道場」であり、具体的な建造物がなくとも、「道場」と呼ばれる。また、同経「分別功徳品　第十七」[38]にも、

阿逸多。若我滅後。諸善男子善女人。受二持読三誦是経典一者。復有二如レ是諸善功徳一。当レ知是人已趣二道場一。近二阿耨多羅三藐三菩提一坐二道樹下一。

とある。世尊入滅の後に、この経典を読誦する者は、「道場」に趣き「阿耨多羅三藐三菩提」、つまりは正しい悟りに近づいて、菩提樹の下に座るとしている。言うまでもなく菩提樹は釈迦がその下で悟りを開いたとされる樹木であり、「道場樹」とも言われる(39)。同じ「分別功徳品 第十七」に、

頭面接レ足礼　生レ心如ニ仏想一　又応レ作ニ是念一
不レ久詣ニ道樹一　得ニ無漏無為一　広利ニ諸人天一

とあるが、傍線を付した「道樹」（菩提樹）は他の伝本では「道場」としているものもあり、「菩提樹に趣く」と「道場に趣く」はほぼ同義で、悟りを得るという意味になると考えられる。

当該説話の「道場」が、所謂具体的な建造物である「道場」ではなく、地蔵を安置する空間としての「仏龕」を指すとも考えることができる。つまり、五来氏の述べる、一柱六面の卒塔婆を西光は造像したと考えたい。ただし、五来氏はこうした卒塔婆の起源として『盛衰記』の当該説話を考えているが、むしろ『盛衰記』がそうした卒塔婆に接して採用したものであろう(40)。

廻地蔵が室町中期から後期にかけて、特に文明年間に隆盛であったことは、中御門宣胤の『宣胤卿記』などから明らかである(41)。もっとも、この時期の廻地蔵は六か所を廻ることに重点が置かれており、六体を七か所に安置した『盛衰記』のものとは異なっている。頼富本宏氏は(42)『盛衰記』の形を経典に沿うものとし、足利義尚の頃に、「六地蔵」の「六」から六か所を廻ることが流行し始めたとしている。従来はこうした隆盛の基になったのが『盛衰記』の当該説話であるという位置づけと、その場所の相違が問題となってきた。しかし、当該説話においては、西光が六体の地蔵を造像したということが重要なのである。

五　造像の功徳

「六体ノ地蔵菩薩」を「造奉リ」、七か所に「造立安置」したとする当該説話は、西光に造像の功徳を積ませることが目的であったと考えられる。地蔵に限らず造像に功徳のあることは当然だが、特に地蔵に関しては、『白宝口抄』巻第九十二「地蔵法下」に「見尊像功徳事」(43)として、

不空軌云。若復有人常見此菩薩面。決定罪障皆悉除滅文

本願経下云

志心瞻礼地蔵像　一切悪事皆消滅
至於夢中尽得安　衣食豊饒神鬼護
欲入山林及渡海　尽悪禽獣及悪人
悪神悪鬼并悪風　応是諸悪皆消滅
地蔵名字人若聞　乃至見像瞻礼者
供養百生受妙楽　若能以此迴法界
畢竟成仏趣生死　是故観音汝当知
普告恒沙諸国土文

とある。地蔵の「尊像」を見るだけで功徳になるとするこの記述は、京の七口に比定する七か所に地蔵を安置した西光の行いが功徳であることを示している。また、『今昔物語集』巻第十七「依地蔵助活人、造六地蔵語　第廿三」(44)にも注目すべき記事がある。

今ハ昔、周防ノ国ノ一ノ宮ニ玉祖ノ大明神ト申ス神在マス。其ノ社ノ宮司ニテ玉祖ノ惟高ト云フ者有ケリ、神社ノ司ノ子孫也ト

> 云ヘドモ、小年ノ時ヨリ三宝ニ帰依スル志有ケリ。其ノ中ニモ殊ニ地蔵菩薩ニ仕テ、日夜ニ念ジ奉テ、起居ニ付テモ敢テ怠ル事无カリケリ。而ル間、長徳四年ト云フ年ノ四月ノ比、惟高、身ニ病ヲ受テ、日来悩ミ煩フ、六七日ヲ経テ俄ニ絶入ヌ。「惟高、忽ニ冥途ニ趣ク。広キ野ニ出デ、道ニ迷テ、東西ヲ失ヒテ、涙ヲ流シテ泣キ悲ム間、六人ノ小サキ僧出来レリ、其ノ形チ、皆、端厳ナル事无限シ、徐ニ歩ミ来リ向ヘリ。見レバ、一人ハ手ニ香炉ヲ捧タリ、一人ハ掌ヲ合セタリ。一人ハ宝珠ヲ持タリ、一人ハ錫杖ヲ執レリ。一人ハ花筥ヲ持タリ、一人ハ念珠ヲ持タリ。其ノ中ニ香炉ヲ持給ヘル小サキ僧、惟高ニ告テ宣ハク、「汝ヂ、我等ヲバ知リヤ否ヤト。」惟高答テ云ク、「我レ、更ニ、不知奉ズ」ト。小サキ僧ノ宣ハク、「我等ヲバ「六地蔵」ト云フ。六道ノ衆生ノ為メニ、六種ノ形ヲ現ゼリ。抑、汝ヂ、神官ノ末葉也ト云ヘドモ、年来、我ガ誓ヲ信ジテ、懃ニ憑メリ。汝ヂ、早ク本ノ国ニ返テ、此ノ六体ノ形ヲ顕ハシ造テ、心ヲ至シテ可恭敬シ。我等ハ此ヨリ南方ニ有リ」ト。如此ク見」ト思フ程ニ、既ニ三ケ日夜ヲ経タリ。其ノ後、惟高自ラ起居テ、親キ族ニ此ノ事ヲ語ル。此ヲ聞ク人、皆、涙ヲ流シテ喜ビ悲貴コト无限シ。其ノ後、惟高、忽ニ三間四面ノ草堂ヲ造テ、六地蔵ノ等身ノ綵色ノ像ヲ造奉テ、其ノ堂ニ安置シテ、法会ヲ設テ開眼供養シツ。其ノ寺ノ名ヲバ六地蔵堂ト云フ。此ノ六地蔵ノ形チ、彼ノ冥途ニシテ見奉レリシヲ写奉レル也。遠ク近道俗・男女来集テ、此ノ供養ニ結縁スル事員ヲ不知ズ。其ノ後、惟高、弥ヨ心ヲ専ニシテ、日夜ニ此ノ地蔵菩薩ヲ礼拝恭敬シ奉ケリ。

前半の傍線部には、玉祖惟高が冥途で六地蔵に出会った際のその形状が詳細に記されており、惟高は蘇生後、後半の傍線部でその通りに造像したとしている。また、同じ『今昔物語集』巻第十七「聊敬地蔵菩薩得活人語　第廿四」(45)にも、

> 此レヲ想フニ、地蔵菩薩ハ、白地ニ敬ヒノ心ヲオコセル人ヲ不棄給ザル事既ニ如此シ。何ニ況ヤ、心ヲオコシテ、年来念ジ奉リ、亦、形像ヲ造リ画タラム人ヲバ敬ヒ助ケ給ハム事可疑キニ非ズ。然レバ、地蔵菩薩ノ誓願、他《ホカ》ニ勝レ給テ憑モシクナム思ユル。

とあり、傍線部で「形像」を造る、もしくは描くことに功徳を認めている。さらに『今昔物語集』巻第十七「堕

越中立山地獄女、蒙地蔵助語　第廿七」(46)も説話の最後に「其ノ形像ヲ造リ画キ奉ラレム人ヲ助ケ給ハム事ヲ思ヒ遣テ、世ノ人、皆、地蔵菩薩ヲ帰依シ可奉シトナム語リ伝ヘタルトヤ」とある。

つまり『盛衰記』の当該説話は、西光により救済の度合いの高い六地蔵を廻地蔵という形で造像させ、功徳を積ませることで救済へと導いているのである。

おわりに

弥勒の出世までの間、濁世の救済を任された地蔵に対する信仰は、唐代にはすでに盛んであったが、日本での隆盛は、平安時代に入って浄土教の隆盛と共に始まったとされている。生前にまったく「善」のない者、つまりは堕地獄が間違いないと思われる者にとって地蔵は最後の救いであった。子息師高とともに「法皇ノ切者」(『盛衰記』)と言われ、白山事件・明雲流罪・鹿ケ谷事件などで権力を振るった西光の最期を、平家物語諸本は苛酷に描いている。『盛衰記』は、そうした先行平家物語の西光像を継承して堕地獄の可能性を示唆しながら、最後には最も有効な「一善」を積ませることで、地蔵による西光の救済を図ったと考えられる。

(1)　先行研究として以下のものがある。①谷眞道氏「平安時代に於ける地蔵菩薩像」(『密教研究』第六九号、昭和一四年)、②真鍋広済氏『地蔵尊の研究』「六地蔵と六地蔵巡り」(富山房書店、昭和一六年)、③同氏「六地藏めぐり攷」(『佛教と民俗』一、大正大学、昭和三二年)、④同氏『地蔵菩薩の研究』第三「民俗行事章」の(2)「地蔵巡禮と地蔵盆」(三密堂書店、昭和三五年)、⑤田中久夫氏「地蔵信仰と平清盛」(横田健一先生還暦記念会編『日本史論叢』、昭和五一年)、⑥高取正男氏「地蔵菩薩と民俗信仰」(梅津次郎氏編『新修日本絵巻物全集』第二九巻、角川書店、昭和五五年)、⑦頼富本宏氏『庶民のほとけ　観音・地蔵・不動』(NHK出版、昭和五九年)、⑧磯村有紀子氏「中世の京都と六地蔵」(『滋賀史学会誌』第八号、平成六年)、⑨兵藤裕己氏『平家物語の歴史と芸能』第二部第四章「平家物語の芸

能神」（吉川弘文館、平成一二年〔初出、伊藤博之氏ほか編『仏教文学講座』第五巻、勉誠社、平成八年〕）、⑩五来重氏『石の宗教』（講談社、平成一九年〔昭和六三年発行角川新書版を改訂〕）。
(2) 野間光辰氏編『新修京都叢書』第二二巻（臨川書店、昭和四七年）一二三頁。
(3) 前掲注(1)②～④論文。
(4) 前掲注(1)⑥論文。
(5) 前掲注(1)⑩論文。
(6) 前掲注(1)⑧論文。
(7) 前掲注(1)⑨論文。
(8) 砂川博氏『平家物語新考』第三章第三節「源平盛衰記の性格」（東京美術、昭和五七年）。
(9) 山下宏明氏「源平盛衰記の語り」（『國學院雑誌』第一〇三巻第五号、平成一四年）。
(10) 辻本恭子氏は「『源平盛衰記』の忠快赦免譚」（関西軍記物語研究会編『軍記物語の窓』第三集、和泉書院、平成一九年）で『源平盛衰記』の忠快赦免譚と『山王絵詞』『日吉山王利生記』との親近性を指摘し、比叡山・日吉を押し出す説話としている。
(11) 松尾葦江氏『平家物語論究』第二章一「源平盛衰記の意図と方法――中世文学の〈時〉と〈場〉の問題から――」（明治書院、昭和六〇年〔初出「源平盛衰記素描――その意図と方法――」『国語と国文学』昭和五二年五月号〕）。
(12) 市古貞次氏ほか校注『中世の文学　源平盛衰記』一（三弥井書店、平成三年）一九八頁頭注四。水原一氏『新定源平盛衰記』一（新人物往来社、昭和六三年）二八〇～二八一頁脚注は『説苑』を引用。
(13) 吉田賢抗氏『新釈漢文大系　史記』（明治書院、平成一九年）五四一頁。
(14) 『太平御覧』（中華書局、昭和三五年）三二一〇頁。
(15) 前掲注(12)『中世の文学　源平盛衰記』一、一九八頁の頭注五に指摘がある。今枝愛眞氏『五燈会元』（琳琅閣書店、昭和四六年）二九七頁。
(16) 『欽定四庫全書』集部別集類。
(17) 前掲注(12)『中世の文学　源平盛衰記』一、二〇〇頁の頭注一および同氏『新定源平盛衰記』一、二八一頁脚注は

『説苑』を引用。
(18) 築島裕氏編『大東急記念文庫善本叢刊中古中世篇　類書Ⅱ』（汲古書院、平成一六年）五九五頁。
(19) 同右書、六五一頁。
(20) 『新訂増補国史大系』第一一巻、八頁。
(21) 神宮文庫蔵二門一六四七号、一〇巻一〇冊、写本。句読点を補った。
(22) 『古典文庫　地蔵菩薩霊験記』一（昭和三九年）八一～八三頁。
(23) 山田孝雄氏ほか校注『日本古典文学大系　今昔物語集』三（岩波書店、昭和三六年）五三五頁。一部表記を改めた。
(24) 速水侑氏「日本の地蔵信仰」（前掲注1⑥『新修日本絵巻物全集』第二九巻）。
(25) 遠藤光正氏『玉函秘抄語彙索引並びに校勘』（無窮会東洋文化研究所、昭和四六年）一六頁。
(26) 同右書、一一頁。
(27) 同右書、四頁。
(28) 『大日本仏教全書』一四八、六七頁。
(29) 『大正新修大蔵経』図像部第六巻、四九四～四九五頁。
(30) 河村孝照氏編『卍新纂大日本続蔵経』第二巻（国書刊行会、昭和五五年）八八六頁。現在、経典そのものの存在は確認されていないが、水上文義氏は『与願金剛地蔵菩薩秘記』に『蓮華三昧経』所収の本文として引用されている、『卍新纂大日本続蔵経』収載本とは異なる本文を指摘しており、「地蔵系『蓮華三昧経』」としている（同氏『台密思想形成の研究』第三章「伝・良助親王撰『与願金剛地蔵菩薩秘記』小考――もうひとつの『蓮華三昧経』」、春秋社、平成二〇年）。『白宝口抄』もそうした「地蔵系『蓮華三昧経』」を引用したと思われる。
(31) 前掲注(1)②論文。
(32) 前掲注(1)⑩論文。
(33) 星野俊英氏「六地蔵信仰に於ける造像の諸形式」（『大正大学研究紀要』文学部・仏教学部、第四六号、昭和三六年）。
(34) 小林靖氏「中世六地蔵信仰の一側面――板碑にみる六地蔵信仰――」（『日本仏教史学』第二三号、平成元年）。
(35) 町田茂氏「六観音・六地蔵塔」（『日本の石仏』第九五号、平成一三年）。

(36) 持田友宏氏「甲斐の中世六地蔵石幢」(『日本の石仏』第一一六号、平成一七年)。
(37) 『大正新修大蔵経』第九巻、一二三頁。『法華経』については、笹川祥生氏にご教示をいただいた。
(38) 同右書、四五頁。
(39) 中村元氏ほか編『岩波仏教辞典』(岩波書店、平成一四年)「菩提樹」、九二三頁。
(40) 前掲注(33)〜(36)論文にはそうした卒塔婆の報告がある。特に注(36)持田氏論文の掲載する山梨県北巨摩郡須玉町(現・北杜市)の三輪神社の六地蔵石幢は筆者の考える西光の六地蔵に近く、こうした形の卒塔婆に接したと考えられる。
(41) 中御門宣胤は文明一二〜一三年(一四八〇〜八一)の間に一八回、地蔵関係の寺院に参詣している。そのうち六地蔵参詣は一〇回である。さらに長享三年(一四八九)にもう一回参詣している。
(42) 前掲注(1)⑦論文。寛文八年(一六六八)刊の仮名草子『枯杭集』巻五(朝倉治彦氏ほか編『假名草子集成』第一八巻所収、東京堂出版、平成八年)には、「第八一　洛外六地蔵」として、淵源に『盛衰記』を挙げているが、その挿絵は一体の地蔵である。一柱六面でも六体でもなく、近世六地蔵にならった一体を六か所(この場面は七か所)の形で捉えていると考えられる。『枯杭集』については、佐々木雷太氏よりご教示をいただいた。
(43) 『大正新修大蔵経』図像第六巻、四九三頁。ただし、『地蔵菩薩本願経』巻下の該当部分とは本文が相違している。本文(『大正新修大蔵経』第一三巻所収『地蔵菩薩本願経』巻下、七八九頁)は、「至心瞻礼二地蔵像一　一切悪事皆消滅至二於夢中一尽得レ安　衣食豊饒神鬼護　欲下入二山林一及渡上レ海　毒悪禽獣及悪人　悪神悪鬼幷悪風一切諸難諸苦悩　但当二瞻礼及供一二養　地蔵菩薩大士像一　如レ是山林大海中　応二是諸悪皆消滅一観音至心聴二吾説一　地蔵無尽不思議　百千万劫説不レ周　広宣二大士如レ是力一　地蔵名字人若聞　乃至見レ像瞻礼者　香華衣服飲食奉　供養百千受二妙薬一　若能以レ此迴二法界一　畢竟成仏超二生死一　是故観音汝当レ知　普告二恒沙諸国土一」となっている。傍線部は異同、二重傍線部は『白宝口抄』にはない記述である。底本の相違か、あるいは『白宝口抄』の脱落や意図的な改変などが考えられるが、不明である。龍口明生氏よりご教示をいただいた。
(44) 前掲注(23)『日本古典文学大系　今昔物語集』三、五三四〜五三五頁。
(45) 同右書、五三六頁。
(46) 同右書、五四二頁。

付章　西光と五条坊門の地蔵
——西光地蔵安置伝承の系譜——

はじめに

近世に入ると、清盛の命により西光が六地蔵を安置したという伝承が流布され、関係の寺院による六地蔵巡りが盛んになってくる。一部では『盛衰記』がその典拠としてとりあげられるが、前章で確認した通り、清盛には関わりがない。清盛の命により西光が地蔵を造像・安置したという伝承は、平家物語の世界からは想像しにくく、こうした近世伝承の生成過程の解明が待たれるところだが、本章では、前章でも触れたもう一つの西光地蔵安置伝承、神宮文庫本『沙石集』(以下、神宮文庫本)巻二所収の五条坊門地蔵安置説話について考えてみたい。管見の限り神宮文庫本にしか見えず、『盛衰記』とも、また近世伝承とも異なるものである。以下に本文を挙げる。(1)

一常州筑波山ノ麓ニ老入道アリ。手ツカラ地蔵ヲヲカシケニ造テ崇供養シ奉リケリ。家中ノ男女万事此地蔵ニコソ申ケル。随分ノ利益面々ニ空カラス有ケリ。其家ニ少者有ケリ。アヤマチニ井ニ落入テ死ケリ。母歎哀テ万ツノ願ヲ満玉フ地蔵ノ我カ子ヲ殺シ給イタル口惜サヨト理モナク歎ケルヲ、夢ニ此地蔵井ノ端ニ立テ我レヲ恨事ナカレ。力及ハヌ定業也。後世ハ助ンスルソトテ、井ノ底ヨリ此少キ者ヲ負出給ト見テ歎モ少シ止ニケリ。西光入道平相国ノ為ニ首ヲハネラレシ事、何ニ妄念モ有ツラム夢ニ五条坊門ノ地蔵負給テ、浄土ヘヤラムト思ヘハ其ノ善業モナシ。地獄ニ入ランモ悲シ。我ヲ憑タリ。何ニスヘキトテ泣テ立給ト見エケリ。五条ノ坊門ノ地蔵ハ西光カ造リ奉レリト云ヘリ。古徳ノ口伝云、仏ノ真身ハ無相無念也。大悲本誓ノ慈善根ノ力ニ依テ種々ノ形ヲ現シ給フ。形像モ応身ノ一ツ也。然ニ行者ノ信心智恵ノ分ニ随テ木石ノ思ヲ作セハ、仏体モ只木石ノ分也。木石ヲモ仏想ヲ作セハ、仏ノ利益アリ。恭敬ノ心モ信仰ノ思モ実ニ深クマメヤカニ懇ナレハ、生身ノ利益ニ少シキモタカウヘカラス。愚ナル心ニテ軽慢振舞ナレハ、利益ノ用、難レ顕レ。人ヲハ敬トモ仏ノ御前ニテハ慚ス恐スノミニ世間ニハフルマウ。争カ仏徳ヲモ蒙リ、利益ニモ預ルヘキ。返々モヲロカナル人ノ習也。

前後の本文も引用した。西光と地蔵が関わる西光五条坊門地蔵安置説話（以下、当該説話）は傍線を付した部分である。二重傍線を付した「常州筑波山ノ麓ニ老入道アリ」と「古徳ノ口伝云」に続く記事は他の『沙石集』諸本にも見えるものであり、傍線部の当該説話を含む形は、神宮文庫本のみということになる。

神宮文庫本は、神宮文庫林崎文庫に蔵される『沙石集』（二門一六四七号）十巻十冊の写本であり、早くに渡邊綱也氏が『沙石集』の諸本のなかで、略本に分類した。[2] 渡邊氏はこれを「江戸初期」の書写とし、『日本古典文学大系　沙石集』（以下、『大系』）の解説でも同様に述べている。[3] そして小島孝之氏校注『新編日本古典文学全集　沙石集』（以下、『新全集』）も解題で略本を流布本と変えて、第三類に分類、現在でもその位置づけは変わっていない。[4] しかしお茶の水図書館（現・石川武美記念図書館）蔵成簣堂文庫旧蔵梵舜本（以下、梵舜本）や市立米沢図書館蔵興譲館旧蔵本（以下、米沢本）などの古本系に比べて、流布本系は個別に論じられることが少なく、中でも神宮文庫本は『大系』の「拾遺」や『新全集』の校合で用いられるのみであり、『沙石集』研究では十分に取り組まれているとは言い難い伝本である。

また当該説話については、『大系』『新全集』の頭注での指摘の他には、管見の限り二者の先行研究のみである。

まず砂川博氏は、平家物語の登場人物の最期に注目し、他本との比較から『盛衰記』の性格を考えているが、その際、『盛衰記』の西光廻地蔵安置説話の類話として、神宮文庫本の当該説話に触れている(5)。また、小島孝之氏は唱導という観点から『沙石集』諸本を比較・考察しており、当該説話については、「いかにも断片であり、いわゆる説草のようなものである」とし、無住ではなく後人による付加とみている(6)。

以上、当該説話に関しては部分的に触れられるのみであり、個別に論じられることはなかった。そこで本章では、『沙石集』巻第二の地蔵説話群の中で本説話を考え、『盛衰記』の西光廻地蔵安置説話も視野に入れつつ、その生成について考えてみたい。

一　古本系諸本との比較

まずは当該説話の具体的な検討の前に『沙石集』諸本における神宮文庫本の位置を確認するため、古本系諸本との比較を試みたい。特徴的な本文を以下に挙げる。

神宮文庫本	米沢本（古本系第一類）	梵舜本（古本系第二類）	『地蔵菩薩霊験記』巻十「一　鎌倉浜地蔵材木搬給事」
古仏像ハ 只其儘ニテ 崇ル一ツノ様也。 但ミニク、 カタワシキヲバ 律ノ中ニハ	古き仏像は、 ただそのままにて 崇むる事にて侍るとかや。 律の中には、 「かたはしき仏には	古キ仏像ハ、 只其儘ニテ 崇ル、一ノ様也。 但、形チ醜、 カタハシキヲバ、 律ノ中ニハ、	古キ仏像ハ タヾ其ノマヽニテ アガムル一ノ様也。 但シ形チ見ニク、 カタワシキヲバ 律ノ中ニハ

張ヲカケヨ ト云ヘリ。 ミメ悪キ姫君 ナントヲハ陰テ 見セネハ 心ニクキ様ニ 仏モ只心ニク、覚テ 行者ノ信ヲモ モヨヲサシムベシト也。	戸帳をして崇めよ」 と云へり。	「戸帳ヲ懸ヨ」 ト云ヘリ。 美目ワロキ姫君 ナドハ、深ク隠レテ 見ヘネバ、 心ニクキ様ニ、 仏モ只心ニクキハ、 行者ノ信ヲ 催ヲサシムベキ也。	戸帳ヲカケヨ トイヘリ。 ミメワロキ姫君 ナンドハカクレテ 見エネバ 心ニクキ様ニ 仏モ只心ニク、覚テ 行者ノ信心ヲ モヨヲサシムベキナリ。

古本系第一類は米沢本を、古本系第二類は梵舜本を使用した。(7) また、最下段には『沙石集』巻二の地蔵説話群の典拠と考えられている『地蔵菩薩霊験記』を配した。(8) まず古い仏像を修理することについての記述だが、神宮文庫本は傍線部で「但ミニク、カタワシキヲバ」帳を立てよと述べている。梵舜本も『地蔵菩薩霊験記』もほぼ同じ本文だが、古本系第一類は「律」の内容として「かたはしき仏には戸帳をして崇めよ」とする。またそのあとに続く、他書にある二重傍線部、容貌の悪い姫君を見せないのと同じように、仏も見せないことで信心を煽るのだという記述も古本系第一類には見えない。神宮文庫本は古本系では第二類に近いと言える。

次に、勘解由小路の地蔵霊験譚を挙げる。同説話は、勘解由小路の地蔵に通夜していた女房に、同じく参籠していた若い法師が思いを寄せ、地蔵の示現を装う話である。女房は「此暁下向ノ時、始テ逢タラン人ヲ憑」（以下、引用は神宮文庫本）という偽りの託宣を信じて行動した結果、「貧シカラヌ武士入道」と出会い、幸せな生活を送ることになる。一方の法師は慌てて「武士入道」の屋敷へ行き、示現は偽りのものであると騒ぎ立てるが、「コハ何事ゾ。物狂カ」として相手にされず、結局思いを遂げることはできなかったというものである。そのあとに次のような本文が続く。

神宮文庫本	米沢本（古本系第一類）	梵舜本（古本系第二類）	『地蔵菩薩霊験記』巻十「二　虚夢想事」
心ノ濁ハ无レ益。	心濁れるは益無し。	心濁ルハ益ナシ。	心濁ルハ益ナシ。
信心深クシテ、	信深くして	信心深クシテ、	信心深シテ
仏ノ御詞ト	仏の御言と	仏ノ御詞ト	仏ノ御詞ト
仰ケレバ、	思ひければ、	仰ギケレバ、	仰ギケレバ、
此女房ハ	彼の女房、	此女房ハ	此ノ女房ハ
思ノコトク、望	思ひの如く望む所に	思ヒノ如ク、所望	思ノ如ク望所ロ
叶テケリ。	叶ひてける。	叶ケリ。	叶テケリ。
大聖ノ方便	大聖の方便利生こそ	大聖ノ方便	大聖ノ方便
目出度コソ覚侍シ。	目出たく覚ゆれ。	目出度コソ。	目出クコソ覚ヘ侍レ。
鞍馬ノ老僧モ、		鞍馬ノ老僧モ、	鞍馬ノ老僧モ
ソラ示現ノ故ニ、		ソラ示現ノ故ニ、	ソラ示現ノ故ニ
牛ニ房モ		坊ヲモ牛ニ	タガヒニ房モ
皆フミ破ラレ		皆踏破ラレ	ミナフミヤブラレ
候ケル事、		ニケル事、	候ケル事
思合セラル。		思合セラル。	思合ラル。
常ノ物語ナレバ		常ノ物語ナレバ、	常ノ物ガタリナレバ
不書之。		委ク是ヲカ、ズ。	コレラハカ、ズ。

「心ノ濁」っていた法師には当然の報いがあり、一方の女房は、「ソラ示現」にもかかわらず、信心によって行動したため果報があったとする。そのあとに神宮文庫本と梵舜本、『地蔵菩薩霊験記』は、「鞍馬ノ老僧」の話と似ているが、よく知られているものであるので省略するとしている。この話は『地蔵菩薩霊験記』巻十や『雑談集』巻五にみえるものであるが、やはり神宮文庫本は古本系の中では第二類に近いということになる。流布本の、

内閣文庫本（室町末～江戸初）や数種類の刊本が古本系第二類と近いということはすでに指摘されているが[9]、神宮文庫本も同様と考えられる。

二　西光五条坊門地蔵安置説話の生成

当該説話は「はじめに」で確認した通り、二つの記事に挟まれた形となっている。そこで本章では当該説話がどういう目的で加筆されたのかという点を検討し、神宮文庫本の性格の一端を明らかにする。

『沙石集』巻第二の一連の地蔵説話群の最後は、「常州筑波山ノ麓ニ老入道アリ」で始まる〈常陸国筑波山における地蔵説話〉と、「古徳ノ口伝云」で始まる〈利益は信心の深さによる〉とする説話で構成されている。これは諸本共通であり、神宮文庫本は常陸国筑波山における地蔵説話の冒頭に「一」として一連なりとなっている。そしてこれは『地蔵菩薩霊験記』巻第六「七　小児井ニ堕夢中ニ救給事」とかなり近い内容である。古本系第一類の米沢本、第二類の梵舜本と比較すると、やはり神宮文庫本は第二類と字句的に一致する箇所が多く見えるが、内容に大差はない。そのため、本節では古本系の二本を省略し、『地蔵菩薩霊験記』と神宮文庫本を比較する。当該説話の位置を『地蔵菩薩霊験記』と比較する形で示すと左表の通りである。

『地蔵菩薩霊験記』巻第六	神宮文庫本（他の沙石集諸本は①②のみ）
①〈常陸国筑波山における地蔵説話〉	①〈常陸国筑波山における地蔵説話〉
	西光五条坊門地蔵安置説話
②〈利益は信心の深さによる〉	②〈利益は信心の深さによる〉

まず①〈常陸国筑波山における地蔵説話〉であるが、「老入道」（『地蔵菩薩霊験記』は「年七旬ニ傾ケル入道」）が手作りの地蔵を信仰していたという点では同じだが、『地蔵菩薩霊験記』はそのあとに以下のように続く。

家内ハ云ニヲヨバス知音ノ朋類ニ至ルマテ此ノ地蔵尊ヲ拝敬セヌ人ヲ或ハ恨、或ハハヅカシメケルホドニ、心中ハ不《レトモ》レ染外面ヲ信ズル体ニスルモアリ。亦ハ宿善ノ輩ハ彼ノ真心ニ呼起サレ倶ニ敬ヲ尽者モ多カリケリ。サレバ信心ノ者ハ得益影ノ如随、厄害更ニ至ルコトナシ。

家族はもとより「知音ノ朋類」にも信仰を強要する老入道として描かれているが、これが神宮文庫本では、

家中ノ男女万事此地蔵ニコソ申ケル。随分ノ利益面々ニ空カラス有ケリ。

となっている。やや偏執的な老入道が消え、自主的な信心が強調される形となっている。次にこの入道の孫が井戸に落ちるが、その後の母親の言葉にも違いが見える。

其ノ母泣悲事無レ限。万ノ願望ヲ満、災難悉除ノ本願虚我子ヲ如《ク》レ是殺シ給フ事ヨト非理ノ瞋ヲ起シ、彼ノ像ヲイカヾセントゾ巧ケルガ、

『地蔵菩薩霊験記』の母親は地蔵に対して「非理ノ瞋ヲ起シ」、像自体にその怒りを向けようとしているが、これが神宮文庫本では、

母歎哀テ万ツノ願ヲ満玉フ地蔵ノ我カ子ヲ殺シ給イタル口惜サヨト理モナク歎ケルヲ、

とあるのみで、「彼ノ像ヲイカヾセン」とまでは考えていない。老入道の描写と同様に、母親の描写にも違いが見える。しかし最も大きく異なるのは、地蔵の子供への対処である。まず『地蔵菩薩霊験記』を挙げる。

其ノ夜ノ夢ニ彼ノ地蔵ノ像、井ノ底ヨリ件ノ小児ヲ抱テ出給フトゾ見ケル。母ハツト驚、ウレシサヨト思心ノ夢、覚テケレハ、我子ハ如レ常懐ノ内ニゾアリケル。

地蔵が井戸の底から子供を「抱テ」出てくる夢を見た母親が起きてみると、死んだはずの子供が懐にあったという蘇生譚となっている。これが神宮文庫本では、

夢ニ此地蔵井ノ端ニ立テ、我レヲ恨事ナカレ、力及ハヌ定業也。後世ハ助ンスルソトテ、井ノ底ヨリ此少キ

者ヲ負出給ト見テ歎モ少シ止ニケリ。

となっているのである。蘇生譚ではなくやはり子供は亡くなっている。それは「力及ハヌ定業」であり、地蔵の救済は子供の後世に向けられている。蘇生譚か後世救済譚かの相違は大きい。

他の『沙石集』諸本はこのあと、②〈利益は信心の深さによる〉とする説話へと続いている。手作りの仏像であっても信心を持てば、利益は必ず現れるという主張が展開されるのは、『地蔵菩薩霊験記』も『沙石集』も同様である。しかし神宮文庫本はその②の前に当該説話を加筆した。本文を再掲する。

西光入道平相国ノ為ニ首ヲハネラレシ事、何ニ妄念モ有ツラム夢ニ五条坊門ノ地蔵負給テ、浄土ヘヤラムト思ヘハ其ノ善業モナシ。地獄ニ入ランモ悲シ。我ヲ憑タリ。何ニスヘキトテ泣テ立給ト見エケリ。五条ノ坊門ノ地蔵ハ西光カ造リ奉レリト云ヘリ。

神宮文庫本が①〈常陸国筑波山における地蔵説話〉を基にして当該記事を加筆したことは間違いない。そしてその意図は、①で地蔵が子供を「負出給」とあるところに、地蔵が西光を「負給テ」として表現を一致させていることなどから、①と対比することにあったと考えられる。①が信心によって後世の救済を約束されたのに対し、西光は、「其ノ善業モナシ」とする。「善業」のない者を救うのが地蔵であるが、この場合は常陸国の老入道や母に比べて、西光の信心が足りなかったことが救済不能の原因であると考えられる。神宮文庫本（他の『沙石集』諸本も『地蔵菩薩霊験記』も同じ）が②の中で、

恭敬ノ心モ信仰ノ思モ実ニ深クマメヤカニ懇ナレハ、生身ノ利益ニ少シキモタカウヘカラス。愚ナル心ニテ軽慢振舞ナレハ、利益ノ用、難レ顕レ。

としていることの、具体例と言えるだろう。つまり、『沙石集』には、「恭敬ノ心」で信仰したために利益に預かった例として①の説話が用意されているのに、「愚ナル心」の例が用意されていないため、神宮文庫本が西光

の説話を用意したと考えられるのである。

①の記述においては『地蔵菩薩霊験記』と『沙石集』とでは、蘇生譚と後世救済譚とで異なっている。神宮文庫本は当然後世救済譚の方向で本文を引き継いだが、先行の『沙石集』を写す際に、そのまま引き写しにするのではなく、②をより具体的に説明するために①〈常陸国筑波山における地蔵説話〉を基にして、西光五条坊門地蔵安置説話を加筆したのだろう。神宮文庫本を全巻にわたってより精査し、他の独自記事も検討する必要があるが、神宮文庫本の、先行本文を詳しく解説しようとする性格の現れと考えられる。

三　西光地蔵安置伝承の系譜

神宮文庫本『沙石集』が「愚ナル心ニテ軽慢振舞ナレハ、利益ノ用、難レ顕レ」の例として用意したのが西光五条坊門地蔵説話であった。本節では『盛衰記』から近世の西光地蔵安置伝承へと繋がっていく系譜の中に、当該説話を位置づけてみたい。そのため、前章と重なる叙述も見える。

西光が地蔵を造立したという伝承は、近世に入って大きく展開する。すでに前章で確認したが、寛文五年（一六六五）刊の『扶桑京華志』巻之二には[10]、

> 在二木幡ノ邑一ニ相伝西光法師毎二七道一構二フ一宇一ヲ造二テ六体ノ地蔵一ヲ而置ク焉所謂ル四ノ宮河原木幡ノ郷造道西七条蓮台野菩薩池（ママ）而坂（西カ）本是也見二源平盛衰記一。按スルニ今謂二フ六地蔵一者西七条蓮台野西坂本無レシテ有之而有二常盤山科一ニ蓋以二テ山科亦台山ノ麓一ナルヲ謂二之ヲ西坂本一ト不妄ナラ也。常盤ノ地蔵旧有二ル蓮台野一ニ歟。（後略）

とある。傍線を付したように、『盛衰記』記載のものと「今」の六地蔵の安置場所とを比較している。『盛衰記』に発した西光地蔵安置伝承は、近世に至り、様々に変容したということであろう。

諸本中、最も西光の悪行を強調する文脈となっていた『盛衰記』は、西光の振る舞いを「過分」とし、さらに

「生前ノ一善ナケレバ」と続けている。当該説話でも西光の「善業」の無さが救済を妨げていた。『盛衰記』では六体の地蔵を造立・安置したことが功徳となり救済されるのだが、神宮文庫本は造立しただけでは救済に至るまでの功徳とは考えていない。神宮文庫本にとっては、利益はあくまでも「信心」や「恭敬ノ心」を持つ者に与えられるものであり、「愚ナル心」を持ち「軽慢振舞」のあった西光の後世は救済されないのである。

神宮文庫本が『盛衰記』を参照したかどうかは不明である。類話と言っても、西光と地蔵という以外はほとんど異なっており、とうてい依拠資料とまでは言えない。しかし、「愚ナル心」「軽慢振舞」の例として西光がとりあげられ、地蔵によっても救済が不可能とする当該記事の源には『盛衰記』を想定してもよいと思われる。『盛衰記』から近世の西光地蔵安置伝承に至るその中間に、神宮文庫本『沙石集』の当該説話を位置づけることができるだろう。

四　「五条坊門」と西光

『盛衰記』の西光廻地蔵安置説話では、安置した場所として、「四宮川原、木幡ノ里、造道、西七条、蓮台野、ミゾロ池、西坂本」が挙げられており、従来その場所については様々な研究が重ねられてきた(11)。近世の六地蔵伝承でも、前節でとりあげた『扶桑京華志』のように、安置場所の考証がなされている。しかし『沙石集』の当該説話については、そうした考証はなされていない。当該説話自体が研究対象にならなかったということもあるが、西光が安置した「五条坊門」については、一考すべきであろう。『沙石集』巻第二の一連の地蔵説話群の舞台としては、相模国（鎌倉）が三例、駿河国一例、常陸国一例、大和国一例、山城国（京）一例と東国が多い。その中で神宮文庫本の当該説話が「五条坊門」を設定したことには、やはり留意しておかなければならないだろう。「五条坊門」は四条大路と五条大路の間の東西路五条坊門小路である。十六世紀末に東山から仏光寺が移ったため、現在は仏光寺通と呼ばれる。その「五条坊門」に西光が地蔵を安置したという設定については、まず『愚昧記』安元三年六月二日の記事を考えなければならない[12]。

西光頸、今暁斬了。於五条坊門朱雀切之云々。

鹿ケ谷事件の発覚後、西光は速やかに処刑されたが、『愚昧記』はその場所を「五条坊門朱雀」とする。五条坊門小路と朱雀大路の交わる、平安京のほぼ中心にあたる場所ということになる。しかし、これは『愚昧記』のみで、『愚管抄』巻第五「高倉」[13]は、

京ニ上リテ安元三年六月二日カトヨ、西光法師ヲヨビトリテ、八条ノ堂ニテヤ行ニカケテヒシ〳〵ト問ケレバ、皆オチニケリ。白状カ、セテ判セサセテ、ヤガテ朱雀ノ大路ニ引イデ、頸切テケリ。

としている。「朱雀ノ大路」とするのは、読み本系平家物語も同様である。延慶本は「朱雀ノ大路」、長門本「朱雀の大路」、『盛衰記』も「朱雀大路」である。一方語り本系諸本では、屋代本が「五条西ノ朱雀」、百二十句本が「五条西の朱雀」、覚一本は「五条西朱雀」とあり、異なっている。「五条西朱雀」は五条大路と朱雀大路の交差する西側と考えられており[14]、「五条坊門朱雀」からは高辻小路を挟んで南へ下ることになる。「五条西朱雀」については、延慶本・『盛衰記』・城方本の平家物語諸本が樋口兼光の処刑場所として記しており、処刑場所としての用例となる。また、『保元物語』は源為義の処刑場所を「七条西朱雀」（金刀比羅本。半井本は「七条朱雀」）としており、朱雀大路の西側での処刑はいくつかの例を見つけることができる[15]。しかし「五条坊門朱雀」での処刑の用例は、管見の限りでは確認できない。

神宮文庫本が西光の地蔵安置場所を「五条坊門」としたことについて、『愚昧記』が伝えるような「五条坊門朱雀」での西光処刑伝承が基になっているとも考えられるが、不明である。しかし、「五条坊門」には実際「地蔵」が安置されていたようで、『百練鈔』正元元年（一二五九）二月二十八日条[16]には次のような記事が見える。

廿八日壬寅。五条坊門坊城地蔵堂供養。

「五条坊門坊城」に「地蔵堂」があったとしている。「坊城」は朱雀大路より東に一筋目の「坊城小路」であり、五条坊門朱雀とはわずかな距離である。これは従来、壬生寺の初出とされている記事であり、現在の壬生寺（中京区坊城仏光寺北）の位置ともほぼ合致する。壬生寺の縁起『壬生地蔵縁起』「東国飯飼平次事」にも、「五条坊門の地蔵菩薩」として壬生寺の地蔵の霊験が語られており[17]、五条坊門に地蔵が安置されたという伝承がまったく荒唐無稽な話ではないということになる。

また、文永九年（一二七二）成立と考えられる誓願房心定の『受法用心集』にも[18]、

其の後建長三年生年三十七歳にして上洛せし時、五条の坊門の地蔵堂にして彼の法の行者に遇ひて経書をうつし、秘伝を書きとる。（中略）然るに小僧去じ建長三年の春の比洛陽五条坊門地蔵堂の執行快賢阿闍梨に付て即身成仏の義を談ずる事侍りき。此の人は高野山の宿老、真言教の碩学なり。

とあり、同書ではこの「五条の坊門の地蔵堂」が壬生寺であるとは記されないものの、この表現の熟した用例といえるだろう。

神宮文庫本で西光が五条坊門に地蔵を安置したことについては、壬生寺の影響を考えることもできる。そこで、次に壬生寺の地蔵について検討しておきたい。

五　「五条坊門」（壬生寺）の地蔵

壬生寺は現在、京都市中京区壬生梛ノ宮町にある律宗の寺院であり、千本通（朱雀大路）と仏光寺通（五条坊門小路）が交わるところにある。同寺には縁起として、『壬生地蔵縁起絵』（『壬生宝幢三昧寺縁起』『壬生地蔵縁起』）があり、その伝本は大きく三種類に分けられている。六巻本と呼ばれる『壬生地蔵縁起絵』が室町時代の

転写本と考えられており、文明年間（一四六九〜八七）のものとされている。[19]『実隆公記』延徳二年（一四九〇）九月二十三日条には、[20]

廿三日壬寅天気快晴、壬生地蔵縁起絵宝幢金剛三昧院二巻末猶在之云々披見、

とあり、延徳二年以前に完成していたものが該当すると考えられている。そしてこの六巻本を基にして、元禄十五年（一七〇二）に三冊本が、さらに増補して寛政二年（一七九〇）にも三冊本が刊行されている。この『壬生地蔵縁起絵』によると同寺の創建は一条院の頃、正暦二年（九九一）とあり、三井寺の僧快賢によって建立され、定朝に本尊地蔵菩薩を彫らしめたとする（第一「壬生寺草創幷本尊出現の事」）。それが建保元年（一二一三）に平宗平なる人物によって「五条坊門壬生」より現在の「五条坊門坊城」へと移され、整備されたとなっている（第五「宗平当寺再興の事」）。

文明年間に地蔵信仰が盛んであったことはすでに指摘されているが、[21]本節ではその中でも「五条坊門」（壬生寺）の地蔵信仰の隆盛を確認し、神宮文庫本における当該説話の生成について考えてみたい。

（1）六地蔵参詣と壬生寺

室町期の、特に文明年間の前後に六地蔵参詣が流行していたことは、前章でも触れた。中御門宣胤の『宣胤卿記』からは、文明十二〜十三年（一四八〇〜八一）までに十八回の地蔵参詣を行ったことが確認でき、そのうち十回が六地蔵参詣である。地蔵の縁日である二十四日に参詣することが多いが、その前後の日に参詣している月もある。また六か所ではなく、一か所ないしは二か所の月もあり、厳密に六か所を参詣していたわけではない。六か所ではない月の記事を抜き出すと、以下の八回である。[22]

《文明十二年》

正月二十四日―天明中院同道退出、精進詣地蔵堂、次行中御門亭、
二月二十九日―公夏朝臣来、令同道、詣壬生地蔵堂、行妙覚寺、
三月二十四日―頭中将同参、次行甘露寺、次詣壬生地蔵堂西川前宰相橋本中将同道、
九月二十四日―楽林綾小路黄門入道事也被来、令同道詣佐比幷壬生地蔵、
九月二十九日―有行徳人也、次行中御門亭、次参詣誓願寺真如堂地蔵堂等、
十一月二十四日―自今夕参籠蔵珠庵地蔵堂、一条西洞院、

《文明十三年》

三月二十四日―今日、室町殿壬生地蔵御参詣也、
七月三日―早起座、便路之間詣真如堂［一条町］幷蔵珠院地蔵、

一か所ないしは二か所の参詣の場合、壬生寺には四回参詣している。格段に多いというわけではないが、宣胤にとって壬生寺は、六か所も参詣ができない際に選ばれる有力な候補地であったのだろう。また、「六地蔵」と言っても特定の地蔵関係寺院をというわけではなく、不特定に六か所を廻っていたようであり、近世以降のように巡礼という形で場所が確定していたわけではないようである。たとえば『宣胤卿記』文明十三年正月二十四日条には、

西川前相公来、同道参詣六ヶ所地蔵佐比、壬生、八田、星光寺、清和院、蔵珠院、

とあり、具体的に廻ったところが記されている。宣胤は文明十三年七月を最後にしばらく六地蔵参詣をやめていたが、八年後の長享三年（延徳元年＝一四八九）に再開したときには、「壬生、斎田寺、蔵珠院、八田、星寿寺、清和院」を廻ったとあり、参詣地には入れ替わりがある。しかし、やはり壬生寺には変わらず参詣している。

（2）足利将軍家の壬生寺参詣

中御門宣胤のような公家のみならず、壬生寺は足利将軍家からも尊崇を受けていた。山科教言の『教言卿記』には、将軍家の信仰を伝える記述が散見される[23]。応永十五年（一四〇八）九月二十七日条には、「北山女院壬生地蔵参籠云々」とあり、同月二十九日条には、「北山女院壬生地蔵堂ニ今日ヨリ廿四日ニ御参籠云々」とある。応永十五年は五月六日に足利義満が没しており、そのため「北山女院」つまり義満室日野康子は熱心に参籠したのであろう。

そして応永十六年（一四〇九）二月一日、『教言卿記』には以下のような記事がある。

教豊朝臣御楽トテ俄被召之間、参入新御所也、即祗候、所詮女院御夢想ニ去廿八九日歟、故御所御対面之体、新楽モ不沙汰、予有之時楽ハカリ、新楽ハ不出来、笙ト手跡ハ器量ニテ何モ不沙汰候ト御定アリ、マサシクウツ、ナル様御夢有云々、此間ハ壬生ノ地蔵堂御参籠中御夢想云々、女院ヨリ御書ニテ新御所へ被申之、其御書ヲ倉部ニ被見ケル云々、哀敷之者也、

「去廿八九日」に康子は「故御所」義満と夢想の中で「御対面」したとする。そして「新御所」つまり子の足利義嗣に楽を習うよう述べたことを康子が伝えたとしている。この間にも三回（応永十五年十月二十四日・十一月二十三日、応永十六年一月二十四日）参籠しており、康子にとって壬生寺が義満の菩提を弔うための重要な場所であったことは間違いない。そしてその際、夢に義満と対面したという逸話は、壬生寺の霊験を宣伝するためには大変有効であったと考えられる。

そのためか、以後足利家の壬生寺参詣は諸記録で確認することができる。壬生晴富の『晴富宿禰記』文明十年（一四七八）一月九日条[24]には、

九日壬申　晴　妙蓮寺浄行坊節養、上人被相招之間向之、自朝飯入夜宴会、此席本国寺上人片時来臨、則被

帰之、持教来、有和歌、申初、御方御所将軍宰相中将殿義尚卿地蔵有御参詣之由告送了、会合席之間、則帰宅拝見了、御馬也、御烏帽子・御袴計也、御供衆八騎、藤宰相永継父子遁《ママ》両人以上十二騎打連之還御、若宮辺東寺等御歴覧云々、

として、九代将軍義尚の参詣を記している。外出先で義尚の地蔵参詣を聞いた晴富は帰宅し、その様子を見たようである。壬生家は壬生寺の隣家であり、この場合の「地蔵有御参詣之由」は壬生寺のことと考えてよいだろう。また大宮長興の『長興宿禰記』文明十二年八月十一日条には、壬生寺の本尊が開帳され、「仍室町殿准后今日有御参詣」として足利義政の参詣を伝えている。[25] さらに同じく同記の同年同月二十四日条には、「室町殿御台、一品幷将軍大納言殿御参詣壬生地蔵」とあり、日野富子と義尚もこの開帳に合わせて参詣しているのである。

壬生寺は他の地蔵関係寺院に比べて、足利将軍家の尊崇を集めていた。それは文明年間の隆盛よりも早く、義満が没した直後の頃にはすでに確認することができる。

（3）地蔵霊験説話の生成

貴人の熱心な参詣は、寺院にとって大いに歓迎すべきものであっただろう。そしてその際、寺院は貴人に対して本尊の霊験を説かねばならず、自然に、そうした霊験説話も整備されていったものと思われる。たとえば『教言卿記』応永十五年（一四〇八）十月二十四日条には、

壬生僧宗地上座来、物語、此間女院御参籠有談義、地蔵本願経又十王経、修中八宝生院へ粥飯有施入之、結願之時御布施小袖一重・椙原十帖・香箱居之、珍重々々、

とあり、壬生寺の僧である「宗地上座」によって『地蔵本願経』と『十王経』が説かれたことがわかる。「宗地上座」は翌年の一月二十四日にも北山女院日野康子に「談義」をしている。前掲の義満の霊夢などは格好の材料

と考えられるが、管見の限り他には見えない。しかし次の、『師守記』康永三年（一三四四）四月四日の記事はそうした壬生寺の地蔵霊験説話生成の過程をうかがわせるものとして注目される。(26)

伝聞、今日於五条坊門壬生召取御敵、或切服自害、或被召取云々、於首者東寺四塚懸之云々、洛中賀茂祭以前之間、被憚之云々、

南朝方の武士達が「五条坊門壬生」に潜んでいたところを討たれたという記述であるが、これは『太平記』に収載されている。慶長古活字本（日本古典文学大系）では巻第二十四「三宅・荻野謀叛事付壬生地蔵事」に該当する。冒頭の記事を挙げると次の通りである。(27)

サテモ此日壬生ノ在家ニ隠レ居タル謀反人共、無被遁処皆討レケル中ニ、武蔵国住人ニ、香勾新左衛門高遠ト云ケル者只一人、地蔵菩薩ノ命ニ替ラセ給ヒケルニ依テ、死ヲ遁レケルコソ不思議ナレ。所司代ノ勢已ニ未明ニ四方ヨリ押寄テ、十重二十重ニ取巻ケル時、此高遠只一人敵ノ中ヲ打破テ、壬生ノ地蔵堂ノ中ヘゾ走入タリケル。

傍線を付したように、香勾新左衛門高遠が地蔵によって命を救われたという霊験説話となっている。壬生の在家に隠れていた高遠が「壬生ノ地蔵堂ノ中ヘゾ走入タリケル」として舞台が壬生寺へ移り、寺内にいた「寺僧カト覚シキ法師」に数珠と太刀を取り替えさせられる。高遠を追ってきた討手は太刀を持つ僧を捕縛し連行するが、翌日僧の姿が消えており、討手が探していると、壬生寺の本尊に縄目の跡が残っているのを発見する。先日捕えた僧が実は本尊の地蔵であったと知った討手の三人は、「発露涕泣シテ、罪障ヲ懺悔スルニ猶ヲ不堪、忽ニ本鳥切テ入道シ、発心修行ノ身ト成ニケリ」として出家をしてしまった。そして最後に、

彼ハ依順縁今生ニ助命、是ハ依逆縁来生ノ得値遇事誠ニ如来附属ノ金言不相違、今世後世能引導、頼シカリケル悲願也。

と結んでいる。高遠は「今生」に助命という形で功徳を得て、討手の三人は「来生」を出家の功徳で約束されたとしている。「今世」も「後世」も引導する地蔵の霊験説話である。

そしてこの説話は、壬生寺の縁起にも採用されている。文明年間であるものの写本とされ十八話からなる六巻本にはなく、元禄十五年刊の、さらに霊験譚が増補されたと考えられる元禄本に見える。内容はほぼ同じであり、話末評語も、

彼高遠は、順縁に依て命をたすかり、此武士は逆縁に依て、菩提の道に入事、むべなる哉。今世後世能引導の誓願、頼もしくこそおぼえ侍れ。

とほぼ同文である。「高遠」「武士」を補って、『太平記』の記述をより平明にした形であり、『太平記』を基にした増補であろう。こうした「五条坊門壬生」での事件が、地蔵霊験説話として生成されていった背景には、壬生寺の隆盛があったことは間違いない。その一端を示すものとして、『実隆公記』享禄二年（一五二九）七月二十三日の記述を挙げたい(28)。

廿三日、丙辰、霽、及晩雨灑、則晴、行水、

壬生地蔵持物錫杖明日可帰本寺、今日可拝見之由兼日約諾、宝幢三昧院住持招提寺門徒、西堂、被持来、則頂戴、此錫杖本尊者定朝一刀三礼千日造之、錫杖可造立歟、将又可為金物歟之由思惟之処、十二三歳之天童持此錫杖来献之云々、上ニ五智如来、中央四方四仏之尊像在之、殊勝之霊物也、彼僧以練葛勧一盞、黒剣一腰奉之了、

禁裏可有御頂戴之由申入之、彼住持僧持参、可被参殿上方之由申含、重親卿申次云々、上下皆頂戴云々、同被参若宮御方歟、

壬生寺の本尊が定朝によるものであることは縁起で確認をしたが、その持物である錫杖は、傍線を付したよう

に、「十二三歳之天童」が現れて献じたものであるとしている。それを三条西実隆は壬生寺の住持と約束し、「拝見」したらしい。文明年間より約半世紀を経ているが、実際にこうした寺宝の見学が行われていた。二十四日にあわせてその前日に開かれたものである。[29] この時実隆は、宮中の女房達を誘っていたらしく、『お湯殿の上の日記』享禄二年七月二十三日条には、[30]

廿三日。みふのちさうのしやくちやう。一たんのれいほうにて。てんちくよりてんとうもちてさつけたるよし申て。木ちやう所にて御いたゝきあり。せうようゐんより申されてまいる。しゆこう。女中みな〳〵御いたゝきあり。御たんしやう日の御くわんすともまいる。

とある。傍線部の「てんちくより」という記述は『実隆公記』にはないが、「てんとう」（天童）の記述があり、二重傍線部に「せうようゐん」（逍遥院）とある通り、実隆の勧誘によって女房達もこの見学会に参加していたことがうかがえるのである。またこの壬生寺の錫杖説話は同寺の縁起にも採録されている。増補した元禄本巻之上「第八　当寺本尊錫杖来由の事」には、

当寺本尊地蔵菩薩、出現の来由は、既に上に記しをはりぬ。持物の錫杖の来由を尋るに、本尊落慶の折から、持物の錫杖いまだ成就せず。ある時辰の一点より午の時に至りて、本尊のあたり、霧ふかくおほひて、異香四方に薫ず。あやしみ思へる処に、午の中分に及むで霧はるゝに随ひて、本尊を拝し奉れば、忽ち御手に、錫杖を携へもち給ふよそほひ、恰も生身のごとし。

としている。増補本である元禄本にあって六巻本にはないということは、これも後に加えられた可能性が高い。実隆の伝えるところとは若干異なるが、錫杖が本尊とは別に伝承を持つ点は同様である。

同縁起はこの後、突然現れた錫杖の由来を寺僧の夢の中で「やごとなき僧」が語っている。その僧によれば、この錫杖は昔釈尊が『延命地蔵経』を説いていた際に、「やごとなき僧」自身が持って大地より涌出したもので

あるという。つまり地蔵の持物であったものが今、壬生寺に現れたということであろう。そして同縁起は続けて「抑此錫杖の功徳、諸の経論に、詳かに見え侍れば、こゝにしるさず」としている。錫杖自体が功徳を為す物であり、信仰の対象となっているのである。さらに最後に、「此錫杖一見一聞の人は、往生浄土の良因を植て、竟に菩提の善果を、成熟せしめむ事、なんぞ疑はん」と結んでいる。『実隆公記』の記す見学会は、錫杖に対する好奇心と、まさにこうした「往生浄土の良因」「菩提の善果」を求めたものであった。

おわりに

神宮文庫本は前後の本文をより具体的に説明するために、当該説話を挿入した。その際、直前の常陸国の地蔵説話と表現や設定を似せているのは、明らかに対比するためである。地蔵を作ったにもかかわらず、信心が足りないために救済されない者として西光が選ばれてくる過程には、『盛衰記』巻第六「西光卒都婆」のいわゆる西光廻地蔵安置説話が関与したことであろう。そして「五条坊門」という特異な安置場所を用意した背景としては、文明年間をピークとした壬生寺の隆盛が考えられる。「五条坊門ノ地蔵」と記すだけで、それは壬生寺の地蔵を想起させたのである。

そして神宮文庫本では、壬生寺の地蔵は救済できなかった形となっているが、様々な霊験譚を持つ壬生寺の地蔵でさえ救うことができなかったのは、西光に「善業」がなかったためである。たとえ仏像を作っても、「愚ナル心ニテ軽慢振舞」を専らとしていては救済されないという『沙石集』の主張に沿って、神宮文庫本が当該説話を生成したためであると考えられる。

（1）　神宮文庫蔵『沙石集』二門一六四七号、一〇巻一〇冊、近世初頭写。句読点を補い、一部表記を改めた。

（2）渡邊綱也氏編『校訂広本沙石集』（黒田彰氏ほか編『説話文学研究叢書』第二巻所収、クレス出版、平成一六年〔昭和一八年日本書房刊行本の復刻版〕）。
（3）渡邊綱也氏校注『日本古典文学大系　沙石集』（岩波書店、昭和四一年）三〇～三一頁。
（4）小島孝之氏校注『新編日本古典文学全集　沙石集』（小学館、平成一五年）六三二頁。
（5）砂川博氏『平家物語新考』第三章第三節「源平盛衰記の性格」（東京美術、昭和五七年）。
（6）小島孝之氏「『沙石集』の諸本と無住の唱導」（『説話文学研究』第四二号、平成一九年）。
（7）米沢本は『新編日本古典文学全集』（前掲注4）を、梵舜本は『日本古典文学大系』（前掲注3）を使用した。一部表記を改めた。
（8）『古典文庫　地蔵菩薩霊験記』三（昭和三九年）。
（9）前掲注(6)論文。
（10）野間光辰氏編『新修京都叢書』第二二巻（臨川書店、昭和四七年）一二三頁。
（11）磯村有紀子氏「中世の京都と六地蔵」（『滋賀史学会誌』第八号、平成六年）。
（12）山本信吉氏ほか編『陽明叢書　愚昧記』（思文閣出版、昭和六三年）五二五頁。
（13）岡見正雄氏ほか校注『日本古典文学大系　愚管抄』（岩波書店、昭和四二年）二四五頁。
（14）水原一氏校注『新潮日本古典集成　平家物語』上（新潮社、昭和五六年）一三二頁頭注二。
（15）永積安明氏ほか校注『日本古典文学大系　保元物語 平治物語』（岩波書店、昭和三六年）一五一頁。
（16）『新訂増補国史大系』第一一巻、一五三頁。
（17）以下、『壬生地蔵縁起』『壬生宝幢三昧寺縁起』は『壬生寺民俗資料緊急調査報告書〈第三分冊〉』（元興寺仏教民俗資料研究所、昭和五〇年）による。
（18）守山聖真氏『立川邪教とその社会的背景の研究』（鹿野苑、昭和四〇年）五三二～五三三頁。
（19）佐藤瑛子氏「壬生寺縁起について」（前掲注17『壬生寺民俗資料緊急調査報告書』）。
（20）高橋隆三氏編『実隆公記』巻二ノ下（続群書類従完成会、昭和五四年）四八〇頁。
（21）泉万里氏「壬生地蔵縁起絵とその周辺」（『仏教芸術』二六八、平成一五年）。

(22)『増補史料大成　宣胤卿記』一（臨川書店、平成一三年）。
(23)臼井信義氏校訂『史料纂集　教言卿記』三（続群書類従完成会、昭和四九年）。
(24)宮内庁書陵部編『図書寮叢刊　晴富宿禰記』（明治書院、昭和四六年）一九頁。
(25)飯倉晴武氏校訂『史料纂集　長興宿禰記』（続群書類従完成会、平成一〇年）一〇六頁。
(26)藤井貞文氏ほか校注『史料纂集　師守記』第二（続群書類従完成会、昭和四三年）一一一頁。
(27)後藤丹治氏ほか校注『日本古典文学大系　太平記』二（岩波書店、昭和三六年）四四一頁。
(28)高橋隆三氏編『実隆公記』巻八（続群書類従完成会、昭和五四年）一〇〜一一頁。
(29)佐藤瑛子氏は「壬生寺縁起について」（前掲注19）の中で、壬生寺縁起の寛政本にこの錫杖の図が付載されていることを指摘しており、『実隆公記』の記事のようなことは「広く信者を得るための出開帳的ならわしがあったことを推測せしめる」とする。
(30)『続群書類従』補遺（三）—三、三五四頁。

第二章　忠快赦免説話の展開

はじめに

第一章では、『盛衰記』の独自記事をとりあげたが、地蔵に対する『盛衰記』の関心は、先行する平家物語を改変したと考えられる箇所にも表れている。神仏霊験説話の場合、霊験を顕す神や仏を入れ替えることで、別の神仏霊験説話を作ることができるが、本章でとりあげる、巻第四十六「時忠流罪忠快免」の忠快赦免説話（以下、当該説話）もそうしたものの一つである。これは延慶本にも同様の説話があるが、延慶本では大日が忠快を救済することになっており、地蔵の加護により難を逃れる『盛衰記』とは霊験を示す仏菩薩が異なっている。

当該説話を収載する平家物語諸本は延慶本と『盛衰記』のみであるが、その他の文献では『山王絵詞』『忠快律師物語』にも見えており、その先後関係・影響関係を検討した川鶴進一氏は、『忠快律師物語』は『山王絵詞』を基に延慶本や『盛衰記』を加味して成立したと論じている。(1) また辻本恭子氏は、他資料が叡山圏の資料であること、霊験を示す仏が十禅師の本地地蔵菩薩であることから、『盛衰記』の本説話が叡山文化圏の影響を受けているとしている。(2) 忠快が叡山僧であることや、『山王絵詞』『忠快律師物語』の成立を考えると、当該説話の源を叡山圏に求めるのは妥当である。そうした生成基盤を指摘するものの他に、橋本正俊氏のような、話型に注目している先行研究もある。橋本氏は、処刑される予定であった者が日頃より信仰している仏菩薩によって救われるという話型の説話は枚挙に遑がないとしており、忠快赦免説話は頼朝の権力と寛容さをも描くところに特徴があるとする。(3) あるいは五味文彦氏のように、『発心集』などの東国関係説話の供給源として忠快を想定する論もある。(4) 五味氏はその根拠として当該説話を挙げ、延慶本での忠快の配流先が武蔵国であることに注目している。

しかし『盛衰記』の当該説話が地蔵の霊験説話であることについては、地蔵と十禅師の繋がりから叡山文化圏の影響を考える辻本論以外では、十分に検討されていない。平家物語諸本中、最も地蔵関係の記事が多い『盛衰記』において、大日から地蔵へと、霊験を与える仏菩薩が変えられたことについてはもっと追究されるべきであろう。そこで本章は、『盛衰記』が延慶本のような大日霊験説話を地蔵霊験説話へと改変する際に、どのような要素を加えたのか検討し、『盛衰記』の生成に影響を与えた地蔵信仰について考えてみたい。

一　他文献との比較

（1）『盛衰記』における地蔵の押し出し

教盛の子で、壇ノ浦で生け捕りとなった忠快は鎌倉へ移され、処刑されるところを地蔵の霊験により赦免されることになるが、末尾には「地蔵菩薩ノ大悲代苦ノ悲願憑敷哉」とあり、明らかに地蔵霊験譚である。これが延慶本では大日となっており、延慶本は『盛衰記』における地蔵ほど、大日の霊験を強調してはいない。

一方、同じく忠快赦免説話を載せる『山王絵詞』は、その末尾を「山王の恩沢、猶々止事なくそ覚る」として山王の霊験を強調している。(5)『山王絵詞』では忠快の処刑を決めた頼朝の夢に、「我ハ是四明天台の守護、一乗擁術善神日吉十禅師也」として、十禅師が現れており、地蔵ではない。これは冒頭で教盛が、忠快を十禅師に預けるよう夢告を受けたことに始まり、出家の際も忠快は「十禅師権現に縁ふかき者」とされている。しかしそれらは結局は山王に収斂されるものであり、末尾のような文言へとなっていくのである。

これは『忠快律師物語』もほぼ同様である。記事の分量は『忠快律師物語』の方が多いが、山王（十禅師）の霊験譚であることは共通している。ただし、「忠快取分ケ神ニハ十禅師権現。仏ニハ地蔵菩薩ヲ奉レリ信シ候キ」として、十禅師の本地である地蔵に対する信仰も付しているのが、『山王絵詞』と異なる点である。川鶴進一氏は、『忠快律師物語』は『山王絵詞』を基にして、延慶本や『盛衰記』を加味して成立したと述べており、首肯できる。『忠快律師物語』は『盛衰記』と『山王絵詞』を合わせた形となっている。四本の枠組みを整理すると左のようになる。

地蔵霊験説話—『盛衰記』
大日霊験説話—延慶本
山王霊験説話—『山王絵詞』『忠快律師物語』

地蔵霊験説話としての忠快赦免説話は『盛衰記』のみである。『忠快律師物語』のように、十禅師の本地としての地蔵信仰ではなく、地蔵そのものへの信仰である。たとえば、頼朝の夢に現れた僧の描写からもそうした押し出しがうかがえる。

延慶本――御長八尺計オハシマシケル大日ノ、白キ御杖ノ御長ト等キガ……
『盛衰記』――錫杖ヲツキタル貴僧ノ容皃ウツクシキカ……
『山王絵詞』――年若き僧の容体少なる……
『忠快律師物語』—年若キ僧ノ。容顔美麗ナルカ。薄墨染ノ衣ニ濃墨染ノ袈裟ヲ掛玉ヘルカ。

右に頼朝の夢に現れた僧の描写を抽出した。延慶本ははっきり「大日」としている。『盛衰記』と『山王絵詞』『忠快律師物語』の共通点は年の若い、美しい僧であるが、これは地蔵と十禅師に共通する描かれ方である。山本陽子氏の指摘によれば、十禅師の絵像の描かれ方については、地蔵からの影響があったようである(6)。そうであるならば、これだけでは地蔵か十禅師か判断がつかないのだが、『盛衰記』は傍線部「錫杖ヲツキタル」という文言によって、地蔵を押し出す説話と知れるのである。

この錫杖については『今昔物語集』巻第十七「上総守時重、書写法花蒙地蔵助語 第卅二」(7)で、「其ノ形チ端正也、手ニ錫杖ヲ取テ、喜ベル気色ニシテ」という時重の夢の中に顕れた地蔵の描写が参考になるだろう。夢に現れた僧は美しく、錫杖を持っていたのだが、その話を時重から聞いた僧は「此レ地蔵菩薩ノ教ヘ也」と述べている。年の若い、美しい僧が錫杖を持って現れるのは、地蔵霊験説話の典型である。また、『雑談集』第六巻「五錫杖事」(8)には、

錫杖ハ梵網経ノ中ニ、菩薩比丘十八種ノ物バカリ持レッ之ヲ。住処定ナク、鳥ノ飛アルク如クナルベシト見ヘタリ。三衣等ノ物ナリ。錫杖ハ乞食ニモ持レッ之ヲ。又毒蛇ナドノ恐ノタメトモ見ヘタリ。又地蔵菩薩ノ持給ヘル。故ヘ有ル覧。六輪アリ。六道ノ苦ヲスクヒ給具足ニヤ。習モ侍ルニコソ。懺法阿弥陀経等ノ次ニモ必ズ誦レス之ヲ。

とあり、やはりこれは地蔵の印と考えてよいであろう。

つまり、地蔵であっても十禅師であっても若く美しい僧として描かれることは共通しているが、それに錫杖を持たせた『盛衰記』には、十禅師ではなく地蔵を押し出すつもりのあったことがうかがえるのである。

(2) 忠快と地蔵

『盛衰記』の地蔵信仰への関心が、忠快赦免説話の生成背景にあることは疑いないが、実際の忠快の信仰はどのようなものであったのだろうか。『阿娑縛抄』(9)は忠快について、次のように記す。

契中弟子大教房中納言忠快法印也。是ヨリ小川殿トハ申也。小川法印ト申スハ是也。当流ヲ小川流ト云事是

ヨリ始ル也。此忠快法印ハ平家太政入道殿舎弟門脇宰相教盛卿子息也。即能登殿舎弟也。東山三条小川ニ高畠ト云在所有レ之。門脇宰相屋敷也。仍関東ヨリ忠快御上洛之時、彼ニ御所ヲ立ラレテ御座間小川殿ト申也。彼御所ヲ宝算院ト申也。今当室持仏堂地蔵薬師。彼小川御所本尊也。即院号モ其故也云々。二尊ヲ並テ本尊トセラル、事ハ薬師根本中堂御本尊ヲ模シ、地蔵ハ十禅師権現本地也。何モ御信仰故也。忠快御弟子承澄僧正也（後略）

傍線を付したが、忠快の居所「小川殿」では地蔵と薬師が本尊とされている。薬師は根本中堂のそれを模したものとあるとおり、叡山僧としては当然の選択であろう。そしてもう一つの地蔵であるが、それは「地蔵ハ十禅師権現本地也」として、十禅師に対する信仰から選択されている。

こうしたことについて、髙梨純次氏[10]に興味深い指摘がある。滋賀県蒲生郡日野町下駒月の安楽寺所蔵木造薬師如来坐像は、像内納入物からみて忠快の造像らしい。叡山僧が薬師を本尊とすることは問題はないのだが、『阿娑縛抄』が記す、薬師と地蔵を本尊とする組み合わせについては、他にもこの組み合わせの例があるとしている。そうすると、『山王絵詞』や『忠快律師物語』のような十禅師霊験説話の方が、叡山僧忠快の説話としてふさわしいことになる。地蔵のみの霊験を語る『盛衰記』は特異と言わざるをえない[11]。

（3）忠快赦免説話の構成

『盛衰記』は他文献に比べ、その構成も異なっている。次に表として挙げる。

『盛衰記』	延慶本	『山王絵詞』	『忠快律師物語』
		1　忠快の系譜	1　忠快捕縛
			2　忠快の系譜

1 忠快流罪決定
2 関東下向
3 鎌倉着
4 本尊地蔵
5 頼朝の夢想
6 折れた原因
7 頼朝他の帰依
8 地蔵への信仰
9 忠快都へ戻る
10 地蔵の功徳

---

1 忠快流罪決定
2 忠快処刑の命令
3 頼朝の夢想
4 頼朝、使者派遣
5 鎌倉着
6 本尊大日
7 忠快都へ戻る

---

2 忠快と十禅師
3 忠快出家
4 関東下向
5 忠快処刑の命令
6 忠快の悲歎
7 忠快の夢想
8 頼朝の夢想
9 忠快赦免
10 忠快都へ戻る
11 山王の恩沢

---

3 関東下向
4 忠快処刑の命令
5 忠快の悲歎
6 忠快の夢想
7 頼朝の夢想
8 関東召還
9 忠快の信仰
10 信仰の由来
11 山王七社の由来
12 頼朝の帰依
13 忠快都へ戻る
14 山王の恩沢
（後略）

二段目の延慶本では、忠快の流罪が決定し、処刑の命令も下る。すると頼朝が夢を見て使者を派遣、危ういところで助命されるという構成である。これは『山王絵詞』も『忠快律師物語』も大体同様であるが、『盛衰記』では流罪が決定した後に、鎌倉より丁重な迎えがあり、忠快が関東に下ると頼朝から、信仰について尋ねられるという構成になっている。他の三文献に比べて『盛衰記』では忠快の視点で話が進んでいるということであるが、これは『盛衰記』の、積極的な改変によるものと考えられる。

二　忠快の母

『盛衰記』が、忠快赦免説話に設定した地蔵信仰の要素として、まずは忠快の母の記述について考えてみたい。赦免後、自由に住むことを認められた忠快が、都へ帰りたいと述べるなかに、母に関する記述が見える。

律師ハ懸ル浮者ニ成ヌレハイツクニモ侍ヘケレ共、花洛ノ東山ナル所ニ一人ノ老母候カ自ラ外ハ憑方ナク候ヘハ、罷上度存候。其ノ上静ナラン所ニ隠居シテ錬行ノ功ヲモ積度侍リ。此ノ事本望ニ候ヘハトテ、鎌倉ヲ出給ケリ。

帰洛を希望したのは東山に住む「老母」のためであった。これが延慶本では、住み慣れたところが良いということで帰洛を希望し、『山王絵詞』『忠快律師物語』は特に理由を示していない。老母を理由とするのは『盛衰記』のみということになる。この忠快の母について、平家物語諸本で他に触れるものはない。『言泉集』「忌日帖三帖之二」(12)には、

忠快法印母儀十三年忌日
温顔隔而十三年星躔《テン》一ヒ廻ル徳音絶而幾ノ行日天《ヒソ》度再ヒ来ル今驚テ一化忽満一ヌルニ更祈ル三明ノ早円コトヲ

とあり、「忠快法印」は当該説話の忠快で間違いないと思われるが、考証は難しい。母の十三年忌の供養を記す

もので、定型句であろうが、母との別離を痛む文言である。

『尊卑分脈』には忠快の母についての記述は無いが、延慶本付載の「平氏系図」には「勘解由次官資宗女」とある。「勘解由次官資宗」は不明であるが、『尊卑分脈』では通盛の母が「藤原資憲朝臣女」とされている。『尊卑分脈』「内麿公孫」(13)によれば、資憲は従二位勘解由長官実光の子で、勘解由次官を務めており、娘には「権中納言平教盛室　従三位通盛母　能登守教経等母」とされている。通盛・教経の母であることは間違いないとしても、傍点を付したように、「等」がどこまでを含むのか不明である。忠快も同母なのかもしれない。また、資憲の甥に「資宗」がいるが、勘解由次官であったかどうかは不明である。あるいは延慶本以前の書写段階で「憲」を「宗」を誤写したとも考えられる。

いずれにしても、忠快の母についてのこれ以上の検証は困難であり、ましてやそれが文治元年に東山に籠居していたかどうかは不明と言わざるを得ない。しかしこの記述を、他の地蔵説話と比較、検討してみると、興味深い輪郭が浮かびあがってくる。

『忠快律師物語』には忠快の母に関する記述が他の箇所に見える。しかし帰洛の原因とはなっておらず、文治元年の時点ではすでに死亡しているということらしい。本文を挙げる。(14)

又忠快八歳ノ時。三十九歳ノ母ニ後レ候間。忠快住山ノ時。光目女ノ因縁ヲ聞キテ。奉レ造二リ地蔵菩薩ノ形像一ヲテ。母ノ姿ヲ刻ミテ御身ニ籠テ。山上ノ弊坊ニ安置ス。是ヲ以ノ丁蘭カ母ノ容ヲ刻ミシニ准ヘ。釈尊ノ栴檀ノ烟ニ登リ玉シニ准シキ。去レハ我母ノ恋シキ時ハ。此尊像ニ向テ離別ノ思ヲ休メ候キ。

八歳の時に三十九歳の母を失った忠快は、「光目女」の因縁を聞き、母の姿に似せて地蔵像を作り、恋しいときはその像を拝していたという。「光目女」とは、『地蔵菩薩本願経』巻上「閻浮衆生業感品　第四」に載る、地蔵の前生譚に登場する女性である。(15)光目女の母は信心がなく、堕地獄を心配されていたが、没後、光目女が清浄蓮華目如来を通じて地獄を見ると、やはり地獄に堕ちており、苦しんでいた。悲しんだ光目女は清浄蓮華目如来に頼み、十三年の寿命に限って婢の子として生まれ変わらせるが、光目女の嘆願により、母は救われ「解脱菩薩」に、そして光目女は「地蔵菩薩」となったとするものである。母に孝行を尽くした光目女の話が、忠快に地蔵像を作らせたのである。それはまさに「丁蘭」や「釈尊」の、母に対する孝養説話になぞらえたものであった。

この光目女説話は、その後地蔵霊験譚の特徴の一つとして展開していく。たとえば『撰集抄』巻第七「一一大智明神　伯耆太山」(16)のように、地蔵菩薩の前生譚として引くものもあれば、『地蔵菩薩霊験記』巻四「二一救二母ノ苦一ヲ給フ因位事」(17)や元禄十年刊『延命地蔵菩薩経直談鈔』巻二「十三　地蔵因位光目女ノ説」(18)のように、『地蔵菩薩本願経』をわかりやすくした形で引き、父母のために地蔵を信仰するよう求めるものもある。

また、『言泉集』の「忌日帖　三帖之一」「以光目因縁為十三年事」(19)にも注目しておきたい。光目女が清浄蓮華目如来に、十三年の寿命で母を生まれ変わらせるよう頼んだことにより、十三年での追善供養が行われたようである。金沢文庫所蔵唱導資料の「光目□致母十三年之孝行事」「光目之母是弥陀如来事」「孝養報恩人之徳行事」(20)も同様であり、末尾には、

今日信心大施主相当テ慈父聖霊ノ十三年一ニ、ミタ如来三尊ノ聖容ヲ図像供可シ御スカ故ニ、ミタノ三尊殊ニ更悦ヒ此善一ヲ慈父聖霊ヲ極楽浄土ニ来迎シテ説法□□シテ奉成妙覚果満如来一ト御スラム又亡父聖霊者何許カ此ノ追善ヲ御覧シテ肝ニ銘シテ悦シク覚髄ニ□ヲテス、シク思召スラム。

とあり、施主の亡父のための追善であったようである。前述の『言泉集』にみえる忠快の母の十三年忌もその可能性がある。

つまり、『盛衰記』のような、母に孝養を尽くす忠快という枠組みは、やはり地蔵霊験説話の影響と考えるべきであろう。たとえば寛永版本『聖財集』「第三　神明仏陀四句事」(21)には、以下のような記述がある。長文である

が引いておく。

昔平相《シヤウ》国、福原ニヲワシケル時、貞守《サタモリ》ト云、雑色ヲ勘当シテ、平ラ兵衛尉ト云侍ニ仰《ヲヽセ》付テ、明日首ヲ刎《ハヌ》ヘシト有リケルヲ、貞守泣《ナク》々兵衛尉ニ申ケルハ、年来六波羅ノ地蔵ニ月詣ヲ仕候。今月、未タ参詣仕候、最後ニ参テ、後世ノ事ヲ申候べシ。又、八十ニマカリナリ候母カ、京ニ候。今一度、見候テ、朝ハトク〳〵、帰参候ヘシト云ニ、逃《ニケ》失セマシキ者也ケレハ、サモセヨト、許シテゲリ。手ヲ合テ、泣々悦テ、吉馬鞍アリケルニ乗シテ、白太刀バカリ持ツヽ、六波羅寺ニ参テ、日来、参テハ、今生ノ事モ、思ヒ交ヘテ申候ツレトモ、命ノ候ハン事、只今日計也。後世菩提ヲ扶《タスケ》サセ給ヘト、泣《ナク》々、フシヲカミテ、大刀ヲ御宝前ニマイラセ置テ、母カ許《モト》ヘ行テ、シカ〳〵ト語テ、我ナクテイカ、シ給べキ、是ハヨキ馬鞍也、一トマトスキ給ヘトイフ。母、モタエコガレ臥《フシ》倒《タヲレ》ケレトモ、泣々別テ、夜中ニ、福原ヘ、ウチ帰ケリ。其夜寅時バカリニ、相国ノ夢ニ、老僧ノ金ノマタブリヲモチテ、相国ノ首ヲヒシト、ツキツラヌキ、貞守カ首切ラハ、入道カ首ヲツメ殺スヘシト仰ラレケレバ、タスケ侍ルベシト申テ、マタブリヲノガレテ汗水ニナリ、夢覚テ朝タ、貞守ヲ召テ、事ノ子細ヲ問聞テ、大ニ感シテ、猶々 恩《アワレミテ》、召シツカワレケリ。兵衛尉モ情アリテ、許シタル事神妙ナリトテ弥ヨ気色ヨカリケリ。是但後世ヲ思フ心、仏意ニ叶ヒテ、ヲノツカラ今世モ御扶有ケルナルヘシ。世間ノ親主ヨリモ二世御扶ケコマヤカナルヘシ。

清盛に処刑されるところであった雑色「貞守」が、京に住む老母に今生の別れを告げに行く途中、年来参詣の六波羅蜜寺に参詣して祈ったところ、清盛の夢に地蔵が現れ、助命を要求、清盛も赦したというものである。当該説話によく似た構成で、特に「金ノマタブリヲモチテ、相国ノ首ヲヒシト、ツキツラヌキ」というところは延慶本と近似していて興味深いが、ここではやはり老母への孝養が付されていることに注目せねばならない。光目女は記されないが、これも母への孝養説話である。

また、『嵯峨清凉寺地蔵院縁起』(22)には、融通念仏中興の祖円覚の事績が記されているが、そこでは母と生き別れた円覚が、地蔵の告げにより、播磨国で再会する記事がある。

上人ノ心中祈念不レ残《ノコサス》語玉フ時、此《コノ》僧拍《ウテ》レ掌ヲ曰、其人ナラハ可レ在《アル》レ播磨《ハリマ》国ニ、急下尋ヨト一云、即二現シ地蔵菩薩一ト穿《ウカッテ》レ雲ヲ飛去ル、上人不レ堪《タヘ》レ喜二、念スルレ母ヲ依ヨリレ孝行諸《ニモロ々ノ》大菩薩超越地蔵菩薩拝奉コト、是偏《ヒトヘニ》親ノ御恩也ト思、詣リレ宝前ニ法施礼拝シ下山シテ、明晩《アクルヲヲソシト》播磨国ニ赴《ヲモムク》、

母のことを想い、念ずるその孝心が地蔵の利益に繋がったという傍線部は、まさに『盛衰記』の忠快の孝心と重なるものであろう。『盛衰記』で詳細不明な忠快の母が描かれたのは、こうした地蔵霊験説話の枠組みが背景にあったのである。

三　忠快所持「三寸ノ地蔵菩薩」像の造形

忠快を赦免するよう要求された頼朝は、忠快に会った際に、本尊を尋ねている。その際大日と答えた延慶本では「御房ニ過給タル仏渡セ給候ハズ。御房ニ過タル祈ノ師渡セ給マジ」と、頼朝が述べている。大日の加護が明らかとなった忠快に対する讃仰の言葉である。

しかしこれが『盛衰記』では、地蔵を所持しているのではないかと尋ねた頼朝に、忠快は厨子の中から地蔵像を取り出して見せている。そして頼朝は夢の中で左手に怪我をしていた地蔵と、左手が折れている忠快の地蔵像との一致を確認し、「二位殿ノ奉レ拝ミレ之ヲ、ハラ〳〵ト涙ヲ流シ、五体ヲ投二入地ニ礼給フ」という反応を見せる。さらに大江広元を呼び、「厳重殊勝ノ御仏、拝ミ給へ」とまで述べている。忠快を讃仰する延慶本とは異なり、『盛衰記』は忠快所持の地蔵像の霊験を第一に強調している。『山王絵詞』にはこうした文言はなく、『忠快律師物語』では、「手ヲ合テ拝シ玉ヒ」としてその対象は曖昧である。つまり、実際に霊験を見せた尊格の像を示しているのは『盛衰記』のみということになる。

そこで『盛衰記』がこの地蔵像をどのように描いているか、ここで確認しておきたい。

奉二リ久ク納一遥ニ不レ奉レラ拝。即チコレニ持テ奉レリトテ、錦ノ御舎利袋ヨリ以二紫檀一ヲ造リテ以二金銀一ヲカサリタル厨子ヲ取リ出テ御戸ヲ開テ拝マセ奉リ給ヘハ、仏ノ荘厳心モ詞モ不レ及バ。馬悩(瑪瑙)ノ地盤ニ紺瑠璃ヲ以テ伽羅陀山ヲタヽミ水晶ノ花実ニ琥珀ノ蓮花ヲ葺ケリ。其ノ上ニ三寸ノ地蔵菩薩ヲ安置セリ。右ニ黄金ノ錫杖ヲ突、左ニ如意宝珠ヲ持チ給ヘルカウテクヒ折懸テソ御坐ケル。

傍線を付したが金銀をもって厨子を飾り、瑪瑙の台座に紺瑠璃で伽羅陀山、花を水晶で、実を琥珀で作った蓮花を飾っている。延慶本の大日、『山王絵詞』『忠快律師物語』の十禅師などの、霊験を示した仏菩薩の像が実際にはないのに対して、『盛衰記』がこれを所持し開帳しているという点は『盛衰記』の独自設定として注目すべきである。そしてその地蔵像が「金銀」「瑪瑙」「紺瑠璃」「水晶」「琥珀」などのいわゆる五宝[23]で造像されているという点は、眼前にある、霊験を示した地蔵像への信仰を高める効果があると考えられる。『盛衰記』は他にも巻第十一「経俊入二布引滝一」[24]の竜宮城を模した宮殿の描写で、「庭ニハ金銀ノ沙ヲ蒔、池ニハ瑠璃ノソリ橋、溝ニハ琥珀ノ一橋ヲ渡シ、馬脳ノ立石、珊瑚ノ礎、真珠ノ立砂、四面ヲ荘レリ」としている。これも『盛衰記』の独自記述であり、本説話と同様に、五宝で飾ったのであろう。

延慶本や『山王絵詞』『忠快律師物語』には救済する仏菩薩像が実際に示されないのに対して、『盛衰記』は忠快が所持している地蔵像が目の前で開帳され、その霊験が確認され、その場にいる人々の信仰を集めているのである。また延慶本が、加護を受けた忠快を讃仰しているのに対して、『盛衰記』があくまでも地蔵に対する信仰を描いているということも、重要な相違としておさえておかなければならない。

四　折れた左手

忠快の所持していた地蔵像が霊験を発揮したとする『盛衰記』は、当然その地蔵像を讃える展開となっている。そこで重要なのは、その霊験が確かにこの仏像によるものだということの証明であろう。頼朝以下の聴衆に対して、忠快所持の地蔵像が奇跡を起こした仏像であるということを主張しておかなければならない。

そこで『盛衰記』が強調したのは、地蔵像の左手である。次に該当本文を挙げる。

左ノ御手ノ折給ヘルヲ、ヨニ痛気ニセサセ給ト奉レ見間ニ、アノ御手ハイカニト問申セハ、西海ノ船ニテ忠快ヲ助乗セントセシ時ニ、左ノ手ヲ悞リテト仰スト蒙二示現一末代ナレ共、加様ニ威験ノ御坐ケル。御信心ノ程コソ目出貴ケレト宣ヘハ広元モ感涙ヲ流シテ難レキ有リ御事ニコソト申ケリ。律師宣ケルハ都ヲ出テ三年宿定ヌ旅ナレハ心閑ニ奉レル拝二相好一隙モ候ハス。サレハ御手ノ折給ヘルモ争存知候ヘキ。御尋ニツキテ候ハスハ何トシテカ左様ニ御渡リ候ヘキトヨニ不審ニ候ツルニ、御夢ニ思合スル事候。先帝大宰府ニ御座シ時、尾形三郎維義カ三万余騎ニテ責来シニ奉レ始二主上一、周章騒舟ニ乗候シニ悪様ニ乗テ既水ニ入ヌヘク侍シヲ、下僧ノ一人来テ助乗テ後ニ忠快ハ船ニアリ。下僧ハ陸ニ立テ右ノ手ヲ以テ左ノ腕ヲ拘タリシヲ、アレハイカニト問ハ、悪様ニ参テ手ヲ損シテ候ヘ共、事欠候ハシト申シ、ヲ、汝ハ誰人ノ共ソト尋ネシカトモ、船ハ急キ漕出ス。人ハ多ク隔シ程ニ、返事ヲ聞事モナカリキ。今御夢想ヲ承ルニ、ハヤ是ソ地蔵ノ御助ニテト語リモ終ス衣ノ袖ヲ絞ケリ。

夢の中の地蔵は左手に怪我を負っていたが、それはかつて西海で忠快を助けた際に負ったものであった。そして実際に所持の地蔵像の左手が折れているのを確認したとき、傍線を付したように、聴衆は「感涙」を流すのである。折れた左手は、証拠でもあり、また忠快の代わりに傷ついた代受苦のしるしでもあった。

もちろんこうした「霊験の証拠」は、他にも例のあることで、付章でとりあげた『太平記』巻第二十四「三宅・荻野謀叛事　付壬生地蔵事」[25]では、南朝の臣である香勾新左衛門高遠が追手から逃れて壬生の地蔵堂に逃げ込んだ際、寺僧によってかくまわれた。その寺僧が追手に捕まり縛られて連行されたが忽然と姿を消したので、不審に思って壬生の地蔵堂の扉を開けてみると、本尊の地蔵に縄の跡があり、先日の寺僧が実は地蔵であったと知れたというものである。追手は「発露涕泣」して懺悔し、その場で出家を遂げたというこの話は、明らかに壬生寺の本尊の宣伝であろう。縄の跡が奇跡の証拠である。

また、『星光寺縁起絵』「第七段」「第八段」[26]では、星光寺の門の脇に住む仏師のもとに一人の僧が現れ、折れた錫杖の修理を依頼する。あとで仏師が星光寺の本尊を見るとそれが自分の修理した錫杖であり、あの僧が本尊の地蔵であったと知るのである。そして最後に、「いまに御所持の錫杖これなり。かくのごときの現証、其数つきすあら〳〵しるしをく所なり」として、星光寺の地蔵の霊験を主張している。さらに『山王絵詞』でも、霊験説話の後に「件の本尊は今ニあり、妙光坊地蔵尊是也」として、霊験を示した地蔵を特定するのである。

こうしたことは、地蔵に限ったことではなく霊験説話の一話型と言える。ただし注意しておきたいのは、延慶本にはこのような記述がなく、『盛衰記』には見えるということである。『盛衰記』が先行する忠快赦免説話を改変する際に、こうした地蔵霊験説話の影響を受けたであろうことは疑いない。

では、このような影響を受けた『盛衰記』生成の環境とはどのようなものであったのだろうか。前章でも挙げたが、『実隆公記』巻八の享禄二年七月二十二日条[27]には、壬生寺の地蔵の錫杖が貸し出され、見学会が行われたことが記されていた。おそらく星光寺や他の寺院でもこうした「説話」付きの物品ないしは本尊が宣伝の材料として使われていたと考えられる。壬生寺や星光寺のように、室町中期には様々な地蔵の霊験説話、縁起が多く作られるようになり、六地蔵を始め、地蔵の縁日である二十四日の参詣が盛んに行われていたこともすでに確認した。『盛衰記』が忠快赦免説話を改変する際に、こうした再燃する地蔵信仰の影響を受けた可能性は高い。
当該説話で霊験を示す仏菩薩は、何も地蔵に限るわけではない。延慶本のような大日でも説話としては成り立つ。しかしそれを地蔵の霊験説話へと書き換え、地蔵信仰に関わる文言を付与してくる『盛衰記』の生成には、こうした再燃する地蔵信仰の影響を考えても良いのではないだろうか。忠快から一連の話を聞いた頼朝やその他の聴衆は次のような反応を示す。

　二位殿モイト、帰依ノ涙ヲ流シ給フ。二位家ノ北方モ簾中ニシテ聞レ之ヲ拝給。信心徹二骨髄一衣小袖ヲ取出シテ殊更供養有ケレハ、女房達モ取リ渡シ々々奉ルレ拝。小袖染物鏡手箱等シナ〳〵奉ル。二位殿モ砂金百両巻絹百端馬三疋ヲ被レ引ケル也。十二間ノ内侍ニ外侍ニ候ケル大名モ小名モ馬鞍鵰羽鷹羽衣染物取寄々々供養シケレハ、誠ニ一会ノ法事トゾ見エタリケル。

聴衆は「信心徹二骨髄一」といった様子で、女房達も代わるがわる拝し、「小袖染物鏡手箱等シナ〳〵」を用意し、さらに頼朝や居並ぶ関東武士達も次々と布施を納めている。その様子はまさに「一会ノ法事」のようである。女房が拝したのが地蔵像であることから、やはりこうした讃仰は地蔵に対して向けられているのである。忠快と頼朝の対面場面であったはずが、地蔵の霊験を披露する「一会ノ法事」のように描く『盛衰記』の趣向には注意しなければならない。そのあとに、

　即チ仏師ヲ被レ召。御手ヲツキ奉ル鎌倉中ノ貴賤男女競来リテ礼拝供養スル事、市ヲナセルカ如シ。

と続いている。その場に居合わせた者たちだけでなく、鎌倉中の「貴賤男女」が霊験を示した地蔵像を拝するために集まってくる様子は、「忠快赦免」に場を借りた、衆生教化の物語といってもよいだろう。

五　忠快赦免説話の現世利益

『盛衰記』が、延慶本に比べて霊験説話的性格が強いことを検討してきた。忠快の赦免ということが中心の説話であれば、延慶本のような形が最も望ましいだろう。延慶本は赦された忠快が都へ帰ったあと、次のように結んでいる。

究竟ノ所領七八所奉テ、京へ送リ被奉一ケリ。小河ノ法眼トテ平家ノ信物ニテゾオハシケル。

所領を得て帰洛した後は「小河ノ法眼」と呼ばれたとするもので、殊更に霊験を主張するものではない。しかしこれが『盛衰記』では、次のようになっている。

本ノ知行ノ領一所モ違ハス有ケル上ニ、地蔵菩薩供養ノ布施物ノ外種々ノ引出物タヒケリ。只非レス遁二流罪一ヲ。依二信力恩徳一ニ大徳付テソ上給。

所領安堵のみならず地蔵に対する布施などの引出物があったことを記している。流罪を逃れただけでなく、「信力恩徳」によって「大徳」もあったことを強調しているのである。

このように現世利益を強調する展開は、『山王絵詞』や『忠快律師物語』と近い。もちろん、両書は叡山文化圏で成立したものであり、最終的には山王の恩沢に収斂されていく。しかし、平家物語の場合、あくまでも忠快の赦免説話であるから、『盛衰記』のような形は、やはり編者の地蔵信仰に対する関心の表れと見るべきであろう。『山王絵詞』や『忠快律師物語』が山王の霊験を強調するのみであるのに対して、『盛衰記』が「信力恩徳」と、恩徳は忠快の信心の力であると述べている独自記述は注目すべきである。本編第一章でとりあげた西光廻地蔵安置説話が堕地獄からの救済を主眼目としているのに対して、忠快赦免説話は現世での利益を強調している。現世での救済も地蔵にとっては重要な利益であるが、『盛衰記』のような、「信力」が露骨なまでに「恩徳」を示す展開の背景には、前章でも指摘したように、室町中期の地蔵信仰の隆盛があるのだろう。

隆盛を極めた地蔵関係寺院の一つ、壬生寺の六巻本『壬生地蔵縁起』[28]三ノ一には、忠快赦免説話とよく似た話がある。後鳥羽院の頃、平俊平という者は普段より地蔵に信仰の厚い者であったが、ある晩、夢の中で僧に「今一千日まいりたらん時、汝には大福をあたふべし」と言われる。その後俊平は関東より疑いをかけられ、処刑されるところであったが、頼朝の夢の中に「墨染の衣めしたる御僧」が「錫杖もち給ひて」現れ、助命を頼む。それが地蔵であると悟った頼朝は、俊平を許すが、その後に次のように続く。

鎌倉中の人人誠に有がたき利生かなと褒美ければ、上下万民地蔵菩薩をぞ信じけり。其後本領以下の事御尋あり。豊後国三重庄は名字の地、其外諸国の領知ありのまゝ安堵の下知をなされ、佐渡守に任じ、馬鞍武具等を給て、京都にのぼり面目を施す事、壬生の地蔵の利生なりと天下に風聞しける。信心をはこびけるにや、富財充満して御堂を大に建立し、末世に大法会を行じて、一切衆生に値遇結縁の大願を成ぜしめむ。その懇志あさからざる物や。

地蔵が鎌倉中の信仰を集めたとしたあとに、俊平は本領を安堵されただけでなく、佐渡守に任じられ、「馬鞍武具」などを手に入れ、「富財充満」したという。それはすなわち「信心」のおかげであったとするのである。地蔵が「大福」を与える、と述べるなど、ここでも露骨な現世利益が見える。地獄での救済はもちろんだが、こうした現世での利益の約束も、地蔵信仰の隆盛を支える柱であったのだろう。『盛衰記』の忠快赦免説話が持つ現世招福的な性格と一致する[29]。

そうした地蔵信仰隆盛の一端は、「桂地蔵事件」の記録からもうかがうことができる。室町中期の、地蔵信仰の隆盛を示す奇異な事件として有名であるが、『看聞日記』応永二十三年（一四一六）七月十六日条[30]によれば、山城国桂に現れた地蔵は、通りかかった阿波国の男に自分を祀るように要求し、様々な霊験を見せたという。

誤って地蔵像を切り付けた男は腰が立たなくなったが、改心して祈念したところ「則腰モ起、狂気モ醒ケリ」となっている。そうした噂が流れたため「貴賤参詣群集シケル程ニ、銭以下種々物共奉加如山積テ」となり、中には盲目がたちまちに開眼するなど、種々の霊験が現れ、親王や公家、将軍家などを含めてますます参詣人が増えたのである。ここで桂地蔵が強調しているのは、現世での利益であり、多くの参詣者もそうしたところを期待していたために一躍隆盛となったのであろう。ところが、これらの霊験が実は偽物で、阿波国の男等による狂言であったことは、同じく『看聞日記』の同年九月十四日条[31]に見えるが、そこでも「或相語病人愈衆病、或非盲目者、令開眼目、種々事」となっており、やはりこうした現世利益が「貴賤参詣群集」の要因であったのである。

おわりに

『盛衰記』の、地蔵に対する関心は、新しい説話を創り上げるだけでなく、先行平家物語の改変にも表れていた。しかしそれは、単に大日を地蔵へと変えただけではなかった。忠快個人への讃嘆を軸とする延慶本に対して、『盛衰記』は地蔵の霊験と現世利益を主張しているのである。延慶本や『山王絵詞』『忠快律師物語』が載せる類話とは異なり、霊験を示したその地蔵を聴衆の眼前で披露する展開は、まさに唱導の場を彷彿とさせるものである。

それでは、このような関心と、そして改変の実態を確認した時、どのような生成圏を想定することができるだろうか。第三章では、巻第四十七「髑髏尼御前」の検討を通して、そうした生成の「場」についても、考えてみたい。

（1）　川鶴進一氏「忠快譚の展開をめぐって――『忠快律師物語』を中心に――」（『説話文学研究』第三四号、平成一一年）。

（2）辻本恭子氏「『源平盛衰記』の忠快赦免譚」（関西軍記物語研究会編『軍記物語の窓』第三集、和泉書院、平成一九年）。

（3）橋本正俊氏「「忠快赦免譚」考」（『京都大学国文学論叢』第二〇号、平成二一年）。

（4）五味文彦氏『平家物語、史と説話』「説話の場、語りの場」（平凡社選書、平凡社、昭和六二年〈初出『文学』第五五巻一号、岩波書店、昭和六三年〉）。

（5）『山王絵詞』は『妙法院史料　第五巻古記録・古文書1』（吉川弘文館、昭和五五年）を、『忠快律師物語』は『続天台宗全書　史伝2』（春秋社、昭和六三年）を使用した。

（6）山本陽子氏「十禅師童形像」（『日本宗教文化史研究』第七巻二号、平成一五年）。

（7）山田孝雄氏ほか校注『日本古典文学大系　今昔物語集』三（岩波書店、昭和三六年）五四二～五四三頁。

（8）山田昭全氏ほか編『中世の文学　雑談集』（三弥井書店、昭和五五年）二〇五頁。

（9）『大正新修大蔵経』図像部第八巻、七四七頁。

（10）髙梨純次氏「滋賀・日野町安楽寺　木造薬師如来坐像とその周辺――像内納入品についての一試論――」（『滋賀県立近代美術館研究紀要』第二号、平成一〇年）。

（11）延慶本は大日霊験説話であるが不審はない。『阿娑縛抄伝法灌頂日記』（『大日本仏教全書』四一所収、二九四八頁）には次のようにある。

　一忠快法印灌頂事。

　静遅律師授㆓忠快㆒印信云。養和元年〈歳次辛丑〉十月〈己亥〉廿七日〈庚午〉台。得仏。〈普賢。真如金剛。〉契仲阿闍梨授㆓忠快㆒台印信云。文治五年〈歳次己酉〉十一月廿二日。得仏。〈宝幢如来。福寿金剛。〉同金印信云。同月廿二日。得仏〈大日。无障金剛。〉文治五年十一月廿四日。蘇悉地印信賜㆑之。受者。〈初灌頂二十三。後灌頂三十。〉

傍線部だが、忠快は静遅から養和元年（一一八一）に印信を受けている。このあと文治五年に最終的には蘇悉地の印信を受けているので、平家滅亡前の一一八一年は胎蔵界の印信を受けたと思われる。一一八一年に大日如来と結縁した忠快が、一一八五年を舞台として設定している忠快赦免説話で、大日によって救われるということは、至極適当である。

（12）永井義憲氏ほか編『安居院唱導集　貴重古典籍叢刊』（角川書店、昭和四七年）一五六頁。表記は適宜改めた。

（13）『新訂増補国史大系』第五九巻、二二二・二二八頁。

(14) 前掲注(1)の川鶴進一氏は、『盛衰記』と忠快律師物語の接点としてこれを指摘している。しかし筆者は、これは二本の接点ということにとどまらず、地蔵霊験説話の特徴の一つと考えている。
(15)『大正新修大蔵経』第一三巻。
(16) 久保田淳氏編『西行全集』(日本古典文学会、昭和五七年)。
(17)『古典文庫　地蔵菩薩霊験記　三国因縁』二(昭和三九年)六〜一〇頁。
(18) 渡浩一氏編『延命地蔵菩薩経直談鈔』(勉誠社、昭和六〇年)一五九〜一六一頁。
(19)『安居院唱導集』(前掲注12)一五四〜一五五頁。
(20) 納富常夫氏翻刻「湛睿の唱導資料について(三)」(『鶴見大学紀要』第四部人文・社会・自然科学編、第三一号、平成六年)。
(21) 名古屋大学小林文庫蔵本を翻刻。句読点を付し、一部表記を改めた。
(22) 中村直勝氏ほか編『大覚寺文書』上巻(昭和五五年)五〇〜五一頁。
(23)『醍醐寺文書』九七九「伝法灌頂雑事注進状(後欠)」(『大日本古文書』家わけ第一九「醍醐寺文書之五」所収、二七四〜二七五頁)には、「五　宝　金　銀　真珠　瑠璃　琥珀」とある。また、『醍醐寺文書』二五六八「伝法灌頂略記」(同前「醍醐寺文書之十二」所収、二四頁)には、「五　宝　金〈十二文〉　銀〈八文〉　瑠璃〈古アリ、〉　真珠〈六粒代六十文〉　琥珀〈代水精用之、古アリ、〉」とあり、琥珀が水晶に代わる場合もあったらしく、『醍醐寺文書』二四五九「東寺長者高賢御教書案」(同前「醍醐寺文書之十一」所収、一一一頁)には、「五　宝　黄金《折居》　白銀〈一〉　真珠　瑠璃　水晶〈一〉」とある。
(24) 市古貞次氏ほか校注『中世の文学　源平盛衰記』二(三弥井書店、平成五年)一六六〜一六七頁。
(25) 後藤丹治氏ほか校注『日本古典文学大系　太平記』二(岩波書店、昭和三六年)四四一頁。
(26) 梅津次郎氏編『新修日本絵巻物全集』第二九巻(角川書店、昭和五五年)。一部表記を改め句読点を付した。
(27) 高橋隆三氏編『実隆公記』巻八(続群書類従完成会、昭和五四年)一〇〜一一頁。
(28)『壬生寺民俗資料緊急調査報告書〈第三分冊〉』(元興寺仏教民俗資料研究所、昭和五〇年)。室町写か。
(29) 関東へ下った平家の関係者で、同様に様々な物品を引出物として持ち帰った者に、頼盛がいる。『盛衰記』巻第四一

「頼盛関東下向」には、所領安堵の他に「鞍置馬廿疋裸馬二十疋長持二十合中ニハ衣染物砂金鷲ノ羽」を与えられ、また「大名小名我モ〳〵ト引出物」を送ったとある。そして「命生ケ給ヘルタニモ難レ有剰ヘ徳付所知得給ヘリ」と結んでおり、内容は近似している。しかしこうした「得」を忠快赦免説話の場合は「信力」による「恩徳」とすることで神仏霊験譚となっており、頼盛の場合とは異なる。

(30)　宮内庁書陵部編『図書寮叢刊　看聞日記』一（明治書院、平成一四年）。

(31)　同右。

第三章　「髑髏尼物語」の展開

はじめに

『盛衰記』巻第四十七「髑髏尼御前」の、いわゆる「髑髏尼物語」は、読み本系諸本では延慶本、長門本に、語り本系諸本では八坂系の城一本に該当する記事が見える。しかし、『盛衰記』と延慶本・長門本とでは、従来、以下の三点が大きく異なっているとされてきた。

①『盛衰記』が重衡妻子の話であるのに、延慶本・長門本は経正妻子の話。
②『盛衰記』では北の方の戒師が印西であるのに対して、延慶本・長門本では堪敬。
③『盛衰記』では北の方は「難波沖」に入水するが、延慶本・長門本では「渡辺川」。

『盛衰記』は記事の分量も多くなっており、延慶本や長門本とは大きく異なっている。一方、語り本系諸本で唯一この物語を載せる城一本は、『盛衰記』の〝ダイジェスト〟とされるのみであり、従来の研究は読み本系諸本の三本を中心に行われてきたといってよい。そこで次に「髑髏尼物語」の先行研究を概観しておくが、先行の研究は、（1）生成基盤に関する研究、（2）重衡の救済に関する研究、（3）城一本に関する研究の三点に大別される。

中でも早くからその特異な内容に注目し、（1）の生成基盤を論じたものが多い[1]。渡辺貞麿氏は、三本の最終的な舞台が四天王寺であること、髑髏尼に関わる聖が印西や堪敬であることなどから、三本共通の生成基盤として、四天王寺の念仏（融通念仏）聖の関与を想定している。そして、『盛衰記』が堪敬から印西へと設定を変更したことについては、融通念仏聖の中でも長楽寺を中心とした東山周辺の聖の教化活動の影響を指摘する。

その後、山下宏明氏・砂川博氏・小林美和氏もほぼ同様の生成基盤を指摘するが、砂川氏は長門本に「貴種流離譚」としての構想を指摘し、小林氏は延慶本と長門本の生成基盤は、文覚・六代説話のものと同じであり、より具体的に「女流唱導」としている。また、名波弘彰氏は、長門本に古態を見出し、延慶本、『盛衰記』の順に成立したと論じている。名波氏も四天王寺や長楽寺の念仏聖がその生成に関わっているとしているが、『盛衰記』には長楽寺聖と重源系念仏聖の関与を指摘する。また名波氏は、その生成だけでなく、三本での取り込まれ方も検討しているが、『盛衰記』について、「北方」が経正北の方から重衡北の方へと変わったのは、誤伝の矛盾を解消するためとしている。諸氏が提示する共通の生成基盤としては、「四天王寺の念仏（融通念仏）聖の活動」ということになる。

次に、「髑髏尼物語」は『盛衰記』が重衡の妻子の話としていることから、（2）重衡の救済に関する研究でもとりあげられてきた[2]。経正遺族の話から重衡遺族の話へと変わったことについては、先述の名波氏のように、大原の念仏聖の間で発生した経正遺族の説話が、経正北の方（大納言局）と重衡北の方（大納言佐）との混同から誤って長楽寺に伝えられ、その誤伝を解消するために改変されたとする意見もあるが、多くは重衡の救済の問題へと展開している。「髑髏尼物語」を含めた『盛衰記』の重衡の記事を検討し、そこには非救済の論理が貫かれているとするのは源健一郎氏であり、山下宏明氏も同様である。一方、救済の用意がなされていると考えるのは松尾葦江氏・砂川博氏・名波弘彰氏・西川学氏である。諸氏、過程は異なるが重衡に対して救済が図られているということでは一致している。

しかし『盛衰記』の「髑髏尼物語」については、救済の可否を論じるだけでは不十分である。延慶本と長門本が「髑髏尼物語」を、義経に代わって北条時政が入京する以前に配置しているのに対して、『盛衰記』は時政入京後の、六代御前の物語の直前に配置している。そうした配置の相違については十分検討されているとは言い難い。そこで本章では、まず重衡救済の問題を論じ、次に「髑髏尼物語」が移動したことの意味を考えてみたい。経正遺族の物語から展開した『盛衰記』「髑髏尼物語」の大幅な改変の意図を明らかにすることが目的である。

そして、（3）城一本に関する研究であるが、唯一語り本系諸本で「髑髏尼物語」をもつ、八坂系諸本の城一本の存在はこれまであまり顧みられることがなかった。(3) 前掲の西川学氏がとりあげているが、西川論では『盛衰記』における観音霊場での「髑髏語り」を想定することを主たる目的としているため、詳細な検討はない。しかし城一本の「髑髏尼物語」が、平家物語研究の俎上にまったくのぼらなかったわけではなく、八坂系諸本の研究ではたびたび指摘されてきた。城一本を一方流諸本と八坂系第二類本の取り合わせ本と見る山下宏明氏は、『盛衰記』と一致する記事としてこれを指摘する。また、千明守氏は國學院大學図書館蔵の城一本を紹介した際に、読み本系三本の中では『盛衰記』が最も近いとし、他の『盛衰記』との一致記事とあわせて、「盛衰記の記事をダイジェストにしたのが城一本の記事であるといえるだろう」としている。そして、池田敬子氏も、城一本の本文形成を考える中で、城一本の「髑髏尼物語」は『盛衰記』から取り込まれたものであろうとし、その位置づけを「六代話の前兆」「維盛と重衡の対象《ママ》」と述べている。城一本は『盛衰記』の〝ダイジェスト〟と考えられているため、生成基盤の問題、重衡救済の問題ではとりあげられず、八坂系第五類本の特徴として、語り本研究でとりあげられるのみであったということになる。城一本が『盛衰記』から取り込んだことは間違いないだろう。ただし本章は『盛衰記』の「髑髏尼物語」の展開を確認することが目的であるため、その取り込み方の二、三を指摘するのみにとどめる。

一　諸本における「髑髏尼物語」の位置

（1）延慶本から長門本・『盛衰記』・城一本へ

まずはじめに「髑髏尼物語」の粗筋を確認しておきたい。古い形を残しているのは延慶本であり、長門本・『盛衰記』・城一本はそれぞれ改変されたものと考えているため、延慶本を中心に述べ、諸本間の差異は括弧内に記しておく。

仁和寺に隠れ住んでいた経正（『盛衰記』・城一本は重衡）の子が残党狩りによって逮捕され、六条河原（『盛衰記』・城一本は蓮台野）で処刑される。後を追ってきた母（『盛衰記』・城一本は乳母も）はその現場を目の当たりにする。そこへ、「小原ノ堪敬上人」（長門本は「大原野上人」、『盛衰記』・城一本は印西）が来合わせる。上人の教化によって母は若君の供養のため、大原の来迎院で出家する（『盛衰記』は蓮台野の地蔵堂。城一本は蓮台野、その後長楽寺へ）。そして出家した母は若君の供養の後、若君の髑髏を携えて四天王寺へ向かう（『盛衰記』・城一本は、まず南都へ向かい、重衡の懺悔と供養をする。その後四天王寺へ）。四天王寺へ詣でた母は若君の髑髏とともに渡辺川（『盛衰記』・城一本は難波沖）に身を投げた。

次に平家物語諸本四本における「髑髏尼物語」の位置を確認しておきたい。『盛衰記』では巻第四十六で北条時政が入京し（文治元年十一月二十八日）、守護地頭設置の申請、吉田経房の記述、忠房や宗盛・通盛・維盛の子の処刑が続いたあと、巻第四十七に入ったところに位置する。直後に六代の捕縛と関東下向記事が続く。この位置は城一本も同様であり、城一本は『盛衰記』から引き継いだと考えられる。

これが延慶本では、第六本で重衡が処刑され、さらに宗盛父子も梟首されたあとに置かれている。そして同じ経正遺族の物語となっている長門本は巻第十八に置かれているが、これはその後、巻第十九で重衡が処刑され、宗盛父子が梟首されているため、延慶本とは異なった位置となっている。延慶本の形が最も古く、長門本はそれを改変し、『盛衰記』は大幅に改変、城一本は『盛衰記』を受け継いだと考えられる。延慶本と長門本の「髑髏尼物語」の前後の記事を簡単に記すと次のようになる。

【延慶本第六本】

1　宗盛・重衡、鎌倉から京へ
2　宗盛・清宗の処刑
3　重衡、大納言佐と再会
4　重衡の処刑
5　大納言佐の供養
6　宗盛父子の梟首
7　髑髏尼物語（経正妻子）
8　建礼門院の歎き

【長門本巻第十八】

1　宗盛・重衡、鎌倉から京へ
2　宗盛・清宗の処刑
7　髑髏尼物語（経正妻子）
3　重衡、大納言佐と再会

【長門本巻第十九】

4　重衡の処刑
5　大納言佐の供養
6　宗盛父子の梟首
8　建礼門院の歎き

まず注目すべきは5大納言佐の供養であるが、この記事の最後は延慶本・長門本・『盛衰記』・城一本ではそれぞれ次のようになっている。

延　慶　本……押量ラレテ無慚也。

長　門　本……をしはかられてあはれなり。

『盛衰記』……被レテ二推量一無慙ナリ。

城　一　本……おしはかられてあわれなり。

四本ともに「無慚(慙)」ないしは「あは(わ)れ」と結んでいる。これが次の6宗盛父子の梟首においても、延慶本は「無慚ナリシ事共也」、『盛衰記』は「無慙ナレ」で終わっている（長門本・城一本はなし）。そして延慶本はそのあとに続く7髑髏尼物語（経正妻子）で「哀ニ無慚ノ事ナリ」とし、長門本では「あはれなりし事ともなり」となっているのである（『盛衰記』・城一本なし）。

つまり、本来は延慶本のように5～7が「無慚(懺)」の物語として繋がっていたものが、長門本では解体され、『盛衰記』に至ってはそうした繋がりではなく、「髑髏尼物語」に『盛衰記』なりの意味づけがなされて、遠く巻第四十七へと移されたと考えられる。『盛衰記』なりの意味づけについては後述するため、次に長門本の展開について述べておきたい。

(2)　長門本の展開

長門本の「髑髏尼物語」は延慶本を基にしていると考えられるが、一部で『盛衰記』の構成と一致する箇所がある。延慶本も長門本も当該物語を経正の子とすることは先述したが、まず両本ともその出自が語られ、すぐに六条河原で処刑されたと記している。その後延慶本が悲歎する母を描き、「小原ノ堪敬上人」による教化へと展開していくのに対して、長門本は若君処刑の記述の後に「大原野上人」が現れ、上人の視点で若君の連行と処刑の様子が再度記されている。この、上人が若君連行の場面を目撃し、そしてそれを追っていった結果、若君の処刑を目の当たりにするという展開は延慶本にはなく、『盛衰記』と一致する。つまり若君の処刑を延慶本のような地の文で語り、さらに『盛衰記』のような上人の視点でも語るという構成になっており、長門本の「髑髏尼物語」は、延慶本と『盛衰記』を合わせた形となっているのである。これをただちに長門本の『盛衰記』による改変と断ずることはできないが、長門本祖本が『盛衰記』的本文と接触した可能性もあるだろう。

しかし逆に、長門本本文を削って延慶本、『盛衰記』本文へとそれぞれ展開したとも考えられるが、そうであるならば、延慶本が、長門本の『盛衰記』と重なる記述を中心に削除したということになり、可能性は低く、またその意図も見出しがたい。これはやはり長門本が延慶本を基にして改変したと考えるのが妥当であろう。長門本のこうした改変については、独自の意図があったと考えられる。

また延慶本にはない若君の描写が長門本にはあり、『盛衰記』・城一本にも見える。長門本と『盛衰記』の一致する構成であるが、本文には異同がある。まず『盛衰記』を挙げる。

内ヨリ五六歳計ナル少人ノ梧竹ニ鳳凰織タル小袖ニ上ニ練貫ノ小袖ヲ打チ着セテ、地白ノ直垂ニ玉タスキ上テ下腹巻ニ烏帽子カケシテ太刀計リ帯タル男ノ肩ニ乗セテ、大路ニ出テ西ヲ指テ走。見レハ不レ斜厳小児也。髪黒々ト生延テ肩ノ廻リ過タリ。

次に長門本の本文を記す。

髪、肩のまはりなるわかきみ、いたいけしたるを、武士、よろひのうへにいたきたり。わかきみ、手をさし出て、「まゝや〳〵」と、なき給ふ。

『盛衰記』（城一本もほぼ同じ）が若君の装束まで詳細に描くのに対して長門本は、傍線を付したように若君の髪と美しさしか記さない（若君の容姿については、第四部第一項で述べる）。この傍線部は延慶本にはない。しかしここで注目したいのは、長門本の独自である二重傍線部の記述である。描写は詳細だが一切声を発しない『盛衰記』の若君に対して、長門本の若君は手をさしだして「まゝや〳〵」と叫び、泣いている。母と若君の別離の哀しさを煽る加筆である。この後『盛衰記』・城一本では乳母と母が後を追ってくるが、長門本は母のみである。長門本が乳母を必要としないのは、〝母と子の物語〟を望んでいたからであろう。長門本では後を追う母の記述に、

其のち、くち葉の衣きたる女房、年廿二三とおほしきか、「わか子よ〳〵」と、なく〳〵はしるか有。しはしこそ、きぬもかたにかゝり、うらなしもはきたりけれ、後には、きぬもぬき、うらなしもはかす、「若子よ」といふこゑもたてす、「あゝ」といふこゑはかりにて、はしる女はうあり。

とある。これは長門本の独自記述であるが、「まゝや〳〵」と叫ぶ我が子を追う母は「若子よ」、つまりは「我が子よ」と叫ぶこともできず、「あゝ」としか声が出ないという哀切な物語となっている。延慶本にも乳母は登場せず母のみだが、長門本のような記述はない。長門本は延慶本を基にして、一部『盛衰記』的構成を持っており、独自の展開となっている。長門本に通俗的な性格が見えることはすでに指摘されているが(4)、これもそうした趣向に沿った展開と言えるだろう。そうした点からも延慶本・『盛衰記』が長門本の親子の情の記述を選んで削除し成立したとは考えにくく、やはり「髑髏尼物語」は、延慶本を基にして長門本が成立したと考えたい。

また長門本は当該物語の最後で、この母が渡辺川に飛び込んだ後に、「しうんたち、をんかくして、いきやうくんして、しゆせうのわうしやうして候を」とし、明確に往生したという独自記述を加えている。他の三本にはここまではっきりした往生のしるしはない。つまり、長門本は延慶本の「無慚」の物語に母子の別離の記述を加え、さらに母の往生を明確にし、その最後を「あはれなりし事ともなり」(長門本「髑髏尼物語」の最後)と結ぶことで、〝哀切な母子の別離の物語〟へと展開したのである。

二　『盛衰記』における重衡の若君

一方『盛衰記』には長門本以上の改変が見られる。まず経正の遺族という設定を重衡の遺族へと変更している点が最大の改変であろう。すでに先行の研究で指摘のあるところだが、論の展開上、整理して述べておきたい。

髑髏尼について延慶本・長門本は経正北の方であるとし、その出自については延慶本が「左大臣伊通ノ御孫、鳥飼大納言ノ御娘トカヤ」とし、長門本は「左大臣伊通の御孫、鳥飼中納言の御むすめとかや」としている。「鳥飼大(中)納言」は『尊卑分脈』によれば頼宗流の藤原伊通の子正三位権中納言伊実と考えられるが、伊実には子は記されておらず、実否は不明である。しかし「鳥飼大(中)納言」の娘は、平家物語においては重衡の北の方大納言佐の出自として知られている。こうしたことから『新編日本古典文学全集　平家物語』二（小学館、平成六年）四二八頁の市古貞次氏による頭注では、娘の存在については未詳とし、延慶本・長門本の「髑髏尼物語」における記述は大納言佐の出自が混入したものではないかとしている。

一方の『盛衰記』は髑髏尼を「故少納言入道信西ニハ孫、桜町中納言成範卿ノ女ニ新中納言御局トテ内裏ニ候ハレケル人也」とし、「本三位中将重衡ノ時々通給シ女房、最後ノ余波ヲ悲テ、八条堀川ヘ迎ヘ給シ人ノ事也」とあって、重衡の恋人である「内裏女房」に設定しているのであるが、系図類で藤原成範の娘に該当者は確認できない。内裏女房の出自については屋代本・百二十句本・覚一本等は「民部卿親範」の娘としているが（延慶本・長門本・四部本・『源平闘諍録』には記載なし）、こちらも系図等では確認できない。

しかしここで留意すべきはその出自の実否ではなく、『盛衰記』が重衡の最期に関わるもう一人の女性である内裏女房を、髑髏尼に設定したことであろう。正妻である大納言佐が重衡の遺体を引き取り、供養したことは諸本共通である。一方の内裏女房のその後は、出仕をしなくなったとするもの（延慶本・長門本・『盛衰記』）、重衡の菩提を弔ったとするもの（覚一本・百二十句本）、特に記さないもの（屋代本）に大別することができる。その中で『盛衰記』は延慶本や長門本と同様、出仕しなくなったと記しているが、その後髑髏尼として再登場するということになっているのである。(5)

その結果、「髑髏尼物語」の若君は重衡の子ということになった。しかし、諸本は重衡には子はないということで共通しており、『盛衰記』も巻第三十九「重衡酒盛」に、

何事モ先ノ世ノ事ト聞ハ思残スヘキ事ハナケレトモ、後世弔へキ一人ノ子ノナキ事コソ悲ケレト被仰シ者ヲトテ二人相共ニ佐殿ニ参テ故三位中将殿ニ去年ヨリ奉相馴其面影忘レ奉ラス。後世ヲ助ヘキ者ナシト歎キ仰候キ。

とあり、傍線を付したように自身の口から子はないと述べたことになっている。また、最後に大納言佐に再会した巻第四十五「重衡向二南都一被斬」でも、

爰ニシモオハシテ最後ニ見ミエヌル事、前世ノ契リト云ナカラ心中可二シ推量一給フ。子ノナカリシヲコソ本意ナキ事ニ思申シニ、賢ク子ノ無リケル。在ハイカハカリカ心苦カラン。今ハ此ノ世ニ執心留マル事ナケレハ、冥途安ク罷ナント思コソ、イト嬉ケレ。

と述べているのである。『盛衰記』のこうした記述に対しては、従来その不整合が指摘されてきたが、『盛衰記』は一応のつじつまあわせをしようとしている。重衡が内裏女房と再会した後に、『盛衰記』は内裏女房について以下のように述べている。

コノ女房ト申ハ、故少納言入道信西ノ孫桜町中納言成範卿ノ娘中納言局トソ申ケル。今年ハ二十一ニソ成給フ。琴琵琶ノ上手ニテ絵書花結歌読手厳書給ケル上へ、皃細ヤカニ情ケ深キ人ニテオハシケレハ、三位中将コトニワリナキ事ニ思入給テ、替ル心ナク申通シ給ケル御中也。御子一人オハシマシケレ共、北方大納言佐

殿ニ憚給テ世ニハ角トモ披露ナシ。西海ノ旅マテモ引ツレ奉タク覚シケルカ、大納言佐殿先帝ノ御乳母トテ下ラセ給ヘハ、ソモ叶ハテ都ニ残シ置給ケル也。

「髑髏尼物語」の箇所と同様に、藤原成範の娘であることを述べているがその後、傍線部に、子はいたのだが大納言佐を憚って披露しなかったとする。さらにその後に、

三位中将ハ我罪深キ者トテ懸身ニ成ヌル上ハ、申置シアラマシモ夢ノ中ノ物語也。罪深キ者ノ子ナレハ枝葉マテモ末憑シクハナケレ共、イカニモシテ助隠シテ片山寺ニ下シ置僧ニナシテ我苦ミヲ弔給ヘト被仰テ袖ノシカラミ関兼給ヘリ。

と続く。南都を焼いた罪深い自分の子であるから「末憑シクハ」ないだろうとしながらも、どうにか隠し育てて自分の菩提を弔うよう内裏女房に言い残しているのである。千手と伊王の前で自分には後を弔うような者はいないと述べたこと、正妻大納言佐に、子のなかったことがせめてもの幸いであったと述べたことは、内裏女房（髑髏尼）との子が、「イカニモシテ助隠シテ」育てるべき子であったとすることで、矛盾のない展開となっているのである。

これは『盛衰記』が「髑髏尼物語」を重衡遺族の物語へと改変したときから、解決しなければならない問題であった。そこで一応のつじつまあわせをしたわけだが、やや強引な感は否めない。しかしそうした強引なつじつまあわせからは、あくまでも「髑髏尼物語」を重衡遺族の物語へと改変しようという『盛衰記』の強い意図が見て取れるのである。そして『盛衰記』がそこまでして髑髏尼物語を重衡遺族の物語へと改変したのは、重衡の救済という問題に繋げたいからであろう。前掲の『盛衰記』巻第三十九「重衡迎二内裏女房一」の独自記述で重衡が、罪深い自分のために隠し育てて僧にして、「我苦ミヲ弔給へ」と述べていることからも、髑髏尼（内裏女房）母子には重衡救済の役割が期待されていたと考えた方がよい(6)。

三　『盛衰記』における救済の方法

『盛衰記』が経正遺族の物語を、重衡遺族の物語へと改変したことについては、従来重衡の救済・非救済という問題に繫げて考えられてきた。著者は『盛衰記』は救済を図っていると考えているが、それは重衡だけでなく、髑髏尼母子にも及んでいる。本節では、『盛衰記』が延慶本のような「髑髏尼物語」を再構成する際に、そうしたことを意図して編集したと考えられる記述をとりあげて、検討する。

（1）蓮台野と六条河原

まず、『盛衰記』と延慶本・長門本とでは、若君の処刑場所が異なっている。『盛衰記』の重衡の若君は、一条万里小路の屋敷で捕縛された後[7]、蓮台野へ連行され、「峰ノ堂」付近で斬られている[8]。一方、延慶本や長門本では、仁和寺に隠れていたところを捕まり、六条河原で処刑されている。つまり、延慶本や長門本のような六条河原を、『盛衰記』は蓮台野に改変したと考えられる。

六条河原は『盛衰記』巻第三十四「明雲八条宮人々被ㇾ討」で、法住寺合戦後の義仲が院方の首を曝した場所であり、古来公開処刑場として知られていた。『吾妻鏡』文治二年（一一八六）二月一日条で北条時政が盗賊を処刑したり、時代は下るが、『長興宿禰記』の文明十三年（一四八一）四月二十六日条[9]には、将軍義尚の御所に押し入った盗賊二人がやはり六条河原で処刑されており、「洛中諸人群集、見物之、被誅之後、即於川原梟首」とある。経正の若君が隠れ住んでいた仁和寺から近いとは言えない六条河原で処刑されたとすることは、多分に公開処刑の意味があったと思われる。長門本ではその後独自に「非人」がこれを埋葬している。長門本が「髑髏尼物語」の最後に、往生を示す記述を増補していることもあわせて考えると、長門本は髑髏尼母子救済の構図を明確に示しているといえる。

長門本も独自の展開を示しているが、『盛衰記』はこれを大幅に改変、蓮台野での処刑とした。蓮台野は、現在京都市北区紫野と鷹峯の一部だが、狩猟場でもあったらしく、『盛衰記』巻第一「同人行陀天」では清盛が狩猟に出ている。しかしここでは別のイメージを押し出していることは明らかである。若君が連行されていく際の描写に、「此スソニ古キ墓共多クアリ」としていたり、「頸ヲハ古キ石ノ卒塔婆ノ地輪ニスヘテ」などが見える。そうすると、たとえば『山家集』中・雑八五一[10]に「露と消えば蓮台野にをくりおけねがふ心を名にあらはさん」とあるような、「蓮台」からくる「蓮華化生」「蓮華台」といったイメージが強くなり、場所の設定を変えた『盛衰記』の意図が見え隠れするのである。鎌倉後期に記された歌学書『野守鏡』[11]には、次のような記述がある。

　これよりかの法衆をの〳〵みな順次の往生をとげられえいざんのみねに紫雲つねにたな引。蓮台野の定覚上人これをうらやみて、又をこなひ侍りけるに、蓮花化生したりければ、結界して此所にて墓をしめん人をばかならず引接せんと発願をしたりけるより、蓮台野となづけて一切の人の墓所となれり。

蓮台野に墓所をしめる者は必ず引接するという記述は、『盛衰記』が印西上人に、ここで独自に「死人ノ首ノモトニ立寄テ、泣々阿弥陀経ヨミ念仏申テ、後生ヲ弔給ケル」とすることと無縁ではあるまい。『盛衰記』が若君の処刑場所に、六条河原ではなく蓮台野を選んだ理由はその救済であったと見て間違いない。

『盛衰記』の重衡は自分の子である若君について「罪深キ者ノ子ナレハ枝葉マテモ末憑シクハナケレ共」としていた。また、「髑髏尼物語」の後半で『盛衰記』は、髑髏尼が南都を巡礼する直前、印西上人に若君の父親は重衡であると明かした後に、「大仏殿奉レリ焼キテ、罪深者ニ有リシカハ、其ノ報ニコソ末ノ露マテモ懸憂目ニモアヒ侍ラメ」と述べている。重衡の大罪は「末ノ露」である若君にまで及んだという認識であるが、そうした大罪を背負った重衡・髑髏尼・若君の親子を救済するために、『盛衰記』はさらに独自の設定を施している。

（2）蓮台野の地蔵堂

若君を処刑された髑髏尼は、出家を遂げている。延慶本では「大原ノ来迎院ニ送リ置ツ。母上ハ聽テ出家セラレニケリ」とあり、「来迎院」がその場所である。長門本も同様であるが、『盛衰記』は異なっている。

　蓮台野ニ池坊ト云所アリ。其ノ傍ニ地蔵堂ト云御堂ニ具足シ入奉テ、傍ノ庵室ヨリ剃刀ヲ借寄テ、持給ヘル水瓶ニテ髪ヲ洗、長ニ余レル簪ヲオロシ奉ル。落ル涙、髪ノシツク露ヲ垂テソ諍ケリ。

若君が処刑された蓮台野の池坊、その傍らの「地蔵堂」が出家場所である。これが城一本では「れんたい野のいけのばうへ入奉りひすいのかんさしをそりおろしたてまつらる」となり、「地蔵堂」は消え、簡略化されている。延慶本・長門本は出家を勧める僧が「小原ノ堪敬上人」（長門本は「大原野上人」）であり、来迎院は妥当である。一方『盛衰記』は長楽寺の印西が出家を勧めるのだから、長楽寺がその場所として設定されても良いはずだが、蓮台野の地蔵堂が選ばれている。

この地蔵堂についての言及はあまり見えないが、水原一氏は、双岡の東、大池（双池）の東南にあった「金目地蔵堂」がこれにあたるかとしている[12]。また、近世のものだが『山城名勝志』巻第十一[13]には、「蓮台野廻地蔵堂」として「西光法師造立七ヶ所一也。今断絶六地蔵廻輩拝二常盤村像一」とある。近世における六地蔵巡りの一つ、常盤地蔵がかつては蓮台野の地蔵であったとしている。また同書巻第十七[14]では、西光造立の七か所地蔵の一つ蓮台野の地蔵について、「長坂路今絶拝二常盤村像一」ともしている。「長坂路」は現在の北区鷹峯長坂で、蓮台野からは北西の山間である。しかし現在六地蔵として知られている、右京区常盤馬塚町の常盤地蔵が蓮台野の地蔵を移したものであるという確証はない。おそらく近世に入って、西光の造像伝承にある蓮台野の地蔵がどれにあたるのか特定できず、常盤の地蔵をあてたものと推測される。『扶桑京華志[15]』などにも同様の言説が見えるが、「常盤ノ地蔵旧有二ル蓮台野一ニ歟」としており、やはり確証は持っていない。つまり、『盛衰記』において髑髏尼が出家した蓮台野の地蔵堂は、具体的には特定することができないということになる。

『盛衰記』が設定した蓮台野の地蔵堂が実在のものかどうかは判断できないが、『盛衰記』の地蔵に対する強い関心を考慮すると、ここではこの地蔵堂で出家をしたという独自の設定こそが重要であると考えたい。『盛衰記』における地蔵の用例が十九例（章段名を含めると二十例）と、延慶本（二例）、長門本（三例）に比べて格段に多いことは、すでに前章で述べた。その十九例の収容章段を挙げると次の九章段になる。

巻第二「清盛息女」〈改変〉　　巻第五「成親以下被召捕」
巻第六「西光卒都婆」独自　　巻第十「赤山大明神」独自
巻第十三「入道信㆓同社㆒并垂迹」独自　　巻第二十一「小道地蔵堂」独自
巻第四十五「重衡向㆓南都㆒被斬」〈改変〉　　巻第四十六「時忠流罪忠快免」〈改変〉
巻第四十七「髑髏尼御前」〈改変〉

『盛衰記』の独自章段は四章段である。しかし他本にも、記事はあるが地蔵を主張する形に『盛衰記』が改変を施している章段もある。巻第四十六「時忠流罪忠快免」は教盛の子、忠快律師が地蔵によって命を救われるという話であるが、『盛衰記』の他には延慶本にしかない。しかし延慶本では地蔵が大日となっている（前章参照）。そして改変章段の中で特に注目したいのが、巻第四十五「重衡向㆓南都㆒被斬」である。この章段は、斬首直前の重衡に対して、「六十余ノ僧」が地蔵菩薩の功徳を述べるものである。

実平今ハ夜モ明方ニ成候ヌ。トクト申セハ八ノ巻ヲハ巻置奉㆑リ授㆑戒、若シ浄土ニ生ント思召サハ、西方極楽ヲ歓御座セ。極重悪人無他方便唯称弥陀得生極楽ト説レタリ。弥陀名号ヲ口ニ唱ヘ心ニ念シ給ヘシ。若シ悪道ニ趣御座ヘクハ地蔵ノ悲願仰給ヘ。抜苦与楽慈悲深ク大悲抜苦ノ誓約アリ。依㆑テ之忉利雲上ニシテハ正ク釈尊慇懃ノ付属ヲウケ、奈落炎中ニシテハ必ス衆生難㆑忍ノ受苦ヲ助ケ給。彼ト云此レト云深ク憑奉ラハ

　争カ利勝ナカラント。細々ニ賛嘆シ奉二教化一ケレハ、中将モ実平モ眼ニ余ル涙ノ色、家子モ郎等モ絞兼タル袂也。

「六十余ノ僧」は前半では阿弥陀如来の功徳を述べ、一般的な教誨師の役割を果たしているが、後半では傍線を付したように堕地獄の際には地蔵を頼めとしている。こうした「六十余ノ僧」による「教化」は『盛衰記』の独自設定である。「奈落」に落ちた者を地蔵が救う話は枚挙に遑がなく、『地蔵菩薩霊験記』や『今昔物語集』などで確認することができる。地蔵霊験譚の最も典型的なものである。「彼ト云此レト云」という形で阿弥陀と地蔵の功徳を語り、「教化」する「六十余ノ僧」は、重衡の救済を図っていると解釈するのが自然であろう。そしてさらに言えば、そこで地蔵が持ち出されたことにこそ注目すべきである。

南都を焼いた大罪人である重衡は、『盛衰記』では「提婆達多」に例えられ、巻第三十七「重衡卿虜」でも、重衡の生け捕りは大仏の力によるといった記事を載せるなど、その罪が激しく糾弾されている。こうした重衡の罪については諸本である程度共通しており、説話や芸能の世界にも波及している。『六代勝事記』や『法然上人絵伝』などに記される重衡遺品伝承は、そうした重衡の堕地獄をテーマとしたものであり、『盛衰記』も重衡の堕地獄は必至と考えている。しかし、『盛衰記』はここで、独自に「六十余ノ僧」を設定し、阿弥陀だけでなく地蔵の功徳をも説き、重衡の救済を図っているのである。重衡の堕地獄が必至と考えられているからこそ、「奈落」での救済を特長とする地蔵の利益を説いたのだろう。

『盛衰記』には同様の例がある。前章でとりあげたが、巻第六「西光卒都婆」では、西光が後生のために七か所に六地蔵を安置している。『盛衰記』では西光は「一善」もない者として描かれ、他の記事でも他本に比べて厳しくその行いが批判されている。そうした西光であるからこそ、地蔵による救済が図られたということは、重衡の場合と同工である。つまり『盛衰記』の重衡が、他本よりも激しく糾弾されているのは、堕地獄の可能性を

述べているにすぎず、「奈落」での地蔵による救済という枠組みの一部と考えられるのである。(16)

前節でも確認したように重衡の罪は妻子にも及んでいる。重衡の救済を図った『盛衰記』にとって、重衡の妻子も当然その対象であっただろう。重衡の若君が六条河原ではなく、『野守鏡』で「此所にて墓をしめん人をばかならず引接せん」とされた蓮台野で首を刎ねられたのは、若君の菩提のためであり、蓮台野の地蔵堂が内裏女房の出家場所として選ばれたのも、罪深い妻子を救うための設定であると考えられるのである。髑髏尼の地蔵堂での出家という記述と、重衡に用意された地蔵による救済という記述は繋がっている。経正遺族の場合、経正にて、堕地獄をうかがわせる厳しい文言を付した『盛衰記』が「髑髏尼物語」を再構成した場合、髑髏尼や若君に重衡ほどの罪はなく、当然、北の方と若君も重衡の妻や若君のような罪を背負うことはない。しかし重衡に対してもそうした文言を付してくる可能性は十分にあると考えられる。

(3) 髑髏尼と若君の造型――罪を背負った母子――

先行の研究で指摘されているところもあるが、重衡と同様、髑髏尼と若君にも堕地獄を思わせる厳しい文言が付せられていることを確認しておきたい。

処刑された若君と共に死にたいと言う髑髏尼に対して上人が次のように述べる。

上人サラテタニ女人ハ五障三従トテ、罪深キ御事ニテ侍リ。我カ御身コソ悲シキ地獄ニ落チ給フ共、サシモ御糸ヲシキ若公ノ刀ノサキニ懸テ失給ヌルヲ。御弔モナクテ、悪キ道へ堕シ奉ラント思シ召シ侍カ、長闇路ヲ祈助ケ給ハンコソ、遠キ御情ニテ侍ヘケレ。

「女人」であることからの堕地獄の可能性であるが、その後に、首を刎ねられた若君の菩提を弔わなければ、若君は「悪キ道」「長闇路」に迷うとしている。延慶本・長門本にはこうした文言はなく、城一本は「上人とかくけうくんして」とあるのみである。また、その後髑髏尼は、若君が重衡の子であることを上人に告げる。城一本ではその際、次の文章を挟む。

三位の中将いきながらとらはれて鎌倉へわたされ給ひし時、八条ほり河の御たうにて行あひさふらひしに、中将おさなき者の行衛おほつかなふこそおほゆれ。かまくらの頼朝もしげひらは一人の子なきものと申さるなれは、ふかふかくしてそたてよなとのたまひしぞかし。

前節で確認した重衡の若君に関する記述だが、城一本は簡単にまとめた文章を所々に投入し、展開をスムーズにしている。重衡の若君については、城一本の編者も留意していたらしく、『盛衰記』のつじつまあわせをここに挿入して疑問を解消しようとしており、単に『盛衰記』の〝ダイジェスト〟というだけではない。

そして髑髏尼の上人への告白の後、髑髏尼は南都への巡礼の決意を述べる。重衡の罪の清算が目的の一つであるから、当然、延慶本や長門本にはない。

大仏殿奉レリ焼キテ、罪深者ニ有リシカハ、其ノ報ニコソ末ノ露マテモ懸憂目ニモアヒ侍ラメ。サレハ懺悔ノ為ニ奈良へ参侍ハヤト被レ仰セケレハ、

髑髏尼は、夫重衡の罪が「末ノ露」である若君にも及んだと考えている。城一本ではこの部分が「かゝるうき目を見さふらふ事も其むくひとこそおほえさふらへ」とし、「末ノ露」は消えている。そしてその決意を聞いた上人も重衡の罪は重いと考えているが、巡礼ではなく長楽寺での念仏を勧めており、「是ニ過キタル懺悔滅罪ノ功徳アルヘカラス」としており、巡礼を遂げた髑髏尼も東大寺・興福寺の焼け跡を見て、「罪深ク悲ク覚シケメ」と述懐しているのである。

南都焼亡が重衡の大きな罪であるということは、諸本に共通しているが、『盛衰記』は「髑髏尼物語」でそれを強調し、ただ一人隠し育てていた若君の処刑も「末ノ露」であることからくる報いであるとしている。そして、

若君の髑髏を持って南都を廻る髑髏尼について、『盛衰記』は典拠不明の先例を挙げている。

如来在世ノ往昔ニ、提婆提女ト云ケルハ一子ノ女ヲ先キ立テ其ノ身ヲ干堅テ頸ニ懸テアリキケリ。タメシナキニモアラストテ情ヲカクル者モ有リケリ。

城一本にも同様に引かれているが、「提婆提女」という女性が先立った娘の遺骸を持ち歩いたという例があるとする。「提婆提女」は管見の限りでは、他に例がない。『盛衰記』にはそれらしく故事を創作するところもあり、これもそうした類かもしれない。そうであるならば、重衡がその罪から「提婆達多」に擬せられ、堕地獄を示唆されていることを考えると、「提婆提女」は、その妻であり、夫の罪を背負った髑髏尼の堕地獄を示唆するための「先例」と解釈するのが妥当であると思われる[17]。

『盛衰記』では、南都焼亡の罪を背負った重衡と、妻子であるためにその罪を被った髑髏尼母子の堕地獄が示唆されている。しかし『盛衰記』は「六十余ノ僧」による地蔵の功徳についての教化、髑髏尼の地蔵堂での出家など、地蔵を投入することで重衡とその妻子を救済しようとしている。地獄における救済は地蔵の特長であり、地蔵霊験譚の一つのパターンでもある[18]。南都焼き討ちという大罪を犯した重衡や、夫の罪を背負わなければならなかった髑髏尼母子を救済できるのは地蔵しかいないということになる。

（4）融通念仏と地蔵菩薩

前項までで検討した、地蔵による重衡と髑髏尼・若君救済の趣向は『盛衰記』独自のものである。しかしそうすると、先行の研究ですでに指摘されている融通念仏との関係についても一考しておかなければならないだろう。『盛衰記』・延慶本・長門本三本の「髑髏尼物語」の最終的な舞台が四天王寺であること、髑髏尼に関わる聖が印西や堪敬であることなどから、三本共通の基盤として融通念仏聖の関与が指摘されてきた[19]。ただしここでは融通念仏は一種の宗教運動と考えており、「融通念仏聖」という特定の聖の活動を想定しているわけではない。あくまでも融通念仏を基盤とした物語というだけの認識であるが、こうした「髑髏尼物語」において、地蔵による救済という枠組みが齟齬をきたさないかということを検討しておかなければならない。

融通念仏関係の寺院である嵯峨清涼寺の縁起『釈迦堂大念仏縁起』(20)に次のような記述がある。

夫レ融通大念仏者《トハ》、大乗窮《キウ》（グウ）理ノ之極意、頓悟直証ノ之良因《イン》也、十万人ノ自他融通者《ハ》、人別当リ二十万一ニ、日夜ノ之持戒念、毎日毎夜之十念ハ者書一日夜各百万遍也也、然レハ則チ以テ二他人ノ念仏一ヲ可シレト成ス二我カ願行一ヲ、宣《ノタモウ》フ自身他身体無二一ノ故ニ、以テ二我カ念仏一ヲ可シ助ク二他人ノ願行一ヲ、説玉フ二心仏衆生無差別一故也、然レ者ハ自他同フ遂《ト》ケ二九品之ノ往生一ヲ、彼ヒ此共ニ成二也ン十種之願望一ヲ、何ニ況ンヤ一切衆生流転三有ノ之中ニ往反シ六趣ノ之際《アイダ》、或ハ為リ二父母兄弟一ト、或ハ為二朋友知識一ト、生生ノ恩深ク世世ノ語芳何ヲ以テカ忘《ウシナハン》（ワスレン）レ之、争デカ不ンレ報セレ之ヲ、故ニ莫レク分ツコト二親疎《シンゾウ》一ヲ、不レ嫌《ウタカハ》順逆一ヲ、依テ二此ノ念仏一ニ成ン二彼往生一スルコトヲ、抑誤《アヤマツテヲモムキ》赴二冥途一《ドニ》暫《シバラク》二留《トドマル》中有一ニ之刻《ノキザミ》、閻王責《セメハ》レ我ヲ、捧ケ二此ノ名帳一ヲ、為シ二今生善根之《ノ》張本一ト、冥官怒《イカラハ》レ我ヲ憑《タノンテ》二今地蔵一ヲ、為ン二来世引接之《サフノ》導師一ト、

融通念仏が互いに念仏を融通するものであり、その念仏によって往生を遂げるとしているが、注目したいのは傍線部である。もし誤って冥途に堕ちた際には、閻王に自分が融通念仏の徒であることを示す「名帳」を見せよとある。また地蔵を頼めともしているのである。互いに念仏を融通するのだから往生は疑いないのであろうが、もし誤った場合に、ということで地蔵が用意されているのである。また融通念仏中興の祖と言われる鎌倉時代の僧円覚上人の事績が中心である『嵯峨清涼寺地蔵院縁起』(21)には、円覚が生き別れた母に会えるよう日夜地蔵に祈っていたところ再会が叶い、以後円覚は地蔵を信仰するようになったという記述がある。この記述は円覚の伝記にはよく採録されている。

融通念仏と地蔵との関わりがいつ頃からかは不明であるが、『盛衰記』が「髑髏尼物語」を再構成する際に、地蔵の救済を加えても問題はなかったと考えられる。「髑髏尼物語」が経正遺族の物語から重衡遺族の物語へと改変された理由の一つは、南都を焼いた重衡に代わって罪の清算をし、その罪を背負った髑髏尼と若君の救済であった。堕地獄が示唆されている重衡に連なる親子であったからこそ、地蔵が設定されたのであろう。まったく「善業」のない西光法師を救うために六地蔵を設定した巻第六と同じ趣向である。

(5) 難波沖と渡辺川

『盛衰記』は地蔵による救済という独自の設定を施したが、最後に髑髏尼が入水した場所も異なっている。延慶本・長門本では「渡辺川」で入水をするが、『盛衰記』は「難波沖」である。延慶本や長門本の「渡辺川」はいわゆる渡辺の津であり、渡辺は別所であるから、入水地としては適当である。長門本は入水直後に「しうんたち、をんかくして、いきやうくんして、しゆせうのわうしやうして候を、とふらひ申候なり」という独自記述を加えており、往生したことになっている。

一方の『盛衰記』の「難波沖」であるが、長門本のような明確な記述はないものの、これも往生を遂げたと解釈することができる。難波沖が極楽の東門と考えられていたことは、『梁塵秘抄』などでよく知られている。そのため、保延六年（一一四〇）には西念という僧が「紺紙金字供養目録」[22]を作り、入水している。その目録には「天王寺之西海令投身入海之条往生之赴願有斯伝聞天王寺之西門者極楽之東門通」とあり、「天王寺之西海」への入水が極楽への渡海であったことは疑いない。もっともこの入水は失敗したらしく、西念は永治二年（一一四二）に再度試みている[23]。また、『発心集』第三「六　或る女房、天王寺に参り、海に入る事」には、髑髏尼とよく似た展開の入水譚が採録されている。そこでは、娘を亡くした母が都をさまよい出て、四天王寺へ向かい、漁師の舟に乗って「音に聞く難波の海」へ出た後、西に向かって念仏を唱えて入水する。その直後、「空に雲一むら出で来て、舟にうちおほひて、かうばしき匂ひあり」と往生の奇瑞が現れるのである。

髑髏尼が、西に向かって念仏を唱えることは三本共通だが、その後に『盛衰記』は、「南無帰命頂礼阿弥陀如来太子聖霊先人羽林、若君御前。必ス一ツ蓮ニ迎へ取リ給へ」という独自の最後の言葉を加えている。髑髏尼は、先に向かった「羽林」重衡と「若君御前」との冥途での邂逅を期待して入水したのである。『発心集』のような奇瑞は記されないが、『盛衰記』の場合も往生を遂げたと解釈すべきであろう。

延慶本や長門本の「渡辺川」でも入水往生の地としては不足はない。しかしそれを、極楽の東門に通じるとされる「難波沖」に改変したことは、『盛衰記』編者に、往生をより確かなものにしようとする意図があったからと考えられる。そして『盛衰記』はさらに海女達による四天王寺西門での髑髏尼に対する供養を記し、さらにその一件を長楽寺で談義中の印西上人が知り、居合わせた聴衆とともに供養を行うという独自記述を加えている。そこでは、「其ノ後チ一文一句ノ談儀モ随喜聴聞ノ功徳ヲモ此人ノ孝養ニソ被二回向一セケル」として、功徳をすべて髑髏尼親子に還元するという、まさに融通が行われ、「一日経」を難波の沖へ送った後、「母上モ若公モ縦罪業深クトモ印西上人ノ志ナトカ不ンレ出テ二生死ヲ一」と結んでいるのである。こうした『盛衰記』の独自記述は、髑髏尼と若君の救済を目論んで付されたものであり、ひいては重衡の救済にも繋がっていく。

延慶本や長門本には髑髏尼母子の救済の意図はあっても経正の救済までは見出せない。成立当初の「髑髏尼物語」は、平家の残党である髑髏尼と若君の救済しか描かないが、『盛衰記』はそのような「髑髏尼物語」を改変し、重衡の罪の清算と、その罪を背負った髑髏尼と若君の救済の物語へと展開させたといえる。

四　「髑髏尼物語」の移動

第一節で確認したが、「髑髏尼物語」の位置が延慶本・長門本と『盛衰記』とでは異なっている。「髑髏尼物語」が前節までのように、重衡と髑髏尼・若君の救済を意図して改変されたとしても、記事の配置を変える必要はない。重衡の遺族物語へと改変されたのであるから、重衡処刑の後であることは当然だが、『盛衰記』は延慶本・長門本では巻四十五に相当するところから巻四十七へと移動している。従来、「髑髏尼物語」の生成背景についての論は多く見えるが、こうした配置の問題についての検討は十分になされてきたとはいえない。しかし、『盛衰記』の場合は、この移動も改変の一環であるため、一考しておかなければならないだろう。

延慶本では第六本、宗盛・清宗が処刑、梟首されたあとに「髑髏尼物語」を置き、長門本は巻第十八の宗盛親子処刑の直後にこれを置いている。一方『盛衰記』で延慶本・長門本に相当するのは巻第四十五であるが、巻第四十七に入り、六代御前が捕らえられる直前にこれを配置している。重衡・髑髏尼・若君の救済ということであれば、これほど後に移動する必要はないが、これは六代物語との対比が目的ではないかと考えている。つまり、重衡遺児の物語と維盛遺児の物語の対比ということになる(24)。

平家物語において重衡と維盛が対で描かれていることは諸本で共通している。『盛衰記』もそうした構成は受け継いでいるが、そこで、『盛衰記』が「髑髏尼物語」を六代物語と対になるように配置したとすれば、配置だけでなく、物語内でも対になるよう『盛衰記』が独自に加筆した記述があると考えられる。以下、そうした類似点を検討してみたい。

（1）「梧竹ニ鳳凰」の小袖と若君の容姿

一点目は、若君の装束である。延慶本・長門本には若君の装束についての記述はないが、『盛衰記』は、「梧竹ニ鳳凰織タル小袖ニ上ニ練貫ノ小袖ヲ打チ着セテ」と描写している。城一本もほぼ同様である。「五六歳計ナル」とされる若君が着ている小袖の一つは贅沢な「練貫」の小袖であるが、注目したいのはもう一つの「梧竹ニ鳳凰」を織った小袖である。清盛の孫ということを考慮しても不審な柄である。「梧竹ニ鳳凰」は、たとえば『装束集成』(25)に、「桐竹鳳凰麒麟の御文の事、天皇の御袍」とあるように、天皇の柄である。『盛衰記』には、この模様の装束がもう一例出てきている。巻第二十五の「鰚奏吉野国栖」で元日に国栖の翁が天皇から「梧竹ニ鳳凰ノ装束」を賜って舞うとしており、特別な柄であることは『盛衰記』も認識していたであろう。それにもかかわらず、重衡の若君の装束としてこうした柄を採用した『盛衰記』には、この若君を六代と釣り合うように描写しようとした意図があったと考えられる。そのために、「梧竹ニ鳳凰」の柄が最も適当であるとは言い難いが、『平家花揃』で清盛が「桐竹にほうわう」とされていることも参考になるだろう。(26)『平家花揃』は室町期に平家物語を基にして作られた平家物語享受の一端を示す作品だが、ここで清盛が「桐竹にほうわう」とされているのは、白河院落胤説を下敷きにしているのだろう。嫡流である六代に対置するために、重衡の若君に「梧竹ニ鳳凰」の装束を着せたと考えられる。(27)

次に二点目は若君の容姿である。延慶本では若君の容姿についての言及はない。長門本は「髪、肩のまはりなるわかきみ、いたいけしたるを」として、髪が肩のまわりまであるという稚児姿を描写するのみであり、それ以上の記述はない。しかしこれが『盛衰記』では、「不レ斜厳小児也。髪黒々ト生延テ肩ノ廻リ過タリ」となっている。城一本では「なのめならすうつくしき」として「かみ黒々としてかたのまはり過たり」とあり、『盛衰記』とほぼ同様と考えてよい。『盛衰記』は若君の容姿に関する記述を加筆し、城一本もそれを継承したのであろう。

問題はそれが「不レ斜厳」と、「美しい」とされている点である。これから処刑される若君の、哀れを誘うためとも考えられるが、これもやはり六代を意識した記述であろう。六代が父維盛譲りの「美しい」若君であったことは、諸本共通しており、大覚寺で発見される場面でも、

『盛衰記』……少キ人ノイト厳カ
延慶本……十一、二計ナル若君ノナノメナラズウツクシキガ
長門本……なのめならすうつくしけなるわかきみの
覚一本……うつくしげなる若公

とあり、その美しさは繰り返し語られている。つまり『盛衰記』が、延慶本や長門本が記していない若君の容貌を、美しいと描写する意図は、六代との対比以外にはない。

こうした加筆を『盛衰記』は、「髑髏尼物語」を再構成する際に行ったと考えられる。

（2）髑髏尼の容姿と「二つ小袖」

若君に施されたような改変は母である髑髏尼に対しても行われている。三点目として髑髏尼の容姿を検討する。延慶本・長門本には具体的な描写はないが、『盛衰記』では髑髏尼を「又廿余ノ女房ノ不レ斜厳キカ、イツ土踏タルラン共不ルレ覚ヘ」と描写している。若君同様「厳キ」となっている。これを維盛北方、つまりは六代の母の描写と比較してみると、延慶本では「容顔世ニコヘテ」（長門本も同じ）とあるが、『盛衰記』では「芙蓉ノ貌モ厳ク、桃李ノ粧モ細カニシテ、容顔人ニ勝レ給タリケル」、「天下ノ美人ト聞エケル」と詳細である。六代の母が美しいということも諸本共通であり、『盛衰記』はここでも「厳ク」と描写している。つまり、延慶本や長門本にはない髑髏尼の容姿についての描写が、『盛衰記』では「不レ斜厳キ」とされたのは、六代と若君の場合と同様、

六代の母との対比のためである。城一本がこれを、「又あとより廿あまり成女房のいつ土ふみたるともおほえぬか」として、「厳キ」にあたる表現を落としているのは、こうした『盛衰記』の構造を城一本の編者が十分に理解していなかったからではないだろうか。

そして四点目として、髑髏尼の装束を検討しておきたい。容姿の描写と共に「唐綾ノ二小袖ニ練貫ノ二小袖ヲ打纏テ」（城一本は「からあやの二衣にねりぬきの小袖うちまとひ」）と、詳細な装束の描写が加えられている。延慶本にはこうした記述はなく、長門本は独自に「くち葉の衣きたる」としている。「唐綾」と「練貫」が贅沢な素材であることはいうまでもないが、注目したいのは「二小袖」である。管見の限りでは『盛衰記』における「二小袖」の用例は、ここでの二例と、巻第三十八「重衡京入定長問答」で八条堀川へ引き立てられる重衡の描写に「重衡卿ハ紺村紺ノ直垂ニ練貫ノ二小袖ヲ著ラレタリ」とある一例の、合わせて三例である。延慶本・長門本では重衡の装束に同様の例があるのみで、一例しかない。

他文献でこれを探すと、女房の装束としての用例がいくつか見える。たとえば『とはずがたり』巻一には「梅、唐草を浮き織りたる二小袖」（『新日本古典文学大系』、三頁）とあり、贅沢で優美な仕立てのようである。三角洋一氏は同書の注[28]で「二つ小袖」について、「二枚重ねの小袖」としている。その他「三小袖」や「五小袖」の例もあり、こうした小袖の重ね着は美しい女房装束を構成するものであったと考えられる。髑髏尼の場合はその二小袖に二小袖をまとっているので、単純に考えれば四枚重ねということになるだろう。「五小袖」には五つ重なっているように見える仕立てのものもあったようであるから、必ずしも四枚重ねているとは限らないが、いずれにしても「唐綾」と「練貫」を重ねて着る髑髏尼の装束が、優美で贅沢に描かれていることは間違いない。

九条道家の『玉蘂』建暦二年（一二一二）三月二十二日条[29]には、二十一ケ条の新制について記されているが、その中に「三重已上小袖不謂男女不論上下、不得著用」という一文が見える。男女、身分にかかわらず、小袖を三枚以上に重ねて着てはならないとする。またこの新制には仮名のものもあったらしく、そこでは「こそて、みつにすきてきるへからす、あつき、うすきハ、心にあり」となっている。やはり、小袖を重ねて着るということは、それなりに贅沢なことと考えられていたのであろう。

容姿にしても、装束にしても髑髏尼は美しく、贅沢な形に加筆されたということになる。前節の若君の容姿と装束のやや過剰な描写とを合わせて考えると、こうした加筆は、『盛衰記』のもっともらしく記す性格の表れとるよりも、やはり直後の六代の物語との対比を目的として施されたと考えたい。

延慶本のような「髑髏尼物語」を改変する際、『盛衰記』は、重衡の救済に関わる加筆を施しただけでなく、六代やその母との対比を意識した描写をも加えた。そしてその物語を延慶本や長門本のような、建礼門院の大原行につながる「無慚」の物語の中から取りだし、六代の物語の直前に配したのである。つまり『盛衰記』は先行平家物語の構造を受け継ぐだけでなく、さらに徹底させたということになる。

おわりに

従来、「髑髏尼物語」についてはその特異な内容から、生成背景について論じられることが多かった。これが平家残党狩りの一話を伝えるだけでなく、切られた息子の首を持ち歩き、最後は入水を遂げた哀れな女房の供養を目的として編まれた物語であることは間違いないであろう。おそらくは延慶本・長門本のような経正遺族の物語が当初の形で、『盛衰記』はそれを再構成したと考えられる。『盛衰記』における重衡の描かれ方については、本章だけでは不十分であるが、少なくとも「髑髏尼物語」においては重衡と髑髏尼、そして若君の救済が図られていると考えてよいだろう。存在しないはずの若君の設定などは、他の巻とも連携しており、『盛衰記』の力の入れようをうかがわせるものである。そして救済にあたって、堕地獄の可能性を考慮して地蔵を据えた『盛衰記』の趣向は、第一章でとりあげた巻第六「西光卒都婆」と同工であり、地蔵に関心の高い『盛衰記』独自の方法といえる。第一章・第二章でも述べたが、こうした『盛衰記』の趣向は、室町期の、特に応永年間（一三九四〜一四二八）や文明年間（一四六九〜八七）に再燃する地蔵信仰のうねりと無縁ではあるまい。また、四天王寺を舞台とすることや、髑髏尼の最後の詞「南無帰命頂礼阿弥陀如来太子聖霊先人羽林」から、太子信仰との関わりについても論じなければならないが、それは次章で検討する。

融通念仏が生成の背景にあるということはこれまでの論で明らかにされていることだが、『盛衰記』の場合は経正から重衡へと再構成したことにあわせて、地蔵堂を女房の出家場所とし、重衡にも地蔵の功徳を説いているのである。さらに、『盛衰記』は配置を変えることで、先行平家物語から受け継いだ重衡・維盛対比の構図を徹底させる材料としている。(30)これまでは、この場所の問題はあまり考慮されてこなかったが、『盛衰記』の「髑髏尼物語」を読み解くためには重要な視点だと考えられる。『盛衰記』には、そうした重衡と維盛の対の構図を徹底させる傾向があり、次章でもう一例挙げて検討する。

延慶本や長門本のような「髑髏尼物語」は経正の遺族の物語でなくとも成立する。そうした「髑髏尼物語」を『盛衰記』の編者は再構成することで、重衡の物語の中に組み込み、内裏女房が髑髏尼として夫の罪を清算する重衡一家救済の物語へと展開させたのである。

（1）「生成基盤に関する研究」の先行研究は以下の通り。渡辺貞麿氏『平家物語の思想』（法蔵館、平成元年）第二部第二節「建礼門院の信仰と融通念仏」（初出『仏教文学研究』第一一号、昭和四七年）、第三部第五節一「長門本と盛衰記」（初出『文藝論叢』第一二号、昭和五四年）。山下宏明氏「源平盛衰記と平家物語――平家物語研究史を展望しつつ――」（『文学』第四一巻第五号、岩波書店、昭和四八年）。松尾葦江氏「読み本系三本の平氏断絶記事――読み本系諸

本とは何かを考えるために――」（同氏『平家物語論究』、明治書院、昭和六〇年〔初出『軍記と語り物』第八号、昭和四六年〕）。小林美和氏「延慶本平家物語における文覚・六代説話の生成」（同氏『平家物語生成論』、三弥井書店、昭和六一年〔初出『論究日本文学』第三九号、昭和五一年〕）。砂川博氏「長門本平家物語と「坂の者」二　髑髏尼譚」（同氏『平家物語新考』、東京美術、昭和五七年〔初出『文学』第四八巻第九号、岩波書店、昭和五五年〕）。柳田洋一郎氏「平家物語と死者――首の語りの境界例――」（『梅花短大国語国文』第四号、平成三年）。名波弘彰氏「『平家物語』髑髏尼説話考」（『文芸言語研究　文芸篇』第二八巻、平成七年）。西川学氏「『源平盛衰記』髑髏尼説話について――観音巡礼を中心に――」（『奈良教育大学国文』第二四号、平成一三年）。山下宏明氏「源平盛衰記の語り」（『國學院雑誌』第一〇三巻第五号、平成一四年）。

（2）「重衡の救済に関する研究」の先行研究は以下の通り。榊原千鶴氏「『源平盛衰記』にみる観音信仰のはたらき」（同氏『平家物語　創造と享受』、三弥井書店、平成一〇年〔初出『伝承文学研究』第三八号、平成二年〕）。源健一郎氏「源平盛衰記の重衡――「非救済」の論理――」（関西軍記物語研究会編『軍記物語の窓』第二集、和泉書院、平成一四年）、同氏「〈堤婆〉と〈後戸〉――源平盛衰記の重衡・続――」（『埴生野　日本語日本文化論叢』第二号、平成一五年）。山下宏明氏「能と平家のいくさ物語――『重衡』をめぐって」（『文学』第一巻六号、岩波書店、平成一二年）。砂川博氏『軍記物語新考』（おうふう、平成二三年）所収の「重衡は救われなかったか――『源平盛衰記』論のために――」（初出『相愛大学研究論集』第二一巻、平成一七年。再録にあたり、加筆補訂）および「髑髏尼物語の形成――『源平盛衰記』論のために――」（ただし本論文に関しては「二〇〇四年一〇月成稿」とある）。松尾葦江氏「源平盛衰記の「時代」」（『國學院雑誌』第一一二巻第六号、平成二三年）。

（3）城一本に関する先行研究は以下の通り。山下宏明氏『平家物語研究序説』第二章「5　八坂流第五類本の研究」（明治書院、昭和四七年）。千明守氏「國學院大學図書館蔵『城一本平家物語』の紹介」（『國學院大學図書館紀要』第七号、平成七年）。池田敬子氏「城一本『平家物語』の本文形成について」（同氏『軍記と室町物語』、清文堂出版、平成一三年〔初出『室町藝文論攷』、三弥井書店、平成三年〕）。

（4）松尾葦江氏『平家物語論究』第三章二「長門本平家物語の性格」（明治書院、昭和六〇年〔初出『国文（お茶の水女子大学）』第二七号、昭和四二年〕）。

（5）城一本は巻第十「内裏女房」で内裏女房を他本同様、平親範の娘としているが、その記述の後に「東山ちやうらく寺のほとりにてそすまれけれ其後仏法さいしよのれい地なれはとて天王寺のおきにて終に身をなげ給ひけり。年廿三とそ聞へし」と続け、内裏女房が髑髏尼であることを強調している。城一本は『盛衰記』をただ簡約にしたダイジェスト版というわけではなく、他章段にも目を配って、読み進めるための補助とでも言うべき加筆を施している。

（6）実際に重衡に子のあったことはすでに指摘がされている。『鶴岡八幡宮寺供僧次第』（『続群書類従』第四輯下所収、八六五頁）には、肥前律師良智を「実本三位殿息也」としている。その後この良智は、『吾妻鏡』建保七年（一二一九）正月二九日条、元仁二年（一二二五）正月一四日条、寛喜三年（一二三一）五月一七日条にその名が見える。

（7）『盛衰記』はこの若君の捕縛場面を、延慶本・長門本に比して詳細に描写している。まず延慶本・長門本では記されていないが『盛衰記』では、長楽寺の印西が、「西山栂尾ノ明恵上人ニ謁シテ帰ヘリ給ケル」途中に遭遇したとする。しかし『高山寺明恵上人行状』その他で確認できるが、明恵は文治四年（一一八八）に一六歳で出家しており、『盛衰記』のこの時点、つまりは文治二年（一一八六）でのこの設定には無理がある。諸伝によれば一三歳から毎日高雄に参籠していたようだが、そうであっても「明恵上人ニ謁シテ」という表現は適当ではない。

次に、その印西が若君と出会ったのは、「一条万里小路」を通ったときであり、「一条面ハ平門、少路面ハ両緒戸ニ土門、薄檜皮ノ御所」から連れ出されている。城一本には簡略化した形で記されているが、延慶本・長門本にはない。髑髏尼（内裏女房）と若君が隠れ住んでいたところと考えられるが、『拾芥抄』「東京図」によれば、一条万里小路は藤原忠能の屋敷となっている。『百練抄』巻第一〇、建久元年（一一九〇）四月一四日条に、「忠能卿於二一条万里小路堂一薨之時」と見える。忠能は『尊卑分脈』によれば藤原経忠の子で、正三位参議まで昇り、保元三年（一一五八）三月五日に出家、翌六日に六五歳で没している。子の長成は源義経の義父で、その子は義経と母を同じくする能成である。能成は義経に連座して、文治元年（一一八五）一二月に侍従を解官されているが、『盛衰記』で髑髏尼の父とされる藤原成範との関係は不明である。この能成は『尊卑分脈』には「号鷹司三位」とあるため、一条大路から三筋下った鷹司小路近辺に屋敷を替えた可能性もある。いずれにしても重衡の遺族が隠れ住む場所としては適当ではない。また、万里小路の東側一条富小路の屋敷は『山槐記』や『兵範記』久寿二年（一一五五）六月一日条によれば徳大寺実能の子、公親の屋敷となっているが、ここにも繋がりは見出せない。

延慶本・長門本の経正の遺族が仁和寺に隠れ住んでいたという設定は、経正がかつて仁和寺の覚性法親王のもとにいたことを考えると妥当な設定であるといえるが、『盛衰記』の設定には妥当性はない。『盛衰記』の「それらしく記す」性格はすでに指摘があるが、これもその一環であり、やはり『盛衰記』の重衡遺族の「髑髏尼物語」は、延慶本のような「髑髏尼物語」を基にして『盛衰記』が改変を加え、展開させたものであると考えられる。

(8)「峰ノ堂」については、水原一氏校訂『新定源平盛衰記』六（新人物往来社、平成三年）一五八頁の脚注では、「蓮台野の北鷹峰にある高嶺寺」とあるが、実否は不明。

(9) 飯倉晴武氏校訂『史料纂集　長興宿禰記』（続群書類従完成会、平成一〇年）。

(10) 風巻景次郎氏ほか校注『日本古典文学大系　山家集 全槐和歌集』（岩波書店、昭和三六年）一五一頁。

(11)『群書類従』第二七輯、五一二～五一三頁。

(12) 前掲注(8)『新定源平盛衰記』六、一六〇頁脚注。

(13) 野間光辰氏編『新修京都叢書』第一四巻（臨川書店、昭和四六年）四八頁。

(14) 同右書、四〇五～四〇六頁。

(15) 野間光辰氏編『新修京都叢書』第二二巻（臨川書店、昭和四七年）一二三頁。

(16) 池田敬子氏は「善知識と提婆達多――『源平盛衰記』の重衡――」（武久堅氏監修『中世軍記の展望台』、和泉書院、平成一八年）の中で、「六十余ノ僧」のこうした説法を「異例」としている。巻三九の法然の言葉を否定するためとしているが、ここでは堕地獄を強調し、地蔵による救済を図る文脈の中で捉えてみたい。地蔵による救済譚には、被救済者の生前の悪行を強調することにより、その霊験をより高めている話が見えることもその裏付けになると考えられる。たとえば『地蔵菩薩霊験記』巻第二「同蔵縁房蘇生事」（古典文庫）では被救済者である「蔵円房」は、「此ノ人天質武勇ニシテ邪見放逸ナリ」とされており、地獄の役人にも「汝一生ノ間、全ク一毛ノ作善ナシ。然ルニ依テ大地獄ニ可レシ堕ス云云」と言われているが、地蔵によって救われている。また、『今昔物語集』巻第一七「聊敬地蔵菩薩得活人語　第廿四」（日本古典文学大系）にも「心猛クシテ殺生ヲ以テ業トス、更ニ聊ニモ善根ヲ造ル事无シ」という男が救済されている。生形貴重氏「鎮魂説話と語り――重衡譚をめぐって――」（『『平家物語』の基層と構造――水の神と物語――』第二章四、近代文藝社、昭和五九年）が、『盛衰記』の重衡譚には地蔵信仰が影を落としていると指摘しているが、詳細な検討はなされていないので、追究してみたい。

(17) 源健一郎氏も「〈堤婆〉と〈後戸〉——源平盛衰記の重衡・続——」（前掲注2）の中で重衡のイメージである「堤婆」が、髑髏尼の上にも投影されたのではないかとしている。

(18) 『今昔物語集』『地蔵菩薩霊験記』に見える。また講式のようなものにも、「殊悪趣抜苦為二本誓一」（覚鑁撰『地蔵講式』〔星野俊英氏「興教大師撰地蔵講式考」『密教論叢』第二二・二三号、昭和一七年〕）とある。

(19) 前掲注(1)渡辺書。

(20) 中村直勝氏ほか編『大覚寺文書』上巻（昭和五五年）六～七頁。本文は適宜改めた。

(21) 同右書、四九～五二頁。

(22) 三宅米吉氏ほか『極楽願往生歌』（勉誠社、昭和五一年）三九～四〇頁。

(23) 同右書、五三～五四頁。

(24) 池田敬子氏は前掲注(3)論文で、城一本の配置について「六代話の前兆」としており、「子を殺される母とあやういところで救われた母とを対照的に描き出す目論見」というのも魅力的な解釈である。また「深読みすれば重衡と維盛の対象《ママ》」としているが、これは城一本ではなく『盛衰記』のとった手段であり、『盛衰記』による「髑髏尼物語」再構成の一環としてこれを検討する。

(25) 『装束集成』巻之二「天子黄櫨染御袍」（『新訂増補　故実叢書』所収、明治図書出版、昭和二六年、三九頁）。

(26) 渥美かをる氏翻刻「平家花揃」（『愛知県立大学説林』第一三号、昭和四〇年）。

(27) 重衡の子である若君に「梧竹ニ鳳凰」の装束を着せることについては、『盛衰記』における宗盛の描かれ方とも関わると考えられる。『盛衰記』は宗盛を清盛の実子ではなく、清水寺の周辺に住む唐笠張りの僧の子としている。『盛衰記』は時子腹の血筋を重衡へと継承させようとしているとも読めるが、十分な検討はしていないため、指摘にとどめたい。

(28) 三角洋一氏校注『新日本古典文学大系　とはずがたり　たまきはる』（岩波書店、平成六年）三三五頁。

(29) 今川文雄氏校訂『玉蘂』（思文閣出版、平成四年）。

(30) 重衡が鎌倉より南都へ護送される途中、大納言典侍と再会する場面で、『盛衰記』（巻第四五「重衡向二南都一被斬」）

には、重衡に従う「石童丸」という童が登場する。これは、延慶本や長門本にはない。その後、「石金丸」という童が登場（三本共通）するため、似た名前の童を登場させたとも考えられるが、維盛の従者「石童丸」からの連想という可能性もあるだろう。

第四章　「重衡長光寺参詣物語」の生成

はじめに

前章で検討した重衡と維盛の対の構図を徹底させている例として、本章では『盛衰記』巻第三十九「同人関東下向」に見える、鎌倉へ下る重衡が長光寺に寄るという独自記事である「重衡長光寺参詣物語」を検討する。そこでは「抑」として「長光寺縁起」が語られている。他に例のないものであり、本文を引用して、まずはその生成基盤について考えてみたい。

抑長光寺ト云ハ武佐寺ノ事也。昔聖徳太子近江ノ国蒲生ノ郡老蘇杜ニ御座ケルニ、太子ノ后高橋ノ妃御産ノ気アリテ十余日マテ難産シ給ケレハ、太子妃ニ語テ曰、「汝偏ニ神道ヲノミ信シテ未仏法ヲ不仰。胎内ノ小児ハ必聖人ナルヘシ。汝カ身ハ不浄也。早ク精進潔斎シ清浄ノ衣ヲ著シテ仏力ヲ憑マハ、自平産セン」トノヘ給フ。妃曰「妾君ヲ仰ク事日月星宿ニ相同シ。不㆑可㆑違㆓フ正命㆒。我産賀シテ如在ナラハ君ト仏法ニ合力シテ、伽藍ヲ興隆シ群生ヲ可㆓済度㆒。但仏法真アラハ威力ヲ示シ給ヘ」ト誓給フ時、老蘇宮ノ西南ノ方ヨリ金色ノ光照シ来テ后ノ口ノ中ニ入ケレハ、王子平産アリ。異香殿中ニ匂テ栴檀沈水ノ如也。妃、瑞相ニ驚武川綱ニ仰テ光ノ源ヲミセラル。命ヲ承テ尋行テ是ヲ見レハ、西南ニ去事三十余町ヲ阻テ一ノ山ノ麓ニ方三尺ノ石アリ。青黄赤白紫ノ五色ニテ眼ヲ合スルニ目マキレセリ。傍ニ八尺余ノ香薫ノ木アリ。匂人間ニ類ナシ。

此由妃ニ奏スレハ妃又太子ニ奏セラル。太子宣テ曰「石ハ補陀落山ニシテハ宝石ト名。或ハ金剛石ト云。大唐ニハ瑪瑙ト名タリ。木ハ是白檀ナリ。天竺ニハ栴檀ト云海中ニ入テハ沈香トモ号セリ。何モ人物ニ不可用。早ク以二白檀一仏ヲ造テ、彼石ノ上ニ安置セヨ。彼所ハ転妙法輪ノ跡仏法長久ノ砌也」ト。妃、大ニ随喜シテ武ニ仰テ彼木石ノ上ニシテ仮初ニ三間ノ堂ヲ造リ覆給ケリ。武カ作レル寺ナレハ、武作寺ト云ケルヲ法興元世二十一年壬子二月十八日太子ト妃ト相共ニ彼寺ニ御幸シテ手自地ヲ引、柱ヲ列ネ、金堂法堂鐘楼僧堂ヲ建闕。太子自彼以二テ白檀一后高橋妃ノ等身ニ千手ノ像ヲ造テ宝石ノ上ニ安置シ、法華維摩勝鬘等ノ三部ノ大乗ヲ籠ラレツヽ、武作寺ヲ改テ長光寺ト定ラル。異光遠ヨリ照来テ妃ノ口中ニ入シカハ是ヲ寺号トシ給ヘリ。来詣参入之類花ヲ散シ、合レスル掌ヲ之輩、普ク現ニハ千幸万福ニ楽テ、当ニハ補陀落山ニ生ント誓ヒ給ヘル寺也ケリ。

近江八幡市長光寺町所在の長光寺（武佐寺）は、武佐宿が中山道の主要な宿場の一つであったためよく知られているが、重衡が立ち寄ったという事実は確認できない。また、ここで展開される「長光寺縁起」も平家物語はもちろん、他文献にも類するものがなく、おそらくは『盛衰記』の創作であると考えられるが、これまでの『盛衰記』研究では二、三の論考があるのみであった。

その中でも最も早く検討を加えた渥美かをる氏は(1)、『盛衰記』の「長光寺縁起」よりも詳細なものが他にはないため、これは大和か京都で聖徳太子伝（以下、太子伝）が作られた時に、『盛衰記』に挿入されたものであるとしている。しかし渥美氏の論は『盛衰記』に見える様々な寺院縁起の一つとしての言及であり、その内実を検討したものではない。また、榊原千鶴氏(2)は、千手観音を本尊とする長光寺に重衡が立ち寄ったとするのは、重衡の救済を目的としたものであるとしており、本尊を千手観音とするのは「千手前」からの連想としている。重衡の救済という点では渋谷令子氏(3)も同様の見解を示している。当該物語から重衡の救済を読みとることに異論はないが、「長光寺縁起」の内実についての検討は不十分であり、道行を中断してまで挿入するという『盛衰記』の唐突さについては、これまで検討されてこなかったように思われる。そこで本章では、まず「長光寺縁起」の生成過程を明らかにし、次に当該物語を道行の途中に配した意図について考えてみたい。

一　平家物語諸本における重衡東下り

平家物語における重衡の東下りは、従来『東関紀行』などの影響が指摘されるところであり、中山道から東海道へと入る、物語中屈指の道行文として知られている。そこで、まずは主要な平家物語諸本七本（『盛衰記』・延慶本・長門本・四部本・屋代本・百二十句本・覚一本）を比較し、その相違点を確認しておきたい。

大筋での経路は同じであるが、その中で三点の相違がある。一点目は延慶本が、都を発して四宮河原まで「久々目路」を通っていることである。他本は粟田口となっている。「久々目路」、つまりは現在の渋谷街道を通った理由は明白で、六波羅へ向かうためである。延慶本のみ、かつての栄華の跡を起点として東下りを始めている。

二点目は、頼朝との対面場所である。ほとんどの諸本が鎌倉であるのに対して、『盛衰記』と延慶本は伊豆の国府で頼朝と対面している。『吾妻鏡』では偶然伊豆に来ていた頼朝が国府で重衡を引見しており（寿永三年三月二十八日条）、十分に妥当性はあるだろう。平家物語では本来、伊豆国府での対面であったものが、後に鎌倉へと向かうため、鎌倉での対面へと展開していったのかもしれない。

そして三点目が「長光寺参詣物語」である。都を発し、「四宮川原」から近江へ入り、「篠原堤」まで来た一行は「鳴橋」を通り「鏡山」まで進んでいる。ここまでは諸本ほぼ共通で、他本はその後比良山から伊吹山を望みながら美濃へ向かうが、『盛衰記』はその前に「馬淵ノ里」を経て「長光寺」に寄っている。この経路自体に矛盾はない。たとえば『盛衰記』巻第十二「大臣以下流罪」では、治承三年のクーデターにより流罪となった藤原師長が、鏡の宿を経て、「去程ニ師長ハ武佐寺ニ著給フ」（延慶本「ムサ寺ニトヾマリヌ」、長門本「その夜は無作寺にと丶まりぬ」）と武佐寺（長光寺）に宿泊している。また、巻第四十五「内大臣関東下向」でも、鏡山の後に「武佐寺ヲ打チ過テ」（延慶本無し、長門本「牟佐寺をもうち過て」）となっている。(4) つまり、重衡が東下りの途中で長光寺（武佐寺）に寄ること自体は経路としては問題ないということになる。(5)

しかし『盛衰記』が先の巻第十二や巻第四十五では語らず、巻第三十九の当該物語でその縁起を語るということについては検討しておかなければならない。また、「武佐寺」という寺名は『盛衰記』によれば、高橋妃に命じられて創建した「武川綱」にちなみ、武が作ったので「武作寺」と付けたとする。そしてその後、高橋妃の口中に光が入るという奇瑞により聖徳太子が「長光寺」と改めたとしている。用例としては武佐寺（武作寺）の方が多く、長光寺の寺名伝承が確認できるものは管見の限り、『盛衰記』のみである。そうすると、この「長光寺縁起」は太子伝を下敷きにして『盛衰記』が創作した命名伝承の可能性が高い。『盛衰記』の他の二か所では「武佐寺」としながら、縁起を述べる当該物語では「長光寺」となっていることも、聖徳太子との関わりを強調することが目的の一つと考えられる。前章でも指摘したが『盛衰記』に太子関係記事が多いことは注目すべきであり、本章ではそうした太子信仰との関わりについても検討する。

二　「長光寺縁起」と太子伝

『盛衰記』には太子関係の記事が多く、用例数としては「聖徳太子」が十例、「上宮太子」は五例、「上宮王」は一例、「太子」が十六例の総計三十二例である。延慶本が九例、長門本が五例、覚一本が三例であるのに比べると、記事の量の違いということを加味しても『盛衰記』は多い。『盛衰記』の生成過程に太子伝が関わっているということは間違いないであろう。それならば、『盛衰記』がどのような種類の太子伝を用いて「長光寺縁起」を生成したのかということを検討しておかなければならない。

「長光寺縁起」について、これまで類話といえるようなものを指摘しているのは、管見の限り水原一氏のみである。水原氏は『新定 源平盛衰記』第五巻、一四五頁脚注で、同縁起について「以下の伝説は『古今目録抄』にも見える」としている。(6) 具体的な太子伝を挙げているが、これでは不正確である。『古今目録抄』とは、十三世紀中頃に法隆寺僧顕真が記した『聖徳太子伝古今目録抄』のことであるが、以下に水原氏の指摘する本文を挙げる。

修行者云馬屋原云所在之補山有石馬脳也太子ノ宣ハク天竺ノ宝石也云々、又小礒森《ヲイソノモリ》(恩イ)高橋妃懐狂(妊)時等身ノ百済ノ十一面観音　散(綴)山キヌカサヤマ瓦山《カハラヤマ》天王寺ノ瓦作本尊ハ千手　阿弥陀寺本尊薬師如来　武作寺《ムサテラ》長光寺也武河綱作《タケカワツナツクル》

これは裏書であるためやや意味のとりにくい部分もあるが、傍線を付した箇所は確かに『盛衰記』の「長光寺縁起」の記述と重なる。しかし、傍線部は「修行者」が言うところの「馬屋原」にあるという「補山」、つまりは補陀洛山の伝承であり、二重傍線部は、「小礒森」の伝承となっている。長光寺（武作寺）は「散山」「瓦山」「阿弥陀寺」のあとに記されており、ここでの同寺の伝承は「武河綱作《タケカワツナツクル》」のみである。つまりは、傍線部も二重傍線部も本来は同寺の伝承ではなく、「補山」と「小礒森」それぞれの伝承だったのである。それはこの裏書に対応する本文を確認すると、より一層明らかとなる。

武作《ムサ》寺近江国或云長光寺武河綱《タケノカハツナ》修造之ヲ

瓦寺同国天王寺瓦作所也瓦山ニ在之本仏千手観音也

懐堂近江国馬屋原建之妃懐妊之時寺也云々

やはり長光寺（武作寺）の創建伝承には前掲資料の傍線部や二重傍線部のような記述はなく、近江国所在で、

「武河綱」が創建したとするのみである。しかしこの『聖徳太子伝古今目録抄』自体を否定するつもりはない。
注目すべきは傍線を付した「懐堂」という寺院の創建伝承である。近江国馬屋原所在で、「妃」が懐妊した際に建立したとなっている。前掲の裏書でも「馬屋原」所在の「補山」の伝承があり、「小礒森」での高橋妃の懐妊伝承も記していた。おそらく「小礒森」で産気づいた高橋妃の安産を願って建立されたのが「懐堂」なのであろう。この懐堂についての詳細は不明だが、橘寺僧聖云による『太鏡底容鈔』にも「武作《ムサ》寺・瓦寺・懐堂」と見えている。ただしこの太子建立と伝わる寺院は『太鏡底容鈔』が「太子四十六箇伽藍者其説未審定」とするように、異同が激しく、懐堂を載せない文献の方が多い。そうした中で、この顕真による『聖徳太子伝古今目録抄』が懐堂の創建伝承として、『盛衰記』の「長光寺縁起」と重なる記述を持つことの意味は大きい。

また『聖徳太子伝古今目録抄』は別の箇所の裏書でも、

建長四年壬子九月一日自近江国参人云其国ニ馬屋《ヤ》ノハラト云所アリ太子御願云テ在所其所在懐堂云々即懐妊事御願云々

としている。建長四年（一二五二）に近江国から来た人物によって、馬屋原の懐堂が太子の御願で建てられたものであるという情報がもたらされている。建長四年のことであるから、十三世紀中頃成立の同書としてはごく最近の情報であるが、やはりこの『聖徳太子伝古今目録抄』においては、高橋妃の懐妊を創建伝承とするのは、長光寺ではなく、懐堂ということになる。不正確としたのはこの点にあり、『聖徳太子伝古今目録抄』と『盛衰記』との間には、ずれがある。

「懐堂」の実態解明は困難であり、また「馬屋原」の補陀洛山の伝承、高橋妃の懐妊も他の文献では見ないものである。そうするとこれは、『盛衰記』が本来馬屋原にあった高橋妃の懐妊に絡む懐堂の創建伝承を、長光寺の創建伝承として取り込み、脚色を施して記したという可能性が高い。ただしその際、『盛衰記』が用いたのがこの顕真の『聖徳太子伝古今目録抄』であったかどうかの判断は、慎重にしなければならないだろう。

法隆寺僧顕真は、自分を聖徳太子の舎人であった「調使丸」（調子丸）の末裔であると主張した人物で、「調使丸」の伝承を拡大させた人物でもある。その顕真には甥の俊厳があり、この甥も『顕真得業口決抄』を記して顕真の敷いた路線を引き継いでいる。この『顕真得業口決抄』の当該箇所に関しては、

修行者之馬屋原云。所在之補山有二石瑪瑙一也。太子云。天笠（考笠疑竺）宝石也。又小（傍貝）礒森高橋妃懐妊之時。等身百済十一面観音散考散疑繖山《キヌカサヤマ》。瓦山。天王寺瓦作。本尊ハ千手。阿弥陀寺本尊薬師如来。武作寺長光寺。武河綱作。

とほぼそのまま載せている。しかし、先行の太子伝を渉猟したと考えられている『太子伝玉林抄』には長光寺（武作寺）はあっても懐堂はなく、四天王寺独自の伝承をまとめた『太子伝古今目録抄』には両方とも載せていない。

そうすると、顕真と俊厳が記した二つの太子伝と近似した伝承を記す『盛衰記』は、こうした「調使丸」を喧伝する系統の太子伝を基に「長光寺縁起」を生成したのではないだろうか。もちろん、『盛衰記』以前にこのような伝承がすでに存在し、『盛衰記』はそれを取り込んだという考え方もあるが、『盛衰記』の記述が他の太子伝には見えないこと、懐堂の伝承を記すものが『聖徳太子伝古今目録抄』と『顕真得業口決抄』以外には見えないことなどを考えあわせると、これは『盛衰記』による編集とするのが妥当であろう。

『聖徳太子伝古今目録抄』にあるような懐堂の創建伝承を再構成したため、「長光寺縁起」にはその影響が色濃く表れているところがある。それは、太子以上に后高橋妃を押し出している点である。(7) それまで神道よりであった后が仏法に帰依し、安産が望めるなら寺院を建立すると誓ったところ、光が現れ后の口に入り、無事皇子が産まれている。その後、光の出所を探させ、瑪瑙の石を発見し「武川綱」に「武作寺」を建立させるなど、太子以

上に長光寺の建立に関与している。懐堂の伝承では、高橋妃は懐妊したことだけが記されており、こうした展開は『盛衰記』の独自である。『盛衰記』が長光寺の建立に際して高橋妃を押し出しているのは、高橋妃の懐妊に関わる「懐堂」の創建伝承を基盤としているからであろう。

三　「長光寺縁起」の生成環境

「長光寺縁起」が太子伝を基盤として生成されたとするならば、『盛衰記』がどのような形で太子伝と接触したのかということについても述べておかなければならない。つまり「長光寺縁起」の生成環境の問題である。(8)

その手掛かりとして、いくつかの太子関係記事の中から、まず巻第二十一「聖徳太子椋木」をとりあげたい。物部守屋との合戦で敵に追われた太子を、椋の木が二つに割れて馬ごと隠したというものであるが、大庭景親の軍勢に追われる頼朝の先例としてあげられている。これは明らかに太子伝を基盤としたもので、いくつかの太子伝に同様の話が見える。その中で、鎌倉末期成立とされる文保本『聖徳太子伝』には、最後にその木の現在の所在地が記されている。

河内国神妙椆木ノ太子堂ト申テ、至二《マテ》末代之今一有レ之律院也、太子末代マテ報二《シ》彼木恩一事有二口伝一、異説云依二野原一曰二野中寺一又曰二大将勝軍寺一也、

河内国の「律院」という点に注目したい。「異説」として野中寺と大将勝軍寺（大聖勝軍寺）が挙げられているが、両寺ともに太子関係寺院であり、叡福寺と合わせて「河内三太子」と呼ばれている。また現在真言宗である野中寺はかつては律院であった。つまりこの椋木伝承は、中世律僧のもとで生成、流布された可能性が高い。中世律僧と太子伝との関係はすでに林幹彌氏他の論があり、こうした可能性は十分に考えられるところであろう。(9)

頼朝敗走の例話として椋木説話が投入されているということは、『盛衰記』が律僧を媒介として太子伝と接触し

たことを示していると考えられる。

それからもう一か所、『盛衰記』の太子関係記事で律僧の影響を想定できるのが、前章で扱った巻第四十七「髑髏尼御前」のいわゆる「髑髏尼物語」である。難波沖に入水した髑髏尼の最期の言葉は「南無帰命頂礼阿弥陀如来太子聖霊先人羽林」であった。そして、「髑髏尼物語」の最後で長楽寺の印西が入水の話を聞き、「一文一句ノ談儀モ随喜聴聞ノ功徳ヲモ此人ノ孝養ニソ被㆓回向㆒セケル」とするのはまさに念仏を融通する行為であり、その後「其ノ上諸僧ヲ勧進シテ一字三礼ノ一日経ヲ書、難波ノ海ヘソ送給フ」とするのは融通念仏の担い手であった中世律僧の、勧進の様子をうかがわせる文言である。

また、前章でもとりあげた融通念仏中興の祖である導御上人円覚は、文永五年（一二六八）に法隆寺食堂の薬師如来像修造の際に「勧進比丘円覚」としてその勧進を務めている。(10)中世律僧が勧進活動を展開していたことは今更言うまでもないが、ここで注意したいのはこれが法隆寺の薬師像修造のための勧進であり、法隆寺再興活動の一環であったということである。前節で『聖徳太子伝古今目録抄』の作者として名を挙げた顕真も、正嘉二年（一二五八）に調子丸相伝とされる如意輪観音像の修造を叡尊に依頼し、翌年完成させているのである。(11)こうした中世律僧と聖徳太子信仰の繋がりの中でも新しい太子伝が生成、流布されていったと考えられる。『盛衰記』には多くの太子関係記事が取り込まれているが、そこには中世律僧との接触があり、生成過程で影響を与えていたであろう。「長光寺縁起」もそうした環境で生成されたのである。(12)

四　重衡と維盛――〈対〉の意識――

次に問題となるのは、その配置である。重衡の東下りはいわゆる道行文として知られているが、その道行を遮ってまでこの巻第三十九に投入されていることの理由は、これまで必ずしも十分には検討されてきていない。

先述したが、『盛衰記』では巻第三十九よりも前に二度、長光寺（武佐寺）が出てきているわけだから、三回目の重衡東下りでこれを語るのは、『盛衰記』に編集意図があると考えなければならないだろう。前章で検討した、重衡と維盛の対の構図の徹底化について、本節でも考えてみたい。

（1）千手観音と名籍――維盛から重衡へ――

『盛衰記』の編集意図を考察するにあたり、二点注目したいところがある。一点目は長光寺を「上宮王」の建立であるとした後に「千手大悲者ノ常住ノ精舎」とする点である。『盛衰記』は長光寺が太子所縁の寺院であるとするだけでなく、千手観音が本尊であることを強調している。さらに、発見された瑪瑙の台座の上に千手観音を安置するのは、「普ク現ニハ千幸万福ニ楽テ、当ニハ補陀落山ニ生ント誓ヒ給ヘル寺也ケリ」とするように、長光寺を補陀洛山に擬するためであろう。最後にもう一度、「上宮建立ノ聖跡、千手大悲ノ霊像ニ御座セハ」と結ぶことからも、『盛衰記』は長光寺を千手観音の霊地とし、補陀洛山を模していることは間違いない。

しかし、管見の限りでは長光寺（武佐寺）の本尊を千手観音とするのは『盛衰記』だけである。たとえば『興福寺官務牒疏』では、「長光寺在蒲生郡武佐。本尊観音。」として本尊を「観音」とするのみである。[13] 顕真の『聖徳太子伝古今目録抄』では「等身ノ百済ノ十一面観音」、甥俊厳の『顕真得業口決抄』でも「等身百済十一面観音」としている。太子が観音の化身とされていることを考えると、十一面観音でも問題はないのだが、『盛衰記』が長光寺を千手観音の霊地とするのは、維盛との〈対〉の意識が働いていると考えている。鎌倉を目指す東下りが、重衡にとって死出の旅路であるとすれば、維盛の場合は高野から熊野へかけての逃避行がそれにあたる。維盛が熊野を廻り那智に着いた場面を確認すると、「那智御山ハ穴貴ト飛瀧権現御座、本地ハ千手観音化現也」（『盛衰記』巻第四十「熊野大峰事」）とあり、那智の様子を「観音薩埵ノ霊像ハ、岩ノ上ニゾ座シ給フ。大悲ノ生ヲ利益スル、補陀落山トモ謂ツベシ」（同上）としている。維盛ゆかりの飛瀧権現の本地が千手観音であったため、長光寺の本尊は千手観音とされたのであろう。そして千手観音が岩の上に座すという、まさに補陀洛山のような様子が「長光寺縁起」でも強調され、先述のような造形がなされたと考えられる。『盛衰記』が「長光寺縁起」を再構成するにあたり、「馬屋原」の「補山」である「懐堂」の創建伝承を取り込んだのも、補陀洛山造形のためであろう。

二点目は、長光寺において重衡が「正三位行左近衛権中将平朝臣重衡」と名籍を書き付けたことである。これも維盛の那智参詣に影響を受けたとすれば、『盛衰記』の巻第四十「中将入道入水」で、

平家嫡々正統小松ノ内大臣重盛公之子息権亮三位中将維盛入道讃岐屋島之戦場ヲ出テ三所権現之順礼ヲ遂那智ノ浦ニテ入水畢ヌ。

元暦元年三月二十八日生年二十七

と書き付けたことと対応している。『盛衰記』ではこのように名籍を書き付けた者は維盛・重衡以外には見えない。

『盛衰記』が先行の平家物語で展開されている重衡と維盛を対として描く姿勢を徹底させるために、つまりは維盛の千手観音の霊地への参詣に対応する形で重衡にも同様の霊地を用意したというのが、その東下りの途中に「長光寺縁起」を投入した理由と考えられる。『盛衰記』にはこのような徹底した編集意識がうかがえる。特に重衡と維盛の関係については、先行平家物語から受け継いだ〈対〉の意識をより徹底させようとしている。「長光寺縁起」の配置もその一端であるということを検証してきたわけだが、もう一か所、同様の事例を検討し、その傍証としたい。

る。

（2）法然との対面――重衡から維盛へ――

『盛衰記』の、重衡と維盛を対として描く姿勢は一方通行ではない。「長光寺縁起」とは逆に、重衡の設定を維盛に施した例として、巻第三十九「維盛出二八島一」を挙げたい。ここでは維盛が屋島の陣を抜け、高野山へ向かう途中、粉河寺に参詣し、法然と対面している。諸本では、延慶本と百二十句本にも参詣の記述が見えるが、延慶本では高野参詣の後であり、法然との対面はない。また百二十句本も高野の後で、立ち寄ったことを記すのみである。その他の諸本には参詣の記述自体がない。つまり、高野へ向かう前の参詣の記述は『盛衰記』のみである。

　そしてさらに重要な独自設定は、維盛が偶然参詣中の法然に対面し戒を授けられたということである。やや唐突な展開であるが、これも重衡が法然から受戒していたことと考えあわせると、『盛衰記』の意図は明らかであろう。池田敬子氏[14]は、この展開について、「理解に苦しむ」とし、重衡との関係は指摘しながらも、南都からの押し出しも想定している。本章では、これを『盛衰記』の方法として捉えておきたい。重衡の法然による授戒は諸本共通であり、『盛衰記』はそうした先行平家物語を受けて、重衡と維盛とを対として描く構図を徹底すべく、高野山での出家前に維盛にも法然と対面させたのだと考えている。

　その際『盛衰記』は重衡・法然対面説話を参考に、「維盛・法然対面物語」を生成したと考えられるところが三点ある。一点目は、重衡が法然を「善知識」とするのと同様に、維盛の従者重景が「上人ヲハ生身ノ仏ト承、然ヘキ善知識ニコソ」と述べており、最後にも「維盛然ヘキ善知識ト嬉テ」としていることである。維盛の善知識としては滝口入道が諸本共通であり、『盛衰記』も巻第四十「中将入道入水」で、「中将入道然ヘキ善知識ニコソト嬉テ」としている。『盛衰記』では法然と滝口入道が維盛の善知識ということになるが、出家前に受戒しなければならないため、高野参詣の前に対面しているのであろう。二点目は、維盛が法然に形見の「小字ノ法華経」を渡していることである。これも重衡が法然に形見の「双紙箱」を渡していることと対応する。三点目は、重衡は法然より「三帰戒」「十重禁」を受けているが、維盛も「円頓無作ノ大戒梵網ノ十重禁」を受けていることである。『盛衰記』が維盛と法然の対面場面に、重衡・法然対面説話の要素を持ち込んだことは間違いないだろう。「長光寺縁起」と同様、〈対〉の意識の徹底である。

おわりに

重衡の東下りは維盛の熊野参詣と等しく、死出の旅路であった。補陀洛山へ向かった維盛と同様、重衡にも長光寺を補陀洛山に見立てて聖地の巡礼を用意したものと考えられる。

また『盛衰記』は巻第四十五「重衡向㆓南都㆒被斬」において、次のような独自記述を付している。

　中将涙ヲ流シ突立テ東ノ妻ヲ後戸ノ方ヘオハス。兵二人影ノ様ニテ不㆑奉ラ㆑離レ㆓御身ヲ㆒。後戸ノ縁ヲ彼方此方ヘ行道シ御座ケルニ、紫ノ雲一筋出来タリ。折シモ郭公ノ鳴テ西ヲサシテ行ケルヲ聞給テカク、

　　思フ事カタリアハセン郭公ケニ嬉シクモ西ヘ行カナ

　トスサミ給ケル御音計ソ幽聞エケル。

行道する重衡のもとに現れた紫雲は、西へ向かって飛んでゆく郭公に寄せる浄土への思いが叶うという前触れであろう。重衡の往生については、諸説あるが、維盛が入水した後にも『盛衰記』は次のような独自記述を載せている。

　礒近成儘ニ渚ノ方ヲ見レハ蜑トモ多ク集テ奥ノ方ヘ指ヲサシ何トヤラン云ケレハ奇シク覚テ舟ヲ指寄テ問。老人申ケルハ「沖ノ方ニ例ナラス音楽ノ声シツレハ各奇シク聞侍ツル程ニ、又先々モナキ紫色ノ雲一ムラカシコノ程ニ出来テ侍ツルカ、程ナク見エス成ヌ。既ニ八十ニ罷成ヌレ共、未アレ様ノ雲モ見侍ス」ト語ケリ。

サテハ此人々ノ往生ノ瑞相顕レヌ。如来ノ来迎ニ預テ紫金ノ台ニ乗給ニケリト思ケレハ、別離ノ涙随喜ノ袂トリ〳〵也。

「音楽ノ声」「紫色ノ雲」という、往生譚の伝統的手法でもって、維盛の往生を強調する。他本にはこのような記述はない。やはり、『盛衰記』には、重衡救済の目論見があったとみてよいであろう。「重衡長光寺参詣物語」は、維盛との〈対〉の意識から発生した巡礼物語だったのである。

第四編では、『盛衰記』の生成に地蔵信仰がどのような影響を与えているのか明らかにしてきた。『盛衰記』に見える地蔵記事は、応永（一三九四～一四二七）や文明（一四六九～一四八六）年間の地蔵信仰の隆盛と無関係ではない。第二章でとりあげた忠快赦免説話における、勧進を彷彿とさせる構成や現世利益の強調などはその好例である。そして、西光や重衡のような堕地獄は必至と考えられる人物を救済するためには、悪行にまみれた者であっても救うことのできる地蔵の力が必要だったのである。このように、『盛衰記』は、源平の争乱劇に、地蔵信仰を織り込みながら、敗者の救済を図っている。

ただしこの場合の〝敗者〟は平家一門に限らない。救済の眼差しは、戦いに敗れた者、すべてに等しく注がれているのである。これは『盛衰記』だけでなく、読み本系諸本に共通する特徴であろう。重衡のような平家一門だけでなく、西光のような人物にも向けられているということに留意しておきたい。第二編第一章での真済と同様、その関心は〝敗者〟全般に関心が及んでいるのである。

（1）　渥美かをる氏「源平盛衰記における仏教――寺院縁起を中心として――」（同氏『軍記物語と説話』、笠間書院、昭和五四年〔初出『仏教文学研究』第四号、昭和四一年〕）。

（2）　榊原千鶴氏「『源平盛衰記』にみる観音信仰のはたらき」（同氏『平家物語　創造と享受』、三弥井書店、平成一〇年〔初出『伝承文学研究』、平成二年七月〕）。

（3）　渋谷令子氏「『源平盛衰記』における平重衡造型の意図」（『日本文芸研究』第四九巻第一号、平成九年）。また、尾川真知子氏「「武佐寺」の周辺」（『星稜論苑』第五号、昭和五九年）もある。

（4）『盛衰記』での「長光寺」は三例（すべて当該記事）、「武佐寺」は二例、「武佐宿」一例。延慶本では「武佐寺」一例。長門本では「武佐寺」二例。覚一本は用例無し。

（5）　その他の文献でも、関東往還の途中で立ち寄ったことがうかがえる記述がある。『東関紀行』「武佐寺といふ山寺のあたりに泊りぬ」（新日本古典文学大系、一三一頁）、『小島のくちずさみ』（新日本古典文学大系、三七九頁）「武佐寺に御着あり」、『藤河の記』（新日本古典文学大系、四〇〇頁）「猶武佐に逗留す」など。

（6）　新人物往来社、平成三年。

（7）　高橋妃については、太子とともに磯長廟に葬られたことから、種々の伝承が発生している。たとえば万徳寺本『聖徳太子伝』には妃の棺には骨がなかったとする説や、『顕真得業口決抄』のように、「膳妃者化人也」として、「化人」であるから骨もなかったという展開を見せるものもある。他にも見えるが『聖徳太子伝古今目録抄』でも太子が観音に擬せられるのに呼応して、高橋妃が「大勢至」とされるなど、その伝説化は著しい。渡邉信和氏「聖徳太子伝における芹摘姫説話について」（同氏『聖徳太子説話の研究――伝と絵伝と』、新典社、平成二四年〔初出『同朋学園仏教文化研究所紀要』第九号、昭和六二年〕）に詳しい。

（8）　こうしたことについては、渥美かをる氏が前掲注（1）論文で「大和か京都の寺院」としているが具体的な検討はない。また、山下宏明氏は「能と平家のいくさ物語――『重衡』をめぐって――」（『文学』第一巻六号、岩波書店、平成一二年）において、髑髏尼物語には「時宗や律宗の念仏集団の語り」が見えるとし、「長光寺縁起」については、太子伝との繋がりから時宗の関与を指摘している。大変示唆的な論であるが、本章では他の太子関係記事とも共通の生成基盤を想定したいと考えている。

（9）　林幹彌氏『太子信仰の研究』（吉川弘文館、昭和五五年）、内田吉哉氏「聖徳太子伝と在地伝承の相関――八尾・大聖勝軍寺の神妙椋木説話をめぐって――」（『近畿民俗』第一七五・一七六号、平成二〇年）など。

(10)「法隆寺食堂薬師如来造修造墨書」(高田良信氏編『法隆寺銘文集成』上巻一二六八、国書刊行会、昭和五二年)。
(11) 荻野三七彦氏編『聖徳太子伝古今目録抄の基礎的研究』(名著出版、昭和五五年) 所収図版第五図「如意輪観音像台座銘」。
(12) 源健一郎氏は、『盛衰記』と『東大寺縁起絵詞』を論じるなかで、「聖徳太子信仰が中世南都の復興を支える一つの要因」であったと述べている。重要な指摘であろう (同氏「源平盛衰記と『東大寺縁起絵詞』——行基・寂昭・重源のこと——」(関西軍記物語研究会編『軍記物語の窓』第一集、和泉書院、平成九年)。小野一之氏「聖徳太子の再生——律宗の太子信仰——」(吉田一彦氏編『変貌する聖徳太子——日本人は聖徳太子をどのように信仰してきたか——』、平凡社、平成二三年) には、太子創建とされる熊凝寺伝承が、律宗教団によって額安寺の伝承として導入されたことが報告されている。「長光寺縁起」の生成もこうした聖地再生の動きと重なる。
(13)『大日本仏教全書』一一九。
(14) 池田敬子氏「善知識と提婆達多——『源平盛衰記』の重衡——」(武久堅氏監修『中世軍記の展望台』、和泉書院、平成一八年)。

【本章で使用した太子伝のテキスト】
①荻野三七彦氏編『聖徳太子伝古今目録抄』(名著出版、昭和五五年、五七頁)、②『太鏡底容鈔』(牧野和夫氏「釈聖云撰『太鏡底容鈔』『太鏡百錬鈔』解説・翻印——その一、『太鏡底容鈔』——」(『かがみ』第三一号、平成六年))、③『顕真得業口決抄』(『大日本仏教全書　聖徳太子伝叢書』一一二、大正元年)、④『太子伝玉林抄』(法隆寺編『法隆寺蔵尊英本太子伝玉林抄』、吉川弘文館、昭和五三年)、⑤万徳寺本『聖徳太子伝』(慶應義塾大学附属研究所斯道文庫編『斯道文庫古典叢刊之六　中世聖徳太子伝集成』第五巻、勉誠出版、平成一七年)、⑥文保本『聖徳太子伝』(藤原猶雪氏編『聖徳太子全集』第二巻「聖徳太子伝(上)」、臨川書店、昭和六三年)。

第五編　「共通祖本」の生成基盤

読み本系諸本には、敗者救済のための回路が用意されている。平家一門に限らず、敗れた者たちに注がれるこの眼差しは、この世に初めて著された平家物語にもすでに見えたのだろうか。「原平家物語」（平家物語原本）は確認するすべもないが、第五編では現存の諸本を手がかりに、共通祖本を想定し、より古い平家物語について考えてみたい。

従来、平家物語研究では膨大な諸本群を整理する過程で、本文の近似する二本の現存本から、一段階遡った共通祖本の想定がなされてきた。「原平家物語」が現存せず、成立から約半世紀経つと思われる延慶二・三年（一三〇九・一〇）の書写奥書を持つ延慶本が比較的古態を残すとされている平家物語の諸本研究の現状においては、有効な方法である。

第一章では、まず延慶本と長門本とに想定された「旧延慶本」を問題とする。延慶本と長門本の本文の近似についいては冨倉徳次郎(1)氏の延慶本・長門本兄弟説に発するものである。冨倉氏は両本を遡った段階を「旧延慶本」

としており、『盛衰記』はこれを参照したと述べた。共通祖本の想定はその二本の関係解明だけでなく、周辺諸本の解明にも資するところが大きいということになる。第一章では四部本、『盛衰記』がその周辺諸本となる。素材として延慶本の第一末廿六「式部大夫章綱事」、長門本では巻第四「式部大夫章綱被召返事」にあたる、式部大夫章綱による増位寺参詣の物語をとりあげる。やや遠い本文を持つ四部本は巻第三「章経都帰」がその考察対象となる。

第二章では、長門本と南都異本の共通祖本である「旧南都異本」をとりあげる。具体的には、維盛による高野山参詣記事であるが、二本のみ特異な本文を有しており、共通祖本の段階でどのような文献と接し、本文が生成されたのかを明らかにする。

（1）冨倉二郎氏「延慶本平家物語考——長門本及び源平盛衰記との関係」（『文学』岩波書店、昭和九年三月号）。

第一章 「旧延慶本」における阿育王伝承

はじめに

延慶本第一末廿六「式部大夫章綱事」は、鹿ケ谷事件の発覚によって流罪となった院の近臣式部大夫章綱の配流から帰洛までを記したものである。播磨国明石へ流された章綱が、増位寺に参籠し帰洛を祈念したところ、本尊である薬師如来の託宣を受け、翌日無事に都へ帰ることができたとするものであるが、この「章綱物語」（以下、当該物語）の中心が、増位寺の霊験を示すものであることに注目したい。そして、なぜ増位寺という特定寺院の霊験譚が設定されたのかという点を中心に考察し、「旧延慶本」段階まで遡って、その生成基盤を明らかにしたい。

一 「旧延慶本」から四部本へ

平家物語における「章綱物語」は、読み本系の延慶本・長門本・四部本(1)に見えるものである。まず、この三本の本文を整理すると、次のようになる。

延慶本　第一末廿六「式部大夫章綱事」

式部大夫章《マサ》綱ハ
①播磨ノ明石ヘ被流タリケルガ、
②増位寺ト云フ薬師ノ霊地ニ
百日参籠シテ、
都帰ノ事ヲ肝胆ヲ摧テ
祈申ケル程ニ、
百日ニ満ジケル夜ノ夢ノ内ニ、
③昨日マデ岩間ヲ閉シ山川ノ
イツシカタヽク谷ノシタミヅ
ト、
御帳ノ内ヨリ詠サセ給ト見テ、
打驚テ聞バ、

長門本　巻第四「式部大夫章綱被召返事」

式部大夫章綱は、
①播磨の国明石になかされける。
②増位寺といふ、薬師のれい地に、
さんろうして、
都帰の事を、かんたむをくたきて、
いのり申けるほとに、
百日にまむしける夜のむさうに、
③昨日まで岩間をとちし山川の
いつしかたゝく谷のした水
と、
御ちやうのうちより、詠し給と見て、
うちおとろきて、きけは、

四部本　巻第三「章経都帰」

a同《おなじき》　三年正月七日、
式部大夫章経、
都へ召し返さる。此のb二三年は、
①播磨ノ国上ツ津の賀茂と云ふ処にて日月
を送りけり。
彼の所は、舅盛国が所領なりければ、
c世の常の流罪には似ざりけれども、都
の恋しさは忘れざりければ、②彼の所に
霊験の観音の御在しけるに、常に参り
て祈り申しけるが、故《コとさラ》に去年十二月の
晦《つごもり》より参籠して、
他念無く
祈請しける程に、
六日の晩《くれ》程に
観音の御示現かと覚えて、
③昨日迄《まデ》岩間を落ちし山河を
何《イツ》しか叩く谷の下《シタ》水
と有りけり。
夢覚めて後に、
実《まこと》に憑《たの》もしくて、弥《いよいよ》至誠心なる所に、

御堂ノ妻戸ヲタヽク音シケリ。誰ナラント聞程ニ、京ニテ召仕シ青侍ナリケリ。「何ニ」ト問ヘバ、「大政入道殿ノ御免ノ文」トテ、持テ来レリケリ。④ウレシナムドハ云計ナクテ、ヤガテ本尊ニ暇申テ出ニケリ。難有一カリケル御利生也。

御たうのつまとを、たゝく音しけり「たれなるらん」と、聞くほとに、京にて、めしつかひし青侍なり。「いかに」ととへは、「大政入道の、御めんの御文」とて、もちきたる④よろこはしなと、いふはかりなくて、やかて、ほんそむにいとま申て、出にけり。ありかたかりし御りしやうなり。

京より使有りて、実に上りけるとぞ聞こえし。

章綱が播磨国へ流罪となり、霊験によって帰洛できたとする話は三本とも共通しているが、延慶本と長門本の近似に対して、四部本は遠い。延慶本と長門本の共通祖本「旧延慶本」の時点でも当該物語は存在しただろう。

そこで延慶本・長門本、つまりは「旧延慶本」本文（以下、当該物語の延慶本と長門本の本文を「旧延慶本」とする）と四部本との相違を確認しておきたい。まず傍線部①と②であるが、章綱の流罪地が「旧延慶本」では「明石」となっているのに対して四部本では、「上津《ツ》の賀茂」とされている。『四部合戦状本平家物語評釈』[2]ではこの点を賀茂郡の「上鴨」のことかと推定している。つまり「旧延慶本」は明石から薬師の霊地である「増位寺」へ参籠したとしており、四部本はその上津賀茂に「霊験の観音」があったということになる。「旧延慶本」では「増位寺」という具体的な寺院を設定し、傍線部④のような、本尊の霊験によって帰洛することができたという話末評語を記すことで、増位寺の霊験を主張する物語となっているのである。対する四部本が、具体的な寺院を設定せず、「旧延慶本」にあるような話末の評語を記さないということは、特定寺院の霊験物語という性格が薄くなっているということになる。こうしたことはすでに『四部合戦状本平家物語評釈』[3]において、語釈が記すように、〈四〉（四部本）は、ここに章綱帰京の記事を置く。又〈延・長〉（延慶本・長門本）に比べて、彼を盛国の婿と記したり、観音の霊験と記したりしている。しかし、明らかにこの説話は、霊験譚であるから、語釈に記すように利生譚としての完結した本文の形態を示すのが本来の形であろう。とすれば、

増位寺の薬師の霊験譚とする〈延〉的本文が古態と考えられる。

と指摘されているが、これに二、三付け加えたい。

まず四部本は二重傍線部aで「同《おなじき》三年正月七日」、つまり治承三年正月七日という時の設定が施され、次にbでは「此の二三年」としている。章経が流罪地に二、三年いたことを示しているが、「旧延慶本」にはそうした記述はない。これは「旧延慶本」がこの記事を鹿ケ谷事件発覚の直後に配しているのに対して、四部本が「中宮御産」の後に配しているという配置の問題と呼応していると考えられる。つまり、「旧延慶本」が当該物語を事件発覚、流罪処分の直後に配置することで、速やかに帰洛を遂げた霊験物語という性格を持つのに対して、四部本は建礼門院の懐妊の後に配置して、康頼や成経といった他の流人の帰洛と時間軸を合わせたと考えられる。つまりここでも、「旧延慶本」に比して四部本は霊験物語としての性格が薄くなっていると言えるだろう。

また、四部本の二重傍線部cにおいても同様の傾向が見られる。ここでは流された土地が章綱の舅盛国の所領であったとされている。これは四部本の独自記述であり、史料においても確認できない。章綱が平家の郎党平盛国の婿であり、その所領に流されたという設定は、当然「世の常の流罪には似ざりけれども」という状況を作り出す。つまり、舅の所領に一時預かりという状態となり、「世の常の」厳しい流罪の状況が幾分緩和された「流罪」となっているのである。こうした緩やかな流罪ではなく、「世の常の流罪」であった「旧延慶本」では、帰洛に対する霊験の有り難さが強く主張されているのである。

さらに三本に共通する傍線部③の和歌についても述べておきたい。この増位寺の託宣歌にも異同が見られる。

二句目の「岩間ヲ閉シ」が四部本では「岩間を落ちし」としている点であるが、歌意から考えると「岩間」を「閉シ」の方がよく、「落ちし」では意味が通じない。前掲『四部合戦状本平家物語評釈』においても、

歌意からすれば、第二句は「岩間を閉ぢし」とする〈延・長〉が良い。「叫」は『天文本字鏡鈔』に「ナクヨハフ　サケフホユ　コエ」の訓がある。岩間の氷が解けて谷に流れ出す初春の情景によって、赦免を暗示する。正月七日という設定にふさわしい歌。

とされており、また、

〈四部本評釈〉が指摘するように、歌意からすれば、［延］の「閉シ」がよいと思われるが、［四］の「落シ」という表記は、書写過程で生じた誤写とも考えられるのではないか。例えば、［四］が口述筆記によって転写されたと想定する場合、第二句「岩間を閉ぢし」について、下線部分「ヲトチシ」が、「ヲトヂシ」→「ヲトシシ」と解され、これに「落」の字が宛てられたとは考えられないだろうか。また、「叫」は通常「叫」の異体字とされるが、ここでは［延］の「タ、ク」すなわち「叩」を誤ったものであろう。『千載集』春上に、

みむろ山谷にや春のたちぬらん雪の下水岩たたくなり（源国信）

という類想歌がある。

ともされている。[4] さらに山下宏明氏[5]は、

巻三、鹿谷事件に連座して播磨に流された式部大夫章経が、帰洛を神に祈念したところ神託があり、

昨日迄デ岩間ヲ落シ山河ノ何《イツ》シカ叩ク谷の下水

の「落シ」を延慶本は「閉シ」とする。四部本の釈文化を行った高山利弘は、口述筆記によるものとすれば、「岩間ヲトチシ」とあったのを、「ヲトジシ」と誤り「ヲトシシ」に落ち着いて「落シ」になったかと想像す

る。この詠が神託歌であることを考えると、意味の上から「閉シ」を「落シ」と詠みかえたと考えることも、
説話的文脈からすれば可能であろう。（傍線原文ママ）

としているが、ここはやはり「閉シ」でなければ意味が通じないだろう。いずれにしてもこれは「旧延慶本」から四部本へ、という本文展開を示すものと考えてよい。

当該物語が読み本系の三本にしかないことはすでに述べた。語り本系諸本では覚一本が巻第二「阿古屋松」において「式部大輔正綱、播磨国」と記すのみであり、屋代本・平松家本・鎌倉本・百二十句本も流罪地が「隠岐国」という相違は見せるものの、簡略化された記述となっている。つまり、「章綱物語」は、〝増位寺の霊験による帰洛物語〟という性格を持つ「旧延慶本」のような本文で成立し、時間軸に合わせることを重視した四部本のような〝霊験帰洛物語〟へと展開し、語り本系諸本のような省略した形に至ったのではないかと考えられる。

以上、「章綱物語」の展開について考えてみた。当初は「旧延慶本」のような〝増位寺の霊験による帰洛物語〟であったわけだが、霊験を示す寺としてなぜ増位寺が設定されたのかという疑問について、物語はまったく答えていない。章綱の流罪は史料で確認できないが、当該物語は増位寺側の押し出しによって生成されたと判断するのが妥当であろう。増位寺は、兵庫県姫路市白国の、現在は増位山随願寺とする寺院であるが、本文で増位寺を「薬師ノ霊地」を説明しているため、それを手掛かりにしてみたい。

増位寺を「薬師ノ霊地」とすることについては、増位寺の寺記『播州増位山随願寺集記』[6]に次のような記述が見られる。

天平年中行基僧正奏二天聴一造二金堂一安二薬師仏一亦造二講堂一。

そして播磨国の地誌『峯相記』[7]にも、

第二 次ニ増位寺ハ。行基僧正日域ノ内ニ四十九所ノ寺院ヲ建立シ給シ時。彼地ニ一宿シ坐マス。薬師如来夢ノ裏

ニ示シテ云。

とある。増位寺の本尊もしくは安置している仏像が「薬師如来」である点では平家物語も史料と一致する。試みに延慶本における薬師の記事を抽出すると、次のようになる。比較のため、下段には長門本・『盛衰記』・四部本での有無を記した。

章段名	記事の内容	長	盛	四
①第一本二「得長寿院供養事　付導師山門中堂ノ薬師之事」	導師の正体が「薬師ノ十二神将」であり、得長寿院の中堂に「薬師如来」がある。	○	×	×
②第一本卅一「後二条関白殿滅給事」	師通の父母が山王に対して「百座の薬師講」「薬師百体」「等身ノ薬師一体」を納める。延暦寺縁起において、行基が手づから「薬師如来」を彫る。	×	○	×
③第一本卅七「豪雲事付山王効験之事付神輿祇園へ入給事」	澄憲の叡山を説明する言葉の中に「八日ハ薬師ノ縁日」とある。	○	○	○
④第二本廿一「小松殿熊野詣事」	典薬頭雅忠の話。雅忠のことを「薬師如来ノ化身歟。将又耆婆ガ再誕歟」と評する。	×	○	×
⑤第二末四十「南都ヲ焼払事　付左少弁行隆事」	南都で焼打ちされたものとして「薬師寺」「薬師堂」とある。	○	×	○
⑥第三末十五「於延暦寺薬師経読事」	延暦寺において「薬師経ノ千僧ノ御読経行ワル」とある。	○	○	×
⑦第五本十八「梶原摂津国勝尾寺焼払事」	焼ける勝尾寺から「薬師三尊ハヲノヅカラホノヲ、ノガレ」とある。	×	×	×
⑧第五末十五「惟盛粉河へ詣給事」	「忍戒大徳」が建立という「薬師堂」は実宝寺のもので、本仏は「薬師如来」とある。	×	×	×

延慶本における薬師の記事は、比叡山延暦寺との関わりのなかで語られていることが多い。「薬師ノ霊地」とされている増位寺も延暦寺との関係が問題となるだろう。次節では史料における増位寺の性格を追ってみたい。

二　史料における増位寺の性格

ここではまず『播州増位山随願寺集記』[8]（以下、『集記』）を史料としてとりあげたい。『集記』は乾元元年（一三〇二）十一月に「誠観」という人物が要請に応じて書写したという奥書を持つ。創建から正安元年（一二九九）三月までの増位寺に関わりのある記事を載せているが、そのうちのいくつかに増位寺の性格を示す記事が見られる。

①仁明帝即位年奉レ勅大衆改二相宗一成二台宗義真之門派一。五月中旬行二最勝会一請二義真一為二講師一始行二灌頂一。受者一百八十二人亦修二吉祥天秘法一祈二王法繁栄国家豊饒一台徒行二最勝会吉祥天法一而祈二王法国家一権輿也。故依二御願一造二営諸堂一、

法華三昧堂安二置釈迦多宝一　常行三昧堂安二無量寿仏一　食堂安置弥勒　二基塔胎金　鐘楼閣

勧請神七所三十社　伊勢内宮両宮　山王二十一社　白山一社　比良一社　熊野三社　赤山一社　若一王子一社

修補者　金堂　根本堂厩戸皇子処造之薬師仏　四天堂　大講堂　太子堂　行基堂　牛頭天王社　白国明神社

佐伯明神社　春日明神社　白髪明神社　松尾明神社　住吉明神社

毘沙門天堂者淡海公之造立両大納言長良卿之修補也。自二承和元一至二嘉祥二年一造営畢、②請二叡山円仁一供養以二大納言正二位藤原長良一賜二随願寺之額一附二大野郷莇野国衙二荘一祈二鎮護国家御願一最勝会吉祥天秘法之道場也。

この記事は傍線部①にある通り仁明天皇の即位の年、つまり天長十年（八三三）のこと記したものである。元は法相宗であったのを天台宗の義真の門派に改めたとしている。義真は初代天台座主であるから、増位寺も早くに比叡山と関わりを持っていたのであろう。さらに傍線部②でも円仁に供養を依頼したことが記されている。

次に挙げる記事は増位寺の「月並御行次第」である。

③行基講二日　誦経　行基堂
伝教講四日　論義　講堂
義真講四日　曼陀羅供　講堂
太子講五日　論義　太子堂
本願講八日　誦経　金堂
④曼陀羅講十日　於二一基塔一各行
常行講十五日　常行三昧　常行堂
山王講十七日　論義　講堂
⑤天台講二十四日　論義　講堂
法華講三十日　法華三昧　法華堂

傍線部③「伝教講」は最澄に対する報恩の行事である。また、傍線部④の「常行講」の「常行三昧」とは、智顗の説いた四種類の三昧の一つで、叡山にはこれを行う「常行三昧堂」と法華講を行う「法華三昧堂」とがあり、傍線部⑤に見られる通り、増位寺でも法華三昧堂において法華講が行われていたことがわかる。さらに章綱の伝承も『集記』には記されている。

治承三年十月流人式部大輔正綱七日参籠祈二帰洛一蒙二夢想一遂二帰洛一造二改根本堂内宮殿一。

これは平家物語からの流入という可能性もあるが、「治承三年十月」「七日参籠」など平家とは一致しない記述である。帰洛後に「根本堂内宮殿」を造改したというのも独自のものである。「内宮殿」という建物は不明であるが「根本堂」は延暦寺の根本中堂に倣ったものと考えられ、章綱の伝承が延暦寺の影響下において伝えられていたということを示している。

そして、こうした記述の他にもう一つ『集記』には増位寺の性格を示す記事が見られる。

地神第五代月氏国阿育王造二八万四千箇石塔一納二仏舎利一投二十方空一二一基在二于日域一。一基者近江国一基者在二此山一仏骨所在之霊場也。依レ之厩戸皇子造二伽藍一安二薬師仏一高麗国慧便住二此寺一。天平年中行基僧正奏二天聴一造二金堂一安二薬師仏一、亦造二講堂一安二釈迦仏一七仏堂安二七体薬師仏一請二沙門一菩提供養、賜二度者三十人一賜二稲十万束一。徳道法師者行基之徒而此寺住僧也。天平十五年奉レ勅詣二興福寺一勤二金光明会講師一任二僧正一法相碩学也。同十六年三月興福寺薬師寺当寺之住僧三十人、奉レ勅詣二内裏一読二誦大般若経全部一。当寺僧栄常法師者此会畢、往二山背国高麗寺一不レ還焉。徳道僧正者往二大和国長谷寺一后還二此寺一。孝謙帝天平勝宝五年依二御願一造二四天堂一安二四天王一令レ修二仁王会一賜二当国多珂郡一。法勢法師者徳道僧正之徒而行基僧正之孫弟也。博究二学道一法相之偉人、精二教観密乗一依レ之為二義真之徒一猶尽二其奥旨一。

これは増位寺の創建に関わる記事である。阿育王が八万四千基の石塔を造り、空へ投げたところ、そのうちの一基が近江国に、また一基が増位寺に渡って来たとなっている。また、

寛弘三年二月十五夜義観僧都当山之住僧恵心之徒夢明石浦海上有二一箱一放レ光翌到二明石浦一尋レ之忽得二夢相之箱一。披レ之寂照法師之記文也。

○其記曰

真宗咸和五癸卯祀登二清涼山一拝二大聖文殊尊体一。止宿数月而入二一乗中道妙観一焉、此地有レ池名二清涼一僧衆朝

出到二池辺一供二香花一礼拝。我問二其所以一。一僧報曰西域阿育王所レ造塔在二于扶桑国近江蒲生県渡山一。朝日映暉其影移二池中一歴々知二乃釈迦能仁仏舎利塔一故敬礼之矣。願大日本大王勅尋レ之、使三衆生結二縁現当衆望一逐一成就何過レ之乎。依記レ之投二東海一三宝諸天龍神納受加護、早到二大日本一云爾春三月於二清涼山麓南院一沙門寂照謹白。

義観僧都奏二之於天聴一勅使与二蔵人平恒昌一相共到二近江国蒲生郡一尋レ之有二一古塚一。掘見レ之有二高三尺六寸之石塔一。映二清涼池一之石塔于レ此無レ疑乃奏二天聴一依二御願一造二改伽藍一名二石塔寺一十一月八日義観僧都供養畢。

ともあり、前出の記事とやや矛盾するが、増位寺と阿育王の八万四千塔に関する記事が見える。寛弘三年（一〇〇六）に増位寺の僧義観[9]が明石浦で、大陸へ渡った寂照の手紙を発見する。それは近江国蒲生に阿育王の石塔があることを記したものであり、その手紙によって石塔が発見され、「石塔寺」が建立されたとするものである。『峯相記』にも「此地ハ阿育王所造ノ八万四千基ノ石塔ニ基日本ニ有ル内。一基ハ江州ニ有リ。一基ハ此地ノ下ニ埋レリ」とほぼ同様の記事がある。

つまり増位寺は、比叡山の末寺であり、さらに阿育王八万四千塔伝承を開山伝承として喧伝、展開してきた寺院であった。

三　阿育王伝承の流布

増位寺と阿育王伝承の関係を考えると、当該物語生成の背景に、阿育王伝承の存在を考えてよいと思われる。そこで本節では、八万四千塔伝承に代表される阿育王伝承の広がりについて考えておきたい。

阿育王に対する信仰は中国において、舎利信仰に触れ、阿育王の塔（仏舎利）に対する信仰となっていった。日本においても同様の展開を見せたのであるが、森克己[10]氏が、すでに、平安末期より阿育王山に対する信仰的憧憬が従来の五臺山信仰に代わって一般民間に弘まり、藤原定家なども細川庄の年貢を以て文殊像を造った。

と述べ、近年では追塩千尋氏[11]が古代、中世の阿育王信仰をまとめて、

古代における阿育王伝説の中核を占めていた八万四千塔信仰は中世においてどのような展開をみせるのであろうか。結論から先に述べるならば、八万四千塔信仰は戦乱・政治的諸事件などと絡み合いながら、古代以来の朝廷・貴族の伝統的信仰として特に怨霊調伏・罪障消滅の機能が期待されながら生き続け、武士・庶民層にも浸透していった、と言えるのである。

としており、平安末期から鎌倉期にかけて隆盛であったことが指摘されている。そこで本節ではこうした指摘を確認し、さらにいくつかの新しい資料を加えてみたい。

卅日、癸卯、陰晴不定、大外記頼業来、余令見三略、依申未見之由也、是有張良一巻之書、疑之文也、此次、頼業云、一昨日自前幕下之許、被送使者、剰而令謁之処、被示云、天下事、於今者、武力不可叶、可廻何計略哉、太神宮、被行臨時祭事如何、又任阿育王例、被造八万四千基塔如何、此両条之外、有善政之、可被行者、可計示者云々、答云、臨時祭事、可被尋本宮之輩、祭主、宮司等也、他人難申左右、又八万四千基塔事、偏可在御意、此外善政、又不可叶、但変当時之政、可被試歟、不然者、尤可危歟、於其法者、不能定申、卿相已上、可被計申事也、只以被罷諸人訴訟、可為詮也者、此事、定有被尋申事歟、且為御用意、密々所申上也云々、

まず『玉葉』養和元年（一一八一）九月三十日条であるが、ここでは傍線を付したように、兼実が阿育王の例に従って八万四千基の塔を立てるかどうかを相談され、答えている。そして、これを受けたものと考えられるが、同年十月十四日条に、

十四日、丁巳、天晴、及晩少陰、巳刻、院蔵人来催云、来月十八日可被供養八万四千基塔、其内五百基、可令造進、寸法五寸云々、各可奉籠宝篋印陀羅尼一反云々、

とあり、また六日後の十月二十日条にも、

癸亥、天晴、晩景参作所、参女院、即帰家、女房不例同前、問占之処、土公、鬼気等祟云々、今日、日次不宜、明日可修祭、八万四千基塔事、自院庁催女院庁、載院宮於廻文一紙云々、此女院御分五百基云々、

とあって女院の割り当てが示されている。八万四千の塔を実際に作製していたことがわかり、さらに具体的な指示まで確認することができる。また『山槐記』文治元年（一一八五）八月二十三日条には、

天晴、午刻着直衣、自東山参院、前駆一人、盛房、衣冠、今日被供養五輪一万基塔、自去夏上下諸人及課諸国、為被滅追罰之間罪障、被勧進八万四千基、各書名字於地輪下、長講堂仏前幷前庭立棚奉安之、予、民部卿、成範、布衣、三条中納言、朝方、直衣、別当、家通、直衣、大宮中納言、実宗、束帯、成勝寺上卿也、源中納言、通親、直衣、大蔵卿泰経、布衣、参入、前大納言兼雅布衣、雖参入候簾中、未剋事始、仍予以下着堂中座、御導師前僧正公顕、宿装束、題名僧三人、皆公顕弟子也、鈍色装束、白五條袈裟、御経一日経也、有御願文諷誦文等、説法之後有供養、法事畢賜布施、導師被物一重裹物一、題名僧各一裹、説法之間有地震、予依仁和寺御室依孔雀経法、自去十九日令候院給也、仰、参後戸方、以仁尊被仰云、欲見参之処、御修法間窮屈無為術者、結願日事被仰合数ケ条、晩頭向楊梅蝸舎、改装束帰東山、

とあり、罪障を消すために八万四千塔が造塔されたということになっている。そして『明月記』建仁三年（一二〇三）五月二十七日条には、

廿七日、天晴、於法勝寺八万四千基塔供養、緇素男女称結縁自暁踏庭云々、御幸供奉殿御共、度者使雖有旁催、老屈不具隠居、午時許密々見物押小路川原、

とあり、法勝寺において八万四千塔供養が行われ、多くの人がこれを見物し、また後鳥羽院の御幸もあったらしく、この後供奉した公卿殿上人が列記されている。このように都では盛んに塔供養が行われていた。追塩氏の言う通り、阿育王の八万四千塔に対する信仰の「怨霊調伏・罪障消滅」が期待されていたのである。

都での隆盛は確認できるが、関東はどうであろうか。『吾妻鏡』から該当する記事を抽出したのが、左表である。

年月日	記事の内容	場所	出席者	導師
建仁三（一二〇三）・八・二九	将軍頼家重態のための祈禱	鶴岡	大江広元　三善善信　二階堂行光	安楽房重慶
建暦三（一二一三）・四・一七	将軍実朝が供養	御所	（不明）	荘厳房
嘉禄元（一二二五）・九・八	石塔建立	多胡江河原	北条泰時　北条重時　三浦義村	弁僧正　その門弟
天福元（一二三三）・一二・一二	塔供養	南御堂	将軍頼経　御台所　北条時房　北条泰時	内大臣僧都定親（通親息、弁僧正弟子）弁僧正
仁治元（一二四〇）・六・一	塔供養。卿相雲客より布施有	御所持仏堂	（不明）	三位僧都頼兼
仁治二（一二四一）・七・四	将軍息災のための祈禱	御所持仏堂	（不明）	宮内卿僧都承快
寛元二（一二四四）・六・八	塔供養。「曼荼羅供也」と有	久遠寿量院	（不明）	大阿闍梨三位法印猷尊
寛元三（一二四五）・二・二五	塔供養。諸大夫より布施有。聴聞の人々多	久遠寿量院	（不明）	法印円意
文応元（一二六〇）・一二・一八	塔供養。将軍の御願	（不明）	（不明）	尊家法印

記事の内容、場所・出席者、導師を抜き出した。塔供養の記事が最も多いが、将軍が重態であるための祈禱、息災のための祈禱もいくつか見ることができる。また、出席者が記されている箇所が三例あるが、将軍九条頼経や北条泰時・重時・時房といった執権の一族、大江広元・二階堂行光などの有力御家人など、幕府の首脳部が出席している。そして、供養を行った導師の顔ぶれも興味深い。たとえば、建暦三年四月十七日条の「荘厳房」は荘厳房行勇のことであり、二代将軍頼家側室が落飾の際の戒師を務め、「始若宮供僧後寿福寺長老」（『吾妻鏡』承元四年七月八日条）とされる人物である。また、嘉禄元年九月八日と天福元年十二月十二日条の「弁僧正」とは鶴岡八幡宮別当の定豪であり、鎌倉明王院の開山である（『吾妻鏡』宝治二年五月十日条）。弟子で源通親の子定親や、承快の名も見える。文応元年十二月十八日条の尊家は「大阿闍梨日光別当法印尊家」（『吾妻鏡』正元二年五月十日条）とあり、日光山の別当に補されていたことがわかる。つまり、幕府の宗教政策を担う高僧が導師を務めていたということになる。

このように、関東においても八万四千塔供養は幕府の重要な行事の一つとして行われており、その効験が期待されていたと考えられる。平安末期から鎌倉中期にかけて、阿育王の八万四千塔信仰は広く浸透していた。しかし、これがどこまで深く浸透していたかということは『吾妻鏡』ではわかりにくい。前掲『明月記』建仁三年五月二十七日条に多くの男女が結縁のために押し寄せたとあることからも、広く認知されたものであったと考えられるが、もう少し資料にあたってみたい。

次に『願文集』(12)収載の、建保四年（一二一六）五月二十八日、道助法親王が八万四千塔造立の供養に捧げた願文を挙げる。

敬白

造立泥塔八万四千基

奉書写造塔延命功徳経百巻

右塔婆経典供養演説。夫造塔者。莫大之善。最上之福也。菴菓之製。棗薬之形。万倍于帝釈之荘厳殿矣。積土之功。聚沙之戯。一帰于如来之正真道焉。矧亦善見菩薩八万四千之構。宣仏語於宿王華之前。阿育大王八万四千之基。施神力於閻浮樹之下。漢土猶有霊跡之所遺。日域不漏勇光之所照。於是白河先帝入玄門之後。

（中略）

建保四年五月廿八日

金剛仏子二品道助法親王敬白

先の傍線部に「夫造塔者。莫大之善。最上之福也」とあるように、造塔自体が善行であるとされている。この願文が、唱導僧達によって参観された可能性もあり、模範文例として再利用されることもあったであろう。たとえば安居院の澄憲の『澄憲作文集』[13]にも第廿六舎利「人中ニハ阿育大王造テ八万四千之宝塔ヲ籠リ世尊之遺骨ヲ」とある。

また、貞永元年（一二三二）から嘉禎元年（一二三五）に成立したとされる、澄憲の子聖覚編『言泉集』[14]の五帖之二一「塔婆尺」では、「龍宮大海ノ底ニ起八万里水精塔一ヲ阿育王課テ鬼神ニ一日中立二八万四千ノ塔一ヲ是安舎利致ス恭敬一ヲ也」として阿育王が鬼神に塔を造らせたとし、五帖之三「阿育王八万四千塔」にも、

諸経要集三云阿育王伝ニ云ク王得テ信心一問テ道人ニ曰ク我従《モトヨリ》来殺害セルコト不ス必シモ以テセ理一ヲ今修シテ何カ善一ヲ得ム免二コトヲ斯ノ殃一ヲ答テ曰ク唯有下リ起テ塔一供養シ衆僧一ヲ赦《ユルシ》諸ノ徒囚一ヲ賑済中スルニ貧乏上ヲ王曰何ノ処ニ可起塔一ヲ道人即以二神力一延テ手一ヲ掩フ日一ヲ光リ作二ル八万四千道ト散照二ス閻浮提一所照之処皆可レシ起レツ塔一ヲ今ノ諸ノ塔処是也、時ニ王欲シテ建テムト舎利塔一ヲ将二テ四部兵衆一至二ル王舎城一取二ル阿闍世王ノ仏塔ノ中ニ舎利一還テ修治スルコト此塔一ヲ与先キ无二シ異一コト、如是一更ニ取テ七仏ノ塔ノ中ノ舎利一ヲ至二衆摩村中一ニ時ニ諸ノ龍王将テ王一入二ル龍宮中一王従テ索二ニ舎利一供養ス龍即分与二之一ヲ時ニ

王作二ル八万四千金銀瑠璃頗梨ノ篋一ヲ又作ル无量百ノ幢幡散蓋一ヲ使三シム諸ノ鬼神一ヲ各持二セ舎利供養之具一ヲ勅二シテ諸ノ鬼一ニ言ク於テ閻浮提一至マテ於海際ニ城邑聚‐落満二ス一倍家一ニ者為ニ世尊一ノ立テム塔一時ニ有国名二ク著叉厂羅一有二卅六億家一彼ノ国ノ人語テ鬼一ニ言ク可二卅六篋ノ舎利与二フ我等一起立セム仏塔一ヲ○時ニ已連弗有二上座一名テ曰二邪舎一ト王詣シテ彼所一ニ白二テ上座一曰ク我欲下一日之中ニ立八万四千ノ仏塔一遍中満セムト此閻浮提上ニ意願如シ是一時ニ彼上座白テ言ク善哉大王尅後十五日之正食時ニ令メヨ此閻浮提ニ一時ニ起二諸ノ仏塔一ヲ如是依、数乃至一日之中ニ立ツ八万四千塔一ヲ世間人民興癈无量ナレトモ共ニ号シテ曰阿育王ノ塔一ト

という記述が見られる。『阿育王伝』に基づく阿育王八万四千塔伝承が、かなり詳細に叙述されている。さらに同じ聖覚が編纂した『転法輪鈔』[15]にも、

彼龍宮八万四千里之塔嫌クハ在テ三熱ノ栖ノ中ニ非コトヲ十善ノ王宮ニ阿育ノ八万四千里之塔雖モ為リト一日ノ大善非ヲ毎月ノ薫修ニハ思テ古ヲ見ヲ

と記されているのである。阿育王の八万四千塔伝承は、唱導の題材として広く使われ、耳にすることが多いものの一つであったと考えられる。

阿育王の八万四千塔信仰は、広く浸透していた。特に唱導の資料に題材として見えることからも、こうした見方はおおむね首肯されるであろう。平安末期から鎌倉中期という動乱期であったことも、浸透の一因であると思われる。つまり、増位寺の霊験を主張する平家物語の「章綱物語」の背景に、そうした伝承の流布を認めることができるだろう。「増位寺」から阿育王伝承が想起される素地は十分にあったのである。しかし、「章綱物語」には阿育王関係の文言は記されていない。また、本節で提示した資料には「増位寺」は記されていない。そこで次節では、増位寺が担う阿育王伝承を検討し、当該物語の生成基盤を明らかにする。

四　阿育王八万四千塔伝承が繋ぐ増位寺と「章綱物語」

『阿育王伝』『阿育王経』から発生した伝承は、『今昔物語集』や前節で挙げた『言泉集』などにも見られる。しかしここでとりあげたいのは、寂照法師による八万四千塔発見説話（以下、発見説話）である。すでに述べた『集記』にも見られたが、これは延慶本・長門本にも確認することができるので「旧延慶本」に存したことは間違いないだろう。延慶本第一末卅一「康頼ガ歌都へ伝ル事」（長門本は巻第四「康頼二首歌事」）は、章綱と同じく鹿ケ谷事件の参画者として硫黄島に流罪となった平康頼が、島において卒塔婆に歌を書き付け流したところ、一本が厳島に流れ着き、康頼ゆかりの僧がこれを拾い都へ持ち帰ったという、いわゆる「卒塔婆流」の段であるが、この話のすぐ後に次のような記述が見られる。

延慶本	長門本	『盛衰記』
第一末卅一「康頼ガ歌都へ伝ル事」	巻第四「康頼二首歌事」	巻七「近江石塔寺」
昔大江定基ガ出家之後、	昔、大江のさたもと、出家ののち、	大江定基三河守ニ任ジテ、赤坂ノ遊君力寿ニ別テ道心出家シテ、其後大唐国ニ渡、清涼山ニ参タリケレバ、寺僧毎朝ニ池ヲ廻ル事アリ。寂照故ヲ尋レバ、僧答テ曰、「昔仏生国ノ阿育王八万四千基ノ塔ヲ造、十方ヘ抛給タリシガ、日本国江州石塔寺ニ一基留リ給ヘリ。朝日扶桑国ニ出レバ、石塔ハルカニ影ヲ此池ニ移シ給フ故ニ、彼塔ヲ拝センガ為ニ此池ヲ

彼ノ大唐国ニシテ、 仏生国ノ阿育大王ノ造給ヘル 八万四千基ノ石ノ塔ノ内 日本江州ノ石塔寺ニ一基留ル事ヲ、 彼振旦国ニシテ 書顕タリケル事ノ 幡磨国増位寺トカヤヘ 流ヨリタリケルタメシニモ、 此有ガタサハ 劣ラザリケル物ヲヤト哀也。	大唐国にて、 仏生国阿育大王のつくり給へりし 八万四千基の石塔内 日本江州石塔に、一基留事を、 かのしんたん国にして、 かきあらはしたる事の、 はりまのくに、そうゐ寺に なかれよりたりけむためしにも、 此ありかたさは、 をとらさりけるものをやと、あはれなり。	廻也」トゾ申ケル。寂照上人聞給テ、 信心骨ニ入リ、随喜肝ニ銘ジテ、墨 ヲ研筆ヲ染、其子細ヲ注シツヽ、 震旦ニシテ大海ニ入タリケルガ 幡磨国増位寺ヘ 流寄タリケルモ、 角ヤト思知レタリ。

四部本は該当する巻二が欠巻のため、確認できない。延慶本と長門本はほぼ同文である。「卒塔婆流」の卒塔婆が海を渡り、都にまでたどりついたという珍しさに対して示されている例話であり、「卒塔婆流」はこの例話にも劣らないくらいの有り難い話だとしている。本文はほとんど一致しないが、『盛衰記』にも興味深い発見説話がある。(16)

八万四千塔のうちの一つが近江にあることを知った入唐中の寂照（大江定基）が、手紙にして流したところ増位寺に流れ着いたというのが大枠である。塔が発見されたのは石塔寺であり、増位寺はその発見に関与したということになる。石塔が発見された「石塔寺」は、阿育王塔の寺院として名を知られていたらしく、『後拾遺往生伝』[17]には「沙門寂禅者。（中略）占二近江国蒲生郡石塔別処一。永以蟄居。是則阿育王八万四千塔之其一也」とあり、また『元亨釈書』[18]巻第十一「感進三」「石塔寺寂禅」にも、

釈寂禅。姓菅野氏。平安城人。筑州刺史文信之子也。仕レ官至二工部員外郎一。而不レ楽二冠簪《シム》一。荐乞二薙染一。父不レ聴。長和四年。年三十。上二台嶺一礼二座主慶円一受戒。従二慶祚阿闍梨一受二三部密法一。後居二近州蒲生《カマフ》郡石塔寺一。阿育王八万四千舎利塔之一区也。

と記されている。近江石塔寺はすでに阿育王伝承と関わる寺院として認知されていたのである。『兵範記』の著者平信範も嘉応二年（一一七〇）三月七日条に、「七日戊午　詣蒲生西郡石塔」として、参詣したことを記している。阿育王の八万四千塔信仰の隆盛とも関わる資料であろう。その石塔寺の塔を発見したのが大江定基（寂照）であるとする伝承は、他にも見ることができる。

三河入道寂照入唐ノ時清涼山へ昇ル一人ノ僧有テ池ニ向テ礼ヲ成ス寂照其故ヲ問僧答テ云此池ノ面ニ日本国近江国蒲生野《カマフノ》ノ石塔現ス此故ニ礼スト云以彼一思之一日域江州ノ塔ノ影漢朝清冷山ノ池ニウツル是皆塔婆ノ霊験也

これは弘安九年（一二八六）から建武四年（一三三七）までの成立とされている『東大寺縁起絵詞』[19]である。ここには増位寺は記されておらず、石塔寺の伝承のみ見られるが、『盛衰記』に近い。この『東大寺縁起絵詞』について源健一郎氏[20]は、

また、中世南都における太子伝註釈の充実から、聖徳太子信仰が中世南都の復興を支える一つの要因であったことが知られ、中世南都の復興に尽くした貞慶や叡尊が太子信仰に熱心であったことも夙に知られる。中世南都における聖徳太子信仰の隆盛と、これに伴う太子伝註釈が展開されるなか、もと法相宗で太子建立、行基再興と伝える増位寺、あるいは太子建立四十六箇寺に名を連ねる石塔寺にまつわる伝承が、南都に伝え

られてゆく過程は想像に難くない。

としている。しかし、前節で確認したように同型話が叡山の末寺である増位寺の記録『播州増位山随願寺集記』にも取られているわけであるから、この話は南都だけでなく、叡山の圏内にも伝わっていたのではないかと考えられる。天台僧の寂照による発見、叡山の末寺である増位寺が関わることを考えあわせると、この発見説話は比叡山圏で生成され流布していったと考える方が自然であろう。ただし、源氏の指摘は『盛衰記』の問題としては首肯できるものであり、本書第四編第三章・第四章での結論と重なっていくものであることはすでに述べた。

発見説話は当初は石塔寺の開基伝承であったのだろうが、そこに増位寺が加わったと考えられる。後掲の『三国伝記』からもそうしたことが裏付けられる。近江の在地伝承が多く見える『三国伝記』に石塔寺と増位寺の形の発見説話が見えることは、この説話の出所が近江（叡山）文化圏であるという本節の主張に合致する。

つまり、すでに阿育王塔の寺として知られていた石塔寺の発見説話が「旧延慶本」において例話として取られているということから、「旧延慶本」は増位寺のことを、阿育王伝承を担う寺として認識していたと考えてよいであろう。すなわち「章綱物語」の生成背景にも、阿育王伝承を認めることができるのである。

ところで「旧延慶本」には、流布していた阿育王伝承を取り込んで本文を省略したと思われる部分がある。延慶本・長門本・『盛衰記』の三本とも、寂照が書いた手紙が増位寺に流れ着いたとしているが、増位寺は山寺であり、海に投げ込んだ寂照の手紙が流れ着いたとするのはやや不自然である。そこで、『三国伝記』[21]の発見説話が参考になる。次に本文を示す。

和云、一条ノ院御宇、大江定基ト云人ハ参議左大弁済光卿ノ息男也。定基三河守ニ任ジテ国務ノ間、赤坂ノ力寿ト云遊女ニ狎レテ契深カリケルガ、無常ノ風妙ナル花ノ姿ヲ吹キ、有漏ノ霧美ナル月の容ヲ陰《カクシヌ》。彼女息絶眼閇ヌレバ、双レシ枕ヲ面影モ同レセシ席《セキ》ヲ移香も替リ終《ハテ》ヌレ共、色貪ノ愛執不レシテ尽七日ヲ満ジテ野外ニ送ル。恋慕ノ火ハ焼《ヤキ》二哀傷ノ胸一ヲ、別離ノ涙ハ浸《ウルホス》二愛著ノ身一ヲ。是ヲ逆縁ノ善知識トシテ、忽ニ出家シテ号二シ寂照法師一ト、比叡山楞厳院恵心先徳ノ室ニ入、四教三観ノ翰藻《カンサウ》ヲ習ヒ、仏知仏見ノ奥旨ヲ得テ、長保五年ノ秋八月廿五日ニ入唐シ、清涼山ニ到テ大聖文殊ヲ拝シ、彼ノ山ノ麓トニ居タリ。円通大師ト一云是也。

爰ニ、清涼山ノ僧達、斎日ノ朝ニ当テ清涼ノ池ノ辺ニ至リ、展《ノベ》二座具一ヲ捧二ゲ香呂一ヲ彼ノ池ヲ行道シ礼拝シ給フ。寂照所由ヲ問ニ、衆僧答テ曰ク、「阿育大王八万四千基ノ石塔ノ内、扶桑国江州蒲生郡渡山《ワタリ》ニ一基アリ。其ノ影朝日ニ映《エイ》ジテ此ノ池ニ移故ニ彼ノ塔ヲ礼スル也」ト答フ。寂照奇異ノ思ヲ成シ、即此ノ事ヲ記録シテ箱ニ収メ、天ニ呪シテ海ニ投タリ。

其ノ後、円通大師ハ、三尊ノ台《うてな》ノ前ニハ智水ノ蓮ス漸ク開ケ、一念ノ窓ノ内ニハ恵日ノ光遥ニ照セリ。両髪齢ヒ衰ヘ、蘿襟年積テ後、設二七日ノ逆修ノ作善一ヲ、擬二シ九品順次ノ生因一ヲ、臨終ニ詠テ云ク、

茅屋無レシテ人扶レけて病を起く　香炉有レ火向レ西ニ眠ル
笙歌迥《はるか》ニ聞ユ孤雲ノ上　聖衆来迎ス落日ノ前ヘ

寛弘三年春二月ニ、①彼ノ記ノ記録ノ箱本朝幡摩明石浦ニ寄ル。増位寺ノ住侶頂二戴シ之一ヲ帝ニ奏ス。任二テ記文一ニ勅使ヲ立テテ令レルニ尋、無レ知ルコト之。爰ニ、勅使蒲生堂ニ此事ヲ祈誓ス。本尊示シテ云ク、「欲レ得二ント阿育王ノ塔一ヲ、於二山中一ニ不審シテ可レ尋ヌ」と云フ夢想アリ。諸木山ノ光延ト云狩人アリ。此山ノ案内者ナレバ、彼ニ問ヒ給ニ、「無レ有レコト験《シルシ》。但シ我ハ犬ヲ三疋飼。一疋ノ白犬毎《ツネニ》至二此ノ山ノ頂上一ニ、高キ塚ヲ三反廻テ礼拝スル体アリ。是ヨリ外ハ無二ト不審一」申ス。爰ヲ以テ彼ノ塚《ツカ》ニ至テ堀得タリ。高サ三尺六寸ノ石塔光ヲ放て彼所ニアリ。聖徳太子四十六箇ノ伽藍ノ結願ナル故ニ、本願成就寺ト号シタルヲ、是ヨリ②阿育王ノ石塔寺ト名付タリ。今ノ額ノ字ハ大宋国良尺筆跡ト云云。

ここで、先ほどの不自然な記述を解く手掛かりとしたいのは傍線①である。『三国伝記』は、寂照の手紙が

「明石浦」に流れ着き、それを増位寺の僧が発見したとなっている。これは『集記』に、

寛弘三年二月十五夜義観僧都当山之住僧恵心之徒夢明石浦海上有二一箱一放レ光翌到二明石浦一尋レ之忽得二夢相之箱一
披レ之寂照法師之記文也

とあるのと共通する。このような記述であれば平家物語のような不自然さはない。つまり、平家物語の記述は、『三国伝記』や『集記』のような話を略述したために起きたことであると考えられる。寂照の手紙が〝流れつく〟というモチーフは、五来重氏が指摘する薬師伝承のパターンと重なるものであり、[22]『言泉集』にあるような「龍宮」との関わりからも、阿育王信仰は、薬師信仰と繋がる性格を持っていたということができるだろう。

「旧延慶本」において、霊験を示す寺院として増位寺が設定され、その本尊である薬師が託宣を下す「章綱物語」の生成基盤には、平安末期から鎌倉中期にかけて流布していた阿育王八万四千塔伝承があったと考えられる。

おわりに

「旧延慶本」の「章綱物語」に、増位寺が設定されたその背景を考えてみた。増位寺の、叡山の末寺であるという性格と、中世初期に浸透していた阿育王の八万四千塔信仰を担う寺院という性格に注目し、天台僧寂照による石塔発見説話を手掛かりに考察した。増位寺という特定の寺院を押し出す背景には、阿育王伝承の流布があったと考えられよう。増位寺の霊験は、阿育王伝承を知っていた享受者ならば、容易に理解できたに違いない。

しかしそのような「章綱物語」はやがて省略されていく。語り本系諸本に至ってはまったく見られない。そして「卒塔婆流」に付せられた例話としての阿育王八万四千塔伝承は、「蘇武説話」で代表されてしまうのである。本文を刈り込んでいく語り本系諸本にとっては、複数の例話は必要ではなかったということであろう。

そして、注意すべきは、第三節でも述べたが、唱導関係の文献に阿育王伝承が様々な形となって現れているこ

とである。唱導文献における阿育王伝承の変容の実態解明は今後なされるべき課題であるが、唱導の題材として用いられてくる阿育王伝承が、平家物語においても「卒塔婆流」の例話のような形で引用されることには留意したい。それは「旧延慶本」の生成基盤の一端を示しており、増位寺の霊験による章綱の帰洛物語は、そうした唱導題材を基にして生成されたと考えられるからである。

また従来、牧野和夫氏によって延慶本と「近江文化圏」の問題が提示されてきたが[23]、さらに遡った「旧延慶本」の時点から、近江（叡山）文化圏での生成の可能性も出てきたと言えよう。

最後に『盛衰記』の問題にも触れておく。『盛衰記』は延慶本と長門本の共通祖本である「旧延慶本」から展開したと考えられている。そうすると『盛衰記』は「旧延慶本」にあった「章綱物語」は引き継がなかったことになる。もちろん、「旧延慶本」と『盛衰記』が簡単に直線で結べるとは考えていないが、『盛衰記』が何をとり、何をとらなかったのかということを考える上でも「旧延慶本」の想定は有効である。また、『盛衰記』が注釈的な関心から、発見譚に大幅に筆を加えたということは確かであり、平家物語の生成基盤としての阿育王伝承については、今後も検討しなければならないことが多い。

（1）四部本はこの物語の主人公を「章経」としている。しかし『玉葉』の安元三年六月六日条には「章綱」が捕縛されたという記事があり、また同じ四部本の「鹿谷」の段には陰謀に加わった人物として「式部大夫章綱」とあることから、これは、「章綱」が正しく、「章経」は四部本の誤写と考えられる。
（2）早川厚一氏ほか『四部合戦状本平家物語評釈（五）』（私家版、昭和六〇年）二頁。
（3）同右書、三頁。
（4）高山利弘氏編『訓読四部合戦状本平家物語』（有精堂、平成七年）四九〇～四九一頁。
（5）山下宏明氏「いくさ物語と和歌――四部合戦状本『平家物語』の場合――」（樋口芳麻呂氏編『王朝和歌と史的展開』、

笠間書院、平成九年）。
（6）天川友親氏編・八木哲浩氏校訂『播陽万宝智恵袋』上巻（臨川書店、昭和六三年）。引用に際し、句読点を補った。
（7）『続群書類従』第二八輯上、二二八頁。
（8）『集記』を収める『播陽万宝知恵袋』は近世の編だが、『集記』自体の奥書は「乾元元年壬寅歳十一月誠観内供奉記之」とあり、中世の伝承も含んでいると考えている。
（9）寂照の手紙を拾った人物の名を記すのは『集記』のみである。増位寺の住僧を、叡山僧である恵心の弟子とするこの記述は、増位寺と叡山の関係を示している。
（10）森克己氏「日宋交通と阿育王山」（『日宋文化交流の諸問題』、刀江書院、昭和二五年、一三四頁）。
（11）追塩千尋氏「阿育王伝説の展開（二）」（『日本中世の説話と仏教』、和泉書院、平成一一年、九八頁）。
（12）『続群書類従』第二八輯上、四八一〜四八二頁。
（13）大曽根章介氏翻刻『澄憲作文集』（秋山虔氏編『中世文学の研究』所収、東京大学出版会、昭和四七年、四一五頁）。
（14）永井義憲氏ほか編『安居院唱導集　貴重古典籍叢刊』、角川書店、昭和五四年。
（15）同右書、二二二頁。
（16）定基の出家の機縁となった女性については、文献によって異なっている。管見のうち、この女性を正室とするのは『続本朝往生伝』『宝物集』のみであり、他の『今昔物語集』『発心集』『宇治拾遺物語』『海道記』『東関紀行』『十訓抄』『三国伝記』は正室以外の女性となっている。そして、これを「赤坂の遊君」もしくは「女」としているのは、『海道記』『東関紀行』『三国伝記』であるが、「力寿」とするのは『盛衰記』と『三国伝記』である。『盛衰記』は早い時期の記述であると考えられる。
（17）『大日本仏教全書』一〇七、一二九頁。
（18）『新訂増補国史大系』第三一巻、一七三頁。
（19）『同朋学園佛教文化研究所紀要』（第九号、昭和六二年）二四九頁。
（20）源健一郎氏「源平盛衰記と『東大寺縁起絵詞』――行基・寂昭・重源のこと――」（関西軍記物語研究会編『軍記物語の窓』第一集、和泉書院、平成九年）。

(21)　池上洵一氏校注『中世の文学　三国伝記』下（三弥井書店、昭和五七年）二四九〜二五〇頁。
(22)　五来重氏「山の薬師・海の薬師」（同氏編『薬師信仰』、雄山閣、昭和六一年）。
(23)　牧野和夫氏「孔子の頭の凹み具合と五(六)調子等を素材にした二、三の問題」（同氏『中世の説話と学問』、和泉書院、平成三年〔初出『東横国文学』第一五号、昭和五八年〕）。

第二章 「旧南都異本」と『高野物語』の関係

はじめに

前章に続き、共通祖本の生成基盤を考えてみたい。本章では、長門本と南都異本の共通祖本「旧南都異本」をとりあげる(1)。この二本は他本と比べて共通する記事が多くあり、共通祖本の想定が可能である。しかし、前章で述べたとおり、長門本は延慶本とも共通祖本が想定されるものであった。系統図を示すと次のようになる。

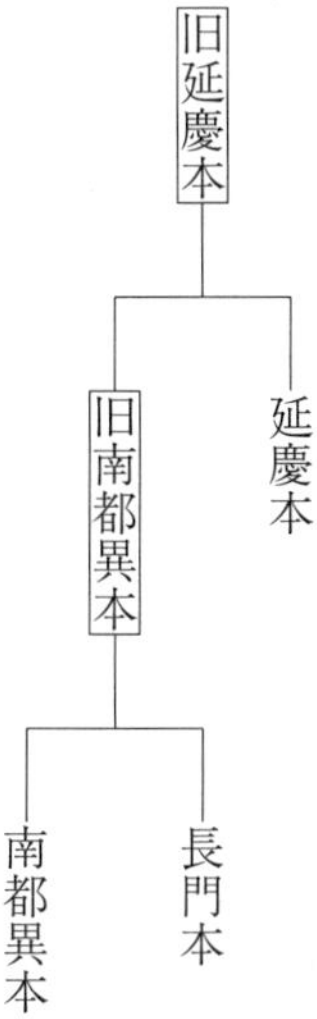

（※□は共通祖本）

つまり延慶本と共通祖本が想定できるのは「旧南都異本」であるとする方が正しいのであるが、南都異本は巻十のみであり、長門本と完全に本文を比べることができないため、従来の平家物語研究では延慶本と長門本とで「旧延慶本」を想定し、前章もそれに倣った。「室町期の古写本(2)」とされる南都異本との共通記事を遡れば、近世写の現存長門本よりも古い段階の本文を部分的に想定することができると考えている。読み本系諸本の生成過程を検討する上では、こうした共通祖本の想定はまだまだ有効であろう。

本章でとりあげるのは、長門本の巻第十七「維盛高野熊野参詣同被投身事」における観賢僧正説話である。延慶本と長門本とでは本文が異なっているが、長門本と南都異本とでは一致する。そしてこの一致本文は他本に比べても特異なものであるため、共通祖本「旧南都異本」に存した本文であると言えるだろう。つまり、多くの伝本の中でこの二本のみが特異であるということは、共通祖本「旧南都異本」の時点で再編集された可能性が高い。本章では、「旧南都異本」がどのような文献を参照して本文を再編集したのかということを明らかにし、その編集意図にまで言及したい。まず平家物語の観賢僧正説話に関する先行の研究を確認しておく。

平家物語の「維盛高野詣」に位置する観賢僧正説話については、早くに麻原美子氏[3]が、弘法大師伝および『高野物語』との関係を指摘し、四部本に挿入されたものであるとしたが、渡邊昭五氏[4]は、延慶本成立以前にすでに形が整えられていたとしている。また、山崎一昭氏[5]は延慶本を中心とした考察の中で、観賢僧正説話は『大師御行状集記』から成長・発展して、平家物語に採用されたとしている。平家物語の観賢僧正説話が何らかの大師伝から成立したことは間違いないであろうが、麻原氏が指摘した『高野物語』については、それ程早い段階ではなく、特に観賢僧正説話は長門本と南都異本の共通祖本「旧南都異本」で関わりを持ったと思われる形跡がある。つまり、「旧南都異本」の編者によって『高野物語』が参照され、長門本と南都異本の観賢僧正説話が生成されたということである。

平家物語と『高野物語』については、麻原氏の他、阿部泰郎氏[6]が、何らかの平家物語、あるいは合戦譚やいくさ語りに基づく知識を前提とはしているが、『高野物語』の文脈は、平家物語に拠るものではないとしている。首肯できるものである。前出の山崎氏[7]は延慶本と『高野物語』が共通の基盤から成立したと指摘しているが、本文の最も近いのは長門本と南都異本である。本章では、長門本と南都異本の観賢僧正説話の検討から、両本の共通祖本「旧南都異本」が『高野物語』を参照して、再編集したということを明らかにしたい。

一　延慶本・長門本・南都異本と『高野物語』本文の関係

長門本・南都異本の観賢僧正説話を考えるにあたり、まずはその位置関係を把握しておきたい。次に表1としてまとめたが、⑥「観賢僧正説話」（丸付き数字は便宜上、次表に合わせて本節にのみ付す）の位置は諸本で異同はないが、延慶本が清盛死去の後に第三本十五「白河院祈親持経ノ再誕ノ事」として配している①「白河院渡天談義」、②「流沙葱嶺」、③「即身成仏の現証」、④「高野御幸」の一連の高野関係説話を、長門本・南都異本は、観賢僧正説話の後に移動（南都異本は省略）している。

【表1】

延慶本	『高野物語』巻第五	長門本	南都異本
第三本（十五「白河院祈親持経ノ再誕ノ事」） ①白河院渡天談義 ②流沙葱嶺 ③即身成仏の現証 ④高野御幸 第五末（十一「惟盛高野巡礼之事」～十二「観賢僧正勅使ニ立給シ事」） ⑤高野巡礼 ⑥観賢僧正説話	⑥観賢僧正説話 ①白河院渡天談義	巻第十七（維盛高野熊野参詣同被投身事） ⑸維盛と老僧の問答 ⑥観賢僧正説話 ①白河院渡天談義 ②流沙葱嶺 ③即身成仏の現証	巻十 ⑸維盛と老僧の問答 ⑥観賢僧正説話 ①白河院渡天談義 （省略） （省略）

⑦維盛下向	④高野御幸	④高野御幸 ⑦維盛下向	④高野御幸 ⑦維盛下向

そして長門本・南都異本は⑸「維盛と老僧の問答」を⑹「観賢僧正説話」の前に置いて老僧の語りという独自の枠組みを設定し、屋島を脱出した維盛に老僧が⑹「観賢僧正説話」以下の高野関係説話を語って聞かせるという構成になっている。枠組みとしても長門本と南都異本は特異であり、『高野物語』と重なる。従来、話をまとめて語るのが長門本の特徴であるとされてきたが、「旧南都異本」の方法であった可能性も出てきた。続いて、延慶本・長門本・南都異本と『高野物語』⑻の⑹「観賢僧正説話」本文を挙げる。

延慶本	『高野物語』巻第九	長門本	南都異本
抑延喜御門ノ御時、	御入定ノ後。		
御夢想ノ告有テ、檜皮色ノ	延喜ノ比ニテ	延喜の比にて	延喜之比の事にて
御装束ヲ当山エ送ラセ給シ	侍ルニヤ。	侍けるにや、	侍けるにや
ニ、			
般若寺僧正観賢、	般若寺僧正観賢	はん若寺のくはんけん僧正	般若寺の僧正観賢
勅使ヲ賜テ、		と申ける人、	と申ける人、
詣テ奥院一、	御廟堂ニ参詣シ給テ。	御へう堂にまいりて、	御廟堂に参たまひて
押開テ御帳一、		石室をひらきて、	石室を開て、
御装束ヲ進替ムトシ給ケル	㋐生身ヲ拝ミ奉ラント	㋐生身をおかみ奉らんと	㋐生身を拝み奉んと
ニ、	祈請シ申サレシニ。	きせい申けるに、	祈請申されけるに、
霧深ク立渡テ、	霧立コメテ	霧ふかくたちこもりて、	霧深く立籠て

大師ノ御姿
見ヘサセ給ハズ。
御弟子ニテ石山ノ内供淳祐
ト云人オハシキ。則其故ト
省クテ、
深ク涙ヲ流ツヽ、
「我生テ
ヨリ以来、
未ダ犯禁戒一。
依テ何一カ
大師ノ御体見サセ給ハザル
ラン」ト、
五体ヲ投地テ、
発露涕泣シ給シカバ、
忽ニ霧晴レテ、
秋月ノ出ルガ山ノ端一如シテ、
御形

見エサセ給ハザリケレバ。
泣々懺悔シ給テ。
「我受生
ヨリ以来
更ニ所犯ナシ。
何ノ故ニカ
㋑大聖ニヘダテラレ奉ルベ
キ」ト。
ネンゴロニ心ヲ至シテ祈請
シ申給ケレバ。
㋒願念ヤ至リ給ヒケン。
忽ニ霧晴レノキテ
月ノ㋓雲間ヨリ出ルガ如ク
シテ。
生身ヲ

見えさせ給はさりけれは、
僧正、
かなしひの涙をなかして、
「我、しやうをうけしより
このかた、
いまたきんかいをおかさす。
なにの故に、
㋑大聖にへたてられ奉へき」
とて、
五たいを地になけて、
はつろ
さむけし給ひけれは、
㋒ねんくはんやいたりけむ、
たちまち霧はれて、
月の㋓雲間を出たるかことく
して、
生身の御たい、
すこしもくもりなく

見させたまはざりければ、
僧正
悲の涙を流して、
「我生
より以降
未だ禁戒を犯さず。
所持の聖教は天台釈尊の遺
経にあらざることはなし
何故にや
㋑大聖に隔てられ奉べし」
とて、
五体を地に投げ、
発露涕泣して
無始より以来の罪障を
懺悔したまひければ、
㋒念願や至にけん
忽ちに霧晴て
秋月の㋓雲間より出か如く、
少も陰り無く

顕レ
御シケリ。
各
随喜ノ涙ニ
香染ノ御衣ヲ絞リアエサセ
給ハズ。
即御装束
進セ替奉テ、
御髪ノ五尺二寸ニ生ヒ展《ノビ》サ
セ御シタリケルヲ奉レ剃テ
ケリ。
内供ハ

拝見シ奉リ
給ヒケリ。
御髪
長クシテ
御膝ニアマレリ。
泣々悦テ
御髪ヲ剃
奉テ。
(オ)御衣ナドモ風ニ随テ散ジケ
レバ。
着カヘサセ奉リナドシ給ヒ
ケリ。
此時御弟子ニ
石山ノ内供
淳祐ト申人。
幼クシテ童形ニテ
ヲハシケルニ。

おかまれさせ
給ひにけり。
御くしの、
なかくおひて、
御ひさにあまりけり。
僧正、
すいきの涙をさへて、
御くしを
そり奉りけれは、
(オ)風そゝろ吹て、もとの、御
衣をは、吹やられにけり。
扨、ひはた色の御衣を、
きせまいらせて、
まかり出んとし給ひける時、
僧正の御弟子に、
いし山の内くう、
しゆんいふと申人は、
その時、
いまたわかくて
おはしけるに、

拝させ
たまひけり。
御髪
長く生て
御膝に余けり。
僧正
随喜の涙押て
御髪を
剃たまひけれは、
(オ)風の曽呂々々と吹て本の御
衣をは吹消にけり。
将て桧皮色の御衣を
着せ奉て
罷り出んとしけるの時、
僧正御弟子
石山内供
淳祐と申ける人は
未だ幼て
坐けるに、

御膝ヲ探リ
進セサセ給タリケリ。
其御移香不失シテ、
石山ノ聖教ノ箱ニ未残リタ
リトカヤ。

「見奉給ヤ」
ト問給ヒケレバ。
ミエサセ給ハヌ由
申給ヒケルニ。
「サラバ」トテ
手ヲ取リ
御膝ヲ探サセ
給ヒケルニ。
㋕御膝アタヽカニシテ
探ラレサセ給ヒケリ。
其後。生中
㋖右ノ手ハ馥シクヲハシケリ。
㋗五分法身ノ香ニフレ給ヒ
ケル故ニコソ。
此ノ後チ
醍醐天皇ニ奏シテ。
香染ノ御衣ヲ調シテ
送リ奉給ヒケレバ。

「大師の御たいを、
はいし奉るか」
ととひ給ひければ、
「見えさせ給はす」
と申給ひければ、
「さらは」とて、
御弟子の手を取て、
御ひさを、さくらせ
給ひけるに、
㋕御ひさあたゝかにて、
さくられ給ひにけり。
其後、一生のうち、
㋖右の手のかうはしくおはし
けりと。
㋗五分法身の香に、ふれ給ひ
ける故にこそ
侍りけめ。
その後、
たいこの天皇の、
御夢想のつけによりて、
かうそめの御衣をとゝのへ
て、
をくり奉り給ひける、

「大師の御体は
拝み奉ぬるか」
と問たまひければ、
「見へたまはず」
と申ければ、
「然は」
彼御弟子の手を取て
御膝を探
たまひけるに、
㋕煖にて
探られたまひにけり。
生中
㋖右の手の香く坐けり。
㋗五分法身の香に触たまひ
ける故にこそ
侍けめ。
其後
醍醐天皇
御夢想の告によりて、
香染御衣を調て
送り奉たまひけるに、

僧正
持チ参リ給テ。
キセマヒラセラレケリ。
今度ハ御出定アリテ。
御勅答
申サレケリトゾ。
此時ノ御詞トゾ
申メル、
　我昔遇テ二薩埵ニ一。
　親リ悉ク伝フ二印明ヲ一
　乃至
　肉身ニ証シテ二三昧ヲ一。
　待二慈尊ノ下生ヲ一
ナド人ノ口ニアル事也。
「輙ク拝ミ奉ルコト
カタシ。
B
末代ノ人（ママ）是ヲ
拝ミ奉ラバ
疑ヲ貽ス者アルベシ」トテ。

ちよくしにあひくして、
又僧正、さきのことく
まいり給ひて、
きせまいらせ侍けるに、
今度は、御出定ありて、
御ちよくたうは、
申させ給ひける。
其御ことはとそ、
申つたへ侍める。
　我昔遇二薩埵一、
　親悉伝二印明一。
　発二無比誓願一、
　莅二辺地異域一、
　昼夜愍二万民一、
　住二普賢悲願一。
　肉身証二三昧一、
　待二慈尊下生一。
とそ申させ給ひける。
「そうして、
生身の御たいを
おかみ奉る事、
たやすからす。
B
末代に、人これを
おかみ奉らすは、
うたかふ心をなすへし」とて、
その後は、

勅使相具して
僧正又先の如く
持ち参たまひて
着せ奉たまひけるか、
此度は御出定有て、
御勅答
申たまひけり。
其時の御詞とそ
申伝へて侍へる。
　我昔薩埵に遇ひ
　親に悉く印明を伝て
　無比誓願を発し
　辺地異城に陪て
　昼夜に万民を愍て
　普賢悲願に住し
　肉身に三昧を証し
　慈尊の下生を待つ
申させたまひける。
「惣じて
生身を
拝奉る事
輙からず。
B
末代に是を
拝み奉らずば、
疑心を成すべし」とて、
其後は

	石ヲカタメテ 出入ノ人ヲ 止メラレニケリ。 御入定ノ後二度御出定アリ。 其間ノ御筆モ多ク有リナド申。彼ノ嵯峨ノ御門ノ御喪ノ時。幷ニ観賢僧正ノ御衣奉リ給ヒケルト。両度ニヤ侍ルラン。第十三年第十八年トモ申也。年紀ハ知ラン人尋ヌベシ。此等ハ皆上古ノ口伝記録ニモ侍ル事ナレバ。御入定ニヲキテハ疑ヲ成ン事。冥願ニツケテ怖モ有ベキ事ニコソ。	石室をとちて、 なかく出入を やめられけり。 その後、公家よりも ちよくしもまいらす、 御たいをおかみ奉人 侍らす。	石室を閉て、 永く出入を 止められけり。 其後は公家の 勅使も参らず。 御体を拝み奉る人も 侍らず。

延慶本と長門本・南都異本の記事の量が大きく異なっていることは一目瞭然だが、表現においても延慶本とは相違を見せている。本文中に網掛けを施している箇所は、長門本と南都異本が共通している表現で、延慶本にはないものが多く見られる。そして、このような表現が『高野物語』にほぼ同じ形で見られるという点に注意しておきたい。

観賢僧正説話が、弘法大師伝などの高野関係の資料に多く採録されていることは、周知のことであり、平家物語諸本との比較も行われてきたが、本章では『高野物語』との近似性を考えるために、長門本・南都異本の本文を基準に比較する。(9) 本文対観表において、延慶本と異なり、長門本・南都異本と『高野物語』で一致するものに㋐~㋗として網掛けを付したが、この一致点を基準に他の観賢僧正説話と比較したのが次の表2である。「○」は同文、「△」は該当部分はあるが表現が異なるもの、「×」は該当部分のないものを示す。

【表2】

	文献名	㋐	㋑	㋒	㋓	㋔	㋕	㋖	㋗	備考
1	延慶本	×	△	×	△	×	×	×	×	
2	**長門本**	○	○	○	○	○	○	**右手**	○	
3	『盛衰記』	×	△	×	△	×	×	×	×	
4	四部本	×	△	×	△	×	×	其の手	×	
5	**南都異本**	○	○	○	○	○	○	**右手**	○	
6	南都本	×	△	×	△	×	×	其手	×	
7	屋代本	×	△	×	△	×	○	其ノ手	×	
8	平松家本	×	△	×	△	×	×	其手	×	
9	鎌倉本	×	△	×	△	×	○	其手	×	
10	百二十句本	×	△	×	△	×	○	その手	×	
11	覚一本	×	△	×	△	×	×	其手	×	
12	『大師御行状集記』	△	×	×	×	×	×	×	×	

13	『弘法大師御伝』	△	△	×	△	△	×	其の手	×	
14	『高野大師御広伝』	△	△	×	△	×	×	×	×	
15	『東要記』	△	△	×	△	×	×	×	×	
16	『弘法大師行化記』	△	△	×	△	△	×	×	×	
17	『第八大師事』	△	△	×	△	×	×	×	×	「扶桑略記第十三に云く」で始まる。
18	『古事談』	×	×	×	×	×	×	其手	×	
19	『弘法大師行化記』（勝賢本）	△	△	×	△	△	×	×	×	醍醐帝関与説は裏書にある。
20	**『高野物語』**	○	○	○	○	△	○	**右ノ手**	○	
21	『平家高野巻』（猿投本）	△	×	×	×	×	×	手	×	
22	『高野大師行状図画』（鎌倉中期本）	×	△	×	△	△	×	其手	×	
23	『奥院興廃記』	×	×	×	×	×	×	其ノ手	×	
24	『南山秘記』	×	×	×	×	×	×	×	×	
25	『弘法大師略頌鈔』	△	△	×	△	×	×	淳祐ノ手	×	「広伝云」「或記云」「或記云」とする。
26	『弘法大師伝要文抄』	△	△	×	△	×	×	×	×	
27	『高野口決』	×	×	×	×	×	×	其手	×	
28	『高野山勧発信心集』	△	△	×	△	△	×	其手	×	「或記云」（14「御広伝」と一致）、「興廃記云」とする。
29	『元亨釈書』	×	×	△	×	×	×	其手	×	
30	『真言伝』	×	×	×	×	×	×	其手	×	
31	『高野山秘記』	×	×	×	×	×	×	其手	×	

32『弘法大師行状要集』	△	×	×	△	△	×	其ノ手	×	「旧記寛信法務持本云」（東要記）、「行状記云」、「兼意闍梨ノ記ニ云」（弘法大師御伝）、「扶桑略記第十三云」とする。
33『行状図画』（地蔵院本）	○	○	△	○	△	○	其手	△	2・5・19に酷似。
34『行状図画』（大蔵寺本）	○	○	△	○	△	○	其手	△	2・5・19に酷似。
35『類聚八祖伝』	△	△	×	△	△	×	×	×	「修行縁起云」、「兼意阿遮《ママ》梨御伝云」、「行状云」、「聖賢阿遮《ママ》梨伝云」（高野大師御広伝）とする。
36『三国伝記』	△	×	×	×	×	×	×	△	大師号授与と混態。
37『大師伝記』（室町期写本）	×	△	×	△	△	×	×	×	
38『三宝院伝法血脈』	×	△	×	△	△	×	其手	×	

まず㋐「生身をおかみ奉らんときせい申けるに」（以下、本文は長門本）は、弘法大師伝の多くは「これを拝見せんと欲す」（14『高野大師御広伝』）としており、「これ」を「大師の慈顔」（13『弘法大師御伝』）、「大師」（21『平家高野巻』）とするものもあるが、最も近いと考えられるものでも「生身をおがみたてまつらんとせられけるに」（33・34『行状図画』）である。次の、弘法大師を㋑「大聖」とするものは、20『高野物語』、33・34『行状図画』であり、他のものはほとんどが「これ」とし、「御体」（1延慶本、13『弘法大師御伝』、16『弘法大師行化記』、37『大師伝記』）とするものもある。㋒「ねんくはんやいたりけむ」という表現はほとんどの文献に見られない。33・34『行状図画』は「祈請やいたりけん」とする。そして、月が㋓「雲間」から出てきたとするのは20『高野物語』、33・34『行状図画』のみであり、次に本文として挙げたように、「霧」から出てきたとするものが多い。

㋓「雲間」を含む本文　（本文比較の都合上、私に読み下したものもある）

1	延慶本	秋　月ノ出《ルガ》山《ノ》端一如シテ
2	**長門本**	月　の**雲間**を　出たるかことくして
3	『盛衰記』	日　ノ　出ルカ如ニ
4	四部本	満　月　の　出づるが如くして
5	**南都異本**	秋　月　の**雲間**より出か如く
6	南都本	月　ノ　出ルコトクニテ
7	屋代本	月　ノ　出カ如クシテ
8	平松家本	山端　ヨリ　月　ノ　出ルカ如ニテ
9	鎌倉本	山ノハヨリ　月　ノ　出カ如ニテ
10	百二十句本	山の端より　月　の　出づるがごとくにして
11	覚一本	月　の　出るが如くして
13	『弘法大師御伝』	月　の蒙霧を　出るか如く、貌の明鏡に浮ぶが如く
14	『高野大師御広伝』	月　影の　顕か如し
15	『東要記』	月　影の　顕か如し
16	『弘法大師行化記』	月　影　顕か如し
17	『第八大師事』	月　影の　顕るか如し
19	『弘法大師行化記』（勝賢本）	霧巻き、月　顕るるが如し 月　の蒙霧を　出ずるが如く貌の明鏡に浮ぶが如く
20	**『高野物語』**	月　ノ**雲間**ヨリ出ルガ如クシテ

22『行状図画』（鎌倉中期本）	秋の月　の　霧を　いづるがごとく
25『弘法大師略頌鈔』	霧巻て　月　彰るが如し
26『弘法大師伝要文抄』	霧巻て　月　彰るが如し
28『高野山勧発信心集』	霧巻き、月　彰　顕るるが如し
32『弘法大師行状要集』	月　の蒙霧を　出ずるが如く貌の明鏡に浮ぶが如く
33『行状図画』（地蔵院本）	月　の雲まより出るが如くして
34『行状図画』（大蔵寺本）	月　の雲間より出るがごとくして
35『類聚八祖伝』	月　の蒙霧を　出ずるが如く貌の明鏡に浮ぶが如く 霧巻て　月の影　顕るが如し
37『大師伝記』	霧巻て　月の影　顕るが如し
38『三宝院伝法血脈』	御顕如霧霽見日月

また㋔の、風が吹いて装束が散っていったという記述も、『高野物語』と長門本・南都異本とで近似する。これは33・34『行状図画』にもある。さらに、大師の膝が暖かかったとする㋕「御ひさあた丶かにて」という記述は、7屋代本・9鎌倉本・10百二十句本に見られるが、他文献では20『高野物語』と33・34『行状図画』のみである。そして、㋖「右の手のかうはしくおはしけり」であるが、ほとんどの文献はどちらの手とは記していない。そのなかで『高野物語』のみが「右ノ手」という具体的な設定を施している。最後の㋗「五分法身の香に、ふれ給ひける故にこそ」は、33・34『行状図画』が、「五分法身のはだへにふれ。五智金剛の体にちかづき給たりけるこそ」とし、36『三国伝記』が「五分法身ノ異香芬々タリ」とするが、『高野物語』より近いとは言えない。

以上、主に表現の面から長門本・南都異本と『高野物語』の近似性を指摘した。長門本と南都異本で一致する記述がかなり特異であり、総合的に見て最も近い本文を持つものが『高野物語』ということになる。つまり『高野物語』を参考にして再編集された可能性が高いということになるのだが、長門本と南都異本がそれぞれ別々に『高野物語』を参照したというよりも、長門本と南都異本から一つ遡った両本の共通祖本である「旧南都異本」の段階で参照、再編集されたと考える方が自然である。しかしこれは逆の場合、すなわち『高野物語』が「旧南都異本」もしくは長門本か南都異本を参照したとも考えることができる。また、表現の一致のみで依拠関係を問題にすることには危険性を残す。

そこで次に、「旧南都異本」が『高野物語』を参照したということを裏付けるために、『高野物語』において観賢僧正説話がどのようにして語られているのかを考えてみたい。それは、「旧南都異本」が本文だけではなく、構成の面からも『高野物語』にヒントを得て再編集されたと考えているからである。

二　『高野物語』における観賢僧正説話の構成

『高野物語』は巻一から巻五までの全五巻であるが、巻一から巻三までは老僧と複数の人物との問答、巻四から巻五は老僧と小童の問答という形式になっている。観賢僧正説話は巻五にあり、小童の、「サテモ大師ノ御入定ト云事。誠ニ小国末代ニトリテ類ナキ不思議ニ侍ルベシ」という問いから始まる。そして、小童は具体的に、

> 其ニ取テ俗学主ノ侍リシガ申侍リシヲ承シハ。大師御入定ト云事ハ疑アルベキ事也。官ノ外記日記ト云物ニハサナラヌ程ノ事ヲダニモ残ナク注シ置ケルニ。承和二年三月廿一日大師ノ御入定ト云事更ニ見ヘヌ事也。只世ノ常ノ人ノ入滅ノヤウトコソ見テ侍レ。公家殊ニ御悲嘆有テ葬料ヲ送ラルナド侍リ。又御廟堂ノ前ニ炭灰ナド久ク残テ侍リケルナド申セバ。火葬シ奉リタリケルトコソ見エタレト申侍シカ。何ナル事ニカ。オボツカナクコソト申ニ。

という、弘法大師の入定に対する疑いを示している。これに対して老僧は、公の記録に記されていないのは秘密にしていたからであり、炭や灰の跡は火葬したのではなく、入定後廟堂を守っていた弟子達の焚火の跡であると反論し、証拠として嵯峨天皇葬儀の際に出定があったことに併せ、観賢僧正説話を挙げている。そして小童への反論の締めくくりとして、「此等ハ皆上古ノ口伝記録ニモ侍ル事ナレバ。御入定ニヲキテハ疑ヲ成ン事。冥顧ニツケテ怖モ有ベキ事ニコソ」と語って、入定を疑うことを堅く戒めている。つまり、『高野物語』においては、弘法大師を目撃したという観賢僧正説話が、入定の証拠として挙げられているのである。

しかし、このような弘法大師の入定に対する疑惑は、『高野物語』独自の記事ではない。大師が入定しているのか、それとも入滅したのか、ということはかなり古くから問題とされていたらしく、済暹の『弘法大師御入定勘決記』(10)には、

問大師於二南山高野ノ峰一ニ而入定シ給フト者。其事云何、答言レフニ之ヲ有二リ二説一。一ニハ者入滅説。二ニハ者入定説也。如キハ二彼ノ入滅説一ノ者謬説也。入定説ハ者善説也、（中略）但シ続日本後記第四ニ云。丙寅大僧都空海終ルニ于紀伊ノ国ノ禅居一ニ。庚午勅シテ遣二内舎人一ヲ弔ヒ二法師ノ喪一ヲ並施ストニ喪料一ヲ、

とある。『高野物語』の葬料の問題を、ここでは「喪料」と記している。この段階ではまだ観賢僧正説話を、その疑惑を晴らす証拠としては用いていない。観賢僧正説話が疑いの文言と共に記されるのは、次に挙げる兼意の『弘法大師御伝』(11)（一一一三～一一八年成立）あたりからではないかと考えられる。

僧正思惟スラク。吾レ宿報至テ拙クシテ不レ奉レ値ヒ二大師ノ在世一ニ。但シ有テ二機縁一今拝ス二聖顔一ヲ。是レ幸也。吾レ猶以テ難シレ奉リレ見。況ヤ於二末代ノ弟子一ニ哉。仍テ堅ク閉テ二禅窟一ヲ永ク不レ可レ開ク云云、

『弘法大師御伝』は、観賢僧正説話を記す弘法大師伝の中では、初出の『大師御行状集記』の次に古いものだ

が、観賢僧正説話の後に傍線部分のような観賢の言葉が記されている。後世の、入定に対する疑いの発生を意識した一文である。そして次に挙げる『高野大師御広伝』(12)（一一一八年成立）には、注目すべき一文が加わっている。

僧都曰《ク》。A我猶《ホ》以《テ》難《シ》レ奉《リ》レ見。況《ヤ》末葉《ノ》弟子《ヲヤ》哉。不《カ》レ如《ネ》二重レ石《ヲ》作《ンニハ》レ墓《ヲ》。B若《シ》後代《ノ》人不《ンハ》レ得レ見《コトヲ》者。決定《シテ》生《セン》レ疑《ヲ》。是《ノ》故《ニ》奉《ル》レ隠《シ》耳。則作《テ》レ墓《ヲ》封《シ》レ戸畢《ヌ》、

二重傍線の箇所であるが、大師入定とは言ってもそうした姿を見ることができなければ、疑いを持つ者が現れるだろうと述べている。現実的な想定であり、実際に高野関係者がこうした疑問にぶつかっていたとも想像できる。観賢僧正説話はそうした中で実際に入定を見たという重要な証拠として、つまりは大師入定の疑問に対する答えとしての役割を期待されていたのであろう。そしてさらに発展した形を示すのが、藤原敦光（一〇六三～一一四四）の『弘法大師行化記』(13)である。

僧都曰。A我猶以難レ奉レ見。況末葉弟子哉。不レ如二重レ石作一レ墓。B若後代人不レ得レ見者。決定生レ疑。是故奉レ隠耳。則作レ墓封レ戸畢、C或人云。如二凡人滅一。似レ有二火葬之事一。所以御墓処辺有二炭灰一。加之太政官置二喪料一、会云。炭灰者。昔為二守護一為二恋慕一。人宿居所焼木余残耳。喪料者只弔二喪家一之言也、

網掛けの部分が加わっているのだが、火葬や葬料の事など、『弘法大師御入定勘決記』に記されていた具体的な疑問と答えが語られ、『高野物語』に最も近いものとなっている。弘法大師伝における入定に対する疑いの文言は、おおむねこの三パターンに分類することができる。そこで『弘法大師御伝』以降の大師伝で、観賢僧正説話を記すものにこうした文言が記されているかどうかを見てみると、次の表3のようになる。傍線部分をA、二重傍線部分をB、網掛け部分をCとした。

【表3】

文献名	A	B	C	文献名	A	B	C	文献名	A	B	C
『弘法大師御伝』	○	×	×	『行状図画』（鎌倉中期本）	×	×	×	『真言伝』	×	×	×
『高野大師御広伝』	○	○	×	『奥院興廃記』	○	×	×	『高野山秘記』	×	×	×
『東要記』	×	×	×	『南山秘記』	×	×	×	『弘法大師行状要集』	○	○	×
『弘法大師行化記』	○	○	○	『弘法大師略頌鈔』	○	○	×	『行状図画』（地蔵院本）	○	○	×
『第八大師事』	○	○	○	『弘法大師伝要文抄』	○	○	×	『行状図画』（大蔵寺本）	○	×	×
『弘法大師行化記』（勝賢本）	○	○	○	『高野口決』	×	×	×	『類聚八祖伝』	○	○	×
『高野物語』	×	○	○	『高野山勧発信心集』	○	○	×	『大師伝記』	○	○	○
『平家高野巻』（猿投本）	×	×	×	『元亨釈書』	○	○	×	『三宝院伝法血脈』	○	○	×

表3より、伝来する観賢僧正説話はほとんどこれらの文言と共に記されているということがわかる。つまり、『高野物語』は、弘法大師伝の伝統に則り、まず小童がCの文言を述べて疑いを示し、それに対して老僧が観賢僧正説話とBの文言を示すという構成になっているのである。Aについては、「石ヲカタメテ出入ノ人ヲ止メラレニケリ」として同文ではないがその影響はうかがえる。

長門本・南都異本はBの文言を「末代に、人これをおかみ奉らすは、うたかふ心をなすへし」として説話の最後に記しているが、他の平家物語諸本には、疑いの文言は記されていない。加えて、疑いの文言と観賢僧正説話が対話形式で語られているものも、管見の限りでは、『高野物語』のみである。つまり、仏道については初学者である小童が入定を疑う文言を示し、それに対して老僧が観賢僧正説話を挙げて、大師の入定が確かなものであるとする『高野物語』の構成が、共通祖本「旧南都異本」で再編集される際に、受け継がれたのではないかと考えられるのである。「旧南都異本」は、表現だけでなく、その構成についても『高野物語』から想を得たのであろう。そこで次に、これが平家物語にどのように受け継がれ、再編集されたのかという点を考えてみたい。

三　「旧南都異本」再編集の方法と意図

長門本と南都異本が観賢僧正説話を「老僧と維盛の問答」の一部として語っているということは第一節で確認したが、他の平家物語諸本では独立した説話として扱われている。本節では、長門本と南都異本の共通祖本「旧南都異本」が、『高野物語』から観賢僧正説話を持ち込んで再編集する際に、本文だけではなく前後の構成をも参考にしたということを明らかにするため、観賢僧正説話前後の〝継ぎ目〟を検討する。

まず観賢僧正説話直前の導入部分を確認したい。

長門本	南都異本
やかて、ひしりを先たちにて、堂たうしゆんれいし給ふに、せつほうりしゆえの庭もあり、念仏三まいのみきりもあり、入定座せんのまともあり、瑜伽しんれいのたんもあり。	早て聖を先達てゝ、堂塔巡礼したまふに、説法集会の庭もあれば、念仏三昧の砌もあり、入定座禅の床もあれば、愉伽振鈴の檀もあり。或いは即身成仏の台もあり。天竺より大師相伝したまへる法服、七帖袈裟もあり。又三密教法を瑩きたまふところもあり。
①おくの院にまいりて、大師の御へうをおかみ給ふに、まことに高野御山は、帝しやうをさりて二百里、郷里をはなれて無人声、	①此くて奥院へ詣て大師御廟を拝したまふに、誠に此の御山は帝城を去て二百里、郷里を離れて無人声、

青嵐こすゑをならせとも、夕日の影はしつかなり。
嵐にまかふれいの音、雲ゐにきゆる香の煙、
いつれもたつとくそおほゆる。
花の色、林霧のそこによとみ、
かねの声、斎江の霜にひゝき、
かはらに松おひ、かきに苔むして、
せいさう久おほゆるも、あはれ也。
中将は、御へうの御前に、
すこしさしのひて、念しゆしておはしけるに、
かたはらに、しらぬ老僧の、
よはひ七十有余なる、まいりて、
くはん念をしてあり。
中将、さしよりて、
②「大師御入ちやうは、
いくら程へてわたらせおはすらん」と、
とはれけれは、老僧申けるは、
「御入ちやうは、仁明天皇御宇、六十二年と申、
承和二年三月廿一日、とらの一てんの事なれは、
すてに三百余歳になり侍り。
釈尊御入めつの後、五十六おく七千万歳をへて、
とそつ天より、みろくしそん、
下生しおはしまさむする、
三ゑの暁を、待給ふ御ちかひあり」と申けれは、
「御入ちやうの後、
御たいをおかみまいらせたる人や候らん」と、
中将のたまひけれは、老僧、又申けるは、

青嵐梢を均して、夕日の影も閑なり。
嵐に紛ふ鈴の音、雲井に消る香煙、
何も貴く覚たり。
花色は林霧の底に綻《ホコロヒモ》、
鐘の声は尾辺の里に響き、
瓦に松生ひ、垣に苔生て、
星霜久しく覚るも哀れなり。
中将御廟の御前、
少し指外、念誦して坐けるに、
傍に
齢七十有余けるが詣でて、
観念を凝して有けるに、
中将差寄て、
②「大師御入定は
何程を経て渡たまふやらん」と
問はれければ、老僧申しけるは、
「御入定は仁明天皇の御宇御年六十二と申
承和二年三月廿一日の寅の時の事なれは、
過にし方も既に三百余歳に成り侍は、
釈尊御入滅の後、五十六億七千万歳を経て、
都卒多天上より弥勒慈尊
下生し坐んする。
三会の暁を待ちたまふ御誓有り」と申けれは、
「御入定の後、
御体を拝み奉たる人候やらん」と
中将宣ければ、老僧又申けるは、

第一節の表1における（5）「維盛と老僧の問答」の記述を抽出した。言うまでもないが、長門本と南都異本の独自記事である。ここでは、老僧は奥院の廟堂の前に現れたということになっており（傍線部①）、弘法大師の化身と考えてよいだろう。平家物語において高野山に老僧が現れたという場面がもう一か所ある。清盛が高野山の大塔を修理した、いわゆる「大塔建立」の箇所である。ここでは「八十有余」の老僧が現れ、清盛に礼を述べるということになっており、長門本は「弘法の御つけとおほえて、身のけよたちておほえけり」[14]として、老僧は弘法大師の化身であったとしている。これは延慶本も「大師ノ老僧ニ現ジテ」とあり、共通しているので「旧延慶本」以来の設定であろう。つまり、「旧南都異本」が再編集した際、そうした「老僧＝弘法大師の化身」という「旧延慶本」の設定を引き継いだ可能性が高く、「旧南都異本」は弘法大師の化身である老僧が、維盛の前に現れ、その質問に答えるという形で高野関係説話を語るという構成に仕立てたことになる。

そこで注目したいのは、観賢僧正説話直前の維盛の質問である。傍線部②の、大師が入定してどれくらい経つのかという維盛の問いに老僧が答えた後、維盛は重ねて二重傍線部「御入ちやうの後、御たいをおかみまいらせたる人や候らん」という問いを発している。この維盛の問いは入定に対する疑問である。大師が確かに入定していることの証拠として「御たい」を見たという例を求めている。そしてその答えとして、観賢僧正説話が挙げられるのだが、これまで確認してきた通り、観賢僧正説話においては、奥院廟堂に入定している弘法大師の姿、まさに「御たい」を観賢が拝見したということが最も重要な主張であった。「旧南都異本」はここで、維盛の問いにある「御たい」にあわせて、観賢僧正説話の本文に「御たい」という文言を補ったと考えられる。第一節の本文対観表に四角で囲ったが、『高野物語』には一語も出ていないものの、長門本には四回、南都異本には二回「御たい」という文言が見える。「旧南都異本」は、再編集する際に、『高野物語』にはない、弘法大師の体を示す「御たい」という語を加えることで、観賢僧正説話の主張を補強したと考えられる。

さらにもう一か所、このような編集の跡を指摘することができる。これはすでに先行の研究でも指摘されているが(15)、『高野物語』には一か所しかない「侍り」という語が、長門本には五か所、南都異本には三か所補われている。これも第一節の本文対観表に二重四角を付した。『高野物語』は老僧と小童の会話という形をとっているが、「旧南都異本」は老僧と維盛の問答という設定を意識して「侍り」という語を加えたのだと考えられる。

つまり「旧南都異本」は、『高野物語』の、仏道の初学者であるために入定を疑う小童の問いと、観賢僧正説話を以って説いて聞かせる老僧の教化という設定を、維盛と弘法大師の化身である老僧との問答という形に置き換えたのだと考えられる。滝口入道が先達となっているにもかかわらず、その用を成していないのは、「老僧との問答」という形を重視したためであろう。『高野物語』において老僧と小童の対話だけを記すのは巻四・五のみであるから、逆の「旧南都異本」から『高野物語』が成立したという考え方は成り立ち難い。入定に対する疑いの文言と観賢僧正説話の併記も弘法大師伝に伝統的なものであり、『高野物語』から「旧南都異本」が成立したとする方が自然である。

そして「旧南都異本」は、観賢僧正説話の後にも編集を施している。次の対観表は、延慶本の観賢僧正説話の直後と、長門本・南都異本の一連の高野関連記事の直後の本文を比べたものである。第一節表1の「⑦維盛下向」にあたる。

延慶本	長門本	南都異本
	と、くはしく申ければ、 中将、 「うれしくうけ給候ぬ」とのたまひて、 下向し給ひけるに、 道にて、のたまひけるは、	など申ければ、 「嬉く承り候ぬ」と宣て 下向したまひけるに、 道にて宣けるは、

御入定ハ
仁明天皇ノ御宇、
承和二年ノ事ナレバ、過ニシ方モ
三百歳、
星霜年久クナレリ。
猶行末モ五十六億七千万才ノ後、
慈尊ノ出世、三会ノ暁ヲ
待給ランコソ遥ナレ。
「哀レ、惟盛ガ身ノ雪山ノ鳥ノ
鳴ラム様ニ、
今日ヤ明日ヤト思物ヲ」ト宣テ、
涙グミ給ゾ哀ナル。

「大師の御入ちやうは、
承和二年の事なれは、過にしかたも、
三百余歳になるなりと。
なを五十六おく七千万歳の、
しそん三ゑの暁を、
待給ふらんこそはるかなれ。
これもりか身の雪山の鳥
鳴らんかやうに、
けふかあすかとおもふものを」とて、
涙くみ給ふそ、いとおしき。

「大師の御入定は
去ぬる承和年の事過方
三百余歳に成り、
猶五十六億七千万歳の後、
慈尊三会の暁を
待たまひてんこそ遥なれ。
惟盛の身の彼雪山の鳥の
鳴くらん様に、
今日か明日かと思ふ物を」とて
涙汲たまふそ慈き。

傍線を付した記述であるが、延慶本では地の文として語られている。長門本・南都異本も同内容であるが、表現としては、長門本・南都異本が近い。「旧南都異本」は老僧の話を聞いた後「うれしくうけ給候ぬ」（長門本）とし、網掛けを施したように、維盛が下向の途中に述べたという趣向にしている。しかし傍線部の記述は、長門本・南都異本では観賢僧正説話の直前に維盛の問に老僧が「御入ちやうは、仁明天皇御宇、六十二年と申、承和二年三月廿一日、とらの一てんの事なれは、すでに三百余歳になり侍り。釈尊御入めつの後、五十六おく七千万歳をへて、とそつた天より、みろくしそん、下生しおはしまさむする、三ゑの暁を、待給ふ御ちかひあり」（長門本）と答えたものの繰り返しであった。老僧によって教えられた傍線の文言を、一連の高野関係の話を聞いた後に、自ら繰り返して述べるのは、維盛が老僧によって教化されたということであろう。

「旧南都異本」が維盛による「高野参詣記事」を、『高野物語』を基にして再編集したことは間違いない。その際、清盛死去の後にあった「白河院渡天談義」「流沙葱嶺」「即身成仏の現証」「高野御幸」をも移しているが、これらは宗祖弘法大師の即身成仏、高野山の霊場としての重要性という、高野山が最も主張しなければならない事柄であった(16)。そして、これらをひとまとめにして語った後、滝口入道の様子が語られるのだが、その際、長門本・南都異本には「入我々入のくはんのまへには、心性の月あらはるらんと、おもひやるこそたつとけれ」(長門本。南都異本もほぼ同じ)という一文が加えられている(17)。「入我我入の観」は、『守護国界主陀羅尼経』(18)に「三千塵数仏　悉来入我身　我身等虚空　扇底迦供養　想菩薩歓喜　是増長護摩　忿怒入我身」とあって、仏が行者である我に入り、我もまた仏に入るという「仏」と「我」の一体化を示すものである。高野山に庵を結ぶ滝口入道が、そうした仏と一体となる即身成仏の姿を見せるということは、「旧南都異本」が「観賢僧正説話」「白河院渡天談義」「流沙葱嶺」「即身成仏の現証」「高野御幸」といった、弘法大師の入定を中心とする高野山押し出しの記事を集めて再編集した指向と合致しており、そうした一連の作業にともなう編集であると考えられる。

おわりに

長門本と南都異本の共通祖本「旧南都異本」の生成基盤として『高野物語』を検証した。「旧南都異本」は、本文の摂取だけでなく、『高野物語』の問答形式をも取り込み、老僧が維盛に語って聞かせるという設定を施したと考えられる。「旧南都異本」のこのような再編集は、初学者にわかり易く説いて聞かせるという指向が強い。再編集によって維盛がどのような話を聞いて教化されたのかということを記す、つまりは論理付けがなされていると考えられる。俗人である維盛に、高野山の重要性を説く複数の説話を集めて説いて聞かせるという姿勢を示す「旧南都異本」と、「真言宗僧侶の説教唱導の為に読む教養必読書学習書として、或いは他宗に異なる真言宗の特質を宗旨の面で説いて、庶民教化の資とすることを目的とした本(19)」という『高野物語』の性格は重なる。

共通祖本はあくまでも想定であるが、諸本生成の研究には欠かせない視点であると考えている。もちろん、共通祖本の想定を疑問視する意見もある。[20] しかし、伝本が発見されない限り考察しないという姿勢は、一見堅実のようだが、建設的ではない。他本に比してあまりに近似する本文を持つ二つの伝本の存在を、どのように説明するのかという問題に対する新しい視点が提示されない限り、共通祖本という視点はこれからも取り入れられるべきであろう。

第五編では現存本から遡って想定される共通祖本の生成基盤について考察した。「旧延慶本」では阿育王伝承という唱導の世界で広く受容されていた伝承の存在を、「旧南都異本」では『高野物語』という唱導書を基にした本文生成の実態を解明した。現存本から遡った時点でも、読み本系諸本はこのような唱導性の濃い本文を生成していたということがうかがえる。いくつかの章で述べたが、語り本系諸本との相違は、具体的な救済方法（救済の論理付け）を、煩瑣を厭わず述べていく点にあると言えるだろう。

（1）　長門本と南都異本の共通祖本はすでに武久堅氏（『平家物語成立過程考』、おうふう、昭和六一年、一九八〜二〇〇頁）が「旧南都異本」と想定しており、松尾葦江氏（『平家物語論究』、明治書院、昭和六〇年、二九〇頁）も同様に共通祖本を想定している。
（2）　『古典研究会叢書　南都本南都異本平家物語』下巻、松本隆信氏解題（汲古書院、昭和四七年）一一五四頁。
（3）　麻原美子氏「平家物語における弘法大師説話をめぐる一考察」（『日本女子大学国語国文学論究』第一集、昭和四二年）、同氏「『平家物語』と『高野物語』――唱導性を問題として――」（『日本女子大学紀要（文学部）』第一六号、昭和四二年）。
（4）　渡邊昭五氏「平家物語観賢説話と大師伝記」（『國學院雜誌』第九八巻一号、平成九年）。

（5）山崎一昭氏「延慶本『平家物語』と唱導――『平家高野巻』の編纂意図――」（『國學院大學大学院紀要（文学研究科）』第三一輯、平成一二年）。
（6）阿部泰郎氏「『高野物語』の再発見――醍醐寺本巻三の復原――」（『中世文学』第三三号、昭和六三年）。
（7）山崎一昭氏「唱導と『平家物語』――『高野物語』巻三を中心として――」（『國學院大學大学院文学研究科論集』第二六号、平成一一年）。
（8）『高野物語』は長谷寶秀氏編『弘法大師伝全集』（ピカタ、昭和五二年。以下同書所収のさいは書名と巻数のみ記す）第九巻所収の親王院本を使用した。
（9）比較したものは、平家物語諸本の他『大師御行状集記』『弘法大師御伝』『高野大師御広伝』（以上『弘法大師伝全集』第一巻所収）、『東要記』『弘法大師行化記』『弘法大師行化記（勝賢本）』『大師伝記』『第八大師事』（以上『弘法大師伝全集』第二巻所収）、『南山秘記』『弘法大師略頌鈔』『弘法大師伝要文抄』『弘法大師行状要集』（以上『弘法大師伝全集』第三巻所収）、『行状図画（十巻本）』（『弘法大師伝全集』第八巻所収）、『高野物語』『行状図画（大蔵寺本）』『行状図画（地蔵院本）』（以上『弘法大師伝全集』第九巻所収）、『高野山秘記』『高野口決』（以上『中世高野山縁起集』所収、臨川書店、平成一一年）、『高野山勧発信心集』（阿部泰郎氏『中世高野山縁起の研究』所収、昭和五七年）、『元亨釈書』（『新訂増補国史大系』所収）、『真言伝』（『大日本仏教全書』一〇六所収）、『類聚八祖伝』（『続真言宗全書』第三三所収、昭和五九年）、『三国伝記』（池上洵一氏校注『中世の文学』所収、三弥井書店、昭和四六年）、『三宝院伝法血脈』（『続群書類従』第二八輯下所収）、『古事談』（『新訂増補国史大系』所収）である。
（10）『弘法大師伝全集』第一巻。
（11）同右。
（12）同右。
（13）『弘法大師伝全集』第二巻。
（14）巻第五「厳島次第事」。
（15）前掲注（1）四三頁。
（16）南都異本は「流沙葱嶺」と「即身成仏の現証」を欠いている。「旧南都異本」にあったものを省略したと考えている。

(17) 延慶本も観賢僧正説話の直前の独自章段「惟盛高野巡礼之事」で「入我々入之観ニ」と記しているが、延慶本は「旧南都異本」とは違い、高野山の名所や出来事をまとめた総合的な記事となっている。
(18) 『大正新修大蔵経』密教部二。
(19) 前掲注(3)麻原氏「『平家物語』と『高野物語』――唱導性を問題として――」。
(20) 渡辺達郎氏「『平家物語』古態論の留意点」(『解釈』第五三号、平成一九年)。

おわりに

一　平家物語の生成過程と「唱導性」

本書では、平家物語の生成過程を検討することで、唱導世界との濃密な関わりを明らかにしてきた。かつて筑土鈴寛氏が(1)『盛衰記』をとりあげて、唱導の問題に取り組んでいたことは慧眼であったが、村上學氏が(2)言うように、筑土論文の「感傷的な甘さ」を冷静に見つめ、そして現在の諸本研究の成果に即して捉え直す必要があった。本書ではその一端を示したつもりである。

読み本系諸本の唱導性については、これまでも指摘のあったところである。しかし一口に〝唱導性〟と言っても、僧の説法記事や寺院の押し出し、唱導文献と一致する文言などが物語の展開にどのように影響を与えているのかということまで踏み込まなければ、物語研究としては不十分であろう。〝環境〟という物語外部の研究成果が、本文生成の問題に還元されなければ、平家物語を十分に読み解いたとは言えない。本書が、諸本の編者の表現や配置、独自記事の挿入などの文学的営為を追究したのはそのためであった。

その結果、たとえば『高僧伝』巻第十三の(3)「唱導」についての記述で、「唱導者。蓋以宣二唱法理一開二導衆心一也」とあるごとく、読み本系諸本に「救済のための仕組み」とでも言うべき回路が用意されていたことを明らかにした。唱導の〝場〟でも、どのようにしたら救済されるのかということは最も関心を持たれていたに違いない。

燈台鬼説話のような例話は、同じく『高僧伝』に「或雑二序因縁一。或傍二引譬喩一」とあるような、「因縁」「譬喩」であり、実際に唱導の〝場〟で語られていた可能性が高い。

唱導の実態を記した文献として注目されている醍醐寺蔵『転法輪秘伝(説法秘条)』(4)には、唱導を行う者の心得が記されている。その中に説き方の一つとして、

次是以ト云テ導師ノ意□(懐)ニテ此功徳ノ先蹤ヲ出シ経教ニ此ノ功徳ヲ説タル文幷譬喩因縁等ヲ副出シテイミシウ尺也。

とある。功徳の先例、経文、そして譬喩因縁を示して「イミシウ」説くことが求められていたのである。読み本系諸本が長大に、時には冗漫に記事を連ねていると思われていたことは、敗者がどのような論理で救済されたのかということを、「イミシウ」説いていたのである。

二　敗者救済の眼差し

第一編から第四編までは現存本に取り組み、読み本系諸本が、救済の論理付けを通して唱導性を発揮しているということを明らかにした。そしてさかのぼった「共通祖本」を問題とした第五編でも同様の結果が得られたことから、これは読み本系諸本全体を覆う性格と考えてよいだろう。そしてそうした救済の対象はすべての敗者に及ぶ。平家物語の時間軸とは異なる真済や、堕地獄は必至と思われる西光の救済が図られていたのはそのためである。すなわち、読み本系諸本が持つ唱導性は平家一門に限定されるものではないのである。

合戦の記録としての軍記が、軍記〝物語〟となる上で必要な要素の一つは〝構想〟であろう(5)。そこで、敗者をどう救済するのかということが軍記物語の一つの命題として浮上してくる。たとえば室町軍記の一つ、『結城戦場物語』(6)は冒頭に、

されば有為転変のことはり。飛華落葉老少不定の世のありさま。いまさらおどろくべきにはあらねども。とりわけあはれなりつるは。尊氏の三《（五カ）》代鎌倉の持氏の御若君春王殿。安王殿御きやうだいの御行衛とぞきこえし

としており、叙述の目的は敗者となった「あはれ」な足利持氏の子春王・安王兄弟の、捕縛から処刑までを描くことにあった。合戦を描くということは勝者と敗者を描くということでもあり、一貫して勝者を称える作品があるように、敗者救済に筆を費やす作品もまた生まれるべくして生まれるものであろう。

この〝敗者救済の眼差し〟は平家物語の生成と、その後の諸本展開の大きな原動力となったのである。

（1）筑土鈴寛氏「源平盛衰記に現れたる愛欲、世間、出世間――意志の没落――」（『筑土鈴寛著作集』第三巻、せりか書房、昭和五一年〔初出『国語と国文学』第三巻第一〇号、大正一五年〕）。

（2）村上學氏「筑土鈴寛が開けた『平家物語』の窓から」（『中世文学』第五二号、平成一九年）。

（3）『大正新修大蔵経』第五〇巻、四一七頁。

（4）馬淵和夫氏・田口和夫氏「翻刻・醍醐寺蔵『転法輪秘伝（説法秘条）』」（『醍醐寺文化財研究所研究紀要』第一八号、平成一二年）。

（5）水原一氏は「「軍記物」概観」（『軍記と語り物』第四号、昭和四一年）において①武士が作品の主要人物である事、②主要人物である武士は武士社会に位置づけられる実在者である事、③作品に武士特有の倫理が反映する事、④闘争は事実性と絶縁しない事、⑤闘争は一場面の断片に終わらぬ事の五つを「軍記物」の条件としている。さらに武久堅氏が「軍記文学成立の諸条件」（梶原正昭氏編『軍記文学とその周縁　軍記文学研究叢書』、汲古書院、平成一二年）の中で、①素材・題材、②発生・発想、③作者・担い手、④表現様式・文体を「軍記」成立の条件とし、これに、⑤構想・主題、⑥想念・思想、⑦本質・特性、⑧流布・享受のいずれかが、またはすべてが加わることで「軍記文学」へと変化すると

している。

(6) 『群書類従』第二〇輯。

【初出一覧】

はじめに（新稿）

第一編　延慶本平家物語と『宝物集』

第一章　燈台鬼説話の位置（「延慶本平家物語における「燈台鬼説話」」、『（龍谷大学）国文学論叢』第五一輯、平成一八年）

第二章　「六代高野熊野巡礼物語」の展開（「延慶本『平家物語』第六末廿三「六代御前高野熊野へ詣給事」の生成」、大取一馬氏編『中世の文学と思想』、龍谷大学仏教文化研究叢書、新典社、平成二〇年）

第二編　長門本平家物語の展開基盤

第一章　位争い説話の展開（「長門本平家物語の慈念僧正による真済教化説話」、『佛教文学』第三二号、平成一九年）

第二章　三鈷投擲説話の展開（「長門本平家物語の「三鈷投擲説話」——『源平盛衰記』との比較から——」、『古典文藝論叢』第一号、平成二一年）

第三編　南都異本平家物語と熊野三山——「維盛熊野参詣物語」をめぐって——（「南都異本平家物語「維盛那智参詣記事」の編集意図」、関西軍記物語研究会編『軍記物語の窓』第三集、和泉書院、平成一八年）

第四編　『源平盛衰記』と地蔵信仰

第一章　西光廻地蔵安置説話の生成（「西光廻地蔵安置説話の生成」、福田晃氏ほか編『唱導文学研究』第八集、三弥井書店、平成二三年）

付　章　西光と五条坊門の地蔵——西光地蔵安置伝承の系譜——（「西光と地蔵菩薩——神宮文庫本『沙石集』の生成——」、大取一馬氏編『典籍と史料』、龍谷大学仏教文化研究叢書、思文閣出版、平成二三年）

第二章　忠快赦免説話の展開（新稿）

第三章　「髑髏尼物語」の展開（「『源平盛衰記』「髑髏尼物語」の展開」、関西軍記物語研究会編『軍記物語の窓』第四集、和泉書院、平成二四年）

第四章　「重衡長光寺参詣物語」の生成（「『源平盛衰記』「長光寺縁起」の生成」、『国語と国文学』平成二五年四月号）

第五編　「共通祖本」の生成基盤

第一章　「旧延慶本」における阿育王伝承（「章綱物語と増位寺——延慶本平家物語生成考——」、大取一馬氏編『中世の文学と学問』、龍谷大学仏教文化研究叢書、思文閣出版、平成一七年）

第二章　「旧南都異本」と『高野物語』の関係（「平家物語「観賢僧正説話」考——『高野物語』と長門本・南都異本の関係——」、武久堅氏監修『中世軍記の展望台』、和泉書院、平成一八年）

おわりに（新稿）

※収載にあたって、訂正・改稿した。

あとがき

高校生のときだったことは確かだが、教科書で見たのか、それとも放課後通っていた図書室で読んだのかは、はっきりしない。ただし、一読したときの印象はよく覚えている。

およそ能登守教経の、矢先にまはる者こそなかりけれ。矢だねのある程射尽くして、けふを最後とや思はれけむ、赤地の錦の直垂に、唐綾をどしの鎧着て……

それまであまり古典文学に興味を示さなかった私が、「けふを最後」と戦う平家の公達の潔さに心惹かれたのである。同時に、胸が押し潰されるような、表現しがたい哀しみをも感じた。源平合戦の展開は知識としてあったし、小説やドラマのおかげで、いわゆる〈平家物語〉の世界もそれなりには知っていた。しかし、古典・平家物語の「能登殿最期」を読んだときの印象は、それまで感じたことのないものであった。

そのころから漠然とではあるが、文学部で平家物語か鎌倉時代について勉強したいと思うようになった。だから、縁あって龍谷大学に入学したときは、すぐに平家物語が読めると思っていたが、一回生にはそうした専門科目は用意されておらず、また基礎の演習も題材は宮沢賢治であった。「こんなつもりではなかったのに……」と思ったが、作品を読み、資料にあたって、自分なりに問題点を見つけて発表したときには、文学を研究することの楽しさの、ほんの一端を味わった気がした。そのときご指導をいただいた北野昭彦先生には、その後も温かく見守っていただいた。

平家物語に取り組むようになったのは、中世文学ゼミに所属してからである。大取一馬先生の演習でそのイロハを教えていただき、発表を重ねるうちに大学院進学を考えるようになった。中世ゼミの雰囲気が良かったことも、私を後押しした。三回生や四回生のゼミに院生が参加していたため、その〝大取ファミリー〟とでも言うべき一体感がよく伝わってきたのである。以後十四年間、現在に至るまで大取先生の薫陶を受けることとなった。先生のお勧めと、ご助力がなければ、博士論文をまとめることもなかったであろう。とても返しきれないご恩である。

四回生になり、卒業論文のテーマに教経の人物造形を選んだのは、初めて読んだときの感情を客観的に捉え直そうとしたためである。改装前の、クラシックな大宮図書館へ通い、二階の一室で遅くまで調べたり、考えたりした。また、当時能楽部に所属していたため、練習場のある深草学舎とをよく往復した。卒論と能の稽古に明け暮れた一年は、振り返ってみれば贅沢な一年だったと思う。能で腹式呼吸を覚えたのが、現在も教壇で役に立っている。そして、平家物語に様々な伝本のあることを知ったのも、卒論を書いているときだった。同じ場面でありながら、なぜこんなにも表現や構成が違うのか。教経の描かれ方を見ていくうちに、諸本の相違に興味を覚えた。二度目の出発だった。

そうした私にとって、大学院の早い段階で武久堅先生に出会うことができたのは、幸運としか言いようがない。初めて参加した関西軍記物語研究会でお目にかかり、大取先生を通じてゼミへの参加をお願いしたのである。今から思えば突然で失礼な話だが、教え子の研究の広がりを考えてくださっていた大取先生と、学外の者であっても気さくに接していらっしゃった武久先生であったからこそであろう。

それから毎週、関西学院大学の上ヶ原キャンパスへ通い、多くのことを学んだ。「人物を論じるときはその人物が目の前にいるつもりで」と言われ、卒論のときはどうであったかなどと考えたりもした。それはつまり、本文に対して厳粛に向き合うことを要求するものであった。当然と言えば当然のことだが、その後何度か、想像の海へふらふらと漕ぎ出したくなる衝動を抑えることができたのは、この「教え」のおかげだと思っている。「行き詰まったら現場に戻る」ではないが、困ったときは本文に帰って、もう一度向き合うようになった。二度目の出発に際して私が得たものは、かけがえのないコンパスだったのである。そのときの、「古典文学研究のための十章」を記した講義ノートは、今でもすぐ手の届くところにあり、迷ったときには開くようにしている。関西学院大学で得たご縁は、関西軍記物語研究会を中心に広がり、その後の私の大きな糧となっている。

また、十数年にわたって龍谷大学へ出講されていた福田晃先生には、伝承文学研究会や唱導研究会へ誘っていただき、発表の際は厳しくも温かいご意見を頂戴した。小さくまとめがちな私の研究の幅をいつも広げていただいている。博士論文を早くまとめるよう、おっしゃってくださっていた。どうにかお目にかけることができたのが嬉しい。

改めて思い返してみると、多くのご縁が私を鍛え、励ましてくれた。龍谷大学、相愛大学、摂南大学、京都女子大学では様々な講義を持たせてもらったが、そのときの経験は間違いなく私の実となっている。また、初めて教壇に立った関西大倉学園では、文字通り一から教えていただいた。それだけではなく、研究の方にもいろいろと配慮してくださった。年齢だけは一人前の初任者にとっては、理想的な環境であったろう。その分、他の先生方にご迷惑をおかけしたことと思う。感謝してもしきれない。そして、母校大阪学院大学高校で教鞭を執った二年間も忘れられない思い出である。出発点に戻ってきた感慨は深いものがあった。その他、研究会や学会などでお世話になった多くの方々のお顔が浮かぶ。ささやかながら、一書を世に送り出すことができたのは、そうした方々とのご縁のおかげだと思っている。深謝である。

文学としての平家物語の魅力はどこにあるのか。それはあまりにも大きな問題で、答える用意も自信もないが、常に考えていたいと思っている。高校で読んだときも、諸本を比較しながら研究対象として読んでいる現在も、確かに私は平家物語に魅了されている。その源泉をつきとめ、自分の言葉で捉え直したいと夢想している。本書は平成二十年（二〇〇八）に「読み本系平家物語の生成に関する研究」と題して、龍谷大学に提出した博士論文を基にしている。提出後、いくつかの論考を加え、加筆・訂正も施したが、結論は変わっていない。平家物語の魅力と格闘してはみたが、ようやくスタート地点に立った気がする。先はまだ遠いが、楽しみでもある。

昨年、高野山大学にご縁をいただいた。そこかしこに源平の息吹を伝える高野山で、平家物語について思いを巡らすことができるのは贅沢であろう。また、本書を出版するにあたって、高野山大学研究成果出版補助金を受けた。記して厚く感謝申し上げたい。そして、丁寧に校正をしてくださった思文閣出版の大地亜希子氏にも、改めて感謝する。出版情勢の厳しいなか、お世話になった。

最後に、父孝一、母順子にも。好きなことを、好きなようにできたのは、二人の理解と後援があったからである。深く深く感謝して本書を捧げる。

平成二十六年九月一日

浜畑　圭吾

索　引

【人　名】

つ

と

な～の

は

ひ

ふ

へ

ほ

ま

【事　項】

し

せ

そ

た

ま〜も

や〜よ

ら〜わ

【諸　本】

あ行

か行

さ行

た行

な行

は行

や行

◎著者略歴◎

浜 畑 圭 吾（はまはた・けいご）

1978年生．龍谷大学大学院文学研究科博士課程単位取得．博士（文学）．現在，高野山大学文学部助教．
主な論著に，「『源平盛衰記』「髑髏尼物語」の展開」（『軍記物語の窓』第四集，和泉書院，2012年），「『源平盛衰記』「長光寺縁起」の生成」（『国語と国文学』2013年４月号），「願成寺をめぐる二つの縁起」（『中世寺社の空間・テクスト・技芸—「寺社圏」のパースペクティブ』アジア遊学174，勉誠出版，2014年）など．

平《へい》家《け》物《もの》語《がたり》生《せい》成《せい》考《こう》

2014（平成26）年11月25日発行

定価：本体7,000円（税別）

著　者　浜畑圭吾
発行者　田中　大
発行所　株式会社　思文閣出版
〒605-0089 京都市東山区元町355
電話 075-751-1781（代表）

印　刷
製　本　株式会社 図書印刷 同朋舎

ISBN978-4-7842-1769-4　C3093

◎既刊図書案内◎

牧野和夫著

延慶本『平家物語』の説話と学問

延慶本『平家物語』とそこに離合・集散した諸々の「文・物」を、個々の「説話」から解き明かす。説話生成の場、その筆録の場、さらにその説話の転生の場、ついには書物生成の場、書物所蔵の場等々、幾重にも「場」が生まれることを前提に、その生成の場のひとつに「伝法院」を想定し、『太平記』生成の最初期の“動向”と『三国伝記』の生成と延慶本『平家物語』とをゆるやかに結ぶ“ネット”の解明を試みる。

ISBN4-7842-1258-2

▶A5判・402頁／本体12,000円(税別)

大取一馬編

日本文学とその周辺

龍谷大学仏教文化研究叢書33

龍谷大学仏教文化研究所の研究者陣による指定研究、「龍谷大学図書館蔵中世歌書の研究」(平成23～25年度)において問題になった諸点や、温めてきた問題の論文を三部構成にまとめた一書。時代や分野が異なった専門領域をもつ各研究員により、研究テーマの和歌文学にとどまらず、多岐にわたる内容の論文を収録。

ISBN978-4-7842-1771-7

▶A5判・626頁／本体8,400円(税別)

大取一馬編

中世の文学と学問

龍谷大学仏教文化研究叢書15

中世の文学や学問の特質の一端を明らかにする。
〔執筆者〕大取一馬　**中世の学問**　三輪正胤／安井重雄／来田隆　**中世の文学**　鈴木徳男／小山順子／忠住佳織／松田美由貴／浜畑圭吾／宮川明子　**中世の作品の享受とその展開**　西山美香／中條敦仁／小林強／万波寿子／日下幸男

ISBN4-7842-1271-X

▶A5判・492頁／本体8,400円(税別)

磯水絵・小井土守敏・小山聡子編

源平の時代を視る

二松學舍大学附属図書館所蔵 奈良絵本『保元物語』『平治物語』を中心に

二松學舍大学附属図書館に収蔵される貴重資料、奈良絵本『保元物語』『平治物語』の公開促進をはかり、同大学東アジア学術総合研究所で発足された2011年度の共同プロジェクト「二松學舍大学附属図書館蔵 奈良絵本『保元物語』『平治物語』の翻刻と研究」メンバー編による、研究の軌跡と成果をまとめた論集。

ISBN978-4-7842-1735-9

▶A5判・278頁／本体4,800円(税別)

大取一馬編

平家物語(全4冊)

龍谷大学善本叢書13

龍谷大学図書館所蔵写字台文庫旧蔵『平家物語』全12巻を影印で収録。同書は語り本系一方流諸本の中で覚一本の最善本として高く評価され、文学的に最も完成された伝本といわれる最古写本。岩波書店刊「日本古典文学大系」の底本となったものである。

ISBN4-7842-0794-5

▶A5判・平均520頁／本体42,000円(税別)

大取一馬編

太平記

龍谷大学善本叢書26

龍谷大学図書館所蔵写字台文庫本『太平記』は、室町時代末期の写本で、巻1から巻12までの12冊からなる。現在の分類では丙類の天正本系統とされ、国立国会図書館蔵義輝本と同じ祖本をもつ伝本であると位置づけられている。全冊を影印で収録。

ISBN978-4-7842-1365-8

▶A5判・794頁／本体15,000円(税別)

思文閣出版　(表示価格は税別)